LE MUSÉE
DES DÉSIRS

Jonathan Kellerman

LE MUSÉE DES DÉSIRS

Traduit de l'anglais (États-Unis)
par Éric Betsch

ÉDITIONS DU SEUIL
57, rue Gaston-Tessier, Paris XIXe

Titre original : *The Museum Of Desire*
This edition published by arrangement with Ballantine Books,
an imprint of Random House,
a division of Penguin Random House LLC

ISBN 978-2-02-154945-4

www.seuil.com

Pour Adeline

1

Eno gravissait la petite route d'un pas lourd, songeant qu'il aurait peut-être une chance de piquer quelque chose d'intéressant dans cette propriété aussi immense que luxueuse. Sorti quatre-vingt-deux jours plus tôt de la prison du comté après avoir purgé sa dernière peine, il s'était mis en quête d'un moyen de se renflouer financièrement. Après quelques essais infructueux, il se trouvait à présent réduit à *ça*.

À bosser pour Aube Éclatante, Nettoyage et Entretien.

Il avait dû remplir un questionnaire d'une demi-page. « Avez-vous été condamné pour un délit grave ? »

La vache. Oui, plutôt...

Il avait coché la case « Non ». Par la suite, il avait appris par des types du Cyril que ce genre de questions n'était plus autorisé de la part d'un employeur potentiel. Il avait menti de toute façon, histoire de garder la main.

Eno adorait chercher quelque chose à voler quand il intervenait chez des richards, que ce soit pour aménager le jardin ou pour entretenir le toit de leur baraque. Il s'était spécialisé dans les objets minuscules dont personne ne notait la disparition avant un long moment ; il les revendait ensuite dans la rue ou à des prêteurs sur gage peu enclins à poser des questions.

Alors qu'il s'estimait prudent, de façon générale, il avait baissé la garde le jour où il n'avait pas remarqué la présence d'une vieille domestique mexicaine, dans une maison de Hancock Park, après avoir aperçu de l'extérieur une petite boîte en or posée sur une table. La baie vitrée coulissante n'était pas verrouillée, et l'objet scintillant lui criait « Viens me chercher !! ».

La bonne avait passé la tête à l'angle de la maison sans qu'il l'entende approcher ; à qui la faute ?

Cela avait valu à Eno trois mois de pension complète à la prison du comté, dans l'attente de son procès, puis les accusations avaient été abandonnées lorsque la domestique était repartie au Mexique. Sans compter que personne n'avait jamais retrouvé la boîte car il l'avait jetée dans des buissons avant d'être alpagué par les flics.

« Manque de preuves », lui avait annoncé son avocate commise d'office, fière d'elle, comme si elle y était pour quelque chose.

Peut-être pourrait-il retourner là-bas et fouiller dans les buissons, dans l'espoir de retrouver son larcin ?

Nan... Sois prudent.

C'est ainsi qu'en ce dimanche matin, aux aurores, Eno remontait la route privée de cette vaste propriété, en poussant un chariot en plastique. Celui-ci contenait des gants, de l'eau de Javel, des savons divers, des chiffons et du produit pour les carreaux, avec un balai et une pelle fixés sur le côté.

Encore une baraque à nettoyer après une grosse fiesta. C'était le pire job qu'il ait connu ; il se levait à cinq heures du matin pour attaquer le boulot à six heures, après avoir été conduit dans une camionnette de service à travers la ville par Laquitha, qui les toisait d'un œil noir, les autres employés et lui, comme s'ils étaient eux-mêmes les ordures à ramasser. Comme s'ils étaient des enfants attardés entassés dans le bus d'une institution spécialisée – situation qui n'avait rien d'inconnu pour Eno.

Il avait travaillé dans deux maisons ce mois-ci, sans pouvoir voler quoi que ce soit, ce qui n'avait rien de surprenant, les baraques étant essentiellement vides, en dehors de meubles de location.

Quant aux merdes écœurantes laissées par les fêtards, elles dégoûtaient Eno, malgré le port de gants.

Il tenait le coup, espérant rapidement trouver un meilleur job, mais si rien ne se présentait bientôt, peut-être passerait-il à la vitesse supérieure, à savoir masque, sweat à capuche, flingue et « file-moi ton fric, enculé !!! ».

Il ciblerait les jeunes cadres bourrés qui zigzaguaient comme des vers en sortant des boîtes du centre-ville, dont beaucoup étaient facilement accessibles à pied depuis sa piaule du Cyril. Quel trou à rats, d'ailleurs… à peine plus enviable qu'une cellule de prison.

Mais bon, la Section 8[1] réglait son loyer, c'était toujours ça de pris.

Poussant son chariot, il s'efforça de se focaliser sur sa tâche, ce qui était toujours un défi pour lui.

Ouais, ce serait si facile de se laisser aller à franchir le pas et braquer des types dans la rue… jusqu'à se faire méchamment cogner par un jeune cadre bourré. N'ayant jamais été du genre bagarreur, Eno, à quarante-trois ans, n'avait en outre plus beaucoup de muscles sur les os.

Si l'enculé se rebellait, Eno n'aurait pas le choix.

Une balle.

Et là, ce serait peut-être le pas de trop.

En attendant, il se contentait de ça, pousser son chariot tandis que son esprit vagabondait, sachant qu'en haut de la colline il ne trouverait rien d'autre que les merdes abandonnées par d'autres.

Il s'autorisa une pause, les bras, les poumons et les jambes en feu, puis quelques pas de plus lui permirent d'aborder la courbe décrite par la route et de découvrir enfin la demeure.

La vache ! Jamais il n'était intervenu dans une baraque aussi énorme. On aurait dit un château, avec deux de ces machins qui dépassaient de chaque côté. Le tout donnait l'impression d'être fait de grosses pierres grises. Eno se rendit compte qu'il ne s'agissait que de stuc ordinaire strié de lignes. Une imitation, donc, mais tout de même, c'était quasiment un château.

1. Programme fédéral d'aide au logement.

Alors qu'il s'en approchait, la bâtisse lui parut encore plus massive, comme si elle avait été placée là dans l'unique but de le faire se sentir minuscule. Il ne manquait que l'espèce de rivière qu'on voit souvent autour des châteaux, remplie d'alligators et de dragons qui pataugent en faisant claquer leurs mâchoires. Des… « drouves », quelque chose comme ça.

Ça aurait eu de la gueule, de larges « drouves » bourrées de monstres n'attendant qu'une chose : vous dévorer en un rien de temps. Avec leurs rangées de dents aussi affûtées que celles d'une tronçonneuse, ils vous attraperaient et, avant même de vous en rendre compte, vous seriez transformé en casse-croûte.

Emporté par son imagination, Eno fut saisi d'un frisson. Il s'arrêta de nouveau afin de reprendre son souffle, puis il reprit son ascension. Bon sang, la pente était rude.

En plus d'être dépourvu de « drouves », ce château ne présentait pas le moindre aménagement, pas même une simple pelouse. Il n'était cerné que de terre.

Il avait demandé à Laquitha pourquoi elle ne pouvait pas le déposer au sommet de la colline, plutôt qu'au pied, sur Benedict Canyon Drive, mais cette salope avait filé sans lui répondre, lui imposant une putain de montée à avaler. Eno avait horreur de marcher ; ça lui rappelait l'époque où il bossait dans un parc national, dans le cadre de la sentence à la suite de sa première arrestation à San Bernardino, alors qu'il n'avait que quinze ans.

Il y était presque. Enfin. En réalité, cette baraque n'était qu'une vaste blague. À mi-pente, il avait aperçu un panneau signalant la présence d'une alarme – or il savait que cette boîte de sécurité avait fait faillite cinq ans auparavant. Une autre pancarte indiquait que les lieux étaient « protégés par vidéosurveillance », mais aucune caméra n'était visible.

Pour couronner le tout, le portail donnant sur Benedict Canyon Drive, au bas de la route, était resté grand ouvert depuis la fin de la fiesta, vers trois heures du matin, dans la nuit de vendredi à samedi. Eno osait à peine imaginer toute la merde qui avait été laissée là, collante et visqueuse. Nettoyer tout ça serait une vraie galère.

Après une nouvelle pause, il parvint enfin au sommet de la colline. Considérant la *giiigantesque* demeure, il songea qu'il lui faudrait trimer la totalité des sept heures accordées par Aube Éclatante pour en venir à bout. Douze dollars de l'heure, plus le casse-croûte dégueu que la boîte offrait à ses employés. Un endroit immense confié à un seul type.

La règle était toujours la même : commencer par l'extérieur, puis s'occuper de l'intérieur, en passant par une porte de derrière non verrouillée.

Eno leva les yeux sur les deux énormes machins. Comment appelait-on ça, déjà… ? Des tour… ines ? Non, des « tourettes ». Deux « tourettes » qui perçaient le ciel, d'un gris plus foncé que les nuages. Tout était gris, à vrai dire.

Un mois de juin chagrin, comme disait Tante Audrey. Sauf qu'on était en mai.

Eno, quant à lui, y voyait plutôt l'air merdique de L.A.

Peut-être dénicherait-il quelque chose d'intéressant ici, après tout, et pas seulement des gobelets en plastique, des bouteilles vides et des capotes et seringues usagées. Cherchant du regard un accès à l'arrière de la maison, il ne vit rien de tel sur la gauche, où un mur de pierre bloquait le passage. En revanche, sur la droite se dressait un autre portail métallique, grand ouvert.

Du fer forgé assez classe, plutôt chic avec ses fleurs tarabiscotées et ses barreaux ondulants. Le métal en soi rapportait pas mal à la revente, malheureusement Eno n'avait aucun moyen de transporter une telle masse. Des années auparavant, il s'était spécialisé dans le fil de cuivre, qu'il revendait super bien en divers lieux de San Fernando. Jusqu'au jour où, alors qu'il se servait dans un entrepôt de matériel de plomberie d'Alameda, il s'était fait mordre par un chien de garde surgi de nulle part puis arrêter par un agent de sécurité privée armé d'un Glock.

Cela lui avait valu cinq mois à la prison du comté, la gravité de son vol ayant été revue à la baisse lors du procès. Il avait passé les quarante-cinq premiers jours de sa peine à l'infirmerie, où sa jambe avait été soignée. Il avait par la suite été placé à l'écart des autres détenus, dans son intérêt, car les cellules classiques étaient toutes occupées par des gangsters.

Il n'était peut-être pas fait pour dealer de la ferraille, après tout.

Poussant son chariot entre les battants ouverts du portail, Eno constata que ce qui aurait dû être une allée n'était qu'une langue de terre sèche. Comme si le bâtisseur du château avait soudain eu horreur de son travail, au point de renoncer à l'achever.

Longer le mur de fausses pierres lui prit un bon moment, mais il parvint enfin à l'arrière de la demeure.

Comme à l'avant, il n'y avait là pas de verdure, si ce n'est le mur d'arbres tout au fond – on aurait dit que quelqu'un avait rasé un bout de forêt. Faisant face à l'arrière du château se dressait une de ces installations couvertes que les riches affectionnent pour se réunir, avec un toit en dôme couvert de vignes grimpantes marron desséchées dans lesquelles Eno vit autant de serpents lovés.

Sur la droite, un trou bleuté aurait fait une grande piscine s'il avait contenu de l'eau. Voilà qui était au moins un point positif : Eno n'aurait pas à aller à la pêche aux capotes usagées. Il en repéra tout de même autour de la terrasse en fausses pierres du bassin, parmi des gobelets et des bouteilles brisées.

Il ne s'attarda guère sur ces détails, son attention était attirée par autre chose, à gauche de la piscine. Quelque chose d'inhabituel.

Une Lincoln Town Car, blanche ; une de ces bagnoles typiques louées pour fêter les remises de diplômes.

Eno lui-même avait pris place à bord d'une limousine de ce genre, à dix-neuf ans, invité par ses potes tout juste diplômés. Lui avait laissé tomber le lycée en seconde.

Il avait d'abord refusé.

« Eh, mec, on s'en fout que tu sois pas diplômé, viens faire la fête avec nous ! » lui avaient-ils lancé.

Il les avait donc rejoints. Il s'était même bien amusé, jusqu'au moment où la fille qu'il était occupé à tripoter lui avait offert un drôle de sourire avant de gerber sur lui. Tout le monde, y compris la nana, avait ri aux éclats. Eno avait alors compris qu'il n'avait pas sa place dans ce milieu – qu'il ne l'aurait jamais. Il s'était aussitôt éclipsé et s'était farci six kilomètres à pied pour rentrer chez lui. Tante Audrey ne dormait pas, calée devant la télévision et *Dans le brouillard du crime*. Elle avait plissé le nez : « Houla… Tu pues comme un cochon qui a la diarrhée. »

Elle avait ri mais, tout de même peu enchantée, avait interdit à Eno de gagner la salle de bains, si bien qu'il avait dû se nettoyer dehors au tuyau d'arrosage, à poil et tremblant de froid.

Alors les fêtes de remise de diplômes et les limousines pouvaient bien aller se faire foutre. Et puis ce job aussi pouvait aller se faire foutre. Ouais, c'était décidé, il franchirait le pas et reprendrait son masque et son sweat à capuche.

Mais bon, pour l'heure, il y avait peut-être une bricole de valeur à piquer dans la voiture.

Puis une pensée le titilla : que foutait cette bagnole dans le jardin ? Il y avait peut-être encore du monde à l'intérieur ? Un naze shooté en train de ronfler ? Ou toute une bande de nazes ? Après une orgie ?

Avec un peu de chance, il ferait sortir des filles à poil et materait leurs nichons pendant qu'elles se rhabilleraient tant bien que mal, en panique.

Sourire aux lèvres, il abandonna son chariot et se dirigea vers la limousine. Il tenta d'en distinguer l'intérieur, hélas les vitres teintées étaient trop foncées.

– Il y a quelqu'un ? lança-t-il, pas aussi fort qu'il en avait eu l'intention.

Pas de réponse.

– La fête est finie, mec, il faut partir !

Toujours rien.

L'occupant du véhicule était-il complètement shooté ou préférait-il ignorer Eno ? Comme s'il n'existait pas.

Cette hypothèse le fit enrager ; il sentit son visage envahi de bouffées de chaleur, comme le jour où un pauvre gars l'avait traité de tapette, dans un bar de Bakersfield, et l'avait payé d'un coup de rasoir en plein visage, jusqu'à l'os.

– Hé ! insista Eno, haussant le ton.

Les muscles de tout le corps soudain contractés – sensation qu'il n'avait plus connue depuis une éternité mais qu'il appréciait grandement –, il ouvrit la portière côté conducteur d'un geste brusque.

La vision qui lui sauta aux yeux lui noua instantanément l'estomac, à tel point qu'il fut – à son tour – tout près de gerber.

Haletant et tremblant de tous ses membres, il sentit son cœur s'emballer. Il tourna la tête vers l'arrière de la limousine, mais un panneau de verre teinté coulissant masquait la vue.

Il recula d'un pas, pétrifié.

Puis, sans pouvoir s'expliquer son geste, il ouvrit la portière arrière et jeta un coup d'œil dans l'habitacle.

Oh putain… Mauvaise idée. Son estomac semblait à présent déterminé à jaillir par sa bouche, comme si ses entrailles étaient subitement déchaînées.

Merde… Ce spectacle était inédit pour Eno, et pas dans le bon sens du terme.

Il claqua les deux portières, puis le reste de son petit déjeuner, un burrito, s'éjecta de son corps et, manquant le blanc immaculé de la limousine, s'écrasa dans la terre.

Que faire, à présent ? Eno avait été témoin de beaucoup de choses, mais jamais d'une telle horreur. Que faire ?

Plongeant la main dans la poche de son jean, il en sortit le téléphone tout juste acheté à un SDF sur Grand Street. Un truc merdique qui lui avait coûté dix dollars et sur lequel il ne restait que trente-trois minutes d'appels.

Fallait-il entamer ce capital temps en appelant la boîte ? Nan, il n'y aurait personne au bureau à cette heure si matinale.

Et que lui aurait-on dit de toute façon ?

Il n'y avait qu'une option : Police-Secours.

Il devait être écrit quelque part qu'Eno se comporterait en bon citoyen, ce jour-là.

2

Rien de tel que la nuit pour commettre un meurtre. Ainsi, quand Milo m'appelle, il m'arrive souvent de plonger dans les rues ténébreuses de L.A. pour me rendre sur une scène de crime.

Or, cette fois, le téléphone se manifesta peu après neuf heures du matin. En ce dimanche radieux de mai, Robin et moi, sans oublier Blanche, notre petit bouledogue français, nous étions offerts une balade tranquille de trois kilomètres suivie d'un petit déjeuner à base de pancakes.

Tandis que Robin faisait la vaisselle et que je l'essuyais, Blanche, son corps aux allures de saucisse affalé à même le sol, ronflait en lâchant de temps à autre un couinement échappé de ses rêves. Sur vibreur, mon téléphone tressauta sur le comptoir de la cuisine, le numéro de Milo affiché sur l'écran.

– Salut, Grand, la forme ? dis-je en décrochant.

– C'est moi, en fait, doc, me répondit Moses Reed, inspecteur de niveau 2. Le lieutenant m'a demandé de vous appeler.

– Il est débordé, c'est ça ?

– On est tous débordés. On a un truc affreusement épouvantable sur les bras.

Reed est un jeune homme plutôt laconique ; il en faut beaucoup pour lui arracher un adverbe. Je m'assis et me tus le temps qu'il me décrive la situation, laissant des visions d'horreur se succéder en cascade dans mon esprit. Toujours postée devant l'évier, Robin se tourna vers moi, ses adorables sourcils haussés. Je secouai la tête à son intention et articulai sans un bruit : « Désolé… »

– C'est où, Moe ? demandai-je à l'inspecteur.

– Sur Ascot Lane. C'est une route privée qui donne sur Benedict Canyon Drive. On peut facilement la rater, un peu comme la vôtre, mais c'est plutôt une longue allée qui ne débouche que sur une seule maison. (Il lâcha un soupir.) Un peu moins d'un kilomètre au nord de la limite de Beverly Hills.

Autrement dit, à quelques centaines de mètres près, cela aurait été le problème d'un autre commissariat.

– Donne-moi une demi-heure.

– Prenez votre temps, doc, personne ne va partir d'ici avant un bon moment.

Dans les films, quand les flics font face à quelque chose d'horrible, on les entend fréquemment plaisanter et lâcher des vannes de mauvais goût. Peut-être est-ce dû au fait que les scénaristes ou ceux qui les paient sont des êtres peu enclins aux émotions, à moins qu'ils n'aient pas pris le temps de côtoyer d'authentiques policiers.

J'ai, quant à moi, constaté que les hommes et les femmes de la brigade criminelle sont généralement plutôt réfléchis, sensibles et dotés d'un esprit analytique. Malgré son caractère relativement bourru, Milo correspond sans aucun doute à cette description.

Mon meilleur ami a résolu plus de trois cent cinquante affaires de meurtre, sans jamais perdre son empathie ni sa capacité à s'indigner devant l'horreur. Annoncer une triste nouvelle à une famille reste aujourd'hui encore un véritable déchirement pour lui. Il mange trop, ne dort pas assez et néglige souvent sa propre santé en travaillant quarante-huit, voire soixante-douze heures d'affilée.

Dès qu'un enquêteur n'est plus touché par ce dont il est témoin, il devient inutile.

Milo montrant l'exemple, les trois jeunes inspecteurs qui le secondent sont dans le même état d'esprit – quand il parvient à les arracher à d'autres missions. Lorsqu'il lui est impossible de se les adjoindre, il bosse seul. Parfois avec mon aide. Et souvent en contournant les règles. Milo était militant de la cause gay à une époque où celle-ci n'existait pas encore, flic homo en un temps où le LAPD faisait encore des descentes dans les bars gays. Les choses ont changé, depuis, mais il continue de dédaigner les réglementations absurdes et néglige fréquemment les usages sociaux d'une organisation paramilitaire qui attache une grande valeur à la conformité.

Si les taux d'élucidation d'enquêtes de la police ont quelque peu chuté, celui de Milo reste le plus élevé de tous, aussi les huiles ferment-elles les yeux sur ses écarts.

Ce matin-là, le mélange de morosité et de tension que j'ai tant de fois constaté sur des scènes de meurtre – postures raides, visages crispés, regards affûtés mais démoralisés – s'étendait jusqu'aux deux agents à la carrure de joueurs de football américain postés à l'entrée d'Ascot Lane, sur Benedict Canyon Drive, bloquant l'accès à la petite route.

On leur avait transmis mon identité, ainsi que l'immatriculation de ma Cadillac Seville, ce qui ne les empêcha pas de vérifier mes papiers.

– Allez-y, docteur, me dit ensuite le plus grand, d'une voix abattue.

Pour parvenir jusqu'à eux, j'avais dû me faufiler entre une demi-douzaine de journalistes plantés sur Benedict Canyon Drive, qui s'étaient rués vers ma voiture avant d'être écartés par deux autres flics.

Les représentants de la presse étaient animés d'émotions tout autres que celles des policiers, essentiellement un entrain frôlant l'exubérance. Si les malheurs sont comme du lait maternel pour les journalistes, ces derniers, à l'exception des correspondants de guerre, sucent goulûment les tétons de la tragédie en n'étant que rarement directement confrontés au mal. J'avais laissé mes vitres baissées en m'engageant sur Ascot Lane et je fus suivi par un essaim d'exclamations :

– C'est qui, ce type ?

– Regardez-moi cette vieille Cadillac !

– Vous êtes le propriétaire de la maison ?

– Monsieur ! Monsieur ! Vous louez votre maison pour des soirées ? Combien ça vous rapporte ? Ça vaut vraiment le coup, vu ce qui s'est passé ? C'est bien le propriétaire ? Oui ou non ? Allez, les gens ont le droit de savoir ! Si la maison n'est pas à lui, pourquoi il a le droit de passer ?

Si j'avais eu à répondre, j'aurais lâché ceci : « Parce qu'il s'est passé quelque chose de mal et d'étrange. »

Après avoir franchi un portail en fer forgé maintenu ouvert par deux briques, je montai une côte. À mi-chemin, un autre agent me fit signe de passer. La petite route se terminait par une zone de terre marronnasse d'environ un demi-hectare, envahie de véhicules. Il y avait là quatre fourgons blancs de la morgue, une ambulance rouge des pompiers, une demi-douzaine de voitures de police, deux fourgons bleu et blanc de la police scientifique, une Chevrolet Impala bronze que je reconnus comme étant le véhicule banalisé de Milo, deux Ford LTD noires et une Ford Mustang grise. Qui donc avait dégotté ce bolide ?

Telle une préposée au parking d'une foire provinciale, une policière me fit signe de me garer au fond à droite de l'espace dégagé. Quand je sortis de ma voiture, elle me guida :

– C'est par là-bas, docteur Delaware.

Elle tenta de m'offrir un sourire, sans succès.

– Le spectacle est dur à avaler, c'est ça ? devinai-je.

– Vous n'avez pas idée.

Suivant les instructions de la policière, je contournai par la droite la demeure massive dressée sur cette vaste étendue, et empruntai une allée courbe couverte de brique pilée qu'on aurait volontiers imaginée cernant un manoir anglais – ce à quoi ce tas de fausses pierres cherchait à ressembler.

Culminant à plus de dix mètres, cette bâtisse avait une allure étrange, monolithique et sans grâce avec sa double porte d'entrée dont les carreaux étaient protégés par des barreaux métalliques ondulants et dorés.

En mettant de côté l'absence de jardin aménagé et les deux curieuses éminences aux airs de tourelles qui se dressaient de part et d'autre du toit de fausses ardoises, cette demeure aurait pu servir de cadre à un feuilleton raffiné diffusé sur une chaîne publique. Le genre d'endroit où se réunissent des individus en veste de tweed affublés d'une voix aux accents snobs, pour papoter et s'enivrer au maaahr-tini, ne ménageant pas leurs efforts pour enchaîner les sept péchés capitaux.

Au terme d'une assez longue marche, je parvins à hauteur d'une bande de rubalise tendue en travers de l'allée. Aucun agent ne montant la garde, je passai sous l'obstacle.

Au vu des dimensions du terrain et du manoir, l'arrière de la propriété était étonnamment petit, presque monopolisé par une piscine de taille quasi olympique mais vide, ainsi qu'un énorme kiosque abritant du mobilier d'extérieur bas de gamme. Tout au fond, un mur de pins resserrait un peu plus l'endroit.

Deux agents s'approchèrent de moi et vérifièrent une fois encore mon identité.

– De l'autre côté de la piscine, docteur, ajouta l'un d'eux.

Précision inutile ; sur la gauche de la propriété avait été montée une tente de scène de crime assez imposante pour héberger un cirque. Je me dirigeai vers l'attraction.

Sous le feu des projecteurs, l'intérieur de la tente était surchargé d'odeurs corporelles, tant il y avait foule. En combinaison, masquées et gantées, quantité de personnes travaillaient dans un silence uniquement troublé par les grincements et claquements de caisses de matériel ouvertes ou fermées et par le cliquetis d'appareils photo.

Chacun connaissait par cœur son rôle ; on aurait dit une colonie de fourmis s'attaquant à une larve géante.

L'objet de leur attention était précisément aussi blanc et dodu qu'une larve ; une Lincoln Town, son museau arrondi pointé vers la maison. Avec ses pneus surdimensionnés ornés de bandes rouges, ses enjoliveurs chromés et la rangée de diodes LED courant sous le toit, ce véhicule était clairement conçu pour faire la fête.

Les portières, du côté où je me trouvais, étaient ouvertes mais l'intérieur masqué par des techniciens accroupis.

Quatre têtes apparurent soudain de l'autre côté de la limousine.

À l'extrême droite de cette brochette, je reconnus Moe Reed, avec son visage poupin, sa chevelure blonde et ses muscles développés au-delà du raisonnable. Près de lui, un jeune homme un peu plus grand couvert de taches de rousseur arborait une tignasse couleur feu hérissée : Sean Binchy. Venait ensuite une séduisante quadragénaire aux cheveux attachés en queue-de-cheval et pourvue de traits anguleux, qui suivait d'un regard noir et perçant le ballet des employés de la police scientifique ; sûre d'elle dans son nouveau rôle d'inspectrice de niveau 1, Alicia Bogomil avait teint l'extrémité de ses cheveux en blond platine.

Enfin, tout à gauche se trouvait le plus grand du groupe.

Corpulent, les épaules voûtées, un visage joufflu et blême ravagé par des cicatrices d'acné juvénile, un nez saillant et une bouche étonnamment délicate qui avait tendance à se pincer, il avait en outre les cheveux aussi noirs que du charbon, toutefois nuancés par des zones blanches s'étirant des tempes aux pattes – ses rayures de moufette, décrivait lui-même le lieutenant Milo Bernard Sturgis.

M'ayant aperçu, il contourna la limousine. Costume marron, chemise de la même couleur, cravate noire mal serrée et chaussures montantes grises. L'unique lueur colorée qu'il offrait était l'éclat vert de ses yeux, plus brillant que le soleil de ce matin-là.

Nous nous connaissons depuis des lustres, Milo et moi, mais ce n'était ni l'heure ni l'endroit pour échanger une poignée de main.

– Salut.

– Quel cirque, pas vrai ? lança-t-il. Les premiers pompiers sont arrivés ici à 6 h 27, quatorze minutes après l'appel reçu à Police-Secours. Personne n'habite ici, cet endroit sert pour des fiestas, la dernière étant une sorte de rave party qui a commencé vendredi vers vingt-trois heures et s'est prolongée jusqu'à trois heures du matin. La société de nettoyage n'a envoyé un type que ce matin ; c'est lui qui a découvert la scène. Il assure avoir immédiatement contacté Police-Secours – après avoir dégobillé. Les pompiers s'occupent de lui dans leur ambulance. Il dit qu'il a mal à la poitrine et à l'estomac. C'est un toxico avec un casier long comme le bras, alors on ne sait jamais.

– Il t'intéresse ?

– Ce n'est sans doute pas le coupable, mais j'aimerais bavarder avec lui quand les urgentistes l'auront libéré.

– Un criminel chargé de nettoyer une baraque de riches...

– Oui, apparemment. Ce prince dit s'appeler Eno, mais son nom complet est Enos Verdell Walters. Pas beaucoup de violence à son actif : de l'herbe, de la meth et du crack, et aussi toutes les conneries qui financent la consommation de ces saloperies, c'est-à-dire vol à l'étalage, cambriolage, contrefaçon, escroquerie... Cela dit, il a tout de même commis une agression avec arme mortelle il y a un moment ; il a donné un coup de rasoir assez violent à un mec.

– Tu as déjà effectué des recherches sur lui, je vois.

– Je n'ai rien d'autre à faire, tant que les premiers de la classe en sciences font leur job.

Je désignai une flaque couleur caramel à moins d'un mètre de la portière arrière gauche de la limousine :

– C'est le petit déjeuner de Walters ?

– Un burrito, grimaça Milo. Je crois que je vais éviter la nourriture mexicaine pendant un bon moment. Peut-être même la bouffe de façon générale. Ah mais tiens, c'est ça le régime miracle dont je rêve depuis si longtemps !

Il tapota sa bedaine bien fournie.

Je suis certain que tu te remettras rapidement de tes émotions, songeai-je, avant de reprendre la parole :

– Quand est-ce que je pourrai regarder ?

– Tout de suite, si tu te sens d'attaque.

– Pourquoi j'hésiterais ?

– Je préfère ne pas répondre à cette question…

Sur ces mots, il sortit une paire de gants en latex et me la tendit comme une hostie sacramentelle.

3

Le technicien qui s'affairait à l'avant de la limousine était un individu imposant, contrairement à son collègue chargé de l'arrière, qui d'ailleurs était probablement une femme. Milo attira l'attention du premier d'une légère tape sur l'épaule. Celui-ci tourna la tête et expira bruyamment.

– Lieutenant, lâcha-t-il d'une voix étouffée par son masque.

– Désolé de te prendre par surprise, George, dit Milo. Voici le Dr Delaware ; il peut jeter un bref coup d'œil ?

Le masque de George se déforma sous l'effet de ce qui pouvait être un sourire comme un rictus de contrariété.

– Nous nous plions à vos désirs, lieutenant, répondit le technicien, ce qui étira davantage son masque, sur les côtés – il souriait, c'était évident. À moins qu'un légiste surgisse et l'interdise.

– Tu en attends un ?

George se redressa et abaissa son masque, dévoilant un visage qui aurait convenu à merveille pour un rôle de père de famille dans un sitcom : arrondi avec un regard désabusé cerné de rides.

– J'en ai fait la demande mais je doute qu'on m'en envoie un. C'est la folie à la morgue, on est débordés de cadavres qui empestent comme pas permis. Pour tout vous avouer, j'étais même enchanté d'en sortir. (Il fronça les sourcils.) Même pour m'occuper de ça.

Sa collègue, une jeune femme à lunettes, se releva et se tourna vers nous :

– J'ai les genoux en compote, je ne serais pas contre une pause.

Tous deux sortirent de la tente.

Inspirant par le nez et exhalant par la bouche, j'avançai de quelques pas. Bien que ganté, je pris soin de ne toucher à rien et pris rapidement quelques clichés mentaux de la scène. Ainsi fonctionne mon cerveau : il enregistre des images et les conserve. À jamais.

Premier cliché : un Noir d'un âge avancé sur le siège conducteur.

Légèrement incliné sur la droite.

Les deux mains sur les genoux.

Costume noir de chauffeur. Chemise blanche. Cravate noire. Cheveux blancs. Moustache blanche broussailleuse.

Un trou noir transperçait la tempe gauche jusqu'à la joue. Des croûtes marron sur les bords de la blessure mais pas d'autres taches de sang sur le haut du corps. En dessous des genoux, en revanche, on en découvrait à profusion, aussi luisant que de l'huile, couvrant le bas de ses jambes, le siège en cuir gris tourterelle et l'élégante moquette noire.

Pas de sang sur le plafond tapissé de mohair gris. Un panneau de verre teinté séparait le chauffeur de ses passagers, uniquement percé en son centre d'un haut-parleur doré.

Pas d'éclaboussure rougeâtre, pas la moindre moucheture dans l'habitacle.

La peau couleur chocolat du chauffeur avait pris un aspect crayeux par endroits, et ses lèvres légèrement entrouvertes révélaient des dents blanches impeccablement alignées. C'était d'évidence la signature d'un dentiste talentueux, ternie par un bridge qui, ayant cédé, pendouillait étrangement.

Je me penchai sans distinguer de petites taches autour de la blessure, même s'il m'était impossible d'en être certain du fait de la peau foncée du défunt.

La rigidité cadavérique n'était pas encore présente, ou peut-être s'était-elle déjà dissipée, hypothèse plus probable à en croire le sang séché.

Huit à douze heures sans signe manifeste de décomposition ; était-ce dû à la fraîcheur de ce mois de mai ? Les choses sont rarement aussi simples.

Je m'écartai et m'intéressai à l'arrière du véhicule.

Trois cadavres occupaient la banquette, si serrés que leurs genoux se touchaient.

Près de la portière gisait un trentenaire blanc tout de noir vêtu – blazer, tee-shirt, pantalon et mocassins – mais pas de chaussettes. Pourvu d'une épaisse chevelure foncée, il était svelte et plutôt beau gosse.

Il avait, comme le chauffeur, les mollets couverts de sang, avec la même mare sur la moquette ; toutefois je ne distinguais pas la moindre blessure par balle. Je fis part de ce détail à Milo.

– Il n'y en a pas, me confirma-t-il. Je ne sais pas encore de quoi ce type est mort.

Revenant à la voiture, je constatai que la braguette du beau gosse était ouverte ; son pénis flasque reposait sur la paume de la main gauche de sa voisine.

Une femme nettement plus âgée – soixante, voire soixante-dix ans. Son visage rond s'ornait d'un nez écrasé parcouru de veines, et ses yeux étaient fermés derrière une paire de lunettes à monture métallique. Ses joues bouffies avaient été maladroitement maquillées et présentaient deux ronds couleur cerise dignes d'un clown. Ses bras lourds tendaient les manches longues de sa robe noire en laine, tandis que ses épaisses jambes prisonnières de bas résille se terminaient sur des escarpins noirs à bouts carrés, la chair du cou-de-pied formant une bosse au-dessus de la lanière des chaussures. Sous son béret de feutre noir tombaient des cheveux gris bouclés. Ni bijoux, ni autre parure.

Comme le chauffeur et l'homme dont elle avait apparemment caressé le membre, elle avait les jambes maculées de sang en dessous des genoux.

Et là encore, aucune blessure par balle visible.

Contournant la limousine, je gagnai l'autre côté, où

étaient encore plantés les jeunes inspecteurs. Ils me saluèrent sans bouger d'un pouce.

La dernière victime était un homme au teint cuivré, de type hispanique ou moyen-oriental. Assez maigre, il était doté d'un visage anguleux aux traits délicats. Ses cheveux bruns clairsemés étaient coupés court et parsemés de touches argentées. Quelques rares poils sur le menton tentaient en vain de passer pour une barbichette.

Difficile d'estimer son âge, mais mon Nikon mental se fixa sur une fourchette allant de trente-cinq à quarante-cinq ans.

Comme les trois autres victimes, il était quasiment tout de noir vêtu, à l'exception de sa chemise blanche : pantalon ample, cravate à clip et chaussures en toile sans lacets.

J'eus la vision de membres d'un cortège funèbre interpellés puis massacrés.

La cause de la mort de ce second passager masculin était évidente : une balle lui avait traversé le front. Lui aussi avait les mollets couverts de sang – ce qui n'était en aucun cas dû à une arme de petit calibre.

M'intéressant de nouveau à la femme installée entre les deux hommes, je m'attardai un instant sur son air de matrone austère en décalage total avec sa posture et l'organe de son voisin dans la main.

– Tout ça n'a aucun sens, estimai-je.

– Moi qui espérais que tes lumières nous éclaireraient instantanément, plaisanta Milo, qui en réalité n'était en rien surpris par mon constat.

– On a leur identité ? m'enquis-je.

– Allons respirer de l'air frais pendant que je te mets au courant.

4

Je suivis Milo hors de la tente. Après avoir traversé une zone cimentée puis une plus vaste étendue de terre, je grimpai avec lui les marches du kiosque. Impressionnante de loin, cette structure se révélait assez miteuse de près. Le sol en brique était craquelé et déformé par endroits, les colonnes en ciment grossièrement façonnées, et le toit se résumait à une surface de ferraille rouillée couverte de vignes grimpantes mortes donnant l'illusion de se battre entre elles pour gagner de la place.

Des vipères frénétiques en quête de nourriture.

– On peut s'asseoir, ce coin a été examiné, m'annonça Milo en se laissant tomber sur une chaise en plastique visiblement peu solide qui protesta en couinant. Beaucoup de saletés ont déjà été ramassées, très probablement des restes de la fête. Des trucs charmants, d'ailleurs : des capotes, des gobelets, des sachets dans lesquels il restait un fond de substance granuleuse...

Les autres chaises étant crasseuses, je restai debout.

– Rien ne t'est venu à l'esprit ? me relança mon ami. Je ne serais pas contre un indice supplémentaire.

– Ils sont morts depuis un moment, il me semble. Pas plus de douze heures, j'imagine, mais je passe peut-être à côté d'un détail et en réalité ils ont participé à la fiesta de vendredi soir ?

– Non, tu ne loupes rien. La boîte qui loue l'endroit jure qu'il n'y avait plus personne à trois heures du matin samedi. Ça ne prouve pas grand-chose, mais les enquêteurs du coroner et les techniciens de la police scientifique sont tous d'accord pour dire que l'aspect des cadavres ne correspond pas à ce timing. Même par ce temps plutôt frais, ils seraient dans un état de décomposition nettement plus avancé si la mort remontait à vendredi soir.

– La voiture a donc été amenée ici après trois heures du matin samedi. Comment celui qui la conduisait a-t-il pu entrer dans la propriété ?

– Comme toi et M. Walters : en passant par le portail ouvert. La société de nettoyage demande toujours que les lieux soient accessibles, puis elle referme les portes en partant. Il n'y a rien à piquer, de toute façon, à part quelques meubles de location bas de gamme.

Il extirpa un panatella d'une poche intérieure de sa veste et le roula entre ses gros doigts, sans le déballer.

– Je n'ai pas vu d'asticots sur les corps, fis-je remarquer.

– Il n'y en avait pas. À notre arrivée, on a seulement vu quelques mouches à viande bourdonnant autour de la portière du chauffeur. Quant à Walters, il a ouvert deux portières et les a refermées aussitôt après avoir vomi. L'habitacle est resté un environnement isolé de l'extérieur.

– Pas de vidéosurveillance sur la propriété ?

– Pas une seule caméra.

– Qui est le propriétaire des lieux ?

– On l'ignore encore. La boîte de nettoyage nous a orientés vers une gestionnaire de location qui n'a pas encore répondu au message que je lui ai laissé. (Il éleva son cigare et plissa les yeux, comme si l'examiner de près pouvait lui révéler des secrets.) Que penses-tu de tout ce sang sur les mollets des victimes ?

– Ça ne colle pas avec les blessures. On jurerait qu'il a été versé *post mortem*.

– Rien ne colle dans cette scène. Seuls le chauffeur et le petit mec ont un trou dans le crâne. Monsieur Beau Gosse est tripoté par une vieille qui, en plus d'avoir l'âge d'être sa mère, a une allure de bigote. C'est quoi ce délire, Alex ? Un truc dégueu à la Œdipe ? Je ne sais pas comment vous appelez ça de nos jours, vous les pros.

Je me contentai de secouer la tête.

– OK, OK, il est trop tôt pour profiter de tes lumières, grogna-t-il, avant de regarder la tente. Quand j'ai été appelé et qu'on m'a parlé de quatre cadavres dans une limousine, je me suis dit : « Génial, c'est pile ce dont j'avais besoin : un règlement de comptes entre gangs sur fond de hip-hop, ou pire encore, des gosses massacrés par un inconnu en pleine fiesta. » Je débarque ici et je me rends compte que c'est encore plus délirant.

Il remisa le panatella dans sa poche et poursuivit :

– Tout le monde est sous le choc, Alex. Même George Arredondo – le technicien baraqué ; avant de passer à la police scientifique, il a été flic en uniforme et a patrouillé dans les quartiers les plus durs de Lancaster. Dix ans de violences conjugales, de monstres shootés à la meth, de meurtres d'enfants. Rien de tout ça ne l'a troublé. Mais ça, si.

Il se leva et fit quelques pas dans le kiosque, puis se rassit et se frotta les yeux. Et d'ajouter :

– N'hésite pas à te lâcher, je suis prêt à entendre les théories les plus délirantes.

– Quatre victimes exécutées de diverses façons… Elles ont peut-être été tuées séparément, en plusieurs lieux, et par la suite rassemblées, nettoyées et habillées *post mortem*, placées dans la voiture et conduites jusqu'ici. Et enfin aspergées de sang et abandonnées, sachant que les corps seraient rapidement découverts. On dirait une mise en scène. Les assassins étaient probablement plusieurs, pour faire tout ça et déplacer les cadavres. À moins qu'on ait là un type ayant eu tout son temps pour peaufiner son affaire dans un endroit sûr, avec la possibilité de filer à pied ensuite. Sinon, il est peut-être venu avec une mini-moto dans le coffre de la limousine.

– Un psychopathe affûté physiquement, résuma Milo.

Ou alors un gang de zombies démoniaques. Merveilleux… Quoi d'autre ? Continue de balancer des idées.

Le cigare fit sa réapparition. Tandis que je réfléchissais, Milo l'alluma et fuma un moment, puis s'interrompit lorsque je repris la parole :

– On parle là d'un tueur, peut-être plusieurs, qui savait que le portail serait ouvert et qu'il n'y aurait plus personne dans la propriété. Il a peut-être participé à une soirée organisée ici. Autre hypothèse, un individu en lien avec la société de location ou la baraque. Et l'identité des victimes, au fait ?

Milo sortit son calepin et en tourna une page :

– Les hommes avaient tous leur portefeuille dans une poche de leur pantalon, mais on n'a rien trouvé de tel sur la femme. Le chauffeur s'appelait Solomon Roget, soixante-dix-huit ans. Une recherche sur Google m'a appris que c'était un authentique chauffeur en livrée. Domicilié non loin de Pico-Robertson, il était propriétaire de la limousine, ainsi que d'une Cadillac berline de 2001. Le pauvre gars avec la braguette ouverte était un certain Richard Peter Gurnsey, trente-six ans, de Santa Monica, et le petit mec, Benson Mauricio Alvarez, quarante-quatre ans, habitait près du centre-ville.

– Des victimes issues des quatre coins de la ville, soulignai-je. La femme avait un sac à main, peut-être ?

– Vide. Avec un fermoir Gucci mais Alicia m'a expliqué que c'est une contrefaçon bas de gamme. Pas la moindre trace de sang dessus, il a donc été placé après la douche rouge.

– Un accessoire, en somme.

Milo fronça les sourcils et tourna quelques pages de son calepin.

– Gurnsey – il se faisait appeler Rick sur les réseaux sociaux – était diplômé en droit et avocat chez Sony Studios, à Culver City. Il se mettait largement en scène sur Instagram : VTT, plongée sous-marine, deltaplane, faisant le con à la salle de muscu… C'était un dragueur qui aimait exhiber sa BMW noire et visait des filles jeunes et mignonnes – aucune obsession pour les grands-mères, manifestement. Roget n'apparaît nulle part sur Internet, pas plus qu'Alvarez, qui était légèrement handicapé mental. L'annuaire inversé m'a appris que son adresse est en réalité celle d'un centre d'hébergement qui accueille des personnes peu mûres mentalement, mais capables de « mener une vie ordinaire de façon semi-indépendante ».

– Un homme de quarante-quatre ans quelque peu retardé, un beau gosse narcissique ayant réussi dans la vie, une femme qui est un cliché de vieille tante guindée, et leur chauffeur. On dirait les personnages d'une pièce de théâtre. Roget n'avait pas de site Internet pour faire sa pub ?

– Je n'ai encore rien trouvé. Il n'était pas employé par une société, apparemment. La limousine étant enregistrée à son nom, je pense qu'il travaillait en indépendant.

– Je me demande comment il dénichait ses clients.

– Peut-être par bouche-à-oreille ? Je ne sais pas grand-chose, à vrai dire, Alex. Retournons là-bas.

Reed, Binchy et Alicia nous attendaient à l'intérieur de la tente, près de l'entrée. Un peu plus loin, dans un coin, à l'arrière de la limousine, une enquêtrice du coroner s'activait sur son téléphone. Gloria Mendez abaissa son masque et me salua, sans son habituel sourire. Je lui rendis son salut, tandis que ses pouces s'agitaient de nouveau sur son mobile.

– Hé, les mômes, lança Milo.

– Lieut', répondit en chœur le trio, bien qu'ayant les yeux rivés sur moi dans l'attente d'une révélation.

Je leur répétai ce que j'avais suggéré à mon ami, à savoir l'hypothèse de plusieurs assassins et l'aspect théâtral de la scène de crime.

– Oui, ça semble logique, abonda Moe Reed.

– Carrément, renchérit Sean Binchy.

– En ce qui concerne la position des corps, docteur, notamment la façon dont Gurnsey… dit Alicia Bogomil, rougissant quelque peu. Vous y voyez quelque chose d'ordre sexuel ?

– Possible, mais c'est peut-être seulement une question de pouvoir.

– C'est le cas des crimes sexuels, justement.

– Les crimes sexuels font intervenir le sexe *et* le pouvoir, déclara Reed, qui ensuite se tourna vers moi. Pas vrai ?

Milo intervint :

– Ce que le Dr D. aimerait vous dire mais qu'il ne fera pas car c'est un type pétri de gentillesse et d'empathie, c'est qu'on débute cette enquête avec beaucoup d'éléments bizarres et pas grand-chose d'autre à se mettre sous la dent.

– Qu'est-ce qu'on fait alors, lieut' ? demanda Alicia.

– La même chose que sur n'importe quelle affaire, gamine : on essaie d'en apprendre un peu plus sur les victimes.

– À ce propos, j'ai examiné la femme de plus près. Comme je vous l'ai dit, son sac à main est un faux bon marché. Elle est tartinée de fond de teint mais a été maquillée à la va-vite. Sa peau, qui est visible ici (elle effleura sur son visage la zone entre ses pommettes et ses oreilles), est assez abîmée, comme si elle avait été trop longtemps fouettée par le vent. D'autre part, elle a le nez couvert de vaisseaux sanguins apparents.

– Ce serait une SDF ? hasarda Reed.

– Oui, je pense.

– Le centre d'hébergement où vivait Alvarez est situé non loin du centre-ville, dans un quartier où on trouve beaucoup de refuges, de chambres à louer et de vagues bivouacs. Il y a peut-être un lien entre ces deux-là.

– Alvarez souffrait d'un léger handicap mental. C'est peut-être également le cas de cette femme.

– Un souci, Sean ? lança Milo, voyant que Binchy semblait troublé.

– Quelqu'un abuse de personnes faibles, répondit ce dernier, son visage couvert de taches de rousseur trahissant une réelle tristesse – cet inspecteur croyait encore à la bonté inhérente.

– Gurnsey ne cadre pas dans ce décor, fit remarquer Alicia. À moins qu'il ait fait des dons à des associations caritatives ou quelque chose dans le genre.

– J'aime nous voir réfléchir comme ça, apprécia Milo. Je vous avais bien dit que la présence du Dr D. nous inspirerait. Bon, vous savez par quoi commencer.

– Interroger tous les habitants du quartier, devina Binchy.

– Faites toutes les maisons de Benedict Canyon Drive, des deux côtés.

– Il y a aussi quatre mauvaises nouvelles à annoncer, rappela Reed. Comment on se les répartit ?

– On ne répartit rien du tout, je m'en charge, dit Milo. (Les trois inspecteurs restèrent sans réaction.) On appelle ça du leadership bienveillant. Allez, action.

Trois « oui, lieut' » retentirent simultanément, puis les inspecteurs disparurent.

– Tu assumes ta corvée préférée, plaisantai-je. Tu te sens émotionnellement résistant, aujourd'hui ?

– Qu'est-ce que tu racontes ? C'est surtout que ces trois-là sont encore jeunes et sensibles, tandis que moi je suis déjà atteint d'un trouble de l'humeur.

– C'est-à-dire ?

– Ma version personnelle de la bipolarité : la moitié du temps je suis furax et, l'autre, je suis seulement agacé.

Il se dirigea vers la limousine, où George Arredondo était encore au travail, et s'entretint brièvement avec lui, avant de faire de même avec la technicienne à lunettes puis avec Gloria Mendez.

Il me rejoignit en secouant la tête :

– Gloria dit qu'ils ont prélevé des tonnes d'échantillons d'un peu de tout, qu'on verra bien ce qu'en pense le labo mais qu'il ne faut pas espérer des résultats rapides vu la grosse affaire qu'ils ont sur les bras en ce moment.

Un rapide tour dans la maison nous révéla un intérieur gris et quasi vide plein d'écho, n'offrant à notre regard que des meubles de jardin, des poufs élimés et des détritus de la fête. Revenu dehors, Milo s'étira et tripota le nœud de sa cravate avant de contempler le ciel azur de L.A.

– Tant de crimes en si peu de temps… Rien ne t'oblige à m'accompagner pour annoncer les mauvaises nouvelles, Alex, mais d'un autre côté…

– … c'est une bonne façon d'en apprendre davantage sur les victimes.

– J'étais sûr que tu verrais les choses du même œil que moi. Laisse ta Cadillac ici, je me sens d'humeur à conduire. Mieux, je me sens d'humeur à jouer les « personnages officiels ».

Alors que nous regagnions le parking improvisé à l'avant de la demeure, j'envoyai un texto à Robin pour la prévenir que je ne rentrerais pas avant la fin de la journée.

Une sale affaire ? me répondit-elle.

Compliquée.

Oh oh. Pire que sale. Je t'aime.

Moi aussi.

Un individu maigrichon aux jambes comme des allumettes sortit de l'ambulance des pompiers, soutenu par les coudes par deux urgentistes.

De taille moyenne et le thorax presque creux, il était affublé de longs cheveux gris et d'une barbe emmêlée. Son tee-shirt marron était nettement trop grand pour lui et son jean tombait mollement sur ses baskets. Sa tignasse était ballottée de part et d'autre tandis qu'il secouait la tête comme pour protester.

– C'est ce type qui a averti Police-Secours, m'expliqua Milo. Ça te dit de bavarder avec lui ?

– Je ne veux pas rater ça.

Alors que nous approchions d'Enos Walters, il reprit :

– Tu as parlé de mise en scène, concernant le décor qu'on a trouvé. Moi, j'ai eu l'impression de voir un diorama de musée.

– Et comment tu l'aurais intitulé ?
– *Dé-civilisation.*

Lorsqu'il posa les yeux sur nous, Walters tenta de se libérer de l'emprise des urgentistes, en vain.

– Laissez-moi, putain ! brailla-t-il. Je ne suis pas un suspect !

– Lâchez-le, les gars, intervint Milo. Monsieur Walters, je suis le lieutenant Sturgis ; nous avons brièvement discuté tout à l'heure.

– Vous croyez que je ne m'en souviens pas ?

– C'est-à-dire que vous étiez un peu secoué…

– Parce que vous ne l'auriez pas été, vous, après avoir découvert un truc pareil ? beugla Walters en s'ébrouant comme un chien de chasse sortant de l'eau.

– Sa tension est instable et il présente une contraction auriculaire prématurée. Nous recommandons une hospitalisation pour observation.

– Va te faire foutre ! éructa Walters. Je vivrai plus vieux que toi, connard !

– C'est à lui d'en décider, décréta Milo.

– Carrément !

– Comme vous voudrez, monsieur, céda l'urgentiste.

Son collègue et lui regagnèrent l'ambulance et filèrent sans plus attendre.

– Ces salauds m'ont attaché, raconta Enos Walters. Ils voulaient me conduire dans un hôpital pour me bousiller. Sa voix rauque était visiblement habituée à laisser libre cours à la colère, son discours quelque peu confus jaillissant entre deux lèvres tombantes. Cet homme n'avait plus une dent sur la mâchoire supérieure, et seulement quelques-unes, craquelées et brunies, sur la mâchoire inférieure.

– Désolé pour le désagrément… Je peux vous appeler Enos ?

– Eno, rectifia Walters. « Enos », ça sonne trop comme… Enfin, j'ai trop entendu ça, pigé ? Eno. Je peux bien décider comment on m'appelle, non ?

Un poing rachitique serré, son autre main était occupée à gratter une joue creuse. Quelques tatouages bleu foncé assez grossiers s'étiraient sur son cou filandreux : un crucifix renversé, un minuscule démon et, de façon plutôt incongrue, une jolie rose. Sous sa barbe, son visage taillé à la serpe était parsemé de boutons dégoûtants, éruption typique des consommateurs de meth.

– Vous y croyez, à cette merde ? enchaîna-t-il, le regard incapable de se fixer sur quoi que ce soit. Construire un château et laisser des crétins y faire la fête ?

– La folie totale, convint Milo.

Walters se crispa et recula d'un pas, ce qui le fit presque trébucher en arrière. Il repoussa la main secourable de Milo, qui avait eu le réflexe de le rattraper :

– Je suis pas fou ! Et mon cœur va très bien. Il est hors de question qu'on m'enferme dans une putain d'asile.

– Je ne voulais pas vous blesser, monsieur Walters, je parlais de la folie de la situation.

– Ouais… Bref, il faut que je foute le camp d'ici.

– Un cigare ? proposa Milo, sortant un autre panatella.

– J'ai arrêté cette merde l'année dernière. Je fumais des Viceroy, mais maintenant je fais attention à ma santé. Je suis là depuis 6 h 30, il faut que je dégage.

– Désolé pour ces embêtements. Décrivez-nous ce que vous avez vu en arrivant ici, s'il vous plaît.

– Il était plutôt 6 h 20, en fait, dit Walters, qui, après avoir considéré un moment le cigare, s'en empara et le fourra dans une poche de son jean. Allez, pourquoi pas après tout. Vous me devez bien ça, après avoir essayé de m'attacher dans ce fourgon de la mort. Sérieux, je me comporte en citoyen modèle et vous me traitez comme un prisonnier ! Vous faites vraiment n'importe quoi, les mecs.

– Quand vous êtes arrivé ici, à 6 h 20… relança Milo.

– Ouais, ouais, ouais… Bon, écoutez-moi bien, je me répéterai pas.

Se balançant d'un pied sur l'autre et luttant pour garder

sa concentration, il nous livra son récit. Son débit s'accélérait à chaque phrase, si bien qu'il en arriva à cracher ses mots à un rythme tel que son discours en devint à peine intelligible.

Son esprit parcourant les replis de son cerveau à une allure de plus en plus vive, il mit enfin un terme à ce déluge verbal, à bout de souffle.

Beaucoup de mots mais peu de révélations.

– Merci, dit Milo. Donnez-moi votre adresse et votre numéro de téléphone, s'il vous plaît.

– Pourquoi ?

– Pour le dossier de l'enquête.

– Je ne veux pas apparaître dans le dossier de l'enquête. Et je n'ai pas de téléphone.

– Vous avez pourtant appelé Police-Secours…

– Avec ça, expliqua Walters en sortant un téléphone jetable d'une poche de son jean. Il ne reste plus que quelques unités dessus. Je ne suis pas joignable, alors ne me faites pas perdre mon temps.

– Et votre adresse ?

– Le Cyril.

– Sur Main Street ?

– Ouais.

– Numéro de chambre ?

– Je change souvent de piaule. Maintenant, laissez-moi…

– La société qui vous emploie, Aube Éclatante…

– Aube Éclatante & Compagnie de connards. J'en ai fini avec ce boulot de merde.

– À cause de ce que vous avez vu aujourd'hui ?

– À cause de tout. On commence tôt, on finit tard, on est payé que dalle.

– Vous aviez déjà nettoyé cette propriété, avant aujourd'hui ?

– Première et dernière fois.

– Qui est le propriétaire de la société ?

– Qu'est-ce que j'en sais, moi ?

– Qui vous verse votre salaire ?

– Irma.

– Nom de famille ?

– Qu'est-ce que j'en sais ? On s'en fout, non ?

– Nous récoltons un maximum d'informations, monsieur.

– Si j'étais un « monsieur », vous ne me retiendriez pas comme si j'étais un putain de prisonnier, alors que j'ai fait ce qu'il fallait en appelant les secours.

– Soyez remercié pour votre aide, monsieur Walters. Donc, Irma… ?

– Allez voir au bureau et demandez à voir la salope au gros cul.

Milo sourit.

– Vous croyez que j'exagère ? reprit Walters, qui écarta les bras. Aussi gros que ça, je vous dis !

– Et les personnes dans la limousine ? Vous en avez reconnu ?

– J'aurais dû ?

– Très bien. Je vous remercie, monsieur Walters. Vous êtes libre de vous en aller.

Ses mains noueuses sur les hanches, Walters resta planté sur place.

– Un souci ? s'enquit Milo.

– Comment diable voulez-vous que je m'en aille ? J'ai été déposé en voiture.

– Votre société n'est pas censée vous récupérer ?

– Je ne veux plus les voir. Je ne veux plus rien recevoir de leur part.

Sa minuscule mâchoire en avant, Walters tendit la main, dévoilant le tatouage qui ornait l'intérieur de son poignet droit : une femme nue aux formes exagérées fumant une cigarette, avec pour légende : « Viceroy : le goût idéal ».

Et en dessous, ce qui était peut-être une ancienne cicatrice due à une lame de rasoir.

Milo sortit son portefeuille et donna deux billets de vingt dollars à Walters.

Celui-ci les examina un instant et haussa les sourcils.

– Hmm… lâcha-t-il avant de s'éloigner d'un pas chancelant.

– Je parie qu'il va regagner le centre-ville à pied et dépenser mon fric en meth.

– Te voilà complice d'un drogué, dis-je.

– Ça veut dire qu'il faut que j'assiste à des réunions de désintoxication ? Enfin, il ne nous a rien appris.

– Il est instable émotionnellement ; je l'imagine mal t'être d'un grand secours dans un tribunal.

– Au tribunal ? Ce n'est pas une charrue mais carrément une moissonneuse-batteuse que tu mets avant les bœufs, là. Ouais, oublions notre brave Eno. Tu devines pourquoi je lui ai demandé s'il connaissait les victimes ?

– Parce que le Cyril se trouve en plein centre-ville.

– C'est ça. Une taule merdique parmi d'autres trous à rats. Mais bon, Walters n'a laissé échapper aucun détail révélateur, et ce n'est apparemment pas un cerveau criminel de premier ordre. (Il tira sur son pantalon.) Il est temps d'annoncer quelques mauvaises nouvelles. On commence par ruiner la journée de qui ?

– C'est Gurnsey qui habitait le plus près d'ici.

– Tu vois que tu sais penser efficace, quand tu veux.

5

Nous nous engouffrâmes dans la Chevrolet Impala de Milo, puis il s'engagea lentement sur la route privée de la propriété. De nos jours, l'info est un business qui ne reste que très peu de temps focalisé sur tel ou tel sujet ; une bonne moitié des journalistes avait disparu. Quand ils nous aperçurent, ceux qui étaient restés tentèrent de compenser la chute de leurs effectifs par de grands signes et en braillant de plus belle.

– Tu entends quelque chose, Alex ? me demanda Milo. Moi, rien du tout.

Après avoir fendu la masse humaine, il tourna à droite sur Benedict Canyon Drive. Eno Walters marchait trois cents mètres plus loin d'un pas instable, fumant le cigare.

Milo ralentit à sa hauteur :

– Les journalistes ont cherché à vous retenir ?

– Je leur ai dit d'aller se faire foutre.

– Parfait.

Un billet de vingt dollars supplémentaire changea de mains. Après l'avoir considéré avec suspicion, Walters l'empocha.

– Je vous dépose sur Sunset Boulevard ? proposa mon ami.

– C'est ça, pour m'enfermer encore une fois ?

Les épaules voûtées et marmonnant dans sa barbe, il se détourna de nous.

– J'adore ce job, dit Milo en reprenant de la vitesse. J'ai l'impression d'être le mec le plus populaire du lycée.

Richard Gurnsey avait vécu dans un immeuble de trois étages on ne peut plus banal, de la couleur d'un fromage suisse abandonné trop longtemps au frigo. Ça sentait les années 1970, l'époque où l'on empilait ce genre de blocs un peu partout dans L.A. sans se soucier une seconde du style.

L'endroit était situé dans une station balnéaire mais la plage se trouvait à au moins un kilomètre, et on ne percevait pas le moindre effluve d'air marin, pas plus qu'on n'apercevait la mer.

Pas davantage de système de sécurité sur le bâtiment ; une porte fatiguée permettait d'accéder à un hall d'entrée sentant la moisissure qui donnait sur un escalier couvert d'une moquette marron.

– Difficile d'imaginer un brillant avocat bossant pour un studio de cinéma installé dans ce taudis, commenta Milo, reniflant l'odeur des lieux.

– C'était peut-être simplement une sorte d'assistant, au bas de l'échelle, qui a gonflé son CV sur Internet, hasardai-je. Ou alors il préférait claquer son fric dans ses loisirs plutôt que dans son appartement.

– Alcool, femmes et éclate à gogo, et le reste on s'en fout, en somme.

Mon ami s'intéressa à une rangée de boîtes aux lettres couleur bronze aux coins noircis par l'oxydation. Le bâtiment comprenait quatre logements par étage, R. Gurnsey et J. Briggs occupant le 3B.

– Avec un peu de chance, c'est sa copine, espéra Milo. Et si on a une veine de gagnant au loto, elle est là-haut en ce moment.

Nous nous engageâmes dans l'escalier. La moquette était bleue au troisième étage, dont le couloir vide se terminait sur un mur sans ornement.

De la musique filtrait par la porte du 3B. Une voix féminine mixée par un logiciel flottait au-dessus d'une boucle de guitare acoustique en do et sol majeurs. C'était ça, le folk, de nos jours.

Milo m'adressa un V de la victoire :

– On s'achète des tickets de loto en ressortant d'ici. Au moins des jeux de grattage.

Il frappa à la porte.

– Une seconde, répondit une voix masculine. (La musique fut baissée, sans être coupée.) Qui est-ce ?

– Police.

La sono s'éteignit.

– À quel sujet ?

– Richard Gurnsey.

– Ricky ?

La porte s'entrouvrit, laissant apparaître un type aux yeux bleus d'une trentaine d'années. Torse nu, il portait un short en jean taille basse. Légèrement plus grand que Milo, il dépassait donc le mètre quatre-vingt-dix. Ses sourcils étaient assortis à ses cheveux broussailleux un peu trop jaunes, et sa barbe de trois jours grisonnante dissimulait mal un début de double menton. Exception faite de ce dernier point, il était plutôt svelte, ses longs membres lui donnant une allure de joueur de beach-volley. Enfin, son bronzage indiquait clairement que le fait de vivre à un kilomètre de la plage ne l'empêchait pas s'y rendre régulièrement.

Milo produisit son insigne :

– Bonjour, monsieur. Je suis le lieutenant Sturgis, et voici Alex Delaware.

Il estime parfois plus judicieux d'exhiber son bout de métal brillant, dans un premier temps, plutôt que sa carte indiquant « Brigade criminelle ».

– Il y a un problème avec Ricky ? s'enquit l'individu.

– Vous êtes son… ?

– Colocataire. Jay Briggs. Que se passe-t-il ?

– M. Gurnsey est malheureusement décédé.

– Quoi ? s'étrangla Briggs, les yeux exorbités.

– Nous sommes vraiment navrés de…

– Quoi ?

Briggs abattit un énorme poing sur sa cuisse droite, ce qui me fit remarquer des nodules de surfeur sur ses genoux.

– Qu'est-ce que… enchaîna-t-il. C'est quoi, ces conneries ?

– Pouvons-nous entrer, monsieur Briggs ?

– Vous dites que Rick est… Oh merde, qu'est-ce qui s'est passé ?

Jay Briggs se passa la main dans les cheveux, puis, sans laisser à Milo le temps de lui répondre, s'écarta :

– Bon, OK, entrez.

Je retins la porte, qui se refermait d'elle-même, et Milo et moi nous glissâmes dans l'appartement.

On retrouvait dans le minuscule salon l'odeur de moisissure présente dans l'entrée de l'immeuble. Devant un canapé en velours marron élimé par endroits, une malle de voyage noire écaillée faisait office de table basse, entourée de trois chaises de bois et toile (rouge, jaune et bleue). La moquette bleue était la même que dans le couloir. Sur la table basse, des canettes écrasées et des bouteilles vides qui avaient toutes contenu de la bière, un bol à moitié rempli de sauce et quelques sachets de chips de maïs. Un sac Trader Joe's bourré à craquer de davantage de récipients vides était dangereusement incliné non loin du passage permettant d'accéder à une kitchenette en contreplaqué. Deux planches de surf étaient calées dans un coin de la pièce, tandis que sur la gauche un couloir donnait sur trois portes ouvertes.

Jay Briggs s'approcha à petits pas du réfrigérateur, dans lequel il piocha une canette de Heineken. Après l'avoir ouverte, il s'en octroya une longue gorgée puis s'assit en tailleur à même le sol.

– Qu'est-ce qui s'est passé ? demanda-t-il. Il s'est fait tabasser par un alcoolo ?

Milo jugea le moment venu de sortir sa carte.

– Brigade criminelle ? lut Briggs. Je ne pige pas. Qui a fait ça ? Et où ?

– Quand avez-vous vu Ricky pour la dernière fois ?

– Je sais plus… Vendredi, je crois, mais pas longtemps, il avait une sortie prévue.

– Avec qui ?

– Une nana.

– Qui ?

– Il ne m'a rien dit. Il ne me parlait jamais de ça ; il n'était pas du genre à rester longtemps avec une fille.

– Il aimait les coups d'un soir, quoi.

– Oui, on peut dire ça. Il partait à la pêche. Rick était toujours partant pour aller choper des nanas. Et il y en avait souvent qui mordaient à l'hameçon.

– Vous ne savez rien à propos de sa prise de vendredi soir ?

– Je ne sais même pas s'il avait une fille en vue. Je sais seulement qu'il avait prévu de sortir. (Briggs leva les mains.) Il était comme ça. Pour lui, draguer était comme un… un hobby.

– Accro aux femmes, donc.

– Il ne vivait que pour ça, confirma le surfeur, dont la mâchoire s'affaissa quelque peu. Et vous dites qu'il a eu des ennuis à cause de ça ?

– Nous n'en savons pas encore assez pour affirmer quoi que ce soit. Ricky se montrait-il discriminant dans ses choix ?

– Vous me demandez s'il était raciste ? Non, carrément pas, il aimait toutes les filles, quelle que soit leur couleur de peau.

– Pas difficile, donc.

– À propos du physique, vous voulez dire ? Ça dépendait de son NE. (Briggs esquissa un léger sourire.) Son Niveau d'Excitation. Il a été assassiné ? La vache… C'est arrivé où ?

– Pas loin de Benedict Canyon Drive. Ça vous arrivait souvent de traîner par là-bas, tous les deux ?

– Tous les deux ? On ne fréquentait plus les mêmes endroits. On n'était plus que colocs.

– « Plus » ?

– On se connaissait depuis le lycée. Je faisais partie des équipes de basket et de course de fond, et Ricky écrivait des articles de sport pour le journal du bahut.

– Quel lycée ?

– Fontana High, mais on n'était pas non plus les meilleurs potes du monde, à l'époque ; on se connaissait, c'est tout. Il y a deux ans, on s'est retrouvés par hasard dans un bar sur la plage – le Croco affamé, mais depuis il a changé de nom. On a bu quelques bières ensemble. J'étais tout juste de retour ici, après un séjour à Tucson, et je cherchais un logement. Ricky m'a dit qu'il vivait dans un appart avec deux chambres pas loin de la plage. Jamais il ne le lâcherait, car son loyer était plafonné, mais il ne se servait pas de la deuxième chambre, il m'a dit que je pouvais l'occuper pour pas cher. (Briggs soupira.) Tout se passait bien, il travaillait de jour, moi de nuit ; c'est pour ça que je dis qu'on n'était pas super proches. (Il serra ses énormes paluches.) Oh merde… Jamais je ne pourrai régler le loyer à moi tout seul.

– Que faites-vous, comme boulot de nuit, Jay ?

– Je m'occupe d'un vieux. Le Pr Van Ness. Il a au moins cent ans, il ne peut plus se déplacer, mais son cerveau fonctionne encore pas trop mal. Je suis avec lui la nuit, et donc il dort la plupart du temps, quand je suis là-bas, ce qui me permet d'en faire autant. Il faut parfois que je change sa couche mais ça va, ce n'est pas un souci. J'aime aider les autres ; j'ai été entraîneur adjoint de basket dans un collège, à Tucson, puis l'école – un établissement chrétien privé – a eu des problèmes financiers. J'ai décidé de revenir ici.

– Rick était avocat chez Sony, c'est ça ?

– Euh… non, pas vraiment. Il a fait des études de droit mais il a été recalé à l'examen du barreau. Pour être honnête avec vous, il était plutôt une sorte d'assistant juridique.

– OK, dit Milo.

– C'était un malin, ajouta Briggs, quelque peu hésitant. Il

disait vouloir éviter les prises de tête qui vont avec le métier d'avocat ; son but principal était de gagner juste assez de fric pour vivre et d'avoir du temps libre pour faire la fête.

Nos regards se posèrent sur le fatras qui encombrait la table basse.

– C'est moi, tout ça ; Rick était plutôt un maniaque de l'ordre.

– Quand était-il censé rentrer ? m'enquis-je.

– Ne l'ayant pas vu vendredi, j'ai pensé qu'il serait de retour samedi. Et comme samedi il n'était toujours pas là, j'ai imaginé qu'il rentrerait ce soir. Je n'avais aucun moyen de le savoir, en fait.

– Ricky connaissait-il un certain Benson Alvarez ? demanda Milo.

– Non. C'est qui ? Un gangster mexicain ?

– Ricky était-il bénévole dans une association caritative ?

– Comment ça ? réagit Briggs, comme si c'était une idée absurde.

– En offrant un peu de son temps aux autres, en aidant des SDF, des personnes handicapées, ce genre de choses.

Le surfeur secoua lentement la tête :

– Tout ce que je sais, c'est qu'il a donné vingt dollars à United Way, au boulot. Il m'a demandé si je voulais moi aussi donner un peu de fric. Je lui ai répondu que je le ferais le jour où j'en aurais un peu plus dans ma poche. Ça ne lui a posé aucun problème ; Ricky était toujours cool.

– Mais pas bénévole, donc.

– Il ne m'a rien dit, en tout cas. Pour tout vous avouer, Ricky consacrait quasiment tout son temps libre, et il en avait beaucoup, à une seule chose.

Briggs dessina une forme de sablier dans les airs.

– A-t-il eu une longue relation amoureuse – une copine, une ex-femme ? demandai-je.

– Non, pas depuis qu'on s'est retrouvés.

– Il ne vous a jamais parlé d'une situation amoureuse délicate ?

– Non, jamais, mais Ricky n'était pas du genre à se plaindre. Il ne me parlait pas de sa vie amoureuse, tout simplement, même si parfois je le voyais rentrer tout guilleret. Je lui demandais « Tu as levé une bombe ? », et il me souriait en levant les pouces.

– Un type sympathique, en somme.

– Oui, il s'entendait bien avec tout le monde. De temps en temps, je me demandais même si ça ne lui vaudrait pas des ennuis, un jour.

– C'est-à-dire ?

– Il n'y a rien de mal à être cool avec les gens, évidemment, mais tout le monde n'est pas forcément bienveillant. C'est parfois une bonne idée d'être un peu... non pas parano, mais disons un peu méfiant, de surveiller ses arrières. Je me suis marié assez rapidement, après le lycée ; ma femme m'a menti, m'a dit qu'elle était enceinte et m'a trompé. Et quand on a divorcé, elle a pu garder le pick-up.

Briggs fronça les sourcils à l'évocation de ces souvenirs.

– Vous êtes un homme prudent, mais Ricky ne l'était pas, résumai-je.

– Ricky appréciait tout le monde. Et regardez ce qui lui est arrivé.

– Vous pensez donc qu'il s'est lié avec la mauvaise personne, déduisit Milo.

– C'est possible, en tout cas, non ? répondit Briggs, croisant de nouveau les jambes. Ce que je veux dire, c'est qu'il ne faisait rien pour se protéger, or certaines précautions sont parfois nécessaires. (Il agrippa ses genoux et oscilla deux ou trois fois d'avant en arrière.) Enfin, c'était mon ami ; je n'ai pas envie de le critiquer.

– Bien sûr que non, convint Milo. Mais si vous savez quelque chose qui peut nous aider à retrouver son assassin, il est impératif que vous nous en parliez.

– Ouais... C'est juste que... Tout ce cirque #MeToo...

– Ricky ne traitait pas toujours correctement les femmes ?

– Il assurait que si, parce qu'elles s'éclataient autant que lui. (Milo et moi restâmes silencieux.) Écoutez, je ne suis pas en train de vous dire qu'il a drogué une fille pour la mettre dans son lit, genre Harvey Weinstein ou Bill Cosby.

Les longs bras de Briggs se replièrent contre son torse nu.

– Mais… ? le relançai-je.

– Mais il… Ne faites pas de mauvaises interprétations, d'accord ?

– D'accord.

– Bon… Il n'avait pas besoin d'être pervers, de toute façon, vu qu'il avait du succès avec les filles.

Comme si ce détail changeait quelque chose. Voyant que nous ne réagissions pas, Briggs enchaîna :

– Je dis simplement qu'on ne se comportait pas de la même façon avec les filles, lui et moi. (Il gonfla les joues et souffla lentement.) Il aimait les… détendre un peu. Et quand elles étaient dans l'état d'esprit adéquat… quand ils étaient en pleine action… il aimait… les retourner, si vous voyez ce que je veux dire.

– Pour une sodomie surprise, précisai-je.

– Ça peut paraître tordu, dit comme ça, mais il n'a jamais forcé personne ; elles étaient dans le trip. (Il agita les mains.) C'était plutôt… Il appelait ça « passer à la vitesse supérieure ».

– Comment réagissaient les filles ?

– Il ne m'a jamais parlé d'un souci à ce moment-là.

– Mais vous, ce n'est pas votre truc, dit Milo.

– En fait… j'aime savoir où je mets les pieds, alors j'imagine que les filles aussi. (Briggs esquissa un sourire.) Je n'en vois pas souvent, cela dit. Entre mon job et les vagues. Et j'essaie aussi de jouer au volley de temps en temps.

– Le sport de Ricky, c'était les femmes.

Briggs hocha la tête, l'air presque empathique.

– Il n'a jamais été une star, au lycée, alors j'imagine que pour lui, c'était important de…

– De quoi se servait-il pour détendre ces femmes ? demanda Milo.

– Rien de louche. Des boissons sucrées. Il disait qu'elles adoraient ça, qu'ils buvaient du 7 Up.

– Il préparait lui-même ces cocktails ?

– Non, il les achetait. Il leur faisait essayer des trucs pendant le dîner ou au bar.

– Des cocktails décorés de parasols.

– Lui parlait de « machins en papier ».

– Il ne ramenait pas ses conquêtes ici ?

– Si, parfois, mais je ne saurais pas vous dire qui. Je ne m'en rendais compte que le lendemain quand, en rentrant du boulot, je le trouvais occupé à laver les draps et qu'il me faisait le V de la victoire. Comme je vous l'ai dit, je travaille de nuit, week-end compris.

– Tous les jours de la semaine, donc.

– Le Pr Van Ness a besoin de moi. Et surtout, j'ai besoin d'argent pour rembourser mes crédits. (Briggs baissa la tête.) Je ne veux surtout pas dire du mal de Ricky et vous faire croire que c'était un taré. C'était un mec sympa qui aimait s'amuser, c'est tout.

– Bien sûr, ne vous en faites pas, le rassura Milo. Que pouvez-vous nous dire d'autre, Jay ?

– Rien. Il lui arrivait parfois de se vanter de ses exploits, les rares fois où on était tous les deux ici. On était chacun dans notre chambre, portes fermées. Quand je m'apprêtais à partir, il surgissait et faisait ce geste.

Il plaqua l'index sur la bouche.

– Pour vous dire que quelqu'un dormait dans sa chambre.

– Exact. Alors il ouvrait sa robe de chambre et retirait sa capote, un grand sourire aux lèvres.

– Mission accomplie.

– Qu'est-ce que vous voulez que je vous dise, ça le rendait heureux, c'est tout. Il n'y a rien de mal à être heureux, pas vrai ?

– Ça vous est arrivé de voir ses conquêtes ?

– Non, jamais.

– De grosses dormeuses.

– Oui, sans doute.

– Étaient-elles plus qu'endormies, d'après vous ? Inconscientes ?

– Je n'en sais rien, j'espère que non. Je ne voudrais pas que vous pensiez que Ricky était un sale type. Surtout maintenant qu'il est… Bon sang, ça me fait flipper. C'est la dernière chose à laquelle je m'attendais.

– Vous êtes d'accord pour nous laisser jeter un coup d'œil dans la chambre de Ricky ?

– Oui, bien sûr, répondit Briggs en se redressant. Vous avez besoin de ma permission ?

– Vous êtes maintenant le seul occupant de cet appartement.

– Ouais… et ça craint.

Première porte du couloir.

Une chambre de taille moyenne, avec une salle de bains attenante comprenant une baignoire avec douche. Les murs de l'antre de Rick Gurnsey étaient de couleur bordeaux et le plafond blanc, tandis que le parquet de chêne stratifié aux nuances passées était partiellement couvert d'une imitation de tapis persan. Une table de chevet en osier, sans rien dessus, et un lit double avec une couette blanche parfaitement bordée faisaient face à un écran plat de soixante pouces.

Dans le minuscule placard, deux costumes bleu marine Saks Fifth Avenue partageaient le peu d'espace avec un costume gris anthracite Neiman Marcus, une veste en cuir noire sans étiquette, trois jeans Diesel slim et autant de pantalons en toile – noir, bleu marine et beige. Il y avait également des chemises de soirée bleues, roses et blanches et, sur le sol, deux paires de baskets Nike, des mocassins en cuir noir et marron, des bottes en daim marron volontairement éraflées et des sandales de plage rouges. Sur l'étagère la plus élevée se trouvaient une casquette des Dodgers, un bonnet gris en laine et un panama bon marché.

Sous l'écran de télévision, le tiroir supérieur d'une commode en osier était rempli de slips Calvin Klein et de chaussettes. Celui du milieu contenait des polos, des tee-shirts et une chemise de bowling Nat Nast en soie noire avec des motifs de saxophones dorés. Enfin, le tiroir du bas renfermait douze paquets de préservatifs lubrifiés à nervures Ultra-Lisse XL (« Pour le plaisir de mademoiselle et le vôtre »). L'un d'eux était ouvert, et trois préservatifs manquaient.

– Une vie tranquille, commenta Milo. Du moment que c'est « ultra-lisse et lubrifié »…

Il passa dans la salle de bains, où le carrelage comme les serviettes était blanc. Le couvercle de la cuvette des toilettes était rabattu.

– Il faisait tout pour plaire à ses invitées, dit-il en ouvrant l'armoire à pharmacie.

Il y découvrit deux déodorants Speed Stick, du paracétamol, des médicaments contre le rhume, un blaireau en poils de sanglier, de la crème hydratante Truefitt & Hill de Londres, un rasoir à main en noyer et des lames pour une semaine. Et sur la droite, un petit flacon en verre bleu. Milo en déchiffra l'étiquette puis me le tendit.

Le récipient contenait du cannabis mélangé à « une multitude d'autres plantes » sous la forme d'une pâte odorante de la couleur de la bière.

L'étagère supérieure était surchargée de dix autres paquets de préservatifs.

– Que pensaient ses conquêtes quand elles voyaient ça ? lança Milo.

– À mon avis, Ricky faisait en sorte qu'elles ne soient pas trop en état de penser.

– Oui, avant de passer à la vitesse supérieure.

– Une femme piégée par surprise y repense plus tard et n'apprécie pas ce dont elle se souvient. Ça pourrait donner un bon mobile.

– Qu'est-ce que tu fais des trois autres victimes, dans ce cas ? (Je me contentai de hausser les épaules, ce qui le fit rire.) J'espérais que tu ne dirais pas ça.

Jay Briggs fumait dans sa chambre, de l'autre côté du couloir. D'une surface correspondant aux deux tiers de celle de Gurnsey, cette pièce comprenait une caisse en plastique en guise de table de chevet et un matelas posé à même le sol, en cet instant creusé par le poids de son occupant. Celui-ci avait enfilé un tee-shirt gris froissé. Des tas de vêtements tout aussi chiffonnés jonchaient les lieux, un peu partout.

– Vous avez trouvé quelque chose ? demanda Briggs.

– On fait simplement notre boulot, Jay, répondit Milo. Je vous fais confiance pour ne pas entrer dans la chambre de Ricky tant que les techniciens de la police scientifique ne sont pas passés, OK ?

– Ils vont venir ici ? Quand ?

– Probablement dans la journée. Mais ils vous appelleront avant, alors si vous pouviez me donner votre numéro de téléphone.

Briggs obtempéra, tandis que Milo prenait note.

– Merci. Ils prendront également vos empreintes digitales.

– Les miennes ? Mais pourquoi ?

– Pour ne pas vous attribuer par erreur celles qui seront prélevées dans la chambre de Ricky.

– Je n'y ai jamais mis les pieds.

– Dans ce cas vos empreintes n'apparaîtront pas.

– C'est vraiment indispensable ?

– Vous avez une raison de ne pas vouloir le faire ? (Les lèvres pincées, Briggs jeta un coup d'œil furtif sur sa droite.) Ils se servent d'un petit machin électronique, Jay, vous n'aurez même pas à vous salir les doigts.

Le surfeur se mordit la joue avant de se lancer :

– Bon, il faut que je vous dise un truc. J'ai déjà été arrêté par la police, il y a longtemps. Pour conduite en état d'ivresse. Deux fois.

– Ce n'est pas notre problème, Jay, je vous assure.

– D'accord, mais j'ai menti à ce sujet quand j'ai postulé

pour ce job auprès du Pr Van Ness. Et j'ai vraiment besoin de ce boulot.

– Ils n'ont rien vérifié, j'imagine ?

– Ils m'ont dit qu'ils le feraient, et moi j'ai pensé « Et merde, je suis baisé », mais ils m'ont embauché. Je me suis dit qu'ils n'avaient rien vu.

– De quand datent ces arrestations ?

– C'était il y a… quinze ans, à peu près.

– Un casier judiciaire ne comporte pas forcément les conneries faites quand on était mineur. Il arrive qu'elles soient effacées.

– Sérieux ? Cool !

– Quoi qu'il en soit, ça ne change rien au fait qu'on se moque éperdument de vos petites bêtises d'autrefois. Nous enquêtons sur un homicide, là.

– Oui, bien sûr. Bon, je le ferai, sans faute. Je suis prêt à vous aider, pas de souci.

– Parfait, apprécia Milo. Pourriez-vous nous donner les coordonnées des parents de Ricky ?

– Ils sont morts tous les deux. Il m'en a parlé, un jour – un accident, apparemment – et m'a dit de ne plus revenir là-dessus, qu'il m'avait répondu pour que je sois au courant. Parce que j'avais posé la question, en fait. C'était juste après mon arrivée ici. On bavardait tranquillement, je lui parlais de ma famille, et par politesse je l'ai interrogé sur la sienne. C'est là qu'il m'a dit ça.

– Des frères, des sœurs ?

– Moi j'en ai quatre, lui aucun. Ça lui allait très bien, il disait que ça lui avait valu toute l'attention de ses parents. Je lui ai répondu que c'était cool d'avoir des frères, et même des sœurs, de temps en temps. J'espère que sa chambre sera rapidement inspectée, je sens une énergie négative dans l'air depuis que vous m'avez annoncé la nouvelle. Comme si j'étais dans l'eau en attendant une vague et que je voyais approcher une marée rouge – un banc d'algues.

– Ricky surfait, lui aussi ?

– Non. Les filles étaient son seul sport.

– Où est sa BMW ?

– On a deux places de parking. La sienne est vide depuis vendredi. Comme je vous l'ai dit, je pensais qu'il avait levé une nana. (Briggs se frotta un œil puis soupira.) Ce n'était pas le cas, visiblement. Dès que vous serez partis, je filerai, moi aussi. J'irai courir un peu, ou marcher, prendre l'air.

– Revenons aux filles que Ricky a fait venir ici. Vous vous rappelez un nom, peut-être ?

– Je ne peux pas me souvenir de ce que je n'ai jamais su.

– Avait-il un type privilégié ? intervins-je.

– Comment ça ?

– Les grandes, les petites, les blondes, les brunes…

– Tout ce que je sais, c'est qu'il disait : « Blanches, noires, Mexicaines, Chinoises… Peu importe, tant que le poisson mord à l'hameçon. »

6

– Passons à M. Roget, décréta Milo, de retour dans la voiture, alors qu'il était déjà un peu plus de midi. Parmi nos victimes restantes, c'est lui qui était domicilié le plus près d'ici. J'appelle son numéro.

Pas de réponse, ni de messagerie. Il mit le contact et ajouta :

– Et merde. S'il vivait seul, il me faudra un mandat pour entrer chez lui.

Il s'engagea vers l'est sur Arizona Avenue.

– Si on ne trouve personne qui puisse nous parler de lui, Leon Creech pourra peut-être nous renseigner, suggérai-je.

– Pourquoi lui en particulier ?

– C'est un vieux chauffeur indépendant, comme l'était Roget.

Nous avions fait la connaissance de Creech l'année précédente, alors qu'il avait eu pour clients une victime centenaire ainsi que ses assassins. Notre entretien avec cet homme courtois s'était révélé très instructif.

– Un brave type, ce Leon, dit Milo.

– Ça vaut le coup d'essayer.

– Oui, bien sûr, mais voyons d'abord si Solomon Roget vivait avec quelqu'un que je peux traumatiser.

Il n'en était rien.

Personne ne nous ouvrit la porte de l'appartement de Roget, situé au rez-de-chaussée d'un immeuble à deux niveaux de Hi-Point Street, au nord d'Olympic Boulevard. De style hispanique et impeccablement entretenu, le bâtiment comprenait une allée récemment balayée à l'extrémité de laquelle était stationné un véhicule couvert d'une bâche grise. Il restait encore largement la place de garer la limousine de Roget.

Milo souleva un coin de la protection, révélant une Cadillac noire.

– Attends-moi une seconde, m'intima-t-il, avant de contourner l'immeuble par la gauche, pour réapparaître quelques instants plus tard. Personne dans le jardin, derrière, et personne ne répond à la porte de service. Je me lancerai dans la paperasse pour le mandat dès qu'on aura fini de distribuer les mauvaises nouvelles.

Alors qu'il s'apprêtait à quitter les lieux, la porte de l'appartement du niveau supérieur s'ouvrit sur une jeune femme blonde en survêtement, qui fit quelques pas sur le palier, portant un bébé emmailloté. Le bras gauche entièrement tatoué, elle avait de longs cheveux filasse et des yeux tombants témoignant d'une grande fatigue.

– Bonjour, la salua Milo.

– Que se passe-t-il ?

– Police.

– Vous êtes là pour le voisin du dessous ? Oh, ne me dites pas que c'est un voyou, ou je ne sais quoi dans le genre. On vient tout juste d'emménager.

– Vous parlez bien de M. Roget ?

– Je ne connais pas son nom. Je sais seulement qu'il gare ses deux voitures dans l'allée parce que le propriétaire l'a à la bonne, ce qui nous oblige à payer le stationnement de nuit dans la rue.

Elle désigna un fourgon rouge couvert de poussière garé de l'autre côté de la chaussée.

– Pas sympa pour vous, compatit Milo. M. Roget vit avec quelqu'un ?

– C'est un truand ? insista la jeune femme, ouvrant grand les yeux.

– Non, pas du tout. Il vit seul ?
– Pourquoi ?
– Il lui est arrivé malheur.
– Oh, lâcha-t-elle, visiblement guère troublée. Alors ?

Elle haussa les épaules, ce qui secoua légèrement son bébé.

– Non, je n'ai vu personne d'autre.
– Depuis combien de temps habitez-vous ici ?
– Un mois. Franchement, cette histoire de parking, c'est pas juste.
– C'est un sacré problème pour vous, reconnut Milo.
– Sérieux, le proprio a le droit de faire ça ?
– Je ne vois pas ce qui l'en empêcherait.

La voisine de Roget en resta bouche bée. Milo se dirigea vers la voiture et marmonna :

– La bonté incarnée, cette fille…

Croyant que nous ne la regardions plus – ou peut-être se fichait-elle que ce soit le cas –, elle nous adressa un doigt d'honneur.

Milo tenta de joindre Creech, sans succès.

– Tu ne te souviens pas de son adresse, par hasard ? me lança-t-il en reposant son téléphone.
– Wooster Street.

Il me dévisagea un instant :

– Je plaisantais. Sans déconner, tu te rappelles tout ce qui entre dans ton cerveau ?
– Je m'efforce de filtrer un peu, quand même.
– Je préfère ne pas te demander comment tu fais. Bon, allons-y.

La demeure en stuc vert menthe de Creech était l'une des rares habitations individuelles d'un pâté de maisons quasiment rempli de pavillons jumelés et d'immeubles. Propriétaire de son logement, cet homme était un traditionaliste qui tenait bon face à la modernité.

Sa silhouette nous apparut à une centaine de mètres de distance ; il était occupé à passer le chiffon sur sa Lincoln Town Car bleu marine. Échalas voûté aux allures de grue humaine, Creech avait le crâne couvert de cheveux blancs si fins qu'ils voletaient tandis qu'il s'activait. En gilet vert olive, polo rose et pantalon en crêpe immaculé, avec des baskets blanches New Balance, il donnait l'impression de s'être vêtu pour une grande occasion. Concentré sur sa voiture, il recula d'un pas pour détailler son reflet sur la peinture. Milo se gara, puis nous traversâmes la rue :

– Monsieur Creech !

– Lieutenant ! Ça fait un bail.

– Comment allez-vous ?

– J'ai réussi haut la main le test de renouvellement du permis de conduire, répondit le vieil homme, les pouces levés. En vous voyant, ça me rappelle que j'ai moi aussi fait partie des forces de l'ordre ; j'étais dans la police militaire, à Séoul. (Il nous avait déjà signalé ce point lorsque nous l'avions interrogé pour la première fois.) Et vous, docteur, comment allez-vous ?

– Tout va bien.

– Tant mieux. Alors, quoi de neuf ? Un autre crétin a commis un crime ? Pas à l'Aventura, en tout cas, vu qu'ils ont fermé ce trou à rats. J'ai vu des grues qui creusaient un peu partout là-bas.

– En effet, rien à voir avec cet hôtel. Connaîtriez-vous un certain Solomon Roget, chauffeur en livrée ?

– Solly ? Qu'est-ce qui… (Le visage de Creech se décomposa, les lèvres tremblantes.) Oh, non…

– Hélas, monsieur Creech.

– Solly… répéta le vieil homme, une main sur la poitrine. Mon Dieu… Solly et moi, on se connaît depuis une éternité. Il était déjà derrière un volant à l'époque où je travaillais encore pour l'académie. On parle bien de Solly Roget ? Il était originaire d'Haïti, c'était quelqu'un de bien, gentil comme pas deux. C'est arrivé quand ? Et où ?

– Hier, dans une propriété de Bel Air.

– Bel Air ? Le quartier où Charles Manson a commis son massacre ? Où, exactement ? J'avais des clientes là-bas : Mme Meldock, Mme Davis, Mme Robertson… J'étais le chauffeur des dames qui déjeunaient en ville.

– Pas loin de Benedict Canyon Drive, répondit Milo.

– Ce ne serait pas dans cette immense baraque, on dirait un immeuble de bureaux, où il faut retirer ses chaussures même dans la cour ? C'est un agent qui y habite… Mort Medvedev.

– Non.

– Où, alors ?

– Désolé, il m'est impossible de vous en dire plus pour le moment, monsieur Creech. Quand avez-vous vu M. Roget pour la dernière fois ?

– Pour la dernière fois… répéta le chauffeur en se tapotant la lèvre inférieure. Je dirais… il y a deux ans, peut-être ? Oui, c'est ça, c'était en été, au concert d'un violoniste au Hollywood Bowl. Nous attendions chacun notre client, garés l'un à côté de l'autre.

– Il avait pris sa Cadillac ?

– Oui, évidemment.

– Hier, M. Roget était au volant d'une limousine blanche…

– Cette horreur ? s'exclama Creech, une main plaquée sur la joue. C'est une vraie poubelle, ce truc ; impossible d'avoir une bonne tenue de route avec un engin aussi énorme – à moins de l'équiper comme un camion, mais dans ce cas, elle est trop rigide pour transporter des clients. En plus, ça ne vaut rien à la revente. Solly l'a achetée il y a longtemps, pour pas cher. Je lui avais pourtant déconseillé de se lancer là-dedans : « Mieux vaut éviter les gens qui veulent rouler dans ce genre de bagnole, mon pote. » J'avais raison, apparemment. Qui étaient ses clients, d'ailleurs ? Ce sont eux qui l'ont tué ?

– Il semblerait que non.

– Que s'est-il passé, alors ? Un cambriolage qui a mal tourné ?

– C'est compliqué. Notre enquête débute à peine, et nous essayons de mieux savoir qui était M. Roget.

– Même si je ne l'avais pas vu depuis deux ans, je ne vois pas pourquoi Solly aurait changé entre-temps. Il était bienveillant comme personne, et c'était un peu son problème, si vous voulez mon avis. Il était trop gentil. Les gens profitaient de lui.

– Qui donc ?

– Des clients lui ont filé des chèques bidon, qu'il a acceptés sans rien vérifier. Il était naïf, il ne réclamait jamais d'avance.

– Comment se fait-il que vous sachiez tout ça ?

– Parce qu'il me l'a dit. Au Hollywood Bowl. On a eu toute la soirée pour discuter. Il avait apporté un casse-croûte, comme moi, et on a grignoté en bavardant. Et donc, ses clients d'hier étaient des bandits ?

– Nous en sommes encore à rassembler des informations, monsieur Creech.

– Donnez-moi leurs noms, si vous voulez, lieutenant. Ils me diront peut-être quelque chose.

– Vous partagiez des clients, Solly et vous ?

– Non, mais les gens qui louent des chauffeurs n'en louent pas qu'un seul.

– Entendu, mais vous n'en parlez à personne.

– Promis. Allez-y.

– Richard Gurnsey.

– Non.

– Benson Alvarez.

– Pas mieux. Des homos ?

– Non, apparemment.

– Juste deux types sur la banquette arrière d'une limousine. Qu'est-ce qu'ils fichaient ?

– Ils étaient accompagnés d'une femme, mais nous ignorons son identité.

– Une prostituée ? Une orgie ?

– Non. Comme je vous l'ai dit, notre enquête déb…

– Pardon, pardon, lieutenant, je suis bouleversé, c'est tout.

Creech se tapota de nouveau la poitrine, à hauteur du cœur, précisément, et laissa échapper une grimace.

– Tout va bien, monsieur Creech ?

– Moi ? Oui, pas de problème. C'est juste que… c'est dur à encaisser. Un type comme Solly… si sympathique – si cool, comme disent les jeunes. Il ne se plaignait jamais. Il se préparait lui-même ses casse-croûte, de la nourriture haïtienne, vu qu'il n'avait plus de femme pour le faire. À base de pain de maïs, ça c'était délicieux. Il se faisait aussi des boulettes de viande, mais franchement c'était trop épicé pour moi. Le soir du concert, je lui ai donné un peu de mes chips et quelques morceaux de pomme. On a passé un moment très agréable, sur le parking, d'où on entendait le violoniste.

– Savez-vous quelque chose à propos de sa famille ? demandai-je.

– Je sais qu'il en avait une. Deux gosses, qui vivent en Floride. L'un est médecin, quelque chose comme ça, et l'autre… aussi, il me semble. Un fils et une fille ; il en était fier. Toute la famille est venue de Haïti par bateau, et ils ont bossé dur pour s'élever dans la hiérarchie sociale. La femme de Solly était femme de ménage, puis elle est morte. (Un nœud se forma dans la gorge de Creech.) Il souffrait beaucoup de son absence, mais n'en montrait rien, toujours souriant.

– Comment décrochait-il ses clients ?

– Que voulez-vous dire ?

– Nous n'avons pas trouvé de site Internet.

– J'en ai un, moi ! se rengorgea Creech. Je l'ai créé l'année dernière, pour vivre avec mon temps. Mais bon, il n'y a pas que des avantages. On dégotte plus de clients, certes, mais pas toujours les plus classe qui soient, sans compter qu'ensuite ils vous notent. Quant aux mômes, ils ne savent même pas ce que c'est qu'un pourboire. Ils me prennent pour un Uber. (Il prononça ce dernier mot comme s'il évoquait une maladie.) De nos jours, on a droit à un pourboire quand on vend des cookies à un comptoir, mais pas quand on balade des abrutis toute la nuit dans sa voiture. Vous trouvez ça normal, vous ?

Je secouai la tête :

– Si Solly n'avait pas de site Internet…

– Je lui ai posé la question, justement. Il m'a répondu qu'il préférait les petites annonces à « franges », avec son numéro de téléphone inscrit sur chaque bandelette ; il suffisait d'en arracher une pour pouvoir le contacter.

– C'est tout ?

– Il ne faisait rien d'autre à l'époque de cette soirée au Hollywood Bowl, en tout cas.

– Où affichait-il ses petites annonces ?

– Aucune idée. Je lui ai dit que ce n'était pas malin, comme façon de procéder, que n'importe qui pouvait arracher un bout de papier, et donc qu'on ne pouvait jamais savoir à qui on avait affaire. J'ai raison, non ? Bien sûr que j'ai raison, si vous êtes là.

– Tout à fait, monsieur Creech.

– Ouais… Le problème, c'est que je n'ai pas envie d'avoir raison.

7

Dénicher deux médecins établis en Floride et portant un patronyme peu commun fut un jeu d'enfant.

Spécialisé en orthopédie gériatrique et en gestion des troubles dus au diabète, le Dr Hillaire B. Roget, membre de l'Académie américaine des chirurgiens orthopédiques, dirigeait le Bone Institute d'Ocala.

Milo inspira profondément, brancha le haut-parleur de son téléphone et composa le numéro du médecin.

Réceptionniste, aide-soignante, infirmière et enfin médecin se succédèrent comme autant de maillons de la chaîne de communication, tout cela accéléré par le grade et les explications de Milo : « C'est à propos du père du Dr Roget. »

Peu après, une voix posée se fit entendre :

– Hillaire Roget à l'appareil. Qu'est-il arrivé à mon père ?

– Ce n'est pas facile à annoncer, mais…

– Oh, non…

– Je suis navré, docteur. Votre père est malheureusement décédé.

– Non… Mon Dieu… Et vous êtes de la police ? Il ne s'agit pas d'une mort naturelle ?

– Non, j'en ai peur, répondit Milo, s'agrippant d'une main au volant. Votre père a été assassiné.

– Mon père assassiné ? Mais comment ? Que s'est-il passé ?

– Nous cherchons encore à le déterminer, docteur Roget.

– C'est arrivé chez lui ? Des cambrioleurs ?

– Non, on l'a retrouvé dans sa voiture.

– Oh non… lâcha le médecin, qui ensuite étouffa quelques sanglots. (Il laissa passer un long moment avant de reprendre, sa voix posée à présent affaiblie.) Excusez-moi… Je lui avais pourtant dit d'arrêter de faire le chauffeur. Pour un homme de son âge, se trouver avec des inconnus pouvait être dangereux. Je craignais toujours qu'il lui arrive quelque chose. Que s'est-il passé ? Il a été victime d'un braqueur ?

– Avait-il déjà connu des mésaventures au volant de sa voiture ? s'enquit Milo.

– Oui, j'imagine, mais dans ce cas il ne m'en a pas parlé… Excusez-moi… (Un nouveau silence.) Mon Dieu, je suis sous le choc, lieutenant. Mon père était un homme bon et un excellent père. Ma sœur et moi, nous l'avons toujours adoré. Après le décès de notre mère, il nous a élevés seul. Il ne nous a jamais frappés, il n'a jamais élevé la voix. Il disait toujours qu'il croyait au miel plutôt qu'au vinaigre, pourtant nous faisions parfois de sacrées bêtises, je vous le garantis. Sa patience était infinie… mais il était têtu comme une mule ! J'insistais pour qu'il s'installe chez nous, je le suppliais, mais il tenait à conserver son indépendance. Pourquoi ne m'a-t-il pas écouté ?

– Vous n'êtes donc pas au courant d'un incident en particulier dans le cadre de son travail ? relança Milo.

– Il ne m'en aurait jamais parlé, répéta Hillaire Roget. Il me considérait encore comme un gamin de dix ans – l'âge que j'avais quand ma mère est morte. Devenu adulte, j'ai cherché à le protéger, mais il n'a jamais renoncé à son rôle de père. Il estimait que c'était à lui de me protéger, point final. Ses clients abusaient-ils de sa bonté ? Probablement, car c'est… enfin, c'était – que c'est dur… – un homme généreux. Il faisait beaucoup trop confiance aux gens. Il avait pourtant vécu un enfer au cours de son enfance en Haïti, à l'époque où les Duvalier régnaient en tyrans là-bas. Je ne sais pas si vous connaissez un peu l'histoire de l'île, mais c'était vraiment l'horreur en ce temps-là. La police secrète faisait des descentes chez des malheureux qui ensuite disparaissaient. Malgré tout cela, mon père n'a jamais perdu sa bonne humeur. Jamais.

– C'est ce que nous a dit son ami.

Un bref temps mort.

– Son amie ? Une femme ?

– Non, un homme, répondit Milo. Pourquoi, avait-il une compagne ?

– Oui, il y a quinze ans. C'est pour cette raison qu'il est resté à L.A. quand ma sœur et moi nous sommes rentrés en Floride.

– Le nom de cette personne, s'il vous plaît.

– Lilian Adams, mais elle est décédée, lieutenant. Elle est morte d'un cancer quelques années après que ma sœur et moi sommes partis – il y a une douzaine d'années, donc. C'est pour ça que nous pensions qu'il finirait par nous rejoindre en Floride. Mais non, il tenait à son indépendance. Et regardez où ça l'a mené. Quelle est cette personne qui vous a parlé de lui ? Je n'étais pas au courant qu'il avait des amis. Il n'était pas solitaire, cela dit, il aimait le contact avec les gens, mais quand il ne travaillait pas il avait des loisirs en solo.

– Un autre chauffeur, un certain Leon Creech. Quels étaient les loisirs de votre père, docteur ?

– La lecture, essentiellement. En anglais et en français. Il jouait du violon, également. (Un gloussement étranglé.) Enfin, il essayait. Quand il s'exerçait, ma sœur et moi nous souriions et filions le plus loin possible. Ce n'était pas un très bon musicien, mais il était très intelligent, lieutenant. Il avait rêvé de devenir médecin, mais c'était impossible à Haïti, à moins d'être fils de planteur ou de politicien.

– Il est donc devenu chauffeur.

– Non, ça c'est arrivé plus tard. Quand nous avons débarqué en Floride, après la traversée en bateau, il a d'abord été homme d'entretien tout en suivant des cours du soir, en comptabilité. Puis notre mère est morte et nous nous sommes installés à L.A., où il a décroché un job de comptable à la compagnie du gaz. Puis il a été mis à la retraite – sa boîte devait réduire ses coûts. Il touchait une pension mais il s'ennuyait. C'est pour ça qu'il s'est lancé dans cette activité de chauffeur, d'abord pour des entreprises de limousines, puis à son compte. Ce Creech, c'est un type bien ?

– Un homme en or, assura Milo. Il m'a dit le plus grand bien de votre père. Il a également précisé qu'il ne voulait pas se faire connaître par Internet, qu'il n'obtenait ses clients que grâce aux petites annonces qu'il affichait ici ou là.

– Ah oui, avec les franges, confirma Hillaire Roget. Archaïque. Ma sœur et moi nous le taquinions à ce sujet, mais comme je vous l'ai dit, il était têtu. C'est un de ses clients qui l'a agressé ?

– L'enquête débute à peine, docteur. Nous en sommes encore à éplucher les détails.

– Avez-vous un suspect dans le viseur ?

– Non.

– Pas même quelques indices, ni des… comment vous appelez ça… des pistes ?

– Pas encore.

– Rien du tout, donc. Mon Dieu, je n'arrive pas à y croire… Y aura-t-il une autopsie ?

– Tout à fait.

– Pouvez-vous au moins me préciser les circonstances de sa mort ? Enfin, si vous estimez que je ne risque pas de regretter d'avoir posé la question…

– Un tir d'arme à feu. Une seule balle. Il n'a pas souffert.

– Mon père détestait les armes. Il n'en a plus touché une seule après avoir été démobilisé de l'armée haïtienne. J'aimerais venir le plus tôt possible à Los Angeles, pour récupérer son corps. Quand est-ce que ce sera possible ?

– Pas avant au moins une semaine, docteur. Je vous préviendrai. De votre côté, appelez-moi quand vous voulez si une question vous vient à l'esprit. Je vous donne mon numéro.

– Attendez, j'attrape un stylo. (Quelques bruits, puis un soupir.) C'est bon.

Milo donna lentement la série de chiffres, que le médecin répéta.

– J'en ai terminé, docteur, reprit Milo. Votre sœur et vous êtes les seuls parents proches de votre père ?

– Oui. Nous sommes collègues ; Madeleine est pédicure-podologue.

– Vous n'avez aucune famille ici, à L.A. ?

– Non. Bon sang, comment allons-nous annoncer cette nouvelle à nos enfants ? Ils ont vu leur grand-père il y a deux ans, à Noël. Nous l'avons fait venir par avion, en première classe. Ça le faisait rire, d'ailleurs, il jouait les snobs à tout bout de champ et nous taquinait sur le fait qu'on soit venus le chercher à l'aéroport plutôt que de le laisser louer une voiture. Les enfants l'adoraient, et il le leur rendait bien… C'est… épouvantable.

– Je suis réellement navré, encore une fois, docteur. M'autorisez-vous à entrer chez votre père pour y effectuer une fouille ?

– Pourquoi vous faut-il ma permission ?

– Sans cela, il me faudrait demander un mandat de perquisition du domicile d'une victime. Je finirai par l'obtenir, mais un mot de votre part accélérerait les choses.

– D'accord, bien sûr, je suis prêt à tout pour vous aider.

– Votre sœur aurait-elle d'autres choses à nous dire, selon vous ?

– J'en doute, et je préfère lui annoncer la nouvelle moi-même – ça promet des larmes. C'est le jour le plus abominable de mon existence, avec celui de la mort de ma mère.

– Quelle éclate, ironisa Milo, après avoir raccroché. (Il consulta sa Timex.) Tu es partant pour faire un tour chez Alvarez ? Il nous faudra un bon moment pour atteindre le centre-ville.

– Allons-y.

Je prévins Robin par texto :

Je ne sais pas trop quand je serai de retour à la maison.

Pas de souci, je bosse dans l'atelier, me répondit-elle.

Faire demi-tour sur Olympic Boulevard était un vrai défi, mais Milo sembla l'apprécier ; déclenchant un concert de klaxons, il se glissa dans une file en direction de l'est.

– Gurnsey et Roget n'avaient pas de famille ici, fis-je remarquer.

– Des proies d'autant plus faciles à agresser.

– Quant à Alvarez, il vivait dans un centre d'hébergement. Et si la femme était une SDF, elle était encore plus vulnérable que les trois autres.

– Nous avons affaire à un prédateur. Mais qu'a-t-il gagné en assassinant ces pauvres diables ?

8

Skaggs Avenue se trouve dans l'ouest du quartier de Chinatown, au cœur d'une zone dense de ruelles obscurcies par l'ombre des bretelles de l'échangeur des autoroutes 101 et 110, qui s'entortillent comme des nouilles dans un bol.

Le centre-ville de L.A. et ses alentours s'essaient depuis des décennies à l'art de la rénovation, avec des résultats inégaux. Cette vision optimiste des choses s'est un temps propagée jusqu'à Skaggs Avenue sous la forme d'immeubles flambant neufs de trois étages pourvus de parkings sécurisés. Mais seulement « un temps », à en croire les nombreux panneaux « À vendre » fixés aux fenêtres.

Les bâtiments plus anciens allaient des « boîtes à chaussures » des années 1950 aux bungalows en bois d'époque victorienne érigés un siècle avant que les tremblements de terre ne soient réellement pris au sérieux. Une étonnante quantité de constructions les plus improbables avaient survécu, fruit d'une forme de darwinisme social appliqué à l'immobilier.

Situé dans les numéros 800 de Skaggs Avenue, le centre d'hébergement pour adultes Casa Clara était l'un de ces survivants d'un passé lointain. Bâtiment en bois à deux niveaux orange vif – la peinture semblait à peine sèche –, il était entouré d'un porche sur lequel étaient disposés deux rocking-chairs.

Aucun panneau n'était visible ; depuis la rue, on ne voyait qu'une maison couleur melon.

Au-delà d'une clôture de fil de fer pas très haute, une

cour cimentée était ornée de plantes grasses résistant à la sécheresse, installées sur des socles triangulaires. Ajouté à la peinture, ce détail indiquait que quelqu'un entretenait soigneusement les lieux.

Le portillon s'ouvrit sans résistance et nous permit de nous engager sur l'allée menant à la porte d'entrée du bâtiment. Si aucune mesure de sécurité ne sautait aux yeux à première vue, certains détails se précisaient rapidement.

Les rocking-chairs étaient boulonnés aux planches du porche, et des barreaux métalliques protégeaient toutes les fenêtres, ainsi que les quatre minuscules carreaux de la porte d'entrée en acajou. Celle-ci comprenait en outre deux gros verrous, ainsi qu'un autocollant d'une société de sécurité. Peut-être afin de nuancer tout cela, un smiley jaune était collé au-dessus du verrou supérieur.

Milo pressa la sonnette, produisant un son proche du bourdonnement d'une guêpe.

Il nous fallut attendre un moment avant de percevoir une réaction, en l'occurrence une voix féminine traînante :

– Une secooonde…

Des bruits de pas se firent entendre, puis la même voix, plus audible, nous interrogea :

– Qui est-ce ?

– Police.

La moitié supérieure d'un visage emplit les quatre petits carreaux de la porte, nous dévoilant derrière le quadrillage des barreaux une peau pâle et des yeux bleus.

– Hmm… Vous avez une pièce d'identité, s'il vous plaît ?

Milo sortit son insigne. La porte s'ouvrit sur une jeune femme grande et mince. Âgée d'environ vingt-cinq ans, elle portait un sweat-shirt Harvard pourpre, un jean gris déchiré et des chaussures noires plates qui avaient grand besoin d'être cirées. Elle avait le visage carré et le menton assez fort, mais une bouche fine se dessinait sous son nez retroussé. Ses yeux, qui flirtaient avec le turquoise, étaient encadrés de lunettes à monture en écaille surdimensionnées, et ses longs cheveux couleur caramel étaient noués en une queue-de-cheval haute faite à la va-vite.

Ses doigts fins s'agitaient autant que ses sourcils et ses épaules. Malgré cela, elle nous offrit un sourire qui me fit l'effet d'une tentative d'amabilité sincère. Le résultat n'était guère probant, tant elle gigotait, mais l'intention était là.

– Quelqu'un a enfin retrouvé Benson ? Dites-moi qu'il va bien, je vous en prie. (Elle jeta un regard en direction de la rue.) Il est dans votre voiture ? Je peux aller le chercher ?

– Benson Alvarez, dit Milo.

La jeune femme hocha la tête avec entrain :

– Oui, nous l'appelons Benny, ici. Il ne lui est rien arrivé, donc ? Ouf… Nous étions tous très inquiets car il n'est pas rentré vendredi. J'ai aussitôt tenté de joindre la personne qui gère son dossier, aux services sociaux, mais elle ne m'a pas rappelée. C'est pour ça que je vous ai prévenus. L'agent que j'ai eu en ligne m'a d'abord expliqué que vous deviez attendre vingt-quatre heures avant de lancer une procédure pour disparition d'un adulte. Quand je lui ai précisé que Benny n'était pas un adulte normal, il m'a promis de faire quelque chose. J'avoue avoir douté, sur le moment, mais je suis contente de voir qu'il a transmis ma demande.

Elle se décala sur la droite et, de son regard bleu, jeta un nouveau coup d'œil au-delà de Milo, puis elle reprit :

– Il n'est pas dans votre voiture, on dirait. Vous l'avez installé dans vos locaux ? Je ne peux pas m'absenter d'ici, mais Andrea peut peut-être demander à un Uber d'aller le chercher.

– Vous êtes l'auxiliaire de vie qui s'occupe de lui ? lui demanda Milo.

– Non, j'assure simplement la surveillance. Nous sommes un centre Niveau Un, c'est-à-dire que nous hébergeons des résidents peu dépendants qui n'ont pas d'accompagnement individuel. En fait, je n'aurais pas dû m'occuper de cette affaire, en principe ; je suis de service la nuit, généralement, car en journée j'ai des cours à la fac. Marcella – la responsable de jour – m'a demandé de la remplacer quelque temps pour qu'elle puisse s'offrir un peu de vacances avec son copain. (Elle se tut un instant, le temps de reprendre son souffle.) Je suis trop bavarde, désolée. Bon, où et quand peut-on aller chercher Benny ?

Milo se frotta le visage avant de répondre :

– Pouvons-nous entrer, mademoiselle…

– Justine Merck. Pourquoi, que s'est-il passé ?

– Il vaudrait mieux que nous en parlions à l'intérieur…

– Il est arrivé quelque chose à Benny ?

Milo produisit cette fois sa carte professionnelle. Justine Merck, en la lisant, chancela et dut se retenir au montant de la porte.

– Brigade criminelle… Benny ? Mon Dieu, non !

Ses jambes refusant de la porter plus longtemps, elle s'affaissa. Je la retins par un bras, Milo par l'autre, et nous l'aidâmes à rentrer dans le bâtiment.

Comme dans la plupart des maisons d'époque en bois, l'intérieur de celle-ci était assombri par son faux plafond et ses murs foncés. Suspendu au-dessus de nos têtes, un luminaire en plastique bon marché dispensait une lumière agressive.

Sur un côté se présentait un salon pourvu de canapés qu'on aurait juré récupérés sur un trottoir. Néanmoins, l'endroit semblait bien tenu, parfumé d'une odeur citronnée de produit nettoyant.

Cette grande pièce était vide. Pas un être humain n'était visible, et on n'entendait pas un bruit.

– Y a-t-il d'autres personnes dans la maison ? demandai-je.

À présent en larmes et respirant par à-coups, Justine Merck secoua vivement la tête. Nous l'installâmes dans un fauteuil décrépit, en face d'un canapé, et lui laissâmes le temps d'inspirer profondément.

– Les autres résidents sont au zoo, avec nos étudiants bénévoles, dit-elle enfin. Nous y allons souvent parce que c'est un espace ouvert et sans contraintes. Benny adorait ces sorties, en particulier les couleurs vives des flamants roses, même s'ils sentent mauvais. Il en plaisantait, d'ailleurs, en se pinçant le nez et en faisant une drôle de grimace… Ah, ça y est, je recommence à jacasser comme une pie. Ces détails ne vous intéressent pas !

– À vrai dire, tout ce que vous pouvez nous dire à propos de Benny nous intéresse, la contredit Milo.

Il sortit le paquet de mouchoirs en papier qu'il conserve en permanence dans la poche de sa veste pour en proposer quand il annonce de mauvaises nouvelles, et en tendit un à la jeune femme. Celle-ci s'en saisit et se tamponna les yeux en reniflant.

– Quand on enquête sur un homicide, on ne reproche à personne de trop parler, Justine, ajouta Milo.

La tête baissée, elle se tapota les genoux, puis plaqua ses doigts sur ses tempes jusqu'à ce que ses ongles blanchissent.

– Ils seront de retour dans deux heures, et je vais devoir leur annoncer la nouvelle. Il va aussi falloir que je prévienne Andrea, elle saura quoi faire. Ou pas. Nous n'avons jamais connu un tel malheur.

– Qui est Andrea ?

– Andrea Bauer est la propriétaire de Casa Clara et d'autres refuges. Elle habite à Santa Barbara mais vient souvent ici. Quand je lui ai dit que Benny n'était pas rentré, elle m'a demandé d'alerter la police. Ce matin, elle m'a rappelée et m'a dit que vous le recherchiez. C'est pour ça que quand vous êtes arrivés, j'ai cru que…

De nouvelles larmes jaillirent.

– Pouvez-vous nous donner le numéro d'Andrea ?

– Bien sûr.

Elle récita lentement quelques chiffres, que Milo nota à toute allure.

– Parlez-nous de Benny, Justine, intervins-je.

– Qu'est-ce que vous voulez savoir ?

– Quel genre de personne était-il ?

– C'était un gentil. Vraiment un gentil garçon – enfin, il avait déjà un certain âge, bien sûr, loin de moi l'idée de l'infantiliser, mais c'est vraiment l'expression qui venait à l'esprit quand on pensait à lui. Il était innocent comme un enfant. Un bon petit gars.

– Et niveau mental ?

– Il souffrait d'un « handicap mental », officiellement, mais assez léger, en réalité. Il me semble qu'il avait un QI d'environ 75. Il savait un peu lire, même s'il faisait généralement semblant.

– Il faisait mine d'être moins handicapé qu'il ne l'était réellement.

– Tout le monde a besoin d'être un minimum fier de soi. Ce n'est pas comme s'il mentait, se vantait ou faisait des trucs idiots. Par exemple, un jour, il a pris un de mes manuels scolaires et l'a parcouru, sa loupe en plastique à la main, en marmonnant et hochant la tête comme s'il comprenait ce qu'il avait sous les yeux. Je lui ai alors demandé : « Qu'as-tu appris en lisant mes cours, Benny ? » Il a levé la tête, avec un grand sourire : « J'ai appris que tu es intelligente, Justine. » C'était typique de Benny, ça. Il avait toujours un mot gentil, tout le monde l'adorait. Qui s'en est pris à lui ? Je ne comprends pas !

– Il a donc disparu vendredi ? relança Milo.

– Il était censé être de retour à quinze heures. Je suis arrivée à seize heures – en temps normal, je prends mon service à dix-neuf heures mais Marcella devait se préparer pour son voyage, alors je lui ai rendu ce service. Marcella était super inquiète ; elle m'a dit qu'elle allait rouler un peu dans le quartier, en espérant le retrouver, mais pas trop longtemps car elle avait beaucoup à faire. Je lui ai dit de ne pas s'inquiéter, que je m'occupais de tout. C'est à ce moment que j'ai commencé à passer des coups de téléphone. N'ayant pas de nouvelles de Benny vendredi, ni samedi, ni aujourd'hui, j'ai eu très peur. Mais je gardais espoir ; Benny étant Niveau Un, il était probablement capable de se débrouiller tout seul un moment. (Elle nous observa un instant, hésitante.) Je m'efforce toujours d'être optimiste, même si c'est un réflexe stupide !

Ses mains se mirent à trembler et son regard se fit vitreux.

– Vous suivez des cours à la fac la journée et vous travaillez toute la nuit ? soulignai-je. C'est un emploi du temps très chargé.

– Non, ça va. Quand je suis ici, je passe la majeure partie du temps à dormir ; je ne me lève que quand un résident a un problème, et dans ce cas c'est vite réglé – un cauchemar, une envie de verre d'eau ou de casse-croûte. D'autre part, je n'ai cours que deux jours par semaine – des TD –, l'après-midi, ce qui me laisse du temps libre les autres jours.

– Comment ont réagi les autres résidents, quand ils se sont rendu compte que Benny n'était pas rentré ?

– Quelques-uns s'en sont étonnés ; je leur ai expliqué qu'il avait un rendez-vous et qu'il serait bientôt de retour. Personne n'a insisté. Ils sont comme ça, assez dociles – non, c'est un peu trop condescendant. Disons qu'ils sont coopératifs, ils sont tous très doux. D'autre part, samedi, ils ont fait une sortie au jardin botanique Descanso ; ils sont rentrés épuisés. Ce sera la même chose aujourd'hui, après leur journée au zoo. Nous faisons tout pour les occuper au maximum.

– Où Benny est-il allé vendredi ?

– Sur son lieu de travail. Il passait le balai dans une galerie d'art. C'est évidemment eux que j'ai contactés en premier ; ils m'ont répondu que Benny était parti de la galerie vers quatorze heures, quatorze heures trente, comme d'habitude, et que tout semblait bien aller pour lui. Ses horaires de travail n'étaient pas stricts, ils le laissaient plus ou moins aller et venir à sa guise.

– Il aurait apprécié cette sortie au zoo, aujourd'hui.

– C'est vrai, mais il aimait aussi le fait d'avoir un travail. Ça lui donnait l'impression d'être… utile. Mon Dieu, quel cauchemar…

Le mouchoir en papier étant à présent trempé, Milo

lui en offrit un autre, dont elle se servit pour se moucher bruyamment.

– Je l'ai même cherché ici, reprit-elle. Dans sa chambre, et dans toutes les autres. Jusque dans le jardin. Je savais que ça n'avait aucun sens, mais je ne voulais pas rester à ne rien faire, vous comprenez ?

– Bien sûr, c'est normal, compatis-je. Combien d'accès comporte ce bâtiment ?

– La porte principale, par laquelle vous êtes entrés, et une autre, à l'arrière, dans la buanderie, qui donne sur le jardin.

– S'il n'y avait personne à l'arrière de la maison, il est possible que quelqu'un y soit entré sans se faire remarquer.

– Oui, j'imagine, reconnut Justine, se tordant les mains. Nous ne fermons pas à clé, ce n'est pas une prison. Au contraire, notre objectif est de développer l'indépendance de nos résidents. Benny adorait son boulot. Il aimait aussi l'art, dessiner.

– Il était doué ? demanda Milo.

– Il m'offrait des dessins constitués de personnages en bâtonnets, lâcha la jeune femme, les épaules voûtées. Je lui disais que c'était fantastique.

– Dans quelle galerie travaillait-il ?

– La galerie d'art contemporain Verlang, sur Hart Street, à deux pas d'ici.

– Il s'y rendait à pied, donc.

– Oui, c'est à un kilomètre à peine, et il effectuait toujours ce trajet de jour. Un étudiant bénévole l'a accompagné, dans les premiers temps, mais après une semaine il a insisté pour aller seul à son travail. Nous avons évidemment accepté, puisque cela correspondait à notre objectif.

– Depuis combien de temps travaillait-il là-bas ?

– Plusieurs mois.

– Quel est le nom de famille de Marcella ? demanda Milo. Et si vous pouviez nous donner ses coordonnées.

– Marcella McGann. Attendez une seconde.

Justine Merck se leva, prit le temps de trouver son équilibre, puis sortit rapidement de la pièce pour y revenir en tapotant l'écran d'un téléphone portable. Elle nous donna le numéro de Marcella, non sans préciser :

– Mais comme je vous l'ai dit, elle est en vacances.

– Où ça ?

– Au Mexique. À Cabo San Lucas, je crois. Elle est partie avec son chéri, ça fait un bon moment qu'ils préparaient ce voyage.

– Vous dites que vous vous levez la nuit dès qu'un résident a un problème, soulevai-je. Benny était-il concerné ?

– Rarement. Et il ne faisait jamais de crise, il se contentait de descendre pour me dire qu'il n'arrivait pas à dormir. Dans ce cas, nous discutions un moment, puis je le raccompagnais à sa chambre. Il ne souffrait d'aucun trouble sévère, si c'est ce que vous avez à l'esprit, mais il me semble tout de même qu'il avait des idées dans la tête dont il ne savait pas quoi faire, quand il ne trouvait pas le sommeil.

– Quel genre d'idées ?

– Je ne sais pas vraiment, et je me trompe peut-être complètement en vous disant ça, mais les gens comme lui pensent beaucoup, comme tout le monde. Parfois, il prenait un drôle d'air (elle se tapota la tête), alors je lui demandai : « Qu'est-ce qui se passe dans ce cerveau, Benny ? » Il ne me répondait pas systématiquement, mais de temps à autre, il m'offrait son sourire à vous faire fondre et me disait « Qu'est-ce que tu es intelligente, Justy… »

De nouveau submergée par les larmes, la jeune femme se tamponna le visage.

– Un gentil, donc, résumai-je.

– Gentil comme pas deux. Pourquoi s'en prendre à lui ? Il a peut-être eu un problème avec quelqu'un du quartier, sur qui il serait tombé en rentrant de son travail.

– Vous avez des soucis avec le voisinage ?

– Pas autant qu'on pourrait le croire, mais oui, ça arrive, comme un peu partout en zone urbaine. Sans vouloir juger ou dénigrer tout un quartier en raison du faible revenu de ses habitants, j'ai été affectée dans un refuge du centre-ville, pendant ma première année d'université, et je peux vous dire que c'était flippant. Il arrivait que des SDF – pas tous, mais quelques-uns – se comportent de façon totalement irrationnelle, comme des fous furieux. (Elle posa la main sur son avant-bras gauche.) Ça m'a valu une foulure, un jour. Alors que je servais la soupe, un type, un schizophrène de première, estimant que j'étais trop lente, m'a agrippé et tordu le poignet.

– Il y a de quoi avoir peur, en effet.

– J'étais terrifiée, oui. Donc, quand Benny n'est pas rentré, j'ai redouté qu'il ait croisé un individu dans ce genre. Dans ce cas, il aurait été incapable de se défendre. Mais bon, on ne peut pas emprisonner les SDF. Il faut soupeser les risques dans la vie, pas vrai ?

Nous hochâmes la tête, puis Justine leva les mains, dépitée, avant d'enchaîner :

– Rien de ce qu'on nous apprend à l'école ne nous prépare au travail avec des handicapés mentaux. Même chose pour mon expérience au refuge de SDF : comment aurais-je pu savoir réagir à ça ?

– Benny a-t-il connu des problèmes avec d'autres résidents ? demanda Milo.

– Bien sûr que non. Andrea sélectionne des pensionnaires calmes, elle ne veut pas perdre de temps avec la discipline ou le contrôle de leurs moindres gestes.

– OK. Et concernant la famille de Benny ?

– Il n'avait pas de famille.

– Personne ?

– Quelle tristesse… C'est pour ça qu'il a échoué ici. Il était fils unique et vivait avec sa mère, qui l'a eu à un âge assez avancé. Elle est morte il y a deux ans, à près de quatre-vingt-dix ans. Avoir des parents âgés est une caractéristique qu'on voit souvent chez les personnes atteintes de trisomie 21 – trois de nos résidents sont trisomiques. Ce n'était pas le cas de Benny, qui ne souffrait que d'un retard de développement global.

– Il a vécu avec sa mère jusqu'à la mort de celle-ci ?

– C'est lui qui l'a trouvée inanimée. Terrifié, il est sorti de leur appartement en courant et s'est assis sur le trottoir, en larmes. Un voisin l'a vu et, quand il a compris ce qui s'était passé, a prévenu Police-Secours. Benny a ensuite été placé dans une famille d'accueil pour adultes, puis nous l'avons recueilli ici.

– Pas de cousins, de tantes ou autres ? s'enquit Milo.

– Non, personne, comme pour la plupart de nos résidents. Ce sont tous des enfants abandonnés, en quelque sorte. La société doit s'en occuper, c'est sa responsabilité.

– Pouvons-nous jeter un coup d'œil dans la chambre de Benny ?

– Bien sûr. Vous verrez ses œuvres, et à quel point il adorait dessiner.

Elle nous fit gravir un escalier en acajou adouci par une moquette marron à poils longs. L'étage était fait du même bois, les murs ornés de photos de nature issues de calendriers publicitaires et suspendues de travers à intervalles irréguliers. De chaque côté du couloir cinq portes ouvertes donnaient sur des chambres, certaines comportant des lits superposés, d'autres un seul couchage.

Benny Alvarez avait occupé seul un réduit de deux mètres cinquante de côté, à l'arrière de la maison, probablement conçu à l'intention de domestiques. L'endroit comprenait une lucarne qui offrait une vue en partie masquée par les grosses feuilles couleur rouille d'un immense érable. La couette *Sesame Street* était impeccablement bordée, son oreiller assorti parfaitement disposé.

– Benny faisait lui-même son lit ?

– Oh oui, et il en était fier. Il était toujours soigneux, toujours propre. Il adorait se laver les mains et était toujours le premier pour la douche. Il était également très méticuleux avec ses vêtements ; il boutonnait ses chemises jusqu'au cou même quand il faisait chaud.

Un père militaire ? Ou en prison ? songeai-je, ce qui m'incita à interroger Justine :

– Que savez-vous de son père ? Enfin, de son enfance de façon générale ?

– Rien, si ce n'est ce qu'on m'a dit à propos de sa mère. Certains résidents ont subi des attouchements, mais pas Benny. Sa mère puis le couple qui l'a hébergé un temps se sont bien occupés de lui.

– À ce propos, qui sont ces personnes ?

– Les Baxter, mais ils sont repartis en Utah il y a deux ans. C'est pour ça que Benny nous a été confié.

Milo et moi prîmes le temps de détailler la minuscule chambre. Outre le lit ne s'y trouvait qu'un seul autre meuble, une commode blanche à trois tiroirs, sur laquelle étaient posées plusieurs feuilles remplies de personnages en bâtonnets.

Milo fouilla dans les tiroirs, puis ouvrit le modeste placard qui complétait la pièce. Il n'y trouva qu'une garde-robe peu fournie sur des cintres, une paire de baskets sur le sol et rien sur l'étagère. Songeant aux réserves de préservatifs de Rick Gurnsey, je me fis la réflexion que ces deux hommes si différents l'un de l'autre avaient été tués et positionnés de façon humiliante par le même assassin.

Il était temps de quitter les lieux.

– Mince, pesta Justine. J'espérais que vous trouveriez un indice. Je suis vraiment idiote de toujours garder espoir.

Elle nous suivit du regard, depuis la porte d'entrée, jusqu'à ce que Milo démarre. Deux rues plus loin, il se gara dans l'ombre d'une bretelle de l'autoroute.

– Encore une victime sans famille par ici, dit-il, tandis que nous sortions chacun notre téléphone.

Il commença par effectuer une recherche basique sur Andrea Bauer et Marcella McGann. La page Facebook de

Marcella McGann dévoilait une trentenaire brune solidement charpentée. Y étaient listés ses musiques et films préférés, rien d'anormal, à quoi s'ajoutaient trois photos d'elle en compagnie d'un chéri tout aussi enrobé, un certain Steve.

Le Dr Andrea Bauer vivait à Montecito et donnait de l'argent à des bonnes œuvres. Diplômée en sociologie à Yale, elle avait hérité une coquette somme de son époux, promoteur immobilier. Bouddhiste, pacifiste et végane, elle se décrivait comme une « activiste ». Elle avait deux enfants et un petit-enfant. De nombreuses photos d'elle apparaissaient sur divers sites d'associations caritatives. Les traits anguleux, cette séduisante sexagénaire au teint hâlé avait les cheveux noirs, coupés court et rejetés en arrière.

Les casiers judiciaires de ces deux femmes étaient vierges. Marcella McGann n'avait pas pris la moindre contravention au volant de sa Nissan Sentra de cinq ans, tandis qu'Andrea Bauer avait seulement écopé de quelques amendes pour excès de vitesse à bord de sa Porsche Panamera GTS, sur l'autoroute 101, en direction du nord. Sans doute en rentrant un peu trop vite chez elle.

Tandis que Milo poursuivait ses recherches, je m'intéressai aux galeries d'art de Hart Street et dénichai la galerie d'art contemporain Verlang. Une photo montrait une étroite devanture au rez-de-chaussée d'un immeuble des années 1920 orné de gargouilles. Ses murs en calcaire gris foncé étaient presque impressionnants ; peut-être ce bâtiment avait-il abrité une banque. L'élégance de la photo était ternie par le chariot de supermarché abandonné sur le trottoir et par les quelques éclats et taches sur la pierre. Un plan du quartier me confirma ensuite que, comme l'avait dit Justine Merck, cet endroit n'était pas très éloigné de la maison couleur melon – neuf cent quatre-vingts mètres, pour être précis. Soit vingt minutes en marchant tranquillement, sans doute un peu plus en tenant compte des distractions susceptibles de ralentir un homme affecté d'un retard mental, mais doté d'un esprit créatif.

– J'ai horreur quand les gens respectent la loi, rouspéta Milo en éteignant son téléphone.

– Benny n'avait qu'une courte marche à faire pour se rendre ou revenir de son boulot. Il a probablement été enlevé vendredi après-midi, puis enfermé quelque part avant d'être assassiné samedi. On n'est pas loin de Skid Row[1] ; l'agression dont a souffert Justine au refuge où elle servait la soupe n'est pas anodine ; on peut tomber sur toutes sortes d'individus dans la rue.

– Il y a également une prison pour hommes tout près, me rappela mon ami, les sourcils froncés. On ne peut jamais prévoir ce que va faire un taulard au moment de sa libération.

Il tenta de joindre Andrea Bauer mais n'eut droit qu'à sa messagerie. Pas mieux avec Marcella McGann.

– OK, allons voir cette galerie d'art, décréta-t-il.

Le court trajet nous fit passer à hauteur de bâtiments résidentiels et commerciaux d'âges divers et dans des états qui l'étaient tout autant, puis près d'un campement pestilentiel de six vagabonds, dont aucun ne reconnut Benny Alvarez ni la femme au béret noir. Ces personnes qui vivaient en plein air firent preuve d'une étonnante sérénité alors que nous les interrogions, grâce aux billets d'un dollar et aux cigares bon marché distribués par Milo.

– Dieu vous bénisse, mon général ! nous lança l'un d'eux alors que nous nous éloignions.

L'immeuble qui abritait la galerie d'art contemporain était un vestige parmi tant d'autres, flanqué au nord d'un motel datant des années 1980, *The Flower Drum*, orné d'enseignes en anglais, en japonais et en coréen, et de l'autre côté d'un cube de deux niveaux dans lequel étaient installés les *New World Elegant Jewelers* (« NOUS ACHETONS L'OR !!! »). Dans le lointain, les toits en pagode de Chinatown perçaient

1. Quartier défavorisé de Los Angeles.

le brouillard, étrangement pittoresques en regard de l'architecture brutaliste des tours de la municipalité.

Seule une pancarte « Fermé » se détachait sur la vitrine obscure de la galerie Verlang, tout comme chez ses concurrents voisins, la galerie AB-Original et Collection de Trésors. Les deux niveaux supérieurs de l'immeuble étaient également plongés dans les ténèbres.

– C'est mort, par ici, constata Milo. Il n'y a peut-être pas assez de talents dans le coin.

Il poursuivit sa route sur Hill Street, vira au sud vers la 6e Rue, puis fila vers l'ouest. La circulation s'étant densifiée, les nerfs craquaient et les klaxons résonnaient. Milo brancha la radio sur la fréquence de la police pour nous offrir un fond sonore. Ces dialogues monocordes ininterrompus entre centraux et patrouilles me font souvent somnoler. Quand je rouvris les yeux, nous passions devant le musée d'Art du comté, sur Wilshire Boulevard, juste à l'est de Fairfax Avenue.

– Allez, debout ! me dit Milo. Allons prendre un café.

– Dépose-moi chez moi et je te prépare une cafetière remplie à ras bord.

– Pas du déca, mon pote.

– Pas de problème.

– Du kenyan ?

– Je crois qu'on a ça en stock.

– Tu « crois » ? J'espérais une garantie.

– La vie est dure, c'est comme ça. D'un autre côté, on a des *biscotti*, j'en suis certain. Robin en a fait aux citrons confits.

– Robin se lance dans la pâtisserie ?

– Robin peut faire n'importe quoi, dès l'instant où elle l'a décidé. Parmi les bonnes choses qu'elle a héritées de sa mère, il y a un livre de recettes maison.

– Des *biscotti*… Quelle charmante langue que l'italien. OK, ça roule, et on n'est pas obligés de boire du café kenyan. Tu vois, je suis tes conseils : je me montre psychologiquement flexible.

Chez moi, installé à la table de la cuisine, Milo engloutit trois grands mugs de café jamaïcain et une demi-douzaine de *biscotti.* Puis il bâilla.

Rentrée depuis tout juste deux minutes, Robin s'était jointe à nous. Elle lui adressa un grand sourire :

– Tu veux faire la sieste, Grand ?

– Merci pour la proposition, mais je vais rentrer à la maison.

Il se pencha pour déposer un baiser sur la joue de ma compagne, puis il caressa les plis du cou de Blanche avant de se lever.

– Au fait, le Docteur a laissé sa voiture sur le lieu du crime, il ne la récupère pas ?...

– Moi, je retourne à la mine et toi, tu profites de la vie. Je te préviens s'il y a du nouveau.

Il se dirigea vers la portière côté conducteur, puis se figea, fit demi-tour et me serra la main avec ses deux énormes paluches. J'eus la sensation d'être empoigné par deux gants de cuisine.

– Ah oui, et merci pour tout.

9

Milo me rappela le lundi à quatorze heures :

– Trois brillants inspecteurs ont interrogé les habitants du quartier. Bilan : zéro info.

Suivit un texto, le mardi vers seize heures : *Je te préviens peut-être un peu tard, mais Andrea Bauer sera au commissariat dans une heure.*

J'avais tout juste conclu deux rapports de garde parentale, et Robin avait prévu de travailler jusque tard dans la soirée, terminant une réparation « ultra-urgente » sur le manche de la Telecaster rouge brillant d'une rock star. Koko Moe n'avait jamais joué une seule note de sa guitare, dont elle se servait comme d'un bâton de majorette, mais elle en avait besoin pour paraître « chaude et canon » ; un instrument décapité ne faisait donc pas l'affaire.

Je fis un saut à l'atelier de Robin, à qui j'offris un baiser avant de l'observer un instant s'activant sur son établi.

– C'est ce qu'on appelle un épanouissement artistique, commentai-je.

– On le trouve où on peut, chéri.

Il était 16 h 47 lorsque j'entrai dans le bureau de Milo, un réduit à peine plus spacieux qu'un placard et dépourvu de fenêtre, situé au premier étage du commissariat de West L.A. Les autres membres de la brigade travaillent dans la grande salle du rez-de-chaussée, un open space saturé d'échos humains et de bruits de claquements de portes de casiers.

Cela fait à présent des années que mon ami a été relégué dans cet endroit exigu où on a du mal à imaginer pouvoir travailler, à la suite d'un accord conclu avec un chef de la police corrompu sur le point de prendre sa retraite. Ce dernier avait alors promu Milo au grade de lieutenant en échange de son silence au sujet d'« erreurs de jugement » risquant de le priver d'une coquette pension de la part de la municipalité.

Content de son affaire, cet homme avait cru avoir roulé Milo dans la farine, avec ce marché, loin d'imaginer qu'il avait en réalité offert une tanière idéale à ce grizzly.

Si les lieutenants sont généralement cloués à un bureau, Milo use de son influence pour continuer d'enquêter. Dès qu'une tâche administrative se présente, il l'ignore. Idem pour les mémos, les réunions et la paperasse, exception faite des dossiers de meurtres à reliure bleue.

Deux chefs de la police successifs se sont hérissés en constatant cet état de fait, comme le font toujours les organisateurs-nés quand une règle gravée dans le marbre est contournée, mais leur détermination à rectifier les choses s'est chaque fois évaporée ; le commissariat ne peut pas se priver de succès à annoncer au grand public, et les réussites de Milo sont trop criantes pour être contestées.

Il y a ici tout juste la place pour le bureau et le fauteuil de mon ami, ainsi que pour une chaise. Ce trône disposé à l'intention des visiteurs pourrait aussi bien avoir mon nom gravé sur une plaque de laiton, étant donné que je suis la seule personne à l'utiliser. Témoins et suspects sont en effet conduits dans une salle d'interrogatoire, tandis que les jeunes inspecteurs, quand ils viennent voir leur patron, restent debout dans le couloir le temps de faire leur rapport.

Pour cet entretien avec le Dr Andrea Bauer, Milo avait jeté son dévolu sur la salle d'interrogatoire la plus proche de son bureau. Or, alors que nous approchions de la poignée de porte sur laquelle était suspendu un panneau « Réservé », il poursuivit son chemin.

– Tu as changé d'avis ? m'étonnai-je.

– Cette femme vit à Montecito, offrons-lui nos services de portier de palace.

Descendus au rez-de-chaussée et sortis du commissariat, nous patientâmes sur le trottoir. Butler Avenue était animée d'un flux régulier de véhicules officiels et banalisés entrant et sortant du parking réservé au personnel, de l'autre côté de la chaussée.

– Pourquoi vient-elle, au fait ? m'enquis-je.

– Elle m'a contacté et a proposé de faire le déplacement. Je ne suis pas du genre à contredire quelqu'un dont la fortune personnelle équivaut au PIB d'un petit pays des Caraïbes.

– Tu as fait des recherches sur sa situation financière, je vois.

– Après son appel, j'ai jeté un coup d'œil à quelques chiffres la concernant. Elle nous rejoint après avoir participé au conseil d'administration du Centre de Musique, pas loin d'ici ; c'est pour ça qu'elle a jugé pertinent d'en profiter pour passer me voir. Je n'ai pas encore réussi à joindre son employée, Marcella McGann, mais j'espère qu'elle me dira comment la contacter.

Il consulta sa Timex.

– Pas de nouvelles de la morgue ?

– La grosse affaire les occupe toujours à plein temps, me répondit Milo. Mes quatre macchabées sont encore au frigo, et impossible d'obtenir une date pour les autopsies. Pour rendre ma joie encore plus totale, je suis allé à l'appart de Solomon Roget hier, sans rien trouver à part un tas de ces petites annonces à franges qu'il affichait Dieu sait où. Je n'aurais pas été contre la découverte d'un agenda, ce type devait bien organiser son programme d'une façon ou d'une autre.

– Son assassin l'a peut-être emporté.

– Oui, c'est ce que je pense. Il a également pris son téléphone. Roget avait un forfait minuscule ; un mandat m'a permis de mettre sa ligne sur écoute mais rien pour l'instant ; je garde un œil de ce côté, au cas où quelqu'un l'appelle. J'ai également fait un tour dans les supermarchés et boutiques de son quartier ; s'il y a affiché ses annonces, elles ont été retirées.

– Et la vidéosurveillance ?

– Aucune caméra n'est braquée sur les panneaux d'affichage ; ces commerces craignent surtout le vol, pas que quelqu'un mette en douce une annonce sans payer pour ça. J'ai également bavardé avec l'agence qui loue la maison pour des fiestas. Cet endroit n'est plus occupé depuis un an, à la suite d'un divorce qui s'est mal passé. La baraque n'est toujours pas verrouillée, au fait. J'en reviens tout juste, j'ai refait le tour de la vingtaine de pièces, sans trouver la moindre trace de sang. Les meurtres n'ont pas été commis là-bas.

– Les séparations agitées déclenchent toutes sortes de passions ; l'endroit n'a peut-être pas été choisi par hasard. Qui sont ces divorcés ? demandai-je.

– Les Ansar. La mère a filé avec les gosses et se planque quelque part au Moyen-Orient.

– Je peux peut-être obtenir quelques détails supplémentaires en contactant certains juges.

– Ah oui, c'est vrai que c'est ton autre boulot. OK, merci, génial… Ah tiens, voilà notre philanthrope.

Surgie à l'angle de Butler Avenue et Santa Monica Boulevard, une Porsche Panamera bordeaux glissait en effet vers nous. Milo fit signe à la conductrice, qui fit halte, puis il lui indiqua le parking du personnel du commissariat avant de traverser la chaussée en courant. Sur le trottoir d'en face, il sortit sa carte magnétique pour ouvrir la barrière. Après avoir patienté quelques minutes, je le vis ressortir en compagnie d'une femme en sweat-shirt à capuche noir et collants de la même couleur, avec des chaussons de danse rouges aux pieds.

Son visage et sa coiffure ne différaient guère de ce que m'avaient montré ses photos, si ce n'est qu'Andrea Bauer ne faisait rien fait pour dissimuler le blanchissement de ses cheveux. Chaque mèche à sa place, ils étaient aussi brillants que du chrome. Elle se déplaçait d'un pas vif mais légèrement désaxé, comme toutes les femmes ayant sacrifié leur stabilité pour rester ultra-minces.

Milo se chargeait de la conversation, tandis qu'Andrea Bauer regardait droit devant elle. Elle me tendit la main à la seconde où ils parvinrent à ma hauteur, ce qui me permit de sentir ses doigts rigides et froids aux ongles vernis coupés court. Son nez et son menton semblaient assez saillants pour faire office de coupe-papier, et ses yeux étaient presque noirs.

– Enchantée, docteur. Je suis ravie de constater que la police accorde de l'importance aux sciences comportementales.

Sa voix profonde avait quelque chose d'abrasif ; on aurait cru entendre Lauren Bacall avec un rhume.

– Docteur Bauer, la saluai-je en souriant.

– Appelez-moi Andy, dit-elle, avant de considérer la porte du commissariat. C'est la première fois que je mets les pieds dans un poste de police. Enfin, il y a un début à tout.

À l'intérieur, Milo lui proposa de gagner l'ascenseur, ce qu'elle déclina :

– Non, je prends toujours les escaliers, sinon c'est la déchéance assurée.

Sa taille moyenne ne l'empêcha pas d'avaler les marches deux par deux. Au premier étage, Milo la doubla et lui ouvrit la porte de la salle d'interrogatoire qu'il avait réservée. Il avait opté pour la « configuration amicale » : la table au centre, trois chaises disposées chacune d'un côté, des bouteilles d'eau et des gobelets en plastique.

Andrea Bauer s'installa d'elle-même sur la chaise centrale :

– Intéressant… J'imagine que le décor à lui seul intimide les suspects.

– Nous recevons toutes sortes de personnes dans cette pièce, nuança Milo.

– C'est-à-dire ?

– Des gens qui nous aident, par exemple.

Il s'assit à son tour, et j'en fis autant.

– Comment les qualifiez-vous ? Ce sont des sources ? Des informateurs ?

– Des gens qui nous aident, répéta Milo, tout sourire. Que souhaitez-vous nous dire à propos de Benny Alvarez ?

Les fines lèvres d'Andrea Bauer s'affaissèrent :

– Cette histoire est très pénible à vivre. Jamais je n'avais vécu une telle horreur. Benny était un homme adorable et innocent. J'étais ravie de l'avoir accueilli chez nous. Il a été enlevé en rentrant de son travail, je suppose ?

– Nous l'ignorons encore pour le moment.

– A-t-il souffert, d'après vous ?

– Non, je ne pense pas.

– Quelle folie… Je n'arrive pas à concevoir qu'on puisse vouloir lui faire du mal. Je suis sans doute naïve ; on trouve toutes sortes de démons dans la rue.

– En effet, malheureusement. Comment en êtes-vous arrivée à héberger Benny ?

Andrea Bauer croisa les bâtons qui lui servaient de jambes et leva les yeux au plafond :

– C'était il y a deux ans. Le centre de Skaggs Avenue était plein mais une assistante sociale m'a suppliée d'y installer Benny. J'avais de la place au centre de San Diego, qui est le plus spacieux – vingt résidents – mais cette personne estimait qu'un tel changement serait traumatisant pour Benny, dont l'expérience était assez limitée.

– Émotionnellement ou géographiquement ? demandai-je.

– Les deux. D'après les informations que j'ai rassemblées, il a vécu avec sa mère à Echo Park, puis à moins d'un kilomètre de là dans sa famille d'accueil. L'assistante sociale m'a expliqué qu'il avait un esprit d'enfant, mais j'ai par la suite compris qu'elle l'avait quelque peu dévalorisé.

– Il n'était pas aussi limité mentalement qu'elle le croyait, déduisis-je.

– La plupart des gens ne le comprennent pas, mais je suis certaine que vous n'en faites pas partie, docteur Delaware. On accorde plus d'importance qu'il n'en mérite au concept d'âge mental – un enfant de six ans est censé réagir ainsi, un autre de dix ans de telle autre façon, et ainsi de suite. Mais ce n'est pas comme ça que ça marche.

Je secouai la tête :

– Un adulte à l'esprit lent est différent, du point de vue qualitatif, d'un enfant normal.

Elle se tourna vers Milo :

– Ce que votre psychologue veut dire, lieutenant, c'est qu'un adulte atteint d'un trouble cognitif peut être en dessous de la moyenne par certains aspects mais au-dessus par d'autres. Benny en est un excellent exemple. Il savait à peine lire mais son vocabulaire était assez recherché. N'importe qui l'aurait jugé normal en discutant avec lui. Qui plus est, il n'avait aucun souci en termes de relations sociales, ni le moindre symptôme physique. Il n'était pas très grand mais il avait l'air tout à fait normal... Il n'a pas souffert, vous en êtes certain ?

– Il a été tué d'une balle. La mort a été rapide.

– Mon Dieu, quelle horreur... lâcha Andrea Bauer, se voûtant quelque peu. Et vous n'avez aucune idée de l'identité de l'assassin ?

– Pas encore. Revenons un instant au début de son histoire. Vous n'aviez donc pas de place au centre de Skaggs Avenue mais vous avez tout de même fini par trouver un moyen de l'héberger ?

– J'ai dû procéder à quelques modifications pour m'assurer que personne ne soit lésé. En fait, j'avais tout juste donné mon accord pour la venue d'une nouvelle résidente mais elle n'était pas encore arrivée. Atteinte du syndrome de Williams, elle était un peu moins éveillée que Benny, mentalement parlant, mais très sociable, comme souvent ces malades. D'autre part, elle avait déjà déménagé plusieurs fois. J'ai estimé qu'une installation à San Diego ne lui poserait aucun problème, ce qui s'est vérifié, et Benny a pris sa place à Skaggs. (Elle croisa de nouveau les jambes.) Il faut voir ce genre de choses comme de petites victoires, messieurs.

– Vous vous investissez personnellement auprès de vos résidents, dis-je.

– Quel intérêt de travailler pour des êtres humains si on ne s'y intéresse pas ?

Elle se rapprocha de la table et effleura une bouteille d'eau du bout des doigts. Si ses ongles étaient coupés court de façon fonctionnelle, cette femme n'avait pas pour autant quoi que ce soit d'ascétique ; son sweat-shirt était en cachemire, des diamants de quatre carats scintillaient à ses oreilles et un autre – une pierre jaune et ronde au moins deux fois plus grosse – était serti sur la bague en platine qu'elle portait à l'annulaire gauche.

– Ces mots peuvent sembler un peu légers, mais je les pense sincèrement, ajouta-t-elle. Je n'avais jamais imaginé gérer de tels centres, je m'y suis mise après la mort de mon mari. Il était propriétaire de biens immobiliers assez variés – immeubles de bureaux, appartements, centres commerciaux, compagnies d'assurances. Juste avant sa crise cardiaque, il avait acquis une cinquantaine de maisons de retraite et de centres de désintoxication, dans le cadre d'un échange. J'étais prête à tout revendre, n'ayant aucune envie de gérer des êtres humains, mais je me suis dit : « Ça fait des années que tu n'as pas travaillé avec de vraies personnes. Pourquoi ne pas essayer ? » J'ai donc conservé quelques-uns de ces biens, mon objectif étant d'en faire des centres hébergeant des individus ne souffrant d'aucune addiction mais nés avec des troubles cognitifs. Rien d'énorme. Bill, mon mari, ne pensait qu'à tout faire en grand. Mais moi, j'en avais assez.

– Vous vouliez quelque chose de gérable, devinai-je.

– Je ne vais pas essayer de vous faire croire que je suis une sainte, mais même si l'État et le comté me versent de belles sommes pour chaque résident, chaque dollar est réinvesti. Je ne tire aucun bénéfice de cette activité. C'est inutile, Bill a fait en sorte que je ne manque de rien. (Un léger sourire éclaira brièvement son visage.) Là aussi, il a vu grand.

– Vos centres accueillent tous des résidents de Niveau Un ?

– Celui de San Diego – c'est le premier que j'ai créé, une ancienne maison de retraite – étant plus vaste, j'y héberge également quelques Niveau Deux. Mais je ne descends pas plus bas. Le but est d'offrir la meilleure qualité de vie possible, sans trop de contraintes. Vous vous êtes rendus à Skaggs : ce centre vous a-t-il paru autre chose que confortable et propice à l'épanouissement ?

– Un bel endroit, madame, convint Milo.

– À l'époque où Bill le gérait, il était occupé par des drogués et ses murs étaient peints en un vert pomme épouvantable.

Elle releva la manche de son sweat-shirt et consulta sa Rolex Lady incrustée de diamants :

– Il faut que je file au Disney Hall. Une réunion barbante en perspective, mais je me suis engagée.

– Voyez-vous autre chose à nous dire à propos de Benny ? lui demanda Milo.

Elle secoua la tête, sans que ce mouvement fasse bouger un seul de ses cheveux :

– J'y ai réfléchi en venant ici, mais rien ne m'est venu à l'esprit. À mon avis, le plus probable est que Benny a été braqué. Une agression qui a mal tourné, un truc de fou dans ce genre.

– Avait-il de l'argent sur lui ?

– Quand nos pensionnaires sortent, nous leur donnons dix billets d'un dollar et un téléphone à usage limité ne permettant de joindre que ses deux numéros programmés : celui de Police-Secours et celui du centre. Un voyou a peut-être voulu lui voler son portable, sans savoir qu'il ne lui servirait à rien. Les gosses s'entretuent pour des chaussures, pourquoi pas pour un téléphone ?

– On nous a dit que Benny travaillait dans une galerie d'art, dis-je.

– Oui, il a eu ce boulot grâce à Marcella. La première semaine, elle – ou un étudiant bénévole – l'a accompagné chaque jour et est allée le chercher à la galerie. Il a très rapidement retenu le chemin ; il était doté d'une excellente capacité à se concentrer.

– C'est-à-dire ?

– Il était capable d'établir un itinéraire, de se fixer un but et d'y parvenir, lieutenant. C'est de ce genre de choses que nous parlions tout à l'heure, le Dr Delaware et moi, à propos de l'âge mental. Par certains aspects, Benny était un adulte parfaitement opérationnel. Si nous avions estimé qu'il courait un danger en évoluant seul dans la rue, jamais nous ne l'aurions permis. (Un frisson parcourut son visage aux traits fins, du menton aux sourcils, et elle tripota son énorme bague.) Faudra-t-il absolument évoquer l'endroit où vivait Benny dans votre enquête ? J'aimerais beaucoup ne pas avoir les médias sur le dos, pour le bien de mes résidents.

– En ce qui nous concerne, moins il y a de journalistes dans les parages, mieux c'est, répondit Milo.

– Je suis bien d'accord, abonda Andrea Bauer, qui se leva. Désolée de ne pas vous avoir été plus utile.

– Merci à vous de nous avoir consacré un peu de votre temps.

Un sourire froid s'afficha sur le visage de la responsable des centres :

– Pour être tout à fait franche avec vous, je tenais à vous voir en chair et en os, afin de m'assurer que l'on s'occupait correctement du cas de Benny. J'ai certaines relations, mais je suis soulagée de constater que je n'aurai pas à les contacter.

10

Le trajet jusqu'au rez-de-chaussée fut la copie conforme de la montée menée au pas de course par Andrea Bauer, dans le sens inverse. À l'extérieur, elle gratifia Milo d'un vague sourire puis traversa Butler Avenue avant de s'engouffrer en trottinant dans le parking du commissariat.

– Cette femme sait s'y prendre avec les gens, lâcha Milo. Rien de tel qu'une menace pour illuminer ma journée.

– Si elle est venue, c'est avant tout pour se protéger.

– Alvarez disparaît vendredi ; nous sommes déjà mardi et je suis censé lui éviter une mauvaise presse ? Les huiles sont crispées à fond parce qu'un article doit paraître demain dans le *Times*, alors que la ligne officielle du maire est « Le Westside est un quartier sûr ».

– Ça pourrait jouer en ta faveur, estimai-je.

– Tu penses à d'éventuels tuyaux ? Vu le nombre de cinglés que compte cette ville, cet article a autant de chances d'être bénéfique que néfaste. On verra bien. En attendant, les mômes continuent d'interroger le quartier ; j'ai élargi le périmètre à trois kilomètres dans les deux directions.

La Porsche d'Andrea Bauer surgit du parking et fila à toute allure.

– Ça pourrait jouer en ma faveur, tu dis ? reprit Milo. Tu vois toujours le verre à moitié plein, toi, pas vrai ? Ça ne t'arrive jamais de sombrer dans un pessimisme sans fond qui te ronge l'âme ?

Pas depuis que j'ai fui le Missouri à seize ans pour m'installer à L.A. et ne plus avoir à esquiver mon fou furieux de père alcoolique.

– J'essaie d'éviter, répondis-je.

On remonte dans le bureau de Milo.

– Endormir la méfiance de sa proie étant essentiel pour tout prédateur, la capacité de Benny Alvarez à se concentrer sur un point précis a peut-être joué contre lui. Trop focalisé sur son objectif, il n'aura alors pas prêté assez attention à son environnement. Idem concernant la femme, si elle était alcoolique et diminuée. On peut en dire autant à propos de Gurnsey, d'ailleurs, qui était peut-être trop obsédé par le sexe pour correctement évaluer les risques potentiels.

– Il aurait été piégé en se laissant séduire.

– Ce qui n'a pas dû être compliqué, vu comme il était assoiffé de sexe.

– Et Roget ? souleva Milo, faisant rouler un crayon entre ses doigts.

– J'ai tendance à le considérer comme un dommage collatéral. Il était au volant de la mauvaise limousine au mauvais moment. D'un autre côté, la voiture est peut-être également un élément à prendre en compte, si l'assassin a voulu une scène tapageuse pour son crime. Cela étant, on peut aussi estimer que Roget prenait des risques inconsidérés : à son âge, embarquer des inconnus dans son véhicule, ne pas tenir le compte de ses courses…

– Le tueur l'aurait choisi pour sa voiture avant de le descendre, puis il l'aurait mis en scène avec les autres, histoire que ce cadavre supplémentaire serve à quelque chose. On a affaire à de la cruauté niveau Hitler, Alex.

– Cruauté et soif de pouvoir. Ce type manipule les êtres humains au sens propre.

Milo tapota un instant son bureau du bout des doigts, façon roulement de tambour :

– Sur ces bonnes paroles, intéressons-nous davantage aux

détails, par exemple en voyant ce que mon ordi peut nous apprendre sur le business du Dr Andy.

Plusieurs interviews accordées par Andrea Bauer à des magazines racoleurs reprenaient l'essentiel de ce qu'elle nous avait raconté – c'est d'ailleurs le but des entretiens avec ce type de publications.

Elle était propriétaire de neuf établissements : trois en Californie, quatre en Arizona et deux en Idaho. Aucun n'avait fait l'objet de plainte sérieuse, et pas la moindre trace de privilège du constructeur appliqué en raison de factures impayées, de dépôts de bilan ni d'autres preuves de fragilité financière.

Andrea Bauer n'avait eu affaire à la justice qu'à trois reprises durant toutes ces années, deux fois dans le comté de San Diego et une autre à Tempe, en Arizona – chaque fois en raison de simples chutes d'un résident, soucis réglés par ses assureurs. Les notes données sur Internet à ses centres étaient plutôt positives, même si cela ne voulait pas dire grand-chose ; il n'est pas bien compliqué d'acheter des louanges, sans compter qu'Internet est un terrain de jeux de rêve pour les menteurs compulsifs. Néanmoins, les établissements d'Andrea Bauer n'étaient qu'assez peu critiqués ; Milo soupira, les épaules voûtées.

– Elle n'a subi que trois plaintes, résuma-t-il. Quand on connaît le nombre d'avocats qui rôdent dans le coin, ça en fait presque une sainte. Dommage. (Il se détourna de son écran.) Bon, il est temps d'aller voir ailleurs, tu es d'accord ? (J'acquiesçai.) OK, dis-moi… Non, je recommence : suggère-moi avec tes dons de thérapeute dans quelle direction on pourrait se tourner.

Tandis que je réfléchissais, il consulta ses e-mails et effaça tous les courriers administratifs.

– Le tueur savait qu'il lui serait possible d'entrer dans la propriété, rappelai-je. Si on se penchait sur les organisateurs de la fête ?

– L'agence de location a enfin craché des noms : la fiesta a été organisée par deux gosses de riches en terminale au lycée de Beverly Hills. Autant dire que leurs invités étaient sans doute également des mômes. Tu imagines un ado commettre un tel crime, avec cette mise en scène ?

– En Floride, un jeune de seize ans a tué ses parents avant d'organiser une grosse soirée chez lui.

Milo consulta le site Internet du lycée de Beverly Hills :

– Les cours se terminent un peu avant seize heures. Essayons d'attraper ces gamins quand ils sortent du campus au volant de leur petit roadster. Tu vois autre chose à faire d'ici là ?

– On t'a précisé les causes de la mort de Gurnsey et de la femme ?

– La morgue est en mode silence radio ; je n'ai même pas reçu un texto de Basia, ce qui ne lui ressemble pas. Je prendrais bien le temps de faire un saut là-bas mais j'ai peur de ne pas être le bienvenu, étant donné la grosse affaire qu'ils ont sur les bras. Sans compter que ça ruinerait mon odorat pour un mois.

– Pourquoi cette affaire est-elle prioritaire ?

– C'est ce que j'essaie de comprendre, justement. Ce n'est même pas un meurtre. Trois corps sont remontés à la surface dans le port de Wilmington une semaine après le naufrage d'un bateau de pêche grand luxe, à cinq milles des côtes. Les gardes-côtes ont fouillé la zone sans rien trouver, jusqu'au jour où les restes de deux pêcheurs et d'un capitaine loué pour l'occasion ont émergé. Les requins et les crabes ont fait pas mal de dégâts mais pas le moindre signe d'agression humaine, d'après ce que j'ai entendu dire. Allez, j'essaie encore une fois de joindre Basia.

Il pressa une touche de son téléphone, puis se redressa lorsque le Dr Basia Lopatinski, originaire de Varsovie, décrocha :

– J'allais vous appeler.

Basia, qui avait offert à Milo des renseignements cruciaux

sur sa dernière affaire, un meurtre commis lors d'un mariage, était désormais sa nouvelle chouchoute à la morgue. Cette petite blonde au sourire immense et généralement pleine de vie avait répondu d'une voix chargée de lassitude.

– Dites-moi qu'on vous a confié l'affaire de la limousine et je retrouverai la foi, dit Milo. Dites-moi en plus que vous avez déjà des infos scientifiques à me donner et j'irai peut-être même à la messe de minuit.

– Vous faites partie des catholiques qui ont délaissé les églises ? s'esclaffa Basia. Vous êtes bien aimable. Pour vous répondre, on m'a demandé de m'occuper d'une de vos victimes, la femme. C'est la folie, ici, on avance par petits bouts de petits bouts.

– Pourquoi cette histoire de bateau est-elle prioritaire, Basia ?

Elle laissa passer un moment avant de réagir :

– Vous gardez ça pour vous, d'accord ? Le propriétaire du bateau loué est un ami du gouverneur, on craint de gros problèmes au niveau de sa responsabilité.

– Je resterai bouche cousue, c'est promis. Combien de temps avant que ça se tasse, selon vous ?

– Quelques jours, j'espère. Les cadavres sont dans un état de putréfaction extrême, Milo, réduits à quelques lambeaux et masses visqueuses. Leur identité est établie mais les assurances exigent une identification scientifique, et c'est un vrai cauchemar. On ne répond plus au téléphone car les avocats nous appellent sans cesse. Pour couronner le tout, l'odeur est épouvantable, même avec un masque à gaz. Bon, passons à des nouvelles plus réjouissantes : j'ai terminé l'autopsie de votre victime féminine, mais un détail intéressant est apparu avant même que je ne donne mon premier coup de scalpel : le sang qui macule en abondance ses mollets, jusque sur le sol de la voiture, n'est pas humain. C'est du sang de canidé. Même chose sur les trois autres cadavres.

– Du sang de chien ?

– Pour le moment, je n'écarte aucun autre canidé

– coyote, loup ou hybride –, mais le plus probable est que ce sang soit celui d'un chien domestique.

– Quel délire… Est-il mêlé à du sang humain ?

– Je ne peux pas encore vous le dire. J'ai demandé au labo de conserver la limousine dans son garage et de passer au peigne fin les sièges et la moquette. Nous en ferons autant pour les vêtements. Tout ça fait beaucoup d'analyses, nous n'aurons pas de réponses définitives avant plusieurs jours.

– Comment vous en êtes-vous rendu compte ?

– Ce sang n'a pas été analysé sur la scène de crime, ce qui n'est pas un manquement à la procédure, tant il semblait évident qu'il était humain. Mais ça clochait, pour moi : les blessures par balle de petit calibre de M. Alvarez et M. Roget n'avaient causé que trop peu d'écoulements, en comparaison de la mare sur la moquette. Plus bizarre encore, aucune blessure n'était visible sur la femme, qui pourtant avait les mollets trempés de sang. Idem pour M. Gurnsey. J'ai procédé à une analyse en espérant déterminer s'il y avait là plusieurs groupes sanguins, et c'est là que je me suis rendu compte que c'était du sang canin. Stupéfaite, j'ai recommencé mon analyse et obtenu le même résultat. J'ai enchaîné avec une précipitation, qui m'a confirmé que le sang n'était pas humain. Je l'ai ensuite observé au microscope et j'ai évidemment repéré quelques globules rouges anucléés – on en trouve parfois chez les canidés mais jamais chez les humains. J'ai signalé tout cela à mes collègues, qui, en analysant le sang présent sur les autres victimes, ont obtenu le même résultat. Nous sommes tous sidérés.

– Quelqu'un a tué quatre personnes puis les a aspergées de sang de clebs.

– Je ne dirais pas qu'elles ont été « aspergées », Milo ; cela aurait provoqué davantage d'éclaboussures. Il semblerait que le sang ait été soigneusement versé, peut-être d'un récipient assez volumineux, étant donné la quantité.

– Un seau rempli de sang.

– J'ai pensé la même chose. Il y a peut-être quelque chose

de psychopathologique dans ce comportement ; Alex pourrait vous aider à comprendre ce qu'on peut en déduire.

– Il est à côté de moi.

– Oh, bonjour, Alex ! Alors, vous avez une idée ?

– C'est la première fois que j'entends parler d'un truc pareil, Basia, répondis-je.

– Cette affaire est vraiment bizarre, y compris dans la cause de la mort, qui varie d'une victime à l'autre. Le chauffeur et M. Alvarez ont été tués par la même arme de calibre 22, alors que M. Gurnsey a été poignardé à trois reprises dans le haut du torse avec une lame fine à double tranchant. Concernant ce dernier, on ne s'en est rendu compte qu'en le déshabillant car ses vêtements n'étaient pas troués ; il portait donc autre chose – ou il était torse nu – quand il a été tué. Quoi qu'il en soit, on a enfilé des vêtements sur le corps *post mortem*.

– Le cadavre a été costumé, résumai-je.

– Hmm... Votre réflexion est intéressante. Oui, il y a là un aspect théâtral, entre la voiture de luxe et la mise en scène sexuelle.

– Comment est morte la femme ? intervint Milo.

– Cela reste à déterminer, même si je penche pour une asphyxie. Je vais prélever davantage de tissus, pour les disséquer et les analyser au microscope, mais jusqu'à présent je n'ai trouvé que quelques hémorragies oculaires. Cela correspond à l'asphyxie, mais je ne peux pas être affirmative car toutes sortes de choses peuvent faire éclater des vaisseaux sanguins, notamment un mode de vie douteux. Or le corps de cette femme montre de nombreux signes en ce sens : poumons congestionnés et cœur hypertrophié, par exemple. Ces deux phénomènes peuvent être dus à une asphyxie mais également à une consommation régulière de drogue ou d'alcool. C'était sans doute son cas, et depuis longtemps ; sa peau trop exposée à l'extérieur est typique des SDF, son foie est touché par une cirrhose presque totale, sa vésicule biliaire est dangereusement enflée et ses reins sont tous deux dans un état catastrophique. Par ailleurs, j'ai noté certaines évolutions du corps qui ont peut-être été aggravées par l'âge et/ou l'abus de drogue ou d'alcool, comme la détérioration vasculaire du cerveau, sa thyroïde quasiment détruite et son œsophage qui présente plusieurs zones très érosives, probablement cancéreuses.

– Le mode de vie de cette femme n'était pas le plus sain du monde, visiblement.

– On pourrait en conclure qu'elle n'avait plus longtemps à vivre, mais allez savoir ; j'ai vu des gens au cerveau plus troué que de l'emmental et au cœur plus gros que celui d'un taureau survivre bien au-delà des attentes.

– L'état délabré de son cerveau affectait-il ses capacités mentales, d'après vous ? demandai-je. Si oui, cela aurait fait d'elle une proie facile.

– C'est surtout son alcoolisme qui devait avoir cet effet, et j'imagine que l'état de son cerveau, si elle souffrait de quelque mal chronique de ce côté, n'arrangeait rien. Le Dr Krishnamurti estime que si rien de probant n'apparaît à la suite de l'analyse toxicologique, il sera établi par élimination que cette femme a été asphyxiée. Une dernière chose : il nous a été impossible de l'identifier car ses empreintes digitales sont fortement érodées ; cela se voit parfois sur les malades souffrant de certaines maladies de peau, mais aussi sur des individus chez qui elles sont peu marquées, surtout à mesure qu'ils prennent de l'âge. Qui plus est, cette femme a des cicatrices sur le bout de plusieurs doigts, sans doute dues à d'anciennes brûlures. Le système informatique étant incapable de lire ses empreintes, je les ai prises à la main, avec de l'encre, pour une meilleure définition, mais ça n'a pas suffi. Je vais hydrater les doigts ; si ça ne fait pas ressortir les empreintes, on pourra toujours prélever la peau et la gonfler avec une solution saline, comme un gant. On verra bien ce que ça donnera.

– Merci pour tout, Basia. Combien de temps ces corps sont-ils restés dans la voiture, à votre avis ?

– On m'a dit qu'aucune mouche à viande n'avait été aperçue autour de la voiture car elle était parfaitement étanche. Cela dit, les cadavres auraient été davantage détériorés si elle était restée un certain temps au soleil, même par une température printanière modérée. J'estime donc que les cadavres ont été placés dans la limousine durant la nuit de samedi.

– Oui, c'est logique, convint Milo. D'autant plus que ce véhicule n'est pas discret ; pourquoi l'assassin aurait-il pris le risque d'être surpris en plein jour ? Et concernant l'heure de la mort ?

– C'est plus difficile à déterminer. La rigidité cadavérique s'était dissipée quand on a retrouvé les corps, et je n'ai pas noté de signe de congélation. Là encore, l'absence de décomposition laisse penser que les victimes ont été tuées et conservées dans un lieu bien isolé avant d'être transférées dans la limousine. Un environnement naturellement frais – une cave, par exemple – ou une forte climatisation ont peut-être suffi. D'autre part, déplacer des corps peut mettre fin à la rigidité cadavérique. Le mieux que je puisse vous proposer pour l'heure de décès, c'est une fourchette entre douze et trente-six heures avant la découverte des corps. Mais si on part du principe qu'ils sont restés environ douze heures dans la voiture et qu'on prend en compte le temps nécessaire pour les nettoyer, les vêtir et les installer chacun à sa place, il faut sans doute allonger cette estimation. Le gros problème est le temps qu'il a fallu à l'assassin pour les conduire jusqu'à l'endroit où il les a abandonnés. Nous ignorons totalement d'où il est venu.

– Pas de congélation. Ils n'ont donc pas été conservés très longtemps quelque part, après leur mort.

– C'est très peu probable.

– Revenons une seconde sur les causes de la mort, si vous le voulez bien, Basia, intervins-je. Comme vous l'avez dit, nous avons quatre victimes et trois méthodes d'assassinat, ce qui est peu courant pour un meurtre de groupe. Peut-être devrions-nous considérer tout cela comme plusieurs assassinats individuels, chaque méthode choisie en fonction de la victime, et les corps rassemblés ensuite.

– C'est-à-dire ?

– Il est plus difficile d'étouffer quelqu'un que de l'abattre. Il était peut-être plus facile d'asphyxier la femme que les hommes, vu sa santé fragile.

– C'est une idée intéressante, Alex. Elle était en net surpoids – elle mesurait un mètre soixante-trois pour quatre-vingt-deux kilos – mais les muscles de ses bras et de ses jambes étaient sérieusement atrophiés, ce qui veut dire qu'une bonne partie de sa masse n'était que du gras inutile. Alors oui, il n'a pas dû être difficile de la maîtriser physiquement. Mais pourquoi Gurnsey, le plus athlétique des quatre, a-t-il été poignardé et non abattu d'une balle ?

– Il a peut-être été tué pour des raisons personnelles, comme tend à l'indiquer la posture dans laquelle son corps a été disposé.

– Je confirme. Une façon de tuer sur mesure et humiliante. Mais la femme a elle aussi été rabaissée.

– Elle tenait peut-être un rôle dans la scène imaginée à l'intention de Gurnsey.

– Hmm… Oui, peut-être. En tout cas, on a du mal à les voir en couple, ces deux-là.

– Avez-vous observé des lésions défensives sur le corps de Gurnsey ? demanda Milo.

– Ce n'est pas moi qui m'occupe de lui, comme je vous l'ai dit, mais je ne crois pas.

– Une agression au couteau par surprise a forcément été commise de près, Basia. Nous avons appris que Gurnsey ne vivait que pour le sexe. Un type comme lui a facilement pu se retrouver dans une position risquée ; il a baissé la garde, ce qui a permis au tueur ou à la tueuse de plonger une lame dans son corps.

– Un câlin qui aurait tourné à la boucherie ? Bon, messieurs, il est temps que je retourne tamiser un peu de bouillasse marine, mais je vous promets de ne pas oublier votre affaire. Dès mon retour à la maison ce soir, je me sers un verre de tokaj et je plonge dans les archives à la recherche d'histoires de sang animal ajouté à un homicide humain. On croirait une sorte de rituel, non ?

– Des goules sataniques rôdant dans le Westside ? dit Milo. Dieu nous en préserve, Basia.

– Décidément, vous sombrez vraiment dans la religion !

– Les souvenirs d'école confessionnelle ne meurent jamais.

– Je ne vous le fais pas dire, il m'arrive encore de rêver de bonnes sœurs. Et je préfère ne pas vous détailler le contenu de ces rêves. Bonne chance, messieurs.

– Une dernière chose, Basia. Pouvons-nous obtenir vite fait un échantillon ADN du sang de chien, histoire d'au moins savoir de quelle race il s'agit ? On ne sait jamais, si je tombe sur un suspect qui possède un labrador noir, par exemple, ça fera toujours un élément de plus à notre dossier.

– L'animal en question n'est plus de ce monde, Milo. Vu la quantité de sang versé, il est impensable qu'il ait survécu. Mais pas de souci, je fais prélever et analyser plusieurs échantillons. Allez, j'enfile mon masque.

– Quel dommage que le gouverneur veuille devenir président.

– Comme tout le monde, non ?

– Non, pas comme les personnes que je côtoie.

– Heureusement ! Sinon, bonjour les soirées entre amis sinistres, plaisanta Basia.

Milo raccrocha et se tourna vers moi :

– Comme tu le dis toujours, les psychopathes ont tous fait leurs armes sur des animaux quand ils étaient enfants. Peut-être que le nôtre n'a jamais perdu cette habitude.

– Nous n'avons pas affaire à un entraînement. On nous a offert le vrai spectacle, pas la répétition.

Il secoua la tête et se frotta les yeux :

– Faire ça à un toutou, sans déconner… Pourquoi ça me rend encore plus furieux contre ce type ?

11

Le lycée de Beverly Hills est un ensemble de bâtiments de style normand des années 1920 qui s'étend sur huit hectares ayant autrefois servi de champ de courses. À 15 h 20, Milo et moi étions garés non loin de la sortie principale des véhicules, guettant l'apparition de Shirin Amadpour, au volant de sa Porsche Boxster blanche d'un an, ou de Todd Leventhal dans sa Dodge Challenger noire de deux ans.

La Dodge fut la première à émerger, renâclant et s'agitant derrière une BMW gris métallisé arrêtée par un agent chargé de faire traverser les piétons.

Un jeune homme était au volant, avec une demoiselle de son âge sur le siège passager. Nous les suivîmes tandis qu'ils filaient vers le nord, en direction de Wilshire Boulevard. La Dodge vira ensuite à gauche sur Beverly Drive et poursuivit sa route dans le cœur du quartier d'affaires de Beverly Hills. Alors que nous nous maintenions deux voitures en retrait, la Dodge, serrant de près les véhicules qui la précédaient, multipliait les changements de voie soudains non signalés et les freinages si brutaux qu'elle en tremblait de toute sa carcasse.

– Ce crétin habite dans les numéros 600 d'Alpine Drive, soit tout près d'ici, mais il fonce pour s'éclater. Espérons qu'il ne se fasse pas arrêter par les flics du coin avant de parvenir à destination.

Les prières de mon ami furent entendues car la Dodge poursuivit sans souci sa course inutile au-delà de Santa Monica Boulevard puis vers l'est, sur Carmelita Avenue.

– Warren Zevon s'est inspiré de cette rue pour composer sa chanson *Carmelita*, fis-je remarquer.

– Hmpf…

Milo appréciait la musique de Zevon mais n'était pas d'humeur à simuler un quelconque intérêt.

La voiture noire vira sèchement sur la gauche pour s'engager sur Alpine Drive, puis poursuivit sa route sur un demi-pâté de maisons avant de se jeter sur le trottoir pour s'immobiliser dans l'allée d'une demeure carrée assez quelconque ornée de bardeaux gris – mais qui, à Beverly Hills, devait valoir dans les sept millions de dollars.

Le conducteur, un petit gars à tête de fouine affublé de cheveux blonds dégradés courts, en sortit, un sac à dos noir sur l'épaule, et claqua la portière. Sans s'éloigner de son bolide, il pianota sur l'écran de son téléphone, tandis que sa passagère s'extirpait de l'habitacle. Plus grande que son compagnon, cette jolie fille assez mince était équipée du même sac à dos que lui. Tous deux portaient un tee-shirt et un jean noirs et les mêmes baskets multicolores. Un rideau de cheveux noirs chatouillait le bas de la taille de la jeune fille.

Elle sortit à son tour son téléphone et s'y plongea, ses doigts s'agitant sur son écran aussi frénétiquement que ceux de son ami.

– Ah… l'amour moderne, ironisa Milo en sortant d'un bond de l'Impala.

Aucun des deux adolescents ne nous sentit approcher, ils étaient si focalisés sur leur portable qu'ils me donnèrent l'impression d'être aussi vulnérables que Benny Alvarez.

Cela présageait-il un avenir où la planète serait peuplée de proies faciles à capturer ?

Enfin, alors que nous n'étions plus qu'à quelques mètres d'eux, la fille releva la tête ; une vive inquiétude apparut dans ses grands yeux marron.

– Salut, les mômes, lança Milo, tout sourire, ce qui n'arrangea rien.

Bouche ouverte mais visiblement incapable d'articuler un mot, elle agrippa le bras de son acolyte.

– Quoi ? lâcha ce dernier, sans cesser de tapoter sur son écran.

Todd… regarde, dit enfin la jeune fille.

– Todd Leventhal ? Shirin Amadpour ? Ravi d'avoir mis la main sur vous. Lieutenant Sturgis, brigade criminelle.

L'adolescente laissa échapper un hoquet de stupeur, serrant davantage le biceps maigrelet de Leventhal, qui continuait de rédiger son message.

– Toood ! glapit-elle en intensifiant sa prise.

L'intéressé leva lentement la tête et consentit à nous offrir un regard neutre de ses yeux gris. Les côtés et l'arrière de son crâne étaient rasés de façon à laisser apparaître des motifs de foudre, tandis qu'en son sommet se dressaient des cheveux presque blancs de dix centimètres.

– Ouais, j'ai bien reçu votre message à propos de ce qui s'est passé après la soirée, dit-il. J'en sais rien.

– Je vais vous aider, dit Milo. Quelqu'un a été tué dans la maison que vous avez louée.

– Je ne sais rien du tout.

– Je confirme, abonda Shirin Amadpour. C'est épouvantable, cette histoire, mais nous organisons des fêtes, c'est tout.

– Vous faites ça régulièrement ?

Leventhal haussa les épaules.

– Oui, de temps en temps, répondit son amie.

– C'est-à-dire ?

– Trois ou quatre fois par an.

– C'est un loisir, pour vous ?

– Oui, j'imagine qu'on peut dire ça, répondit Shirin Amadpour, déconcertée par cette question.

– Carrément pas, on fait ça pour le fric, la contredit Leventhal, les yeux réduits à des fentes.

– Le capitalisme en action, commenta Milo.

– Non, c'est du socialisme, rectifia la jeune fille. On passe par Instagram, Snapchat et Twitter.

– Ce que je veux dire, c'est que ça nous rapporte de l'argent, insista son compagnon. C'est un business, OK ? Quarante dollars pour les mecs, vingt pour les nanas.

Il jeta un regard à Shirin, avec un sourire qu'on aurait pu trouver sur le visage d'un carnivore s'apprêtant à déguster un steak.

– C'est moins cher pour les filles ? dis-je.

– Ouais… répondit Leventhal, pensant très fort que c'était une question stupide. Les filles ont plus de valeur, dans une soirée. Ce sont comme des… Les mecs viennent parce qu'il y a des nanas.

Prenant cette explication comme une louange, Shirin Amadpour afficha un grand sourire, rayonnante.

– La mystique féminine… dit Milo.

– Euh ?

– Bon, combien de personnes sont venues vendredi soir ?

Leventhal haussa de nouveau les épaules.

– On n'a pas compté, répondit Shirin.

– À peu près ?

– Trois cents, plus ou moins, estima Leventhal.

– Ouais, c'est ça, confirma sa compagne.

– Combien avez-vous loué la maison ?

– Pourquoi cette question ? Vous voulez nous faire concurrence ? gloussa le garçon.

– J'essaie juste de me faire une idée générale du tableau, Todd.

– On sait que dalle sur ce qui s'est passé après.

– Je sais bien, mais je dois indiquer ce chiffre sur mon rapport.

– Le rapport, répéta Leventhal, qui ensuite afficha un petit rictus suffisant. Ils voulaient sept, je les ai fait descendre à cinq.

– Cinq mille ou cinq cents ?

Les gamins se tordirent de rire.

– Si vous entendez parler d'une baraque à quelques centaines de dollars la soirée, faites-moi signe, dit Leventhal.

– Je comprends que vous ayez besoin d'encaisser des billets.

– Mais on fait ça pour s'amuser, avant tout, assura Shirin. Et aussi pour avoir de l'expérience.

– Pourquoi donc ?

– Pour l'avenir. Je compte devenir organisatrice d'événements, et Todd sera dans la finance.

Leventhal jeta un regard agacé à son amie avant de réagir :

– T'en sais rien, vu que moi je ne sais même pas encore vraiment ce que je ferai. Peut-être agent de sportifs.

Il baissa les yeux sur son téléphone, qu'il ralluma d'un geste presque tendre de l'index, puis il effleura l'écran et se remit à pianoter.

– Tu ne veux pas lâcher ton portable une seconde ? lui intima Milo.

– Pourquoi ?

– Parce qu'on est en pleine conversation.

– Ah bon ?

– Toood ! brailla Shirin. Sois aimable avec eux !

– Pourquoi ? Ils le sont avec nous, peut-être ? Ils croient qu'on sait quelque chose sur ce qui s'est passé.

– Mais non, pas du tout ! (Elle se tourna vers Milo.) Vous ne pensez pas une chose pareille, quand même ? On a organisé cette soirée, c'est tout.

Leventhal poussa un soupir méprisant.

– Il y a eu des problèmes, ce soir-là ? intervins-je.

Shirin eut un mouvement de la hanche qui fit voleter sa chevelure noire :

– Non, aucun. Tout s'est passé à la perfection.

– On n'a jamais de problème, renchérit Leventhal. On choisit les bonnes personnes.

– Pour l'organisation ou comme clients ?

– Les deux.

– Et comment vous dressez la liste des clients ? demanda Milo.

– La liste ? ricana l'adolescent. Ouais, c'est ça, on fait

une liste gravée sur une pierre, comme les hydroglyphes des Babyloniens.

– On passe par les réseaux sociaux, précisa Shirin. On prévient les gens deux jours avant, environ.

– Comme ça, tous ceux qui se pointent sont des gens qu'on a choisis, ajouta Leventhal. Pour les petits malins qui veulent s'incruster, on a des gars de l'équipe de foot qui leur disent d'aller voir ailleurs.

– On fait attention, insista Shirin, avec une moue enjôleuse. On essaie vraiment de tout faire pour que tout se passe bien.

Nouveau regard irrité de Leventhal à l'intention de sa copine :

– On n'essaie pas, on le fait. De toute façon, le prix de l'entrée nous évite d'être emmerdés par vous-savez-qui.

– Qui donc ? demanda Milo.

– Ha ha.

– Quarante dollars pour les mecs, vingt pour les nanas, récitai-je.

– On montera peut-être à quarante-cinq, la prochaine fois. Ou même à cinquante.

– Mais on laissera sans doute les filles à vingt, nuança Shirin.

– Peut-être vingt-cinq, insista Leventhal.

Je mis fin à cet échange :

– Il ne s'est donc rien passé d'inhabituel, vendredi ?

– Nan, vendredi c'était tranquille pépère. L'agence avait interdit les voitures parce qu'il y avait trop de terre dans le jardin, ce qui était plutôt cool pour nous ; c'était plus facile de contrôler les entrées, les joueurs de foot ont pu filtrer les arrivées dans la rue.

– Personne ne leur a cherché d'embrouille ?

– Non.

– Où s'est produit le… commença Shirin. Enfin, le truc.

– Derrière la maison, répondit Milo. Dans une voiture.

– Ça prouve qu'on n'y est pour rien, dit Leventhal,

s'agitant quelque peu. On n'avait aucune voiture, on n'est donc pas responsables de ce qui s'est passé plus tard.

– Vers quelle heure la soirée s'est « officiellement » terminée ?

– Officiellement ou pas, c'est la même chose, mec : à deux heures du mat'. Shirin et moi, on a ensuite fait le tour du jardin pour vérifier que rien ne clochait, et on a dégagé vers 2 h 30.

– Vous vouliez vérifier quelque chose en particulier ?

– Non. Et on n'a rien vu de spécial.

– C'était un peu flippant, intervint Shirin, les sourcils froncés. Marcher seuls dans le noir, au pied de cette énorme baraque… c'était quelque chose.

– On était avec les footeux, précisa Leventhal.

– Oui, au début, mais à la fin on n'était que nous deux, Todd.

– Peu importe. Ça n'avait rien de flippant.

Il se gratta le crâne à hauteur de ses éclairs.

– Moi, j'ai trouvé ça flippant, insista Shirin. Cette immense maison, horrible et glacée…

– Bref, on s'en fout, lâcha son compagnon, qui se tourna vers Milo. On n'est responsables de rien dans cette histoire, si ce n'est de la sécurité d'une soirée qu'on a lancée avec la compétence requise.

– Tu parles comme un avocat, Todd, dit Milo.

– Mon père en est un, et le sien aussi, expliqua Leventhal, avec un sourire bagué. On a été à bonne école, même s'ils ne nous encouragent pas vraiment.

– À quel propos ?

– Par rapport à notre business, répondit Leventhal, qui donna un coup de coude à son amie. Ils ont peur qu'on se fasse tellement de blé qu'on n'ait plus besoin d'eux.

– J'aurai toujours besoin de mes parents, minauda Shirin.

– Ça, t'en sais rien. On sera peut-être les rois du monde.

– La reine, en ce qui me concerne.

– C'est une métaphore. (Nouveau sourire.) Ça vient d'un film.

– Lequel ?

– Laisse tomber.

Milo reprit la parole :

– Qu'avez-vous fait après votre départ du lieu de la soirée ?

– On a dîné, répondit Leventhal.

– Chez Denny's, ajouta Shirin. À Westwood.

– J'ai pris des gaufres et des saucisses.

– Et moi une salade de thon.

– Bon, ça ira ? On peut aller vivre notre vie ? lâcha Leventhal.

Il caressa la joue de sa compagne, qui rougit, puis il saisit son sac à dos et se dirigea vers la maison grise.

– Tu n'as pas l'air traumatisé par ce qui s'est passé, Todd, lui lança Milo.

Le garçon se figea et se retourna :

– Je devrais l'être ?

– Le fait est qu'un meurtre a été commis sur le lieu où tu as organisé une soirée.

Todd Leventhal prit un air aussi stupéfait que si on s'était adressé à lui en albanais :

– Je ne sais même pas qui a été tué.

Milo le rejoignit à grandes enjambées et lui remit sa carte – le garçon la saisit mais garda la main contre son flanc maigrichon –, puis il en fit autant avec Shirin, qui quant à elle prit le temps de la lire. « Brigade criminelle », articula-t-elle sans un bruit.

– Je suis désolée pour la victime, même si je ne la connaissais pas, dit-elle.

Sur ces mots, les deux ados s'engouffrèrent dans la maison.

– Quel sale gosse, ce Todd, dit Milo.

– Ce n'est pas le môme le plus adorable qui soit.

– Je n'ai rien noté de louche. Et toi ?

– Pas mieux.

– J'ai du mal à lui imaginer un mobile, si ce n'est le fait qu'il semble dépourvu d'empathie.

– Malgré ses talents d'organisateur, il n'est sans doute pas assez futé pour être le responsable de la mise en scène qui nous intéresse. Et si c'était le cas, pourquoi il attirerait notre attention en se comportant comme un crétin avec nous ?

– Tu as toujours ce concept de mise en scène à l'esprit.

– J'ai du mal à imaginer autre chose.

– Moi, j'ai du mal à imaginer quoi que ce soit pour expliquer ce crime.

– L'affaire sera demain dans les journaux, dit Milo, alors que nous regagnions le commissariat. En attendant, c'est le moment de faire tu-sais-quoi.

– Je ne sais pas quoi.

– Quand une enquête piétine, organise une réunion. J'ai programmé la mienne demain à neuf heures avec les mômes. Tu penses pouvoir être des nôtres ?

Je fis mine de consulter mon téléphone :

– OK, je serai là, même si j'avais prévu quelque chose de plus amusant.

– Quoi donc ?

– Me planter des tisonniers incandescents dans les yeux.

Le rire de Milo résonna un long moment dans l'habitacle. Ça faisait du bien.

12

Le quadruple meurtre fut relaté dans les journaux mercredi matin, quelque peu éclipsé par une affaire politique tordue. Assez peu détaillés, ces comptes rendus n'étaient pas tout à fait fidèles à la vérité. (« Plusieurs personnes abattues à Beverly Hills au petit matin… »)

Ces imprécisions étaient dues au fait que la police n'avait pas livré toutes les informations ; quoi qu'il en soit, les détails n'ont plus d'importance, de nos jours ; seule compte la contagion émotionnelle. Je devinais d'avance que cette histoire serait partagée dans tous les sens sur Internet, ce qui nous offrirait des conjectures et des tuyaux des plus psychotiques aux plus encourageants. Milo était cité en tant que responsable de l'enquête mais son numéro de téléphone n'apparaissait pas. Quiconque souhaitant communiquer un renseignement devrait donc fournir un certain effort pour le faire.

Il était 8 h 50 lorsque je fis mon entrée dans la salle d'interrogatoire où nous avions bavardé avec Andrea Bauer. Reed, Binchy et Alicia Bogomil en firent autant quatre minutes plus tard. Tous les trois en civil, ils donnaient l'impression d'être là pour une réunion d'affaires d'une start-up du web.

Sur place depuis un moment, Milo avait eu le temps de remplir un tableau blanc des photos des quatre victimes, des détails fournis par les analyses médico-légales et d'une frise chronologique faite à partir des éléments révélés par Basia.

Et tout en bas, une photo de Lassie qui ne manqua pas de

provoquer des haussements de sourcils chez les inspecteurs, quand ils s'installèrent.

Quatre chaises étaient disposées en demi-cercle face au tableau. Sur la table, une cafetière remplie, des tasses et une énorme boîte en carton contenant des viennoiseries achetées dans une boulangerie française de West Hollywood. Le chef voulait donner des forces à ses troupes.

Milo s'empara d'un beignet, en dévora une moitié, se débarrassa d'un geste des miettes tombées sur sa chemise et enfin désigna le tableau :

– Nourrissez-vous et regardez bien tout ça, ensuite on lance la thérapie de groupe.

Binchy saisit un croissant au chocolat et Alicia une moitié de feuilleté aux amandes, mais Reed resta planté sur sa chaise.

– Ce n'est pas assez sain pour toi, Moses ? lança Milo.

– Je fais attention à ma consommation de sucre.

– Moi aussi, pour qu'elle augmente, rétorqua mon ami en avalant la seconde moitié de son beignet. Bon, comme je vous l'ai dit hier, on n'a tiré aucune info sérieuse des deux gosses qui ont organisé la soirée. Ils ne gardent aucune trace écrite, et Alex ne les imagine pas capables de perpétrer quatre meurtres avec une telle complexité. Je suis d'accord avec lui. Je suppose que les interrogatoires dans le quartier n'ont rien donné ?

– Nous avons frappé aux portes de toutes les maisons de Sunset Boulevard à Mulholland Drive, répondit Reed. Elles étaient souvent vides, mais les personnes qui nous ont ouverts n'ont pas vu de limousine ni quoi que ce soit d'inhabituel.

– D'après l'estimation de l'heure de décès donnée par le coroner, cette voiture a pu arriver sur les lieux au petit matin, alors qu'il faisait encore nuit. Il est probable que ces braves gens vous aient dit la vérité.

Reed acquiesça :

– Certains se sont plaints mais pas de cette maison en particulier, plutôt des soirées bruyantes de façon générale, des problèmes de parking, de bruit et de détritus qu'elles engendrent.

– Comme si on allait laisser tomber une enquête sur un quadruple meurtre pour s'occuper de richards grognons, dit Alicia.

– On peut en déduire que beaucoup de personnes savaient que des soirées étaient organisées dans cette maison, ajouta Binchy. Et peut-être aussi qu'elle se vidait une fois la fiesta terminée.

– Bien vu, Sean, sourit Milo. Mais c'est déprimant car ça ne fait qu'élargir le champ des suspects. J'ai vérifié auprès d'Aube Éclatante, qui m'a dit n'avoir nettoyé cette baraque qu'une seule autre fois cette année, en janvier, après un gala au profit de la lutte contre le cancer du sein, et donc avec une population très différente, plus âgée. Quand j'ai demandé à l'agence de location de me transmettre la liste des invités à ce gala, on m'a répondu que l'organisateur conservait toujours tous les documents. Dans ce cas, il s'agit des Éclaireurs, une association assez réduite qui se limite à de gros donateurs ; j'ai appelé leur secrétariat. Alicia, tu as eu le temps de fouiner du côté d'autres agences ?

– J'en ai trouvé quatre autres, pour l'instant, mais aucune n'a loué cette propriété.

– Et si on considérait les choses sous un autre angle, lieut' ? proposa Reed. Un divorce qui se passe mal peut déclencher toutes sortes d'horreurs.

– J'ai trouvé quel juge s'occupe de l'affaire et je lui ai laissé un message, fis-je savoir.

Les trois inspecteurs ne faisant aucun commentaire, la pièce fut gagnée par l'inertie gluante qui ne manque jamais de s'imposer dès qu'on ne sait plus dans quelle direction orienter une enquête.

Milo brisa le silence :

– Je me suis ensuite penché sur les téléphones. Alvarez n'en possédait pas, et c'est sans doute également le cas de la femme, si c'était une SDF. J'ai demandé un mandat pour obtenir les relevés des mobiles de Roget et Gurnsey et de la ligne fixe de Roget. Dans le pire des cas, on saura déjà quels ont été leurs derniers interlocuteurs. Si on en a fini avec le porte-à-porte dans le quartier, essayons de déterminer où Roget affichait ses petites annonces. Je termine avec la morgue et ce qu'elle nous a appris pour l'instant.

Il résuma les derniers éléments, y compris la théorie de l'asphyxie avancée par Basia, au sujet de la femme, ainsi que l'impossibilité de prélever les empreintes digitales de cette dernière. Ce détail fit froncer trois paires de sourcils.

– Génial… articula Alicia.

– Basia va tenter de trouver du concret, enchaîna Milo, qui se tourna vers moi. En attendant, tu nous fais profiter de tes déductions de psy ?

– Je n'ai que des suppositions, pas vraiment de déductions. Si l'on considère qu'on a vraiment affaire à un quadruple meurtre, il est probable que les victimes aient toutes les quatre représenté quelque chose de précis pour le tueur. Le problème est que ces quatre personnes sont très différentes les unes des autres. Jusqu'à présent, le seul point commun que nous leur ayons trouvé est l'absence de famille dans la région. Le mystère reste entier : pourquoi avoir constitué un groupe si hétéroclite ? Autre façon de voir les choses, une victime a été tuée seule dans un premier temps, les autres ajoutées par la suite. Dans ce cas, je verrais bien Rick Gurnsey tenir le rôle de proie principale.

Je décrivis les habitudes sexuelles de Gurnsey afin d'étayer mon propos.

– Un pervers qui tente de prendre une fille par la porte arrière en douce ? dit Alicia. Oui, ça peut être contrariant…

– S'il s'est montré agressif, il a certainement fait plus que contrarier sa partenaire, soulignai-je. Son comportement était pour le moins très risqué. Celui ou celle qui l'a tué possédait une arme à feu mais a préféré le poignarder ; l'absence de lésions défensives porte à croire que Gurnsey n'a rien vu venir.

– Planté de très près, ajouta Reed. En pleine relation intime.

– C'est mon impression, Moe.

– Il aurait été tué par une femme folle de rage ? résuma Alicia. Mais dans ce cas, comment expliquer les autres victimes ?

– Mystère, reconnus-je. Il pourrait également s'agir d'un mari ou d'un petit ami furieux. Autre hypothèse, plus probable à mon sens, ils s'y sont mis à deux pour commettre ce meurtre ; c'était sans doute nécessaire pour maîtriser puis transporter leurs proies.

– Un couple assoiffé de vengeance… imagina Reed.

– Les autres victimes ne seraient que des seconds rôles, comme dans un film ? dit Binchy.

– J'ai dès le début trouvé un côté théâtral à la scène de crime, précisai-je. Étant donné la vie que menait Gurnsey, la façon dont son corps a été disposé et le fait que sa vie sociale était nettement plus développée que celle des trois autres, je me focaliserais sur lui. Je creuserais du côté de ses anciennes relations, de ses collègues de travail.

– La femme a elle aussi été retrouvée dans une posture théâtrale, observa Alicia. Et l'assassin, en l'étranglant, s'est trouvé tout aussi près d'elle que de Gurnsey.

– Il est possible qu'ils aient tous deux été les cibles principales du tueur. D'un autre côté, l'âge et l'allure de cette femme, ainsi que le fait qu'elle était sans doute SDF, peuvent laisser croire qu'elle a été choisie pour humilier Gurnsey.

– « Tu me sautes dessus avec ta prétendue virilité, alors pour me venger je la montre au monde entier toute ramollie et minuscule » ? Oui, c'est crédible, dit Alicia, qui esquissa un sourire. En tant qu'unique femme présente dans la pièce, je confirme qu'on peut dire ça.

– Espérons qu'on finisse par l'identifier, soupira Milo. Si on découvre que c'est une riche héritière ayant souscrit une grosse assurance-vie, on considérera la situation sous un autre angle.

– Les hommes étaient habillés de façon ordinaire mais, du moins selon moi, la femme portait des vêtements rétro, fit remarquer Alicia en tripotant ses mèches décolorées. Comme si le tueur s'était glissé dans un vestiaire de théâtre pour s'amuser à déguiser ses victimes. Oui, ça ressemble vraiment à une mise en scène.

– La tenue de travail du chauffeur peut également être considérée comme un costume, dit Binchy. Il y a aussi un aspect théâtral dans le choix de cet homme et d'une telle voiture.

– Tout ça est très intéressant, apprécia Milo. Poursuivez vos réflexions et n'ayez pas peur de balancer des hypothèses. Autre chose ? (Silence.) OK, bien vu pour les vêtements, Alicia. Je vais demander au labo de vérifier les étiquettes. Passons à la suite.

Il tapota la photo de Lassie et leur parla du sang de chien. Ils restèrent un moment sans rien dire, puis Alicia lâcha :

– Le salopard…

La réunion terminée, les jeunes inspecteurs s'éclipsèrent après avoir décliné l'offre de Milo d'emporter le reste des viennoiseries.

– C'est peut-être l'histoire du sang de chien qui leur a coupé l'appétit, me dit-il.

Il saisit la boîte en carton et, de retour dans son bureau, lui trouva une place sur l'espace réduit à gauche de son ordinateur ; son regard s'y attarda un moment avec envie. Il contacta ensuite le labo de la police criminelle, situé sur le campus de l'université d'État de Californie, et s'entretint avec sa responsable, Noreen Sharp, à qui il parla des vêtements des victimes.

– Vous voulez une analyse des tissus ? proposa-t-elle.

– La liste des étiquettes suffira, Noreen.

– Aucun souci. Vous avez une affaire compliquée sur les bras, Milo. Nous avons dû mettre la limousine dans le garage des camions. Nous y avons prélevé une bonne dose d'empreintes mais je ne peux pas vous dire si elles sont intéressantes car la morgue ne nous a pas encore envoyé les données biométriques de vos victimes.

– Je vais leur demander de s'activer. Votre avis sur le sang de chien ?

– C'est bizarre et monstrueux, mais surtout très excessif. Nous avons prélevé des éléments canins au fil des années, généralement des poils nous permettant de remonter jusqu'aux assassins, mais ça… Il faut être tordu pour verser une telle quantité de sang. Nous sommes encore en train de racler la moquette, on a l'impression de nettoyer un barbecue plein de graisse. La surface à analyser est si vaste que nous avons employé un nouveau logiciel israélien pour estimer combien d'échantillons il faut prélever pour en faire le tour. Le fait que le sang ait été versé en plusieurs endroits nous complique la tâche car ce programme n'est pas conçu pour ce cas de figure ; il exagère sans doute un peu quand il nous dit qu'il faut effectuer cent soixante-dix-huit prélèvements en nous précisant à quels endroits le faire. Enfin, nous allons nous y coller, mais ça prendra du temps, évidemment.

– Merci infiniment, Noreen.

– C'est notre boulot. Qu'en pense le Dr Delaware ? Regardons les choses en face, le tueur est certainement cinglé.

– Il y voit une mise en scène.

– Hmm… Ça revient presque au même. Bon, je m'occupe de vos étiquettes.

Milo tenta ensuite de joindre Basia à son bureau à la morgue, mais n'eut qu'un assistant en ligne, à qui il demanda d'envoyer les données biométriques des victimes à Noreen Sharp. Au moment où il mettait fin à la conversation, un bip signala l'arrivée d'un texto. Il le lut et prit un air dépité :

– Les étiquettes de tous les vêtements ont été retirées – le technicien a repéré les trous laissés par les coutures.

– Il est possible que la femme ait porté des vêtements

abîmés ou récupérés auprès d'une association caritative, les étiquettes déjà retirées.

Le tintement de son ordinateur l'avertit de la réception d'un message.

– Les relevés téléphoniques de Gurnsey, m'annonça Milo. C'est parti.

Il y en avait pour six mois d'appels.

– Ça va prendre du temps…

Il plongea la main dans la boîte de viennoiseries et piocha au hasard un petit pain à la cannelle et au chocolat.

– Rentre chez toi, mon gars, m'enjoignit-il. Profite des joies d'un foyer chaleureux. Moi, je me contente d'engloutir des calories.

13

Si les évaluations dans le cadre de gardes parentales me permettent de payer la majorité de mes factures, je préfère gérer des traumatismes ou des blessures car dans ce cas, les enfants victimes méritent une compensation et personne ne laisse libre cours à sa haine.

En ce jeudi matin, j'achevais le rapport final d'une affaire dont je m'étais occupé deux semaines auparavant. Un garçon de trois ans avait avalé de l'insecticide que le concierge de l'immeuble dans lequel il habitait avec sa mère avait laissé traîner. L'enfant s'étant totalement remis après un lavage d'estomac, l'heure était à présent au procès. Mon boulot consistait à évaluer les répercussions émotionnelles sur le bambin.

J'avais fait savoir à l'avocat que le petit me semblait en pleine forme et que je ne lâcherais aucune prévision radicale.

– Pas de souci, m'avait-il répondu. J'ai seulement besoin d'un résumé de votre évaluation, avec votre tampon.

Après une dernière relecture de mon rapport, j'y ajoutai ma signature électronique et l'envoyai par e-mail, puis je me rendis dans la cuisine pour me préparer un café. Mon mobile vibrait sur mon bureau lorsque je fis mon retour.

– J'ai épluché les appels de Gurnsey, m'annonça Milo. Et j'ai séparé les communications pros et personnelles. J'ai demandé à mes scouts d'établir la liste des correspondants grâce à l'annuaire inversé. D'autre part, les articles de journaux nous ont valu quatre-vingt-huit appels de témoins jusqu'à présent, dont l'un est peut-être intéressant. Il y a une heure, une femme m'a contacté pour me dire qu'elle avait participé à une soirée dans cette même maison – or on n'a pas laissé filtrer l'adresse dans la presse. Quand je lui ai demandé de quand ça datait, elle m'a répondu qu'il s'agissait d'un gala de bienfaisance organisé en janvier dernier. Elle a ajouté qu'elle préférait m'en parler de vive voix. Ça nous change, non ? La plupart des gens font tout pour éviter un face-à-face avec la police. Elle habite à Little Holmby, tu peux t'y rendre à pied. On se retrouve là-bas dans une heure ?

– Aucun problème.

– Elle s'appelle Candace Kierstead. Je te donne son adresse.

J'étais en tenue de sport mais je n'avais pas encore couru ; je pris une douche, me rasai et enfilai des vêtements de ville. Sorti de chez moi, je descendis Beverly Glen Boulevard d'un bon pas, l'œil aux aguets face aux voitures roulant en sens inverse, traversai Sunset Boulevard au feu rouge et poursuivis ma route vers le sud puis l'ouest, jusqu'à Comstock Avenue.

Little Holmby est un petit quartier tranquille à l'architecture traditionnelle, coincé entre les majestueuses demeures de Holmby Hills et le campus de l'université, aussi vaste qu'une ville. Comme je m'y attendais, je découvris en Comstock Avenue une rue élégante, bordée de maisons immaculées juste assez volumineuses pour prévenir toute folie destructrice immobilière.

La Chevrolet Impala de Milo était stationnée sur le côté est de la chaussée, au milieu du pâté de maisons. Il en sortit dès qu'il m'aperçut.

– Tu es vraiment venu à pied ?

– J'ai cru que c'était un ordre.

– Dis plutôt que je t'ai donné une bonne excuse de te livrer à ton addiction sportive – et pas de commentaires, s'il te plaît : c'est mal de critiquer le physique des gens comme moi. (Il me donna une tape dans le dos.) Merci d'être venu alors que je t'ai prévenu à la dernière seconde. Allez, on y va ; c'est celle-là.

Il me désigna une bâtisse de style méditerranéen aux murs vanille devant laquelle s'étendait une pelouse émeraude impeccable. Pas de voiture dans l'allée – peut-être était-elle planquée derrière la porte métallique noire du garage.

Milo frappa en douceur – en ami. Entre trente-cinq et quarante ans, la femme qui nous ouvrit la porte était de taille moyenne et plutôt svelte. Ses yeux étaient d'un bleu pur et ses longs cheveux châtains encadraient un visage agréable quoique quelconque. Des lunettes à monture en écaille surdimensionnées étaient perchées sur un nez fin. Ne portant ni maquillage ni bijoux, elle était en haut blanc, jegging blanc et chaussures plates.

– Madame Kierstead ? Lieutenant Sturgis. Et voici Alex Delaware.

– Candace, lui répondit-elle d'une voix timide, presque un murmure. Entrez, je vous en prie.

Elle nous fit traverser une entrée en granite noir pour atteindre un salon dont les meubles Art déco semblaient authentiques. Elle nous invita à nous asseoir dans deux fauteuils club en velours couleur argent, puis elle se débarrassa de ses chaussures et s'installa sur le canapé gris qui nous faisait face. Il n'y avait pas le moindre ornement sur les murs, et sur une table longue et étroite disposée derrière le canapé se trouvait une photo encadrée de Candace Kierstead en compagnie d'un homme aux cheveux grisonnants nettement plus âgé qu'elle. On devinait une cathédrale derrière le couple.

Le canapé était séparé des fauteuils par une table miroir en bronze ronde sur laquelle nous attendaient un service à café en porcelaine blanche et un plateau de biscuits.

– Merci de nous recevoir, madame Kierstead, dit Milo.

– Il m'a semblé important de vous contacter. Voulez-vous me poser des questions ou préférez-vous que je vous dise ce que je sais ?

– À votre convenance.

– C'est la première fois que je prends une telle initiative ; je ne sais pas trop ce qui me convient le mieux. Ah si, j'ai appelé la police une fois, il y a quelques années, quand mon mari a cru entendre un rôdeur. En fait, c'était une femelle opossum qui s'était installée sur le toit de la maison avec ses petits. Incroyable, non ? Nous ne les avons pas chassés, évidemment, car nous adorons les animaux.

– On a souvent des bestioles dans le jardin, quand on vit si près des montagnes, fis-je remarquer.

– Je vois même parfois des coyotes, le matin, quand je fais mon footing. Ils ont un de ces regards… presque menaçant.

Elle plaqua ses mains l'une contre l'autre puis les posa sur ses cuisses. Et d'enchaîner :

– Je vais tâcher d'être brève. Hier soir, une amie m'a parlé de cette affreuse maison de Benedict Canyon Drive. Elle habite non loin de là. Elle m'a dit que ça grouillait de policiers et de journalistes dimanche matin, et qu'un inspecteur était venu l'interroger chez elle sans lui apprendre grand-chose sur ce qui s'était passé.

– Il nous est malheureusement impossible de divulguer trop de détails aux premiers stades d'une enquête, expliqua Milo.

– Oui, elle l'a parfaitement compris, mais tout de même, c'est toujours bon de savoir ce qui se passe dans son quartier. Enfin, elle m'a appelée parce qu'elle savait que j'avais assisté à une réception dans cette maison. C'était en janvier dernier, un gala de bienfaisance organisé par les Éclaireurs, une association de lutte contre le cancer. Je ne me suis pas trop attardée sur cette histoire, sur le moment, mais ensuite, en lisant le journal, j'ai appris qu'un multiple meurtre avait été commis non loin de Benedict Canyon Drive. Quel choc ! C'est alors que je me suis rappelé un détail qu'il m'a semblé bon de vous communiquer. Mais ce n'est sans doute rien du tout.

– Merci de prendre le temps de le faire, madame.

– Voulez-vous du café ? Un biscuit ?

– Un café, ce sera formidable, merci.

– Noir, avec de la crème, de l'édulcorant – j'ai de la stévia –, du sucre ?

– Noir, c'est parfait.

– Entendu.

Elle nous servit et nous tendit nos tasses d'une main ferme, malgré son air sombre, sans nous accompagner. Tandis que nous sirotions notre breuvage, elle fit passer sa chevelure par-dessus son épaule droite, sur sa poitrine, et en tripota les mèches.

– Bien, que s'est-il passé dans cette maison ? la relança Milo.

– Avant de vous en dire plus, j'aimerais vous poser une question : si ce que je vous apprends se révèle pertinent pour votre enquête – ce qui ne sera pas le cas, à mon avis –, faudra-t-il que je témoigne devant un tribunal, ou quelque chose comme ça ?

Milo posa sa tasse et sourit :

– Nous en sommes très loin, madame Kierstead.

– Vous dites que vous ignorez l'identité du… comment dit-on… de l'auteur du crime.

– L'enquête débute tout juste, tout ce que vous nous direz sera vivement apprécié.

– Mais tout de même… Je n'ai pas envie de devoir me rendre au tribunal.

– Il est peu probable que ce soit nécessaire mais, en toute franchise, nous devons d'abord entendre ce que vous avez à nous dire avant de vous donner une réponse claire à ce sujet.

– Je comprends, c'est logique… Autre chose, je n'ai pas prévenu Sig – mon mari – que je vous avais contactés. J'apprécierais qu'il ne soit pas mis au courant, du moins pour le moment.

– Pas de problème.

Elle se tapota les dents avant de se lancer :

– Bon, voilà l'histoire. Les Éclaireurs sont une association d'une taille assez modeste. Nous exigeons un minimum de donation mais nous ne sommes pas snobs pour autant. En fait, je fais partie des membres les plus jeunes, la plupart ont l'âge de Sig – sa première épouse est décédée d'un cancer du sein. (Elle se passa la langue sur les lèvres.) Ça me rend un peu nerveuse de parler de ça…

– Prenez votre temps, la rassura Milo.

– D'accord… Ce que j'essaie de vous faire comprendre, c'est que nous formons un groupe de personnes qui savent se tenir, nous sommes tout sauf de gros fêtards. Ce dont j'ai été témoin n'aurait peut-être pas fait tache dans un autre décor… Cela dit, j'ai vu des choses très surprenantes à l'époque où je faisais partie de la troupe du San Francisco Ballet… Pardon, je m'égare, revenons au mois de janvier dernier. Nous appelons cette soirée le « Nouvel an bis ». Elle rassemble généralement deux cents personnes de qualité, avec un grand buffet, du champagne, un orchestre, une piste de danse. Je dois avouer que notre réception était un peu trop chic pour se tenir dans cette maison, qui est plutôt vulgaire, vous ne trouvez pas ? Elle est même sinistre, avec ses murs en pierre grise.

– C'est autre chose, convins-je.

– Exactement. Enfin, tout se passait comme prévu, ce soir-là. Comme je faisais partie de l'organisation, je devais tout surveiller, et donc je circulais pas mal d'un endroit à un autre. Je ne saurais vous dire combien de fois j'ai fait le tour de la maison, mais c'est au cours d'une de ces rondes que quelque chose d'étrange s'est produit. Je crois que je vais prendre du café, finalement.

Elle se servit, ajouta du sucre, but quelques gorgées et reposa sa tasse sur sa soucoupe.

– Les quelques éclairages que nous avions installés sur la propriété n'étaient pas en nombre suffisant pour illuminer tout le jardin, si bien que certains endroits restaient plongés dans l'obscurité – notamment au-delà du kiosque, derrière la maison. Je tenais à m'assurer que personne ne s'aventure par là-bas et risque de faire une mauvaise chute – certains de nos membres sont assez âgés.

Elle tapota sa tasse d'un ongle argenté parfaitement manucuré, puis elle attrapa un biscuit qu'elle brisa. Après en avoir examiné les deux moitiés, elle les posa à côté de la tasse.

– J'ai d'abord entendu un bruit, avant de voir quoi que ce soit, reprit-elle. Une respiration sourde. J'ai aussitôt imaginé que quelqu'un avait fait une chute. Je me suis précipitée. (Elle inspira profondément.) Je ne suis pas particulièrement prude mais j'ai été choquée. (Elle baissa une seconde les paupières, puis se mordilla la lèvre inférieure.) Une respiration saccadée… Vous voyez de quoi je veux parler ?

– Deux personnes en pleine relation sexuelle ? devina Milo.

– Oui, contre la haie du fond. Debout ! La femme me tournait le dos, sa robe relevée au-dessus de la taille, et l'homme la prenait par derrière… Enfin, je ne vais pas vous faire un dessin.

– Inutile.

– Je me suis arrêtée net, et à ce moment l'homme a tourné la tête et m'a vue. C'est là que j'ai pris peur ; il avait l'air furieux. Comme si c'était moi l'intruse. (Elle soupira.) Or j'avais participé à l'élaboration de la liste des invités, et j'étais certaine que cet individu n'y figurait pas.

– Et la femme ?

– Je n'ai pas vu son visage, mais de dos elle m'a paru trop… trop jeune, pour être tout à fait franche. Des jambes de jeunette, en tout cas, rien à voir avec ce qu'on trouve parmi les Éclaireurs – j'ai dix bonnes années de moins que les autres femmes de l'association. Non, ces deux-là s'étaient incrustés, c'était évident. Et ma présence agaçait ce type ? Comment osait-il ?! J'ai rassemblé mon courage et je leur ai dit « Arrêtez tout de suite et fichez le camp d'ici ! », ou quelque chose dans ce goût-là. Vous croyez que cet homme aurait été embarrassé et aurait filé sans demander son reste ? Pas du tout, bien au contraire ! Il a continué, les dents serrées. Il a même accéléré la cadence ! J'ai couru chercher Sig mais, le temps que je le trouve et le mène à l'arrière de la maison, ils avaient décampé. J'ai interrogé les gens chargés de la sécurité ; personne n'avait rien remarqué d'anormal. Sig a estimé qu'il valait mieux éviter d'en faire toute une histoire car cela risquait de ruiner la soirée. Et donc, quand j'ai appris qu'il s'était produit quelque chose de grave au même endroit, j'ai estimé qu'il fallait vous en parler.

– Vous avez bien fait. À quoi ressemblait cet homme ?

– La trentaine, les cheveux noirs. (Une brève inspiration.) Plutôt séduisant, je dois l'avouer. Enfin, à sa façon.

– C'est-à-dire ?

– Ce n'était pas un mannequin, non plus, plutôt le genre de type qu'on voit un peu partout à L.A., qui passe trop de temps devant le miroir.

Milo sortit son téléphone et fit apparaître la photo de Gurnsey récupérée sur le fichier des immatriculations, puis il la montra à Candace Kierstead.

– Mon Dieu, c'est lui ! s'exclama-t-elle, une main sur la bouche. C'est un tueur ? Je me suis approchée de quelqu'un qui a assassiné plusieurs personnes d'un coup ?

Un frisson naquit sur ses épaules et se propagea sur sa poitrine.

– Vous n'avez pas couru le moindre danger, Candace, affirma Milo.

– Mais…

– Cet homme n'est pas un tueur.

– Qu'est-ce qu'il est, alors ?

– Une victime.

– Oh… J'ai bien fait de vous prévenir, alors. (Elle tripota de nouveau ses cheveux.) Qui est cet homme ?

– Comme je vous l'ai expliqué, je ne peux pas vous en dire davantage.

– Oui, bien sûr, pardon. Il est donc retourné là-bas ? Pour un autre gala de bienfaisance ? C'était son truc, de profiter des réceptions données par des associations ?

– Me permettez-vous de vous montrer les photos de

quelques autres personnes que peut-être vous reconnaîtrez ? demanda Milo, qui afficha la photo de Benny Alvarez, extraite de sa fiche d'identité des services sociaux.

– Non, je ne l'ai jamais vu.

Elle répondit la même chose à propos de Solomon Roget et de la femme non identifiée.

– Qui sont ces gens ? s'enquit-elle.

– J'aimerais pouvoir vous en dire plus… sourit Milo.

– Pardon, pardon… En tout cas, lieutenant, ces personnes n'ont pas grand-chose en commun, à première vue. S'il s'agit d'autres victimes, on pourrait imaginer que le tueur vise délibérément des proies variées, comme s'il voulait assassiner le monde entier.

Elle se leva pour se rendre au « petit coin » et fut de retour quelques instants plus tard.

– Pourriez-vous nous en dire un peu plus au sujet de la femme que vous avez surprise ? lui demanda Milo.

– Non, pas vraiment, lieutenant. Je n'ai pas vu son visage.

– Quelle était sa taille ?

– Hmm… Moyenne. Ni petite, ni grande.

– Corpulence ?

– Une jolie silhouette. Comme je vous l'ai dit, elle avait de belles jambes.

– Cheveux ?

– Hmm… Elle était brune, je pense, mais je ne peux pas le jurer car l'endroit était très faiblement éclairé. Il y avait tout juste assez de lumière pour voir ce que ce type… enfin, ce qu'ils faisaient tous les deux. (Elle se tapota la joue.) Sans vouloir trop m'avancer, je dirais qu'elle portait une robe foncée. Pas brillante, en tout cas certainement pas en lamé ou en satin. Et remontée au-dessus de la taille, comme je vous l'ai décrit. Maintenant que j'y pense, je n'ai pas vu de sous-vêtements par terre ; elle était de toute évidence venue dans l'intention de… faire ce qu'elle faisait. Elle avait des fesses bien formées, aussi – ça je l'ai bien vu –, rien à voir avec celles des mannequins sans hanches qu'on voit de nos jours. Comment peut-on obtenir un tel résultat ?

Elle baissa les yeux sur son corps svelte.

Comme il n'y avait aucun commentaire pertinent à faire, Milo et moi la remerciâmes avant de nous lever.

– Emportez les biscuits, nous offrit-elle. Ça évitera à Sig de céder à la tentation ; c'est un gourmand mais il faut qu'il surveille sa ligne.

Milo roula quelques dizaines de mètres avant de se garer dans une ruelle invisible depuis Comstock Avenue.

– Dieu bénisse cette citoyenne désireuse d'aider la police, dit-il, avant de prendre un moment pour examiner la photo de Gurnsey qu'il avait montrée à Candace Kierstead. Richard, Richard… Quels péchés as-tu payés de ta vie ? Notre amie a peut-être raison quand elle dit qu'il est retourné sur le lieu de ses exploits, comme s'il voulait se griser de ses souvenirs. Mais comment pouvait-il savoir qu'une soirée d'ados y était organisée ce jour-là ?

– Si sa première intrusion là-bas lui a procuré des sensations si fortes, il a peut-être de temps à autre tapé l'adresse de la maison sur Internet.

– Cinq mois se sont écoulés entre les deux soirées. Si c'est le cas, notre homme était patient.

– Les fantasmes sexuels sont très motivants pour certains, et Gurnsey était manifestement amoureux du risque. Il a forcément été remarqué, au milieu d'une bande d'ados, mais la différence d'âge ne l'a pas non plus empêché de s'incruster lors du gala des Éclaireurs.

– Ricky s'envoie en l'air avec une copine qui aime autant que lui prendre des risques, résuma Milo, se tournant vers moi. Mais elle n'a pas fini dans la limousine.

– Elle n'avait aucune raison d'être présente lors de la soirée des ados. Gurnsey était volage, il était sans doute passé à autre chose entre-temps.

– Ou pas, Alex, et dans ce cas il a peut-être voulu

reproduire l'expérience avec la même fille, qui a dit banco. Le problème survient quand son mari ou son copain découvre le truc. Préférant prévenir que guérir, il poignarde Gurnsey pendant la fiesta, planque le corps quelque part et enfin l'abandonne dans la bagnole.

– Avec trois autres cadavres ? Une simple jalousie n'expliquerait pas ça. Non, à mon avis, l'hypothèse de la mise en scène tient mieux la route.

– Quel est le scénario, alors ?

– Aucune idée.

Après avoir laissé passer un moment de silence, Milo remit le contact et écrasa l'accélérateur en grognant.

– Quelle histoire de fous, lâcha-t-il un pâté de maisons plus loin.

– On sait au moins qu'on a raison de se focaliser sur Gurnsey. Reprends ses relevés téléphoniques et regarde juste avant les dates des deux soirées ; si un même numéro apparaît sur ces deux périodes, tu auras officiellement le droit de sourire.

Il me décocha un rictus féroce et eut un geste si brusque pour attraper son téléphone que celui-ci resta coincé dans sa poche. L'ayant enfin libéré, il sélectionna un numéro programmé :

– Moses, tu es encore en train d'éplucher les appels de Gurnsey… ? OK, concentre-toi sur ces deux dates pour l'instant… Oui, jusqu'à une semaine avant. Si tu trouves un numéro qui apparaît sur ces deux périodes, ne l'appelle pas ; contente-toi de déterminer à qui il correspond. Je devrais être là dans dix minutes.

14

Reed resta planté à la porte du bureau de Milo, un air embarrassé sur son visage de bébé – typique de la colique de l'enquêteur.

– Gurnsey a appelé un certain numéro trois fois en janvier et une fois mercredi dernier, mais…

– Il correspond à un téléphone jetable intraçable, devina Milo.

Les épaules de colosse de l'inspecteur s'affaissèrent, ce qui fit peut-être réagir le détecteur de séismes de l'université Cal Tech.

– Exact, lieut', désolé. Un machin à quelques dollars qui se recharge à l'heure. Il est associé au code géographique 410, celui de la région de Baltimore, mais ça ne veut rien dire vu que ces trucs sont achetés et vendus par grosses quantités.

– Un des protagonistes de l'affaire est peut-être lié à Baltimore d'une façon ou d'une autre, on ne sait jamais, hasardai-je, suggestion qui ne fit guère effet sur les deux policiers.

– Qui répond à ce numéro ? s'enquit Milo.

– Vous m'avez dit de ne pas l'appeler, rappela Reed.

– Exact. Bon, tentons le coup.

Le jeune inspecteur tendit le relevé à son supérieur :

– Je l'ai souligné en rouge.

Milo rentra dans son bureau et s'empara brutalement du combiné de son téléphone fixe, qu'il reposa peu après avec la même délicatesse.

– Le numéro n'est plus attribué, dit-il. Pas étonnant ; un type qui assassine quatre personnes doit prendre ses précautions. (Il s'intéressa au feuillet qu'il tenait encore dans la main.) Et ces numéros soulignés en jaune ? Qu'est-ce que c'est ?

– Ce sont des numéros persos, répondit Reed. Il y en a onze, l'un d'eux étant celui de son coloc, Briggs – j'ai mis un C devant. (Il entra d'un pas dans le réduit et désigna la ligne en question sur le relevé.) Briggs et Gurnsey ne s'appelaient pas souvent. Leur dernière conversation téléphonique remonte à quatre jours avant le meurtre, ce qui correspond à la déclaration de Briggs selon laquelle Gurnsey est parti en week-end. Je n'ai pas encore terminé les vérifications des dix autres numéros, mais les six que j'ai établis sont ceux de femmes. J'en ai dressé la liste au verso.

Milo retourna le feuillet :

– Parfait, gamin. Occupe-toi des quatre derniers pendant que je contacte ces dames.

– Euh… autre chose, lieut' : je sais que vous vouliez qu'Alicia fasse le tour des boutiques où Roget a pu afficher ses petites annonces, mais je lui avais confié une autre mission et je n'ai pu la joindre pour lui transmettre votre ordre qu'il y a quelques minutes, juste avant votre retour.

– Qu'est-ce que tu lui avais demandé ?

– De vérifier le passif des six femmes que j'ai identifiées. On peut peut-être la laisser s'occuper des quatre dernières ?

Milo sourit :

– Je m'en remets à ton jugement et à ton sens de l'initiative, Moses. Envoie-la-moi dès qu'elle en a terminé.

Alicia Bogomil fit son apparition vingt minutes plus tard chargée d'une liasse de documents. Milo et moi étions tous deux dans le bureau, où il n'y avait donc plus de place à moins d'être aussi menu qu'un enfant.

Je sortis de la pièce.

– Merci, doc, me dit Alicia, qui tendit à Milo le résultat de ses recherches.

– Tu as fait vite, apprécia ce dernier.

– Remerciez l'annuaire inversé, le fichier des immatriculations et les réseaux sociaux. Plus personne n'est invisible, de nos jours. (Elle tiqua.) Sauf notre suspect, mais on finira par l'attraper. (Elle abattit le poing dans la paume de sa main.) On l'aura !

– Tu as repéré des trucs intéressants ? demanda Milo en tapotant les feuillets.

– Dix femmes de vingt-huit à quarante-quatre ans, domiciliées dans une zone qui va de Santa Monica à Pasadena. Deux d'entre elles ont été arrêtées pour conduite en état d'ivresse, l'une il y a quatre ans, l'autre il y a six ans, mais aucune n'a été placée en détention. Trois sont employées au studio où travaillait Gurnsey – deux sont cadres et la troisième est aux ressources humaines. Pour les autres, on a deux avocates, une comptable, trois infirmières et une médecin.

– Quelle mémoire, Alicia !

– Ce n'est pas grand-chose, rougit l'intéressée. J'ai l'habitude de dresser des listes mentales, avec des catégories.

– Lesquelles ont été arrêtées en état d'ébriété au volant ?

– La fille des ressources humaines et le médecin.

– Ne me dis pas que c'est une neurochirurgienne.

– Je n'ai pas vérifié sa spécialité, lieut'. Je peux le faire, si vous voulez.

– Non, ça ira. Occupe-toi des petites annonces de Roget, s'il te plaît.

Alicia Bogomil salua et fila.

– Quel plaisir quand les mômes donnent satisfaction, dit Milo, qui ensuite s'intéressa à la liste. Ces dames habitent un peu partout dans la ville, il y en a pour des jours de voiture pour leur rendre visite. Tu crois que je peux commencer par des conversations téléphoniques, pour faire un premier tri ?

– Oui, si tu en profites pour les tester psychologiquement, répondis-je.

– Et qu'est-ce que je dois chercher ?

– Guette tout ce qui peut te surprendre. Commence

déjà par noter leur réaction au simple fait d'être contactées par un policier. Précise-leur ensuite que tu fais partie de la brigade criminelle et vois ce que ça provoque. Troisième étape, annonce-leur que tu les appelles à propos de Gurnsey, et tâche de sonder la nature de leurs relations avec lui. Ne réclame pas trop de détails personnels ; demande-leur seulement combien de temps elles l'ont fréquenté et de quand date leur dernier contact, pour déterminer quel genre de bonhomme c'était. Si l'une d'elles semble un peu trop pleurer ou au contraire se montre incapable de dissimuler sa cruauté, il sera bon de s'y intéresser de plus près. Mais rien ne garantit qu'elles ne joueront pas la comédie au téléphone ; tu auras certainement meilleur compte à les voir en chair et en os.

– Pigé, dit Milo, qui se leva et dut me frôler pour gagner le couloir. Je te préviens dès que j'en ai terminé, et même avant si de gros points d'interrogation surgissent.

Jolie façon de dire « *Adios*, laisse-moi bosser ». Milo sait parfois être subtil.

15

Vendredi, dix heures. Je m'étais offert un footing matinal de six kilomètres puis j'avais promené Blanche en guise de décrassage. Robin étant au travail dans son atelier, je préparai un petit déjeuner pour l'autre femme de ma vie, puis un café pour moi, tout en consultant mes messages.

Même les services de standard téléphonique ont du mal à filtrer les appels publicitaires, qui constituaient l'essentiel de mes messages ce jour-là, exception faite d'un appel du juge Martin Bevilacqua.

Marty était un type intelligent et organisé qui s'efforçait de se montrer le plus juste possible quand son cynisme le laissait tranquille. Les affaires de garde parentale dont il s'était occupé et sur lesquelles j'étais intervenu s'étaient conclues au mieux.

Je le rappelai à son bureau du tribunal.

– Bonjour, Alex.

– Merci de m'avoir rappelé.

– Votre message m'a intrigué. Vous posez des questions sur les Ansar alors que vous n'avez pas travaillé sur leur divorce.

– C'est dans le cadre d'une collaboration avec la police.

– Ah oui, votre autre vie. Vous êtes accro à l'excitation des enquêtes ?

– Disons que ça met du piment dans l'existence. Je vous ai contacté parce que des personnes assassinées ont été retrouvées dans la propriété des Ansar.

– Des victimes ? Au pluriel ?

– Oui, la tuerie de Benedict Canyon Drive.

– Ah, je vois. Je n'avais pas fait le rapprochement parce que les journaux ont parlé d'un meurtre commis à Beverly Hills, et je bosse depuis suffisamment longtemps sur l'affaire Ansar pour savoir que leur maison est située à L.A. même.

– Une légère imprécision, c'est tout.

– Ce n'est pas un problème pour les médias mais c'est tout un cirque dans mon job ; les ex se détestent tellement qu'ils sautent à la gorge de l'autre s'il se trompe d'une lettre dans un courrier. Bon, un meurtre, alors ? Ce n'est peut-être pas très étonnant, après tout. Les Ansar se méprisent… (Un temps mort.) Attendez, ne me dites pas qu'un Ansar figure parmi les victimes ?

– Non.

– De qui s'agit-il, alors ?

– C'est une affaire étrange, Marty.

– Comme tout ce dont vous êtes témoin dans cette autre vie, non ? Étrange à quel point ?

– Cela doit rester entre nous : quatre victimes qui apparemment ne se connaissaient pas.

– Un règlement de comptes entre gangs ?

– Les Ansar fréquentent des gangs ?

– Pas à ma connaissance. Mais qui sait ce que trafiquent leurs cousins en Afghanistan ? Que voulez-vous savoir à propos d'eux ?

– Les éléments de base de leur divorce.

– Le jugement a été rendu public, vous pourriez vous le procurer, Alex. Mais bon, comme en général vous ne me racontez pas n'importe quoi, je ne vais pas vous condamner à avaler des milliers de pages de bla-bla. En résumé, Matin et Ramineh Ansar vivent à L.A. depuis quinze ans, tous deux citoyens américains. Lui a fait fortune dans la banque et l'immobilier – et grâce à des pots-de-vin, d'après sa femme. Celle-ci est également très riche à la suite d'un héritage – et grâce à des pots-de-vin, d'après son mari. Bilan des courses, ils ont l'un et l'autre suffisamment d'argent pour nourrir les requins qui les représentent, si bien que ce foutu machin s'éternise. La question de la garde des enfants est on ne peut plus banale. Un garçon et une fille, qu'ils ont prénommés à l'américaine : Dylan et Courtney. Ils sont mignons, quatre et six ans, et les accusations que se lancent leurs parents ne donnent rien car elles sont démontées par les experts en conneries loués par les requins. En fait, cette Troisième Guerre mondiale concerne surtout l'argent, évidemment.

– Elle affirme avoir financé la majorité des boîtes de son mari, lequel l'accuse de n'être qu'une princesse paresseuse qui ne fait rien d'autre que claquer du fric.

– Bien vu, grand oracle de Beverly Glen. Le plus stupide, dans cette histoire, c'est qu'ils perdent du temps et de l'argent, sans parler de l'acidité de leur estomac, pour une somme relativement modeste : douze millions, c'est-à-dire la maison et quelques œuvres d'art. Oui, oui, je sais, ça fait beaucoup pour les gens normaux. Mais croyez-moi, ils ont probablement tous les deux des comptes à l'étranger ; ils pourraient aisément se permettre de se partager leur propriété américaine. Vous croyez qu'ils auraient accepté mon sage conseil en ce sens ? Mauvaise réponse.

– Qui sont les squales ?

– Trapp et Trapp d'un côté, Charteroff de l'autre.

– OK, je vois. Des requins, en effet.

– Même eux commencent à se lasser, mais les principaux intéressés refusent de céder quoi que ce soit. De façon étonnante, les enfants n'en souffrent pas, d'après la thérapeute – Alfree London ; j'ai fait appel à elle car vous n'étiez pas disponible. Ils m'ont tout de même écouté quand je leur ai suggéré de lui permettre d'examiner leurs enfants sans la présence des experts psys qui leur servent de témoins. (Il me donna deux noms.) Ce n'était pas une bonne idée, vous croyez ?

– Si, bien sûr. Ces types se vendent comme des prostituées et Alfree est une excellente thérapeute.

– Malheureusement, elle n'a pas pu lancer une thérapie car Mme Ansar a filé à l'étranger avec ses enfants. Je n'ai pas pu faire grand-chose d'autre que de rédiger un ordre lui intimant de revenir aux États-Unis parce qu'elle a pris son mari de court ; ni l'un ni l'autre n'avaient exigé de restrictions de déplacement pour son conjoint. Certain qu'elle s'était réfugiée en Europe, il a loué les services de détectives privés qui ont suivi sa femme à Paris, à Monte-Carlo et en Belgique avant de perdre sa trace. Je l'imagine mal être rentrée à Kaboul mais je ne vous apprendrai rien en vous disant que les gens font parfois des choses bizarres quand ils n'ont plus toute leur tête.

– Pourquoi en veut-elle à ce point à son mari ?

– À votre avis, Alex ? Matin regarde trop de films pornos et la trompe. Lui prétend qu'elle se refuse à lui depuis des années et sous-entend qu'elle est lesbienne. Qui peut dire quelle est la part de vérité dans tout ça ? Et surtout, quelle importance ? Espérons que les gosses n'aient pas échoué dans une maternelle des Talibans. Autre chose ?

– Non, je crois qu'on a fait le tour. Merci, Marty.

– Tant que je vous ai en ligne, un nouveau dossier a atterri sur mon bureau hier ; ça promet d'être tout aussi virulent mais, les parties n'étant que moyennement très riches, l'affaire finira par se régler. Vous êtes partant ?

– J'y jetterai un coup d'œil avec plaisir.

– Vous êtes sympa. Après votre multiple meurtre, ce sera du gâteau.

J'en étais à mon troisième café quand Milo m'appela sur ma ligne perso. Je lui résumai ce que m'avait appris Bevilacqua.

– J'ai du mal à faire le lien, dit-il. J'ai discuté avec la plupart des dix femmes de la liste de Gurnsey mais j'ai encore quelques points d'interrogation. Je peux passer chez toi pour t'en parler, si tu veux.

Il fit son apparition six minutes plus tard ; il m'avait donc appelé après s'être mis en route, estimant qu'un saut chez moi ne contrarierait pas mon programme de la journée. Un îlot d'optimisme résistait encore dans son océan de sinistrose.

Il entra, son attaché-case en vinyle couleur olive à la main. Blanche trottina vers lui et lui donna des petits coups de museau à hauteur des poignets.

– Salut, le clebs, dit-il en se penchant pour la caresser.

Il sortit de sa poche une friandise pour chiens et sourit en la regardant l'engloutir, puis afficha un air plus grave :

– À propos, j'ai reçu les résultats de l'analyse ADN du… (il baissa les yeux sur Blanche) du tu-sais-quoi.

Nouveau regard sur Blanche.

– Elle est futée mais inutile de parler en code, dis-je.

Il caressa une dernière fois le crâne de Blanche, puis lâcha un soupir :

– Le sang correspond à deux donneurs ; des croisés pitbulls, un mâle et une femelle. Le véto avec qui Basia a discuté a dit que les pauvres bêtes ont sans doute été vidées de leur sang.

– On trouve beaucoup de croisés pitbulls dans les refuges pour animaux.

– Je me suis fait la même réflexion. Les salopards… C'est du café que je sens ? Installons-nous dans la cuisine, que je puisse m'étaler.

Il posa son attaché-case à même le sol, à côté de la table de la cuisine, et entreprit de fouiner dans le frigo.

– Tu veux que je te prépare quelque chose ? proposai-je.

– Non, je me débrouille… Je vais juste me faire un casse-croûte. C'est de la dinde, ça ?

– Oui, c'est un reste d'hier soir. Tu peux finir.

– Tes paroles sont comme de la musique pour mes oreilles.

Il coupa quelques épaisses tranches de viande, y ajouta des tomates et de la salade et fourra le tout entre deux tartines de pain de seigle, ce qui donna un sandwich monumental. De mon côté, je posai deux mugs de café sur la table.

– Tu lis dans mon esprit, dit-il avant de s'offrir une gorgée de café puis trois bouchées de son sandwich.

Il ouvrit ensuite son attaché-case et posa à côté de son assiette deux feuilles jaunes couvertes de son écriture inclinée vers l'avant. Il y avait là des noms numérotés de 1 à 10 suivis de renseignements.

– Les trois premières sont les collègues de Gurnsey, m'expliqua Milo. Elles assurent toutes les trois n'être que de simples amies, ce que confirment leurs réseaux sociaux ; elles ont chacune un copain et ne sont manifestement jamais sorties avec Gurnsey. Elles m'en ont donné la même description : un type sympa et drôle qui ne les a jamais draguées, même s'il prenait parfois des airs de « séducteur ». Leurs contacts avec lui se limitaient à la pause déjeuner, au boulot, et à d'occasionnels dîners entre collègues. Soit ce sont toutes les trois des actrices de premier ordre, soit elles ont sincèrement été horrifiées quand je leur ai appris la nouvelle. Elles ne s'opposent pas à une discussion de vive voix avec moi mais doutent avoir quoi que ce soit à ajouter, et j'ai tendance à être de leur avis.

Il s'offrit une nouvelle bouchée de son sandwich avant d'enchaîner :

– En ce qui concerne les autres, les femmes qui ne sont pas des collègues de feu Gurnsey, trois d'entre elles ont fait sa connaissance sur des sites de rencontres. Or notre gars ne s'est pas connecté depuis trois mois ; apparemment revenu à des méthodes plus traditionnelles, il chassait ces derniers temps dans des bars à cocktails, principalement près de chez lui, comme le Shutters ou le Loew's, un établissement haut de gamme situé dans le quartier branché de Venice. J'ai chargé Moses et Alicia d'interroger les habitués de ces endroits et de leur demander s'ils se souvenaient de Gurnsey. Une des infirmières a instantanément reconnu être sortie avec Gurnsey, mais pas longtemps, et les dates qu'elle nous a données correspondent aux trois uniques échanges téléphoniques qu'elle a eus avec lui, il y a plusieurs mois. Elle aussi a semblé sincèrement choquée en apprenant sa mort, mais pas touchée comme s'il était question d'un proche ; elle a plutôt donné l'impression de réagir à l'assassinat d'un anonyme. Quand je lui ai demandé de me décrire Gurnsey, elle n'a pas immédiatement répondu.

Il rouvrit son attaché-case pour en sortir d'autres liasses de notes et poursuivit :

– Je lui ai demandé : « Il y avait un souci, Leslie ? » Elle m'a répondu : « Écoutez, loin de moi l'envie de dire du mal d'un mort, mais franchement, Ricky était un animal en rut. C'était un type gentil mais il ne pensait qu'à une chose. » Quand j'ai voulu savoir s'il s'était montré agressif, elle m'a assuré que non ; il ne l'a jamais forcée à faire quoi que ce soit ; il était simplement trop insistant dans ses paroles, ce qui a fini par la lasser.

– Cette femme n'éprouve donc aucune colère envers Gurnsey, déduisis-je.

– Pas que j'aie remarquée, en tout cas. Elle en a eu marre de lui, Alex, c'est tout. Les numéros 5 et 6 – une des avocates et la comptable – m'ont décrit Gurnsey d'une façon similaire. La comptable a elle aussi employé l'expression « animal en rut », et l'avocate l'a traité de « don Juan de pacotille ». Elles l'ont toutes les deux vu à plusieurs reprises parce qu'il était « plutôt gentil, dans le fond », « enjoué », « élégant » et « généreux, il réglait toujours l'addition ». La comptable a également reconnu qu'il avait de l'allure et savait se comporter en public. L'avocate a dit qu'il appréciait la bonne nourriture et le bon vin, même si… Attends, une seconde… « Ricky n'était pas assez sophistiqué et trop peu cultivé à mon goût ; c'était un type sympa mais je visais un peu plus haut. »

– Le personnage en public était tout à fait acceptable, c'est en privé qu'il laissait à désirer, résumai-je.

– Exactement. Dès qu'une de ces dames se retrouvait seule avec lui, il tentait quelque geste déplacé et se montrait insistant. C'était peut-être un véritable emmerdeur, en fait – c'est le cas de le dire, quand on pense qu'il adorait prendre ses conquêtes par derrière, comme nous l'ont expliqué Briggs et Candace Kierstead. Mais bon, aucune d'entre elles ne s'en est plainte pour l'instant. Allez, on continue… Selon la numéro 7, une autre infirmière, Gurnsey, contrairement à beaucoup de mecs, multipliait les délicates attentions, pouvant même se comporter comme un parfait gentleman, même s'il finissait toujours par se croire autorisé à… « Ricky pouvait me tenir la porte et m'embrasser le bout des doigts et, l'instant d'après, me plaquer contre le mur pour tenter de m'enfiler, en supposant que je le voulais autant que lui. Cela dit, il n'insistait pas quand je disais non. » Là encore, aucune animosité de la part de cette femme, qui donne plutôt l'impression d'évoquer un jeu auquel elle n'a pas eu envie de jouer. Elle a quarante-quatre ans, c'est la plus âgée du groupe. Elle a été mariée deux fois et ne veut plus avoir à « encore gérer les problèmes d'un mec ».

Il passa au feuillet suivant :

– La troisième infirmière est la plus ancienne des conquêtes de la liste ; elle a rencontré Gurnsey quatre fois il y a cinq mois. Il était « mignon et OK » d'après elle, mais « un peu trop insistant dès qu'il était question de sexe. Finalement, ça n'a pas collé entre nous. » Comme elle est employée à l'hôpital Cedars-Sinaï, j'ai parlé d'elle à Rick, qui m'a répondu qu'il la connaissait ; c'est une femme franche et directe, adorable, qu'il n'imagine pas une seconde impliquée dans notre multiple meurtre.

Il tapota sa liste :

– Maintenant, les deux dernières, que je compte rencontrer sans tarder. La numéro 9 est la seconde avocate, une certaine Joan Blunt, employée dans un cabinet de Beverly Hills. Je n'ai pas encore réussi à lui parler, je me suis chaque fois heurté à sa secrétaire. Elle ne m'a pas rappelé malgré mes trois tentatives, ce qui évidemment me fait dresser les oreilles. Elle a quarante et un ans – c'est la deuxième plus âgée de la liste – et une allure de star de cinéma, si son Instagram est fidèle à la réalité. Elle est par ailleurs mariée à un autre avocat, avec qui elle a une fille et une jolie baraque à Encino, ce qui nous offre un mobile potentiel. Comme tu l'as déjà imaginé, nous avons peut-être là un mari jaloux. D'un autre côté, comme tu l'as également fait remarquer, pourquoi cet homme aurait-il tué trois autres personnes en plus de son rival ? Cette femme et Gurnsey ont discuté une dizaine de fois par téléphone, toujours en soirée, certaines de ces conversations s'étant prolongées dix ou quinze minutes. En ajoutant ça au fait qu'elle m'évite – alors qu'on pourrait penser que les gens, surtout les avocats, doivent se douter qu'une telle attitude leur vaudra des ennuis –, ça me donne très envie de m'entretenir avec elle.

Son index se posa ensuite sur la dernière ligne de la liste :

– Et le morceau de choix pour la fin : Ellen Cerillos, le médecin. Alors elle, elle doit privilégier la conscience océanique pour communiquer : je n'ai même pas réussi à parler à sa standardiste. Elle travaille dans une clinique de Sherman Oaks. Après douze tentatives qui ont fini sur la messagerie vocale, j'ai laissé tomber.

– C'est une des femmes qui ont été arrêtées pour conduite en état d'ivresse, rappelai-je.

– Exact, et jette un coup d'œil à ceci.

Il sortit un autre document de son attaché-case, un plan téléchargé sur Internet, sur lequel il avait tracé au feutre rouge une ligne reliant la demeure de Benedict Canyon Drive à Moorpark Street, la rue où était située la clinique.

Dix kilomètres plein sud. Un quart d'heure en voiture en roulant doucement. Et mon ami d'enchaîner :

– Ça ne prouve rien en soi, c'est vrai, mais bon… (Il avala une gorgée de café.) Candace Kierstead a déclaré que la femme qu'elle a vue avec Gurnsey était plutôt jeune, mais Joan Blunt, bien que plus âgée qu'elle, est un vrai canon. Elle a un corps de rêve, court le marathon… À l'inverse, Candace Kierstead fait l'effet d'une mémère guindée, non ?

Je l'imagine bien croire que Joan Blunt est plus jeune qu'elle. (Il mordit dans son sandwich et se leva en mâchant.) Partant pour une consultation chez une avocate ?

16

Le cabinet d'avocats Kagan, Kiprianidos, Blunt & Shapiro occupait l'un des dix ou douze appartements du troisième étage d'un immeuble d'acier et de verre résolument banal de Wilshire Boulevard, non loin à l'ouest de Robertson Boulevard. Des odeurs de nourriture thaïe flottaient dans cet intérieur tapissé d'une moquette noire bon marché et pourvu de portes blanches tout aussi quelconques. Pendant que Milo conduisait, je m'étais renseigné sur l'entreprise spécialisée dans les réglementations de l'aviation et du transport aérien. Les quatre partenaires étaient seuls aux commandes, sans associé, et Joan Blunt présentait de solides références : diplômée de l'université de Pennsylvanie, elle possédait en outre un doctorat en droit décroché à Berkeley.

Le site Internet du cabinet affichait la même photo que celle que Milo avait déjà vue sur Instagram, et je ne pouvais que me ranger à son avis quant à l'allure de cette femme : un visage ovale au teint laiteux, des lèvres pleines, d'immenses yeux bleus et un menton cerné de fossettes, tout cela sous une épaisse chevelure noire.

Ses épaules carrées trahissaient la vitalité de Joan Blunt, que confirmaient ses centres d'intérêt, parmi lesquels le marathon et le pilotage d'avion – elle était même certifiée pour le vol aux instruments.

Trois chaises à dossier rigide étaient disposées de chaque côté de la salle d'attente au sol de marbre marron. Personne n'y patientait, et un chevalet de plastique fixé au mur était rempli de magazines. Des reproductions de Chagall ne cherchant même pas à paraître authentiques étaient suspendues sur trois murs beiges, offrant vaches, violonistes et mariées perplexes flottant dans les airs.

Une jeune blonde à queue-de-cheval, en jean et tee-shirt noir leva les yeux de son bureau purement fonctionnel et nous gratifia d'un sourire automatique. Derrière elle, encore du beige, le genre de papier peint qu'on trouve dans les hôpitaux car cette teinte est facile à nettoyer.

Le sourire de la réceptionniste vacilla lorsque Milo se présenta :

– Hmm... Vous avez appelé, je crois.

– En effet.

– Je suis désolée, elle est débordée. Si vous souhaitez prendre rendez-vous...

– C'est inutile, nous pouvons patienter.

– Hmm... Ce n'est pas forcément nécessaire.

– Si, ça l'est pour nous.

– Hmm... Attendez. Asseyez-vous, si vous voulez.

Nous restâmes debout mais reculâmes de quelques pas pour lui donner l'illusion d'une relative intimité. Elle pressa une touche de son téléphone. Son regard nerveux ne nous quitta pas une seconde pendant qu'elle parlait à mi-voix dans le combiné, puis elle fronça les sourcils.

– Elle va vous recevoir dans un instant.

Cet « instant » se prolongea vingt-deux minutes. Après cinq minutes debout, nous avions cédé et nous étions assis pour feuilleter *Air et Espace*, *Voyageur d'élite*, *Vers le ciel* et *Voler*.

J'avais assimilé tout un tas de données dont je n'aurais jamais besoin – les coûts de maintenance d'un Gulfstream III de dix ans, par exemple – lorsqu'une voix rauque se fit entendre :

– J'ai dix minutes à vous accorder. Suivez-moi.

Surgie à la droite de la réception, Joan Blunt avait adopté

une posture parfaitement étudiée. Moins grande que je ne l'avais imaginé d'après ses larges épaules sur sa photo, elle mesurait un mètre soixante tout au plus et était svelte, avec tout de même des seins impeccablement formés.

Encore plus splendide qu'en photo, elle portait comme sa standardiste un jean et un haut tout simple – un ras-du-cou bordeaux. Chaussée de mocassins plats marron, elle n'était pas maquillée et son abondante tignasse noire était retenue en arrière par des barrettes en écaille.

Une telle beauté aurait pu user de ses charmes pour faire son chemin dans la vie. Au lieu de cela, Joan Blunt avait travaillé dur, obtenu des diplômes dans de prestigieux établissements et appris à piloter des avions volant à huit cents kilomètres à l'heure. Son attitude, l'autorité dans sa voix et l'aspect fonctionnel de son espace de travail disaient tous la même chose : « Acceptez-moi comme je suis ou fichez le camp. »

Elle fit demi-tour sur sa droite et repartit sans s'assurer que nous la suivions.

– Merci de nous recevoir, madame Blunt, dit Milo.

– Appelez-moi Joan, dit-elle sans s'arrêter. Et vous, vous êtes… ?

– Milo Sturgis, répondit mon ami, qui pour une fois ne donna pas son grade. Et voici Alex.

– Milo, Alex. OK, allons-y.

Équipé d'un bureau plus vaste que celui de la standardiste, l'antre de Joan Blunt était tout aussi fonctionnel, avec deux chaises rigides pareilles à celles de la salle d'attente et une fenêtre offrant une vue imprenable sur l'immeuble d'en face, de l'autre côté de Wilshire Boulevard. Il n'y avait rien sur le bureau, si ce n'est deux cadres photo tournés vers l'occupante des lieux. Sur le mur du fond étaient fixés des diplômes, dont sa licence d'histoire avec mention, ainsi qu'un certificat de l'armée de l'air.

– Alors comme ça, quelqu'un a tué Rick Gurnsey, dit-elle,

alors que nous n'avions pas encore posé nos fesses sur les chaises. Je ne l'aurais pas imaginé.

– Il ne vous semblait pas du genre à être assassiné ? dit Milo.

– Non, il était trop sympa pour ça. C'est ridicule de dire une chose pareille, vous croyez ?

– Bien sûr que non…

– Si, c'est sans doute ridicule. Je sais parfaitement que n'importe qui peut être tué ; j'ai servi en Irak. Ce que je veux dire, c'est que Rick m'a toujours paru totalement inoffensif. Je ne le vois pas provoquer assez d'hostilité pour mener à un assassinat. (Joan Blunt souriait de la bouche mais pas du regard.) Vous interrogez toutes ses connaissances ?

– C'est à peu près l'idée.

– Ou seulement les femmes avec qui il est sorti ?

– Oui, aussi.

– Il n'est donc pas question d'une agression en pleine rue, mais de quelque chose de plus personnel. (Nous restâmes muets.) Vous ne pouvez rien dire, c'est ça ? Je suppose que vous allez maintenant me demander dans quelles circonstances j'ai fait sa connaissance et quelle a été la nature de notre relation ?

– Cela nous serait bien utile, en effet.

– Ça m'étonnerait, il n'y a pas grand-chose à en dire. Voici l'histoire sordide : mon mari m'a trompée, j'ai demandé le divorce et décidé de lui prendre un maximum de fric. Et pour me remonter le moral, j'ai multiplié les aventures sans lendemain.

– Rick était donc…

– Un objet. Parmi d'autres. Comment m'avez-vous trouvée ? Grâce à son téléphone ?

– Tout à fait.

– Vous savez donc que nous nous sommes appelés… dix fois, peut-être, au total ? Pour se donner rendez-vous, pour annuler, et même pour flirter par téléphone. C'est toujours moi qui ai annulé nos rendez-vous ; un problème urgent à régler au bureau ou un déplacement impératif. Rick, lui, travaillait à horaires fixes.

– Où vous êtes-vous rencontrés, tous les deux ?

– Je croyais vous l'avoir dit : j'étais en quête de sexe ; ça n'a pas été très difficile de lui mettre la main dessus.

– Ça, c'est la raison ; nous aimerions savoir à quel endroit vous avez fait sa connaissance.

– Pourquoi ?

– Pour mieux comprendre Rick, pour mieux cerner ses habitudes sociales.

– Vous croyez que c'est à cause de ça qu'il est mort ?

– Au stade de notre enquête, nous avons davantage de questions que de réponses, madame... Joan.

Un sourire se dessina lentement sur le visage de Joan Blunt ; cette femme était clairement habituée à mener la danse.

– Quand a-t-il été assassiné ? s'enquit-elle.

– Dans la matinée de samedi.

– Il y a six jours, donc. Et vous n'avez toujours pas établi ses habitudes ?

– Cette affaire est compliquée, Joan.

– Oui, j'imagine, pourtant Rick ne m'a jamais donné l'impression d'être un homme mystérieux. Pour répondre à votre question, il m'a draguée au Coast, le lounge bar du Shutters. Quand j'ai quitté mon mari et notre maison de la vallée de San Fernando, je me suis installée dans un appartement de Pacific Palisades. Mais vous savez déjà tout ça, je suppose.

– Eh bien non, à vrai dire.

– Oh... Ah oui, je n'ai pas encore signalé mon changement d'adresse au fichier des immatriculations. J'ai intérêt à le faire sans tarder avant que mon abruti d'ex demande la suppression de ma carte grise. Enfin, quoi qu'il en soit, je loge actuellement dans un petit appart sans charme mais au moins proche de la plage. Le Shutters m'a paru être l'endroit le plus pratique pour rencontrer des hommes. Je n'ai pas voulu essayer par Internet, trop d'inconnues. Je fais confiance à mon intuition et à ma capacité à cerner les gens. Notez que ça n'a pas été facile, ça faisait longtemps que je n'avais pas été en mode drague. Mais bon, au bout d'un moment, on se jette à l'eau.

Son regard se teinta brièvement d'une nuance de colère, puis elle se reprit :

– Ce n'est pas comme l'autre abruti, qui lui n'a jamais cessé de courir à droite et à gauche… Excusez-moi, je me plains alors que je méprise ce genre de réaction. Mon père, qui était colonel dans l'armée de l'air, me jetterait un œil noir s'il me voyait me laisser aller ainsi.

– Rick et vous avez donc fait connaissance au Coast ? la relança Milo.

– C'est ça. Il était déjà accoudé au bar quand je suis entrée ; belle allure, impeccablement vêtu et bien foutu. Et de belles mains, avec des ongles bien formés – je jette toujours un coup d'œil aux ongles. Il s'est d'emblée clairement montré intéressé par moi.

Joan Blunt afficha un nouveau sourire, plus grand encore que le précédent, qui nous permit d'admirer ses dents éclatantes.

– Il m'a reluquée dès l'instant où je me suis assise à côté de lui. J'ai fait en sorte que nos regards se croisent, et il a souri, puis j'en ai fait autant peu après. La troisième fois que nous nous sommes regardés, il m'a offert un verre et s'est approché de moi. Son accroche était on ne peut plus bateau mais j'y étais préparée.

– Vous aviez tous deux envie d'aller plus loin…

– Le sexe était probablement une partie intégrante de sa nature, tandis que moi j'étais en mission, et également assez excitée. Et seule. L'abruti était parti rendre visite à ses parents en emmenant notre fille. J'étais déterminée à finir la soirée avec un mec, et Rick était le client le plus mignon du lounge. J'ai discuté avec lui un bon moment, le temps de m'assurer que je ne risquais rien, puis je l'ai ramené chez moi. La porte d'entrée n'avait pas encore claqué que nous étions déjà l'un contre l'autre, plaqués contre le mur du salon.

Le regard bleu de Joan Blunt se fit soudain incendiaire, comme si elle nous mettait au défi de la juger.

– J'avais vu ce genre de scène au cinéma mais je ne l'avais jamais testée, poursuivit-elle. Ce n'est pas la position la plus agréable qui soit mais sur le moment, je me suis dit qu'il était temps de faire preuve d'ouverture d'esprit. Ça ne s'est pas trop mal passé, en fin de compte, mais j'ai fini par demander à Ricky qu'on s'allonge. Lui a adoré. Après nos ébats, il s'est comporté en parfait gentleman, prévenant et parlant d'une voix douce – rien à voir avec les troglodytes qui vous réclament de la bouffe aussitôt après. Nous nous sommes vus… six ou sept fois, et la soirée s'est toujours plus ou moins déroulée de la même façon : un verre, parfois un restaurant en vitesse, et ensuite… je ne vous fais pas un dessin. La dernière fois, il a tenté d'explorer mon anatomie d'une façon qui m'a déplu ; j'ai mis fin à cette histoire.

– Il a poussé trop loin ?

– Au sens propre ou figuré ? sourit Joan Blunt. Non, il a simplement tenté sa chance en un endroit que je refusais de lui offrir. Quand je l'ai repoussé, il a un peu fait la tête, alors je lui ai offert une… compensation. Mais bon, j'avais ma dose de ce type qui finissait par m'ennuyer. Ce n'était pas un génie, loin de là. Je lui ai dit qu'on s'était bien amusés mais que c'était terminé – les mecs sortent sans arrêt cette phrase aux femmes ; c'est un fait, pas une exagération politique.

– Il était temps pour vous d'explorer une autre voie, résumai-je.

Joan Blunt inclina la tête sur le côté et effleura ses lèvres du bout d'un doigt :

– Vous êtes perspicace – ou alors vous le simulez bien. Vous êtes célibataire ?

– Non, désolé.

– Vous vous excusez, au moins ! s'esclaffa-t-elle.

– Comment Rick a-t-il encaissé le fait d'être largué ?

– Il m'a envoyé quelques émoticônes en larmes, m'a appelée deux fois pour me demander si je ne regrettais pas ma décision : « On peut se contenter d'une position classique, Joanie. » Je lui ai répondu que ça n'avait rien à voir avec cet incident, puis il a renoncé. Même si j'aimerais croire que je suis irrésistible, je savais qu'il ne tarderait pas à aller voir si l'herbe n'était pas plus verte ailleurs.

– Pourquoi ?

– Il était séduisant et inoffensif, doté d'une érection fiable et d'une certaine endurance ; il était fait pour batifoler.

– Vous a-t-il jamais parlé d'ennuis qu'il aurait eus avec d'autres personnes ?

– Non, jamais. Il ne parlait pas beaucoup, de toute façon, Dieu merci. Explorer sa psyché ou entendre l'histoire de sa famille et de ses souffrances ne m'intéressait pas. Je ne le fréquentais que pour me rassurer. (Elle nous offrit un nouveau sourire.) Et pour m'éclater, bien sûr.

Milo lui montra les photos des trois autres victimes.

– Qui sont ces personnes ? s'enquit-elle.

– Des connaissances de Ricky, répondit Milo. N'y voyez aucune offense de ma part, mais je me dois de vous demander de me détailler votre emploi du temps entre vendredi soir et dimanche matin.

– Sérieux ? Comme dans les films ? J'ai passé tout le week-end avec Brooklyn, ma fille. Vendredi, nous avons regardé des films chez moi, samedi nous avons assisté à une matinée de *La Petite Sirène* au théâtre Pantages, dîné chez *Ivy at the Shore* et ensuite regardé la télévision au lit – nous nous sommes gavées de l'émission *Défis en cuisine* car ce mois-ci ma fille veut devenir cuisinière. Dimanche, nous avons fait du cheval dans Griffith Park, puis je l'ai reconduite en soirée chez vous-savez-qui. Si vous en avez besoin, je peux demander à mon expert-comptable de vous envoyer les reçus de ma carte de crédit.

– Entendu, quand vous aurez un moment.

– Vous êtes sérieux ?

– Oui, si cela ne vous pose aucun problème.

– Le fait d'avoir baisé avec Ricky fait de moi une suspecte. Mais pourquoi cette formule ambiguë : « quand vous aurez un moment » ? Pourquoi ne vous montrez-vous pas plus pressant, si c'est si important ?

– Je vous aurais volontiers ordonné de m'envoyer vos reçus au plus vite, mais si vous avez été pilote de guerre, votre grade militaire est supérieur au mien.

– J'ai piloté des Apaches. Et vous, que faisiez-vous à l'armée, et quel grade avez-vous atteint ?

– J'étais sergent. J'ai servi au sein de la police militaire et dans quelques unités médicales.

Un croissant de dents nacrées se dessina sur le visage de Joan Blunt :

– Dans ce cas, vous devrez me saluer au moment de repartir – elle consulta son *Apple Watch* à bracelet orange –, c'est-à-dire maintenant ; je vous ai accordé dix minutes, vous en avez eu seize.

Après s'être levé, Milo prit le temps de détailler le certificat militaire de Joan Blunt, tandis que je jetais un coup d'œil aux deux photos encadrées posées sur son bureau.

– C'est un document historique, Milo, dit-elle. Je vous envoie les reçus sans tarder.

Sur ces mots, elle sortit de la pièce. Elle donnait déjà des instructions à la standardiste lorsque nous la rejoignîmes :

– Chrissy, appelez Hal Moskowitz et demandez-lui mon relevé Amex Platinum…

Ni l'une ni l'autre ne s'intéressant à nous, Milo et moi quittâmes les lieux.

– Qu'en penses-tu ? me demanda Milo, dans l'entrée.

– Une femme coriace, mais je n'ai noté aucun détail révélateur.

– Moi non plus, mais elle est certainement capable d'abattre quelqu'un sans hésiter.

– C'était quoi, son certificat ?

– Une citation militaire pour acte de bravoure au combat. Capitaine Joan Sybil Blunt.

– Raison de plus de la rayer de la liste des suspects.

– Du fait de son patriotisme ?

– Cette femme sait se focaliser sur une cible. Si elle avait voulu tuer Gurnsey, elle aurait trouvé un moyen de le faire proprement, sans mélanger plusieurs méthodes ni ajouter trois autres personnes, sans oublier les deux chiens. Elle en possède trois, d'ailleurs : deux caniches et un colley, que visiblement elle adore.

– Comment tu le sais ?

– Grâce aux photos sur son bureau : la mère et la fille qui font des câlins à leurs toutous. La fille est une version blonde de sa mère.

Sortis de l'immeuble, nous nous dirigeâmes vers la voiture banalisée de Milo.

– Une avocate en moins, dit-il. Passons au médecin. Gurnsey était parfaitement à l'aise avec des femmes plus intelligentes que lui, il faut au moins lui reconnaître ça.

– Il n'avait aucune raison de ne pas l'être ; le cerveau n'est pas l'organe qui l'intéressait chez ces dames.

17

Le nom du Dr Ellen Cerillos figurait au bas d'une liste de dix médecins. Le Centre de bien-être pour les femmes de Valley Oaks occupait le rez-de-chaussée d'un immeuble couleur blé de Moorpark Street, juste à l'est de Van Nuys Boulevard. Au premier étage, un cabinet de six dentistes était spécialisé en stomatologie et en reconstruction esthétique.

Contrairement à la salle d'attente de Joan Blunt, minuscule et silencieuse, celle de la clinique avait la taille d'un garage pour deux voitures et était remplie de femmes dont plusieurs portaient un bébé dans les bras. Nombre des bambins braillaient, réduisant la musique d'ambiance new age à quelques bruits et fragments de sons synthétiques.

L'endroit était baigné d'un intéressant mélange d'odeurs : couches-culottes, biscottes, parfums et lingettes antiseptiques.

Les têtes se tournèrent vers nous lorsque nous fîmes notre entrée, puis les regards nous suivirent jusqu'à la réception, où il nous fallut patienter derrière une femme visiblement épuisée et sur le point d'accoucher. Elle était en grande conversation avec une réceptionniste aux cheveux gris, avec qui elle discutait d'une césarienne programmée et de détails concernant l'assurance. Deux autres employées s'activaient sur des claviers d'ordinateurs – c'étaient les seules à ne pas avoir posé les yeux sur nous.

L'une des femmes qui patientaient attira l'attention de sa

voisine d'un coup de coude et nous montra du doigt ; des murmures se propagèrent à toute allure, mus par la curiosité générale.

La femme enceinte s'étant écartée pour s'asseoir, la réceptionniste grisonnante s'adressa à nous :

– Oui ?

Milo s'approcha d'elle et lui montra sa carte, non sans couvrir « Brigade criminelle » du pouce.

– Le Dr Cerillos est-il présent ? demanda-t-il à mi-voix, sur un ton de conspirateur.

– Elle est avec une patiente.

– Dites-lui que nous souhaitons lui parler de Richard Gurnsey, s'il vous plaît.

– Qui est-ce ?

– Un ami.

La réceptionniste haussa un sourcil :

– Elle n'est pas disponible avant dix-neuf heures. Vous feriez mieux de repasser plus tard.

– C'est peut-être ce que nous devrons faire, en effet, mais transmettez-lui d'abord mon message.

– Vous êtes de la police, c'est ça ? dit-elle, suffisamment fort pour que toutes les patientes présentes l'entendent.

– Tout à fait, madame. Nous vous serions reconnaissants de…

– La police ! répéta-t-elle, haussant davantage la voix, comme pour partager une blague avec un public. Attendez une seconde.

Elle se leva lentement et disparut du côté droit de la réception. Une trentaine de secondes plus tard, la porte se rouvrit :

– Cet homme doit être un excellent ami, dit-elle. Cinquième porte à droite.

De retour à son poste, elle farfouilla parmi des formulaires puis dressa l'index :

– Madame Langer ? Un petit moment de patience, s'il vous plaît.

La cinquième porte était ouverte. Sur le montant gauche étaient indiqués les noms de trois médecins, avec trois supports destinés à des dossiers médicaux.

Cependant, la pièce ne pouvait accueillir qu'un praticien à la fois. Portant une blouse blanche, la jeune femme installée derrière le bureau avait la trentaine. Assez menue, elle avait le teint aussi pâle que du lait, avec quelques taches de rousseur disséminées sur ses joues plates et son petit nez. Plutôt mignonne, dans le genre elfe. L'énorme dossier de son fauteuil la faisait paraître plus petite encore.

– Veuillez refermer la porte, je vous prie, nous dit-elle sans nous regarder.

La nuance de ses sourcils indiquait qu'elle avait probablement les cheveux blond vénitien, au naturel, alors qu'ils étaient à présent teints en orange flamboyant, coupés court et hérissés. Trois anneaux dorés brillaient à son oreille gauche, et quatre à la droite.

Après nous avoir laissé le temps de nous asseoir, elle leva sur nous ses yeux marron, presque rouille, en tapotant d'une main un calepin posé sur son bureau et en tripotant de l'autre son stéthoscope. Dans son dos, le mur était couvert de diplômes encadrés ; je repérai les siens tout à droite : elle avait étudié à Stanford puis fait son internat et son stage postdoctoral à l'université de San Francisco, où elle s'était spécialisée dans les grossesses à risque.

– Merci de nous recevoir, docteur, dit Milo.

– Je suis vraiment très occupée.

– Raison de plus pour vous remercier.

– La police reproche quelque chose à Rick ? Il a fait une bêtise ? hasarda Ellen Cerillos, pinçant le revers de sa blouse.

– Je suis navré de vous l'annoncer, docteur, mais M. Gurnsey est décédé.

La jeune femme en resta bouche bée, nous dévoilant de petites dents mal alignées. Le fait qu'elle n'ait pas bénéficié de soins d'orthodontie durant son enfance indiquait peut-être qu'elle s'était élevée dans la hiérarchie sociale.

– Je ne comprends pas… Il est mort ? Mais comment… ?

– Il a été assassiné, malheureusement.

– Mon Dieu…

Elle se laissa aller contre le dossier de sa chaise géante.

– Vous avez supposé qu'il avait fait une bêtise ; à quoi pensiez-vous ?

– À rien de particulier. C'est juste que… si la police venait me voir… Je n'ai pas imaginé qu'il avait été victime de quoi que ce soit.

Ses deux mains étaient à présent agrippées au stéthoscope.

– Vous le connaissiez bien ?

Une teinte rosâtre apparut dans le cou d'Ellen Cerillos, d'abord dans le creux séparant ses clavicules puis jusqu'à son menton.

– Nous sommes sortis ensemble deux ou trois fois. Mais comment m'avez-vous… Ah oui, grâce à son téléphone ?

Même déduction que Joan Blunt. L'ère du téléphone portable.

– Exact, docteur.

– Je n'arrive pas à y croire… C'est la première fois qu'une de mes connaissances est… Vous êtes venus me voir parce que vous espérez que je vous aide ? Je ne vois pas en quoi je pourrais vous être utile.

– Vous dites être sortie deux ou trois fois avec Rick. Pourriez-vous être plus précise ?

– Trois fois, je dirais. Non, quatre ! Oui, c'est ça. On s'est vus quatre fois.

Son numéro apparaissait en effet quatre fois sur le relevé téléphonique de Gurnsey.

– Avez-vous mis fin à cette relation à cause d'un souci ?

Le visage d'Ellen Cerillos s'embrasa entièrement, cette fois :

– C'est lui qui m'a larguée. D'un coup, genre « On se revoit bientôt », et ensuite plus de nouvelles. J'ai été étonnée car il n'y avait pas le moindre problème entre nous – en tout cas je n'avais rien remarqué. (Elle tira sur une mèche de cheveux orange.) Ça me gêne de parler de ma vie sociale, surtout à la police.

– Nous n'en sommes qu'au début de notre enquête, docteur. Si vous pouviez nous accorder un moment… Le médecin baissa les yeux sur l'horloge aux couleurs d'un labo pharmaceutique posée sur son bureau.

– Quelques minutes, alors. Ma salle d'attente est bondée.

– Nous ferons au plus vite. Quatre rendez-vous, donc, puis il ne donne plus signe de vie. C'est plutôt impoli, comme comportement.

– C'est ce que je me suis dit. J'avais décidé de ne pas le relancer mais j'ai craqué, ne serait-ce que pour clairement établir que tout était fini entre nous. Je l'ai appelé à son boulot, et il n'a pas paru surpris par ce que je lui demandais.

– Comme s'il était habitué à de telles conversations de rupture, devinai-je.

– Exactement. On aurait dit que c'était une étape normale, pour lui, dans une relation. Je me suis dit : « Ce mec s'est servi de toi, Ellie », et j'ai décidé de l'oublier. Ça n'a pas été difficile, d'ailleurs, car nous n'avions pas vraiment partagé de sentiments, juste des… (Elle rougit un peu plus.) Il ne pensait qu'à s'amuser. Ce qui m'a étonnée, après coup, c'est qu'il ne m'avait jamais donné l'impression d'être ce genre de mec. Il savait jouer les romantiques – « jouer » comme dans « jouer la comédie », j'entends. Ou alors c'est moi qui ai été trop naïve.

– Vous a-t-il donné une explication ?

– Il s'est excusé, m'a dit que j'étais une fille super mais qu'il avait « besoin d'aller de l'avant », autrement dit de rencontrer une autre femme.

– Vous a-t-il parlé d'autres femmes, justement ?

– Jamais. Certains mecs font ça, c'est débile, mais pas Rick. Vous êtes en train de me dire qu'il a été tué par une femme qu'il a maltraitée ?

– J'aimerais en savoir assez pour émettre une théorie, docteur Cerillos.

– Mais je ne suis pas la seule femme que vous allez interroger, je suppose.

– Non, en effet. Vous disiez qu'il se comportait en parfait romantique ?

– Avec le recul, je me dis qu'il interprétait un numéro bien rodé en faisant mine de s'intéresser à moi. Il insistait sur mon statut de médecin, me répétait que j'étais super intelligente, bien plus que lui, et qu'il espérait que ça ne poserait pas de problème. (Elle esquissa un sourire.) Cela aurait sans doute été le cas si notre relation avait duré.

– Comment vous êtes-vous rencontrés ?

Le sourire s'affaissa comme une feuille morte chutant d'un arbre :

– Est-il indispensable d'entrer dans les détails ? C'est une question indiscrète…

– J'en suis navré, mais Rick a été assassiné d'une façon très brutale et nous n'avons que peu d'indices pour l'heure.

– D'une façon très brutale… grimaça la jeune femme. Mon Dieu, ne m'en dites pas davantage.

– Tout ce que nous apprendrons à propos de Rick – ses habitudes, son approche de la vie… – nous sera utile.

– Son approche de la vie consistait essentiellement à baiser des filles naïves.

– Et donc, votre rencontre ?

– Au restaurant, répondit-elle, penchant sa fine carcasse en avant. Au *Proud Rooster*, à Brentwood. Il y a là-bas un espace lounge, pour les cocktails, où on peut aussi prendre un dîner léger. J'habite dans le quartier, et je m'y étais déjà rendue deux ou trois fois. Ce soir-là, je sortais d'une journée particulièrement éprouvante. J'avais dû m'occuper de la patiente d'un collègue dont l'accouchement s'était prolongé une quinzaine d'heures. Et en plus, l'enfant était né porteur d'une anomalie congénitale qui n'avait pas été repérée durant la grossesse. En sortant de la clinique, je me suis directement rendue au restaurant, où j'ai commandé un sandwich et du vin, en espérant décompresser. J'étais à une table, pas au bar – je ne m'installe jamais au bar.

– Pourquoi donc ?

– Mon expérience m'a appris que les hommes qui passent plus de temps que nécessaire au bar sont parfois... peu recommandables.

– Et Rick était lui aussi installé à une table, supposai-je.

– Exact, à deux tables de la mienne. Et tout seul, lui aussi. Je ne l'ai pas immédiatement vu car un couple se trouvait entre nous. Quand ils sont partis, il n'y avait plus rien entre nous deux. Il ne m'a pas repérée tout de suite, mais dès qu'il m'a vue il m'a souri – un sourire amical, sans rien de graveleux. Je l'ai trouvé mignon. Plus que mignon, en fait ; c'était un beau mec qui prenait clairement soin de lui. Après quelques échanges de regards, il s'est rendu au bar où il a commandé deux verres, puis il est revenu vers moi. J'ai accepté de bonne grâce et lui ai proposé de s'asseoir à ma table. (Le regard du médecin s'égara un instant sur le côté.) Suis-je la première femme que vous interrogez, parmi celles dont le numéro apparaît sur sa facture téléphonique ?

– En quoi ce détail pourrait-il avoir de l'importance, docteur ?

– Je ne voudrais pas penser que je suis une priorité pour vous. Il n'y a aucune raison à cela.

– Nous avons discuté avec d'autres femmes, en effet.

– Tout un tas, j'imagine... soupira Ellen Cerillos, qui repoussa le stéthoscope sur le côté. Bon, pour vous résumer la situation, je sors tout juste de mon stage postdoctoral et j'ai une tonne de prêts étudiants à rembourser. Décrocher ce job a été capital pour moi, je ne peux pas me permettre de prendre le risque de le perdre.

– Notre venue met en danger votre situation ? dit Milo.

– Agnes m'a dit que tout le monde vous avait dévorés du regard.

– Si nous nous sommes déplacés jusqu'ici, c'est parce que personne n'a répondu à nos messages.

– Quels messages ?

– Ceux que nous avons laissés à votre standardiste.

– Oh, merde… Agnes est parfois… Enfin, peu importe. Je n'ai rien de plus à vous apprendre à propos de Rick.

– Quatre rendez-vous et ensuite il arrête tout, reprit Milo.

– Oui, exactement, confirma Ellen Cerillos, clignant des yeux. Pas de quoi vouloir assassiner quelqu'un. Et je vous en prie, ne me sortez pas une phrase bidon du genre « Aucune colère ne surpasse celle d'une femme bafouée ». D'après mon expérience, ce sont plutôt les hommes qui s'emportent et harcèlent les femmes.

Elle se lécha les lèvres.

– D'après votre expérience ?

Elle se remit à tripoter son stéthoscope :

– Oui, j'ai eu des problèmes au cours de ma deuxième année en fac de médecine. Un pneumologue s'était mis dans le crâne que nous étions destinés l'un à l'autre. Nous ne sommes même pas sortis ensemble ; nous avons simplement pris un verre à la cafétéria. Il m'a ensuite proposé un rendez-vous, que j'ai décliné. Puis il a recommencé, deux fois, trois fois, et c'est à partir de là que les problèmes ont commencé. Il n'est jamais devenu violent mais il m'a tout de même effrayée par son comportement menaçant et ses appels incessants. Il est même venu devant chez moi à plusieurs reprises avec des fleurs à la main. En fin de compte, il a été arrêté pour avoir harcelé trois autres femmes, dont une qu'il avait frappée. On m'a demandé de témoigner mais, terrifiée à cette idée, j'ai refusé ; la police a alors tout fait pour me faire culpabiliser. Vous comprenez donc que je ne saute pas de joie en vous voyant débarquer pour explorer ma vie sentimentale.

– Quel a été le sort de cet homme qui vous harcelait ?

– Il a plaidé coupable et été condamné à deux ans de prison. Cette période a été très dure pour moi… (elle baissa les yeux) mais j'imagine que vous êtes au courant.

– Que voulez-vous dire ?

– Si vous êtes de la police, vous savez probablement que j'ai été arrêtée pour conduite en état d'ivresse.

– En effet, docteur.

– J'aurais pu perdre mon droit d'exercer, mais c'était vraiment idiot. Je roulais à cent quarante kilomètres à l'heure sur une autoroute limitée à cent trente. Mon avocat a réussi à réduire ma condamnation à une simple amende et m'a dit qu'il était inutile que je signale cet incident à qui que ce soit.

– Vous vous en êtes bien sortie, tant mieux, dit Milo, qui se saisit de son calepin. Le nom de l'homme qui vous harcelait, s'il vous plaît.

Les yeux couleur rouille de la jeune femme s'agrandirent sous l'effet de la terreur :

– Ne lui dites surtout pas que je vous ai parlé de lui !

– Nous n'avons pas l'intention de le contacter, docteur. Nous souhaitons simplement savoir où il vit.

– Pourquoi ?

– Pour votre sécurité. Imaginez qu'il se trouve à présent à L.A. et qu'il ait découvert que vous êtes sortie avec Rick.

– Alors que cette histoire date de plusieurs mois ?

– Peu importe, cet individu ne semble pas très rationnel, d'après ce que vous nous avez raconté.

– Mon Dieu, ça ne va pas recommencer !

– Voici ce que je vous propose : dès l'instant où nous le localisons, nous vous en informons. Le plus probable est qu'aujourd'hui il vit loin d'ici, et ainsi vous serez rassurée. Car vous craignez qu'il revienne vers vous, n'est-ce pas ? (Elle hocha lentement la tête.) Je vous promets également qu'il ne saura jamais que nous avons discuté avec vous, docteur. Parole de scout.

– Ah, les scouts… J'ai été jeannette quand j'étais petite. (Elle souffla longuement à deux reprises.) Il s'appelle Tibor Halasz. Avec un Z à la fin.

Milo sortit son téléphone.

– Que faites-vous ? s'étonna Ellen Cerillos.

– Ce que je vous ai promis.

– Maintenant ? Vous pouvez obtenir ce renseignement par téléphone ?

– Bien sûr.

– C'est flippant… On se croirait dans un roman d'Orwell.

Elle agrippa son stéthoscope, puis, tandis que Milo pianotait sur l'écran de son mobile et que je patientais, elle ouvrit un tiroir, en extirpa un baume à lèvres et s'en appliqua.

– Et voilà, reprit Milo. M. Halasz s'est installé en Illinois où il a eu davantage de problèmes. Il a commis une agression avec circonstances aggravantes il y a quatre ans et été condamné l'année dernière à neuf ans de détention dans un pénitencier d'État.

– Il a encore frappé une femme ?

– Ce n'est pas précisé. Quoi qu'il en soit, ce monsieur n'est pas en mesure de vous ennuyer.

– Il n'a pas non plus pu tuer Rick, ajouta le médecin, qui baissa un instant la tête avant de lever les yeux sur Milo. Merci, lieutenant.

– Que pouvez-vous nous dire d'autre à propos de Rick ?

– Pas grand-chose. C'était un type normal.

– Focalisé sur ses besoins primaires, précisai-je.

– Très primaires. Pour lui, l'amour était exclusivement physique, ce qui n'est pas un souci en soi tant qu'on ne contraint pas son partenaire. Et il n'imposait rien du tout. Mais bon, au bout d'un moment, pour peu qu'on ait un cerveau, on a envie d'autre chose. D'une conversation sérieuse, par exemple.

– Rick ne vous offrait pas ce genre de chose.

– Jamais. Juste un peu de bavardage futile, et ensuite… C'était prévisible, j'imagine. J'ai fini par comprendre qu'il m'avait rendu service en mettant fin à une relation qui ne menait nulle part. C'est pourquoi je ne lui en veux pas le moins du monde. Je n'avais aucune raison de lui faire du mal. (Elle accrocha son stéthoscope autour de son cou.) Cela va vous paraître cruel de ma part mais, dès lors que j'y ai vu plus clair, ce type m'est devenu totalement insignifiant. Je n'avais plus pensé à lui jusqu'au moment où Agnes m'a annoncé votre présence ici. Bon, mon travail m'attend.

– Pas de souci, docteur. Je vous laisse ma carte.

Ellen Cerillos accepta le petit morceau de carton et lut l'inscription :

– « Brigade criminelle »… Quelle affreuse expression.

De retour dans la salle d'attente, nous eûmes droit à des regards noirs, certaines patientes allant jusqu'à écarter leur enfant de notre passage.

– C'est sympa de ta part d'avoir effectué cette recherche sur Halasz, dis-je à Milo, dans la voiture.

– Je l'ai surtout fait pour moi, en espérant tenir un suspect, me répondit-il en mettant le contact. Mais bon, ça se saurait si la vie était si simple. Que penses-tu des choix de Gurnsey en matière de femmes ?

– Ellen Cerillos et Joan Blunt sont l'une et l'autre brillantes et ont fait des études très poussées. Ce détail mis à part, il ne courait pas après un type particulier, me semble-t-il.

– Il se jetait sur la première proie qu'il pouvait plaquer contre un mur, alors ? La doctoresse t'a-t-elle paru plus intéressante que l'avocate, pour notre enquête ? (Je secouai la tête.) Et merde… Les grands esprits se dirigent dans la même direction futile. Et que dire du fait que les autres femmes ont largué Gurnsey alors que c'est lui qui a largué Ellen ?

– Certaines n'ont peut-être pas dit la vérité, contrairement à Ellen.

– Pour ne pas perdre la face ? Bien vu. Hélas.

Il appela Reed et lui demanda d'ajouter le *Proud Rooster* à sa liste d'établissements à passer au peigne fin.

– Pas de problème, c'est sur ma route. Je sors tout juste du Shutters, et je suis également passé au Loew's ; personne ne se souvient de Gurnsey. J'ai contacté des refuges pour animaux, à qui j'ai demandé si quelqu'un avait récemment adopté deux croisés pitbulls, mais c'était une perte de temps, lieut'. Avec les chihuahuas, les pitbulls constituent une énorme proportion des chiens récupérés par la fourrière. On parle là de milliers de bêtes. D'autre part, les dossiers ne sont pas vraiment à jour, sans compter qu'on ne sait pas quand le tueur a acheté ses deux chiens. Il peut même les avoir pris ailleurs ; dans un élevage, chez un dresseur de bêtes de combat ou même en douce sur un parking.

– Quelle vie de chien… ironisa Milo.

– Du côté des bonnes nouvelles, Sean a eu plus de chances avec les relevés téléphoniques de Roget, qui doivent nous parvenir demain, en principe.

– On croise les doigts, Moses.

– À propos de croix, ce serait chouette de crucifier le salopard qui a fait ça, conclut Reed.

18

Un petit resto situé sur Moorpark Street, non loin de Fulton Avenue, nous accueillit le temps d'un café. Établissement d'une vaste chaîne vingt ans plus tôt, il avait été rénové mais conservait un aspect rétro. Deux décennies de changements de paradigme en faisaient aujourd'hui une antiquité dans la ville.

Presque vide, l'endroit sentait la graisse vieillie, et ses pâtisseries tournaient au ralenti dans une vitrine constellée de grains de sucre. Milo les observa un instant puis secoua la tête.

Une serveuse entre deux âges, vêtue d'une robe marron trop serrée s'approcha de nous en souriant, prit note de notre commande mais pinça les lèvres lorsque Milo précisa :

– Seulement un café.

– Nous avons de délicieuses tartes, les garçons.

Milo se plongea un instant dans le menu :

– D'accord, envoyez-nous une part de votre « célèbre tarte aux fruits rouges qui bougent ».

– Ça marche. *Boonne appétite*[1].

– Elle est vraiment célèbre, votre tarte ?

– Bien sûr, assura la serveuse. Comme tout de nos jours, non ?

1. En français dans le texte, avec un accent américain à couper au couteau.

Quelques instants plus tard, elle nous apporta une cafetière isotherme couleur cuivre, deux mugs et une part de tarte qui perdait un sang rougeâtre des deux côtés.

La fourchette de Milo s'abattit dessus comme un faucon fondant sur un nid d'oisillons. Quand il la reposa, la moitié de la part de tarte avait disparu.

– Ellen Cerillos a énoncé d'elle-même notre hypothèse de travail : Gurnsey aurait humilié une femme à qui il aurait mieux fait de ne pas se frotter. Cette inconnue connaissait probablement la maison de Benedict Canyon Drive – mais pas forcément parce qu'elle y avait été invitée le temps d'une fiesta ; peut-être tout simplement parce qu'elle en a été la propriétaire.

– Tu penses à Mme Ansar ?

– Pourquoi pas, Alex ? On retrouve avec elle le même scénario que celui que nous a décrit Joan Blunt : un mari qui la trompe, un divorce qui se passe mal et l'envie de s'éclater. Si tu appelais ton pote le juge pour lui demander quand Mme Ansar a quitté le pays ?

Je tentai de joindre Bevilacqua au tribunal, malheureusement il s'était absenté pour la journée. Par chance, je connaissais l'assistante juridique qui prit mon appel ; affectée depuis une éternité aux affaires familiales, Linda Montrose avait depuis longtemps passé le stade du cynisme pur et considérait le monde à travers ses lunettes à monture en écaille.

– Alex ! Votre nom n'apparaît pas à l'ordre du jour, il me semble.

– Je n'ai aucune affaire en cours, Linda.

– Que me vaut le plaisir de votre appel, alors ?

– J'espérais que vous pourriez me rendre un service.

– Ça dépend de ce que vous me demandez.

– Ça concerne l'affaire Ansar…

Un grognement m'interrompit :

– Cette tempête de paperasse ? Il faudrait d'ailleurs plutôt parler de tempête de papier toilette usagé qui bouche la tuyauterie. Ne me dites pas que vous allez vous y coller, vous aussi ; je croyais qu'on avait déjà tout une tripotée de psys dessus.

– Non, je m'y intéresse dans le cadre d'une enquête. Quelqu'un a été assassiné sur leur propriété, et on m'a demandé de procéder à quelques vérifications.

– Assassiné… Il s'agit du meurtre de Beverly Hills ? Les journaux ont laissé entendre que c'était la conséquence d'un règlement de comptes entre gangs.

– Eh bien non.

– Les flics croient que c'est un des Ansar qui a commis ce crime ? Quel bonheur ce serait ! Nous serions enfin débarrassés de cette affaire, ce qui nous permettrait de nous concentrer sur les malheurs de quelqu'un d'autre.

– Ils ne sont pas suspectés, Linda. D'autre part, j'apprécierais infiniment que vous ne parliez à personne de mon appel.

– Vous évoluez dans une intrigue de haut vol, on dirait. Mais c'est moi qui suis intriguée, pour le moment. Bon, que voulez-vous savoir ?

– Si vous pouviez jeter un coup d'œil au dossier et me donner la date à laquelle Mme Ansar a quitté le pays.

– Inutile d'ouvrir le dossier, j'ai dû lire et collecter tant de détails insignifiants que je connais par cœur cette foutue affaire. Elle a filé il y a sept mois, à quelques jours près.

– Elle n'est pas revenue depuis ?

– Non. Les dernières blagues qui courent par ici la décrivent dans le désert avec ses gosses qu'elle transforme en mini-combattants de Daech.

– Ce sont les Talibans en Afghanistan, pas Daech.

– OK, docteur Pointilleux. Je comprends que le grand chef vous apprécie tant. Autre chose ?

– Non, c'est tout. Merci, Linda.

– Quand est-ce que je pourrai parler de cette histoire autour de moi ?

– Je vous tiens au courant dès qu'elle est rendue publique.

– Faites-le juste avant et nous pourrons rester amis, s'esclaffa l'assistante juridique.

Je fis part de l'info à Milo.

– Boum ! – c'est le bruit d'une hypothèse qui vole en éclats, commenta-t-il. Un peu de tarte ?

– Un petit morceau.

– Sérieux ? Tu te laisses tenter ? Ça change !

– Je ne vais quand même pas dédaigner une célébrité.

Milo au volant, nous roulions vers le centre-ville. Je consultais mes messages lorsque son téléphone émit une mélodie aiguë et teutonique – peut-être un air composé par Brahms lors d'un de ses épisodes dépressifs.

Mon ami baissa les yeux sur l'écran de son mobile et brancha le haut-parleur.

– Bonjour, les garçons ! nous lança Basia Lopatinski.

Cette femme qui découpait des cadavres à longueur de journée trouvait le moyen d'être d'un naturel enjoué. Que pouvait-elle bien penser de Brahms ?

– Quoi de neuf ? s'enquit Milo.

– J'ai une bonne nouvelle mais aussi une nouvelle encore meilleure. En hydratant le bout des doigts de la femme décédée, j'ai suffisamment fait ressortir ses empreintes digitales pour les soumettre au fichier, qui a eu l'amabilité de me fournir un nom. Je vous l'ai envoyé sur votre messagerie pro, l'e-mail doit déjà y être parvenu, mais je tenais à vous en avertir de vive voix.

– Vous êtes merveilleuse, Basia.

– En temps normal, je me méfie quand un homme me dit ça, ça veut dire qu'il en attend un peu trop, mais venant de vous je l'accepte.

Milo se gara et consulta sa messagerie.

– Bingo ! me dit-il en me tendant son téléphone, avant de redémarrer.

Âgée de cinquante-neuf ans au moment de sa mort, Mary Jane Huralnik était donc nettement plus jeune que je l'avais estimé. Cela faisait déjà une dizaine d'années qu'elle avait l'air vieille, comme le montrait une série de photos d'identité de plus en plus tristes au fil du temps.

Si elle n'avait commis aucun délit grave, elle avait multiplié les infractions mineures un peu partout dans l'État ces trente-trois dernières années : ivresse sur la voie publique, outrage à la pudeur, vagabondage, vol à l'étalage et autres vols mineurs divers, mendicité illégale, intrusion sur propriétés privées et non-comparution à des convocations à la suite de bon nombre de ces infractions.

Ses derniers démêlés avec la justice dataient de dix-huit mois plus tôt, quand elle avait déféqué sur un trottoir du tunnel de la 6e Rue.

– Pas loin du lieu de travail de Benny, fis-je remarquer.

– Comme prévu, notre tueur rôdait dans le centre-ville en quête de proies vulnérables. J'appelle une inspectrice du commissariat du centre-ville et je lui demande si elle connaît Huralnik.

Il ne se gara pas, cette fois, pour téléphoner à sa collègue, tandis que je poursuivais ma lecture. Mary Jane Huralnik n'avait pas été incarcérée à la suite de son outrage à la pudeur dans le tunnel ; les prisons étant bondées, on y enfermait en priorité les auteurs de crimes de sang.

Ses séjours en cellule s'étaient généralement limités à quelques jours, condamnations légères non suivies de liberté conditionnelle. Les fichiers de la police ne comprenaient ni adresse ni numéro de téléphone, pas plus que le registre des immatriculations.

– Shireen Walker n'a jamais entendu parler de notre bonne femme, me dit Milo après avoir raccroché. Et de ton côté ? Son casier t'a appris des choses intéressantes ?

– Elle y a été enregistrée alors qu'elle avait la vingtaine, ce qui colle avec l'hypothèse d'un trouble mental. Pas de violence dans son historique mais je m'interroge sur ses outrages à la pudeur.

– Elle n'avait aucune retenue.

– Typiquement le genre de personnes qui est vulnérable.

– Comment ça ?

– Un peu d'attention, de nourriture, de drogue, de gentillesse…

– Notre psychopathe l'attire par un de ces moyens et en fait un accessoire de sa mise en scène. Benny a sans doute été victime de la même manœuvre. Idem pour les chiens. Mais pourquoi cette mise en scène, Alex ? Si on a raison en supposant que Gurnsey a rendu quelqu'un fou de rage, pourquoi cette personne ne s'est pas contentée de le tuer, de lui sortir la bite et d'abandonner son cadavre dans le caniveau pour que le monde entier le voie ?

– Bonne question.

– Non, non, c'est une mauvaise question, si on n'a pas de réponse à lui apporter.

19

De retour au bureau de Milo, nous entreprîmes de retracer le parcours de Mary Jane Huralnik en suivant chacun notre piste.

En dehors des interpellations pour infractions mineures, la base de données de la police n'avait rien à nous apprendre à son sujet. Un numéro de sécurité sociale datant de plusieurs décennies ne nous apporta rien de plus, pas même le moindre versement d'une pension pour invalidité. Cette femme prenait si peu soin d'elle qu'elle n'avait jamais réclamé l'argent auquel elle avait certainement droit.

De mon côté, si aucun résultat de ma recherche sur Google ne la mentionnait, son nom de famille peu commun m'offrit un os à ronger.

Quatre Huralnik étaient recensés aux États-Unis : John à Omaha, dans le Nebraska ; Louise à Columbus, dans l'Ohio ; Hampton à Dover, dans le New Hampshire ; et Randall, concessionnaire Honda à Stockton, en Californie.

– Commençons par consommer local, pour être tendance, suggéra Milo, s'intéressant en premier lieu à Randall.

Quarante-deux ans, casier judiciaire vierge ; une photo visible sur Internet montrait un individu corpulent et rougeaud affublé d'une tignasse brune et d'un nez pointant vers le bas.

– Quarante-deux ans… releva Milo. Avec un peu de chance, c'est le fils de Mary Jane et si elle l'a eu très jeune.

Il contacta la concession et demanda à la réceptionniste de lui passer Randall Huralnik.

– Randy ? Un instant.

Il nous fallut subir plusieurs minutes d'un air des Beatles expurgé à l'intention des oreilles non musicales avant d'entendre une voix tonitruante et chaleureuse :

– Randy à l'appareil ! Que puis-je faire pour vous aider aujourd'hui ?

– Lieutenant Sturgis, police de Los Angeles.

– Los Angeles ? Il est arrivé quelque chose là-bas ?

– Seriez-vous par hasard parent de Mary Jane Huralnik, monsieur ?

– Tante Mary ? Elle a fini par s'attirer de gros ennuis, au bout du compte ?

– Les pires qui soient. Elle est malheureusement décédée.

– Oh… Quelle triste nouvelle, lieutenant, dit Randy, avec un soupir qui nous fit l'effet d'un pic de parasites. Mais je dois dire que je ne suis pas vraiment surpris. C'est son alcoolisme qui l'a tuée, je suppose ?

– Elle a été assassinée, monsieur Huralnik.

– Oh… C'est épouvantable. Qui a fait une chose pareille ?

– C'est ce que nous tentons de déterminer. Que pouvez-vous nous dire à propos de votre tante ?

– Vous dire… ? répéta le concessionnaire, comme s'il s'exerçait à prononcer un mot dans une langue étrangère. Il n'y a pas grand-chose à dire à son sujet. C'était la sœur cadette de mon père ; elle a quitté la famille quand elle était jeune et ne revenait nous voir qu'une fois de temps en temps – pour réclamer de l'argent à mes parents. C'était idiot, d'ailleurs, car elle aurait pu bénéficier de tout un tas de pensions et d'aides, mais elle affirmait que si elle signalait son existence au gouvernement, elle serait capturée et enfermée dans une cage.

– Elle souffrait de troubles mentaux.

– C'est le moins qu'on puisse dire.

– Avait-elle des enfants ?

– Non, et elle ne s'est jamais mariée. (Un silence.) On pensait plus ou moins qu'elle était… lesbienne. Mon père, surtout, mais ma mère n'était pas de cet avis. Je serais incapable de vous dire qui avait raison.

– Avait-elle d'autres liens familiaux, en dehors de vos parents ?

– Non. On peut dire que c'était une solitaire.

– À quelle fréquence se présentait-elle pour demander de l'argent ?

– Pas très souvent. Deux ou trois fois par an, peut-être ? Et encore, elle laissait parfois passer plus d'une année avant de réapparaître.

– Savez-vous de quelle façon elle subvenait à ses besoins ?

– Mon père disait qu'elle se prostituait probablement mais ma mère n'y croyait pas une seconde. Là encore, j'ignore quelle est la vérité sur ce point. Nous ne l'avons plus vue depuis très longtemps, avant la mort de mon père survenue il y a douze ans. Son dernier passage remonte donc à quelque chose comme… quatorze ans, mettons. Deux ans après mon père, ma mère est morte à son tour. J'aurais volontiers invité Mary aux obsèques, mais je ne savais pas comment la contacter.

– Quel est le dernier souvenir que vous gardez d'elle ?

– Le dernier… ? Un jour, j'étais chez mes parents et j'aidais mon père, qui était atteint de la maladie d'Alzheimer. Soudain, Mary est apparue comme par magie. Je ne l'avais même pas entendue approcher. Mon père se déplaçait en déambulateur mais elle ne lui a pas demandé comment il allait ; elle est directement allée voir ma mère. Elle avait une mine affreuse ; elle avait des problèmes, c'était évident.

– Des problèmes d'alcool ?

– Oui, bien sûr, mais j'ai toujours pensé que même sans ses soucis de boisson, elle aurait eu une case en moins. Elle était… différente, si vous voulez. Elle ne vous regardait jamais droit dans les yeux et remuait les lèvres en marchant.

– Elle se parlait à elle-même.

– J'en avais l'impression, en tout cas. Mon père la comparait à un loup abandonné par la meute. C'est cruel, j'en ai conscience, mais je respecte son opinion.

Sa mère, articulai-je sans un bruit à l'intention de Milo.

– Votre mère n'était pas de son avis ?

– Non, et ça créait des tensions entre eux – mais bon, ce problème n'était pas si grave, étant donné que tante Mary ne venait que rarement.

– Mary vous parlait-elle d'amis, de relations, de personnes avec qui elle passait du temps ?

– Non, du moins pas à ma connaissance. Ma mère et elle discutaient un moment, quand elle venait, mais je me tenais à l'écart. La vie est suffisamment dure pour ne pas se charger de soucis supplémentaires.

– Je suis bien d'accord. Elle ne vous a jamais réclamé d'argent, à vous ?

– Non, jamais. Et dans ce cas, j'aurais refusé. Elle s'en doutait peut-être. Elle n'était peut-être pas si folle, après tout.

Milo griffonna quelques notes puis se laissa aller contre le dossier de son fauteuil :

– Elle était schizophrène ?

– Probablement, répondis-je.

– Voilà qui complète notre tableau de victimes sans liens entre elles. (Le téléphone mobile de Milo sonna, annonçant un numéro qui lui était inconnu ; il décrocha.) Sturgis à l'appareil. Oh ! Bonjour, docteur Bauer.

Il brancha le haut-parleur.

– Ce n'est probablement rien du tout, mais l'employée avec qui vous avez discuté – Justine – vient de m'appeler en panique parce que sa collègue Marcella McGann n'est toujours pas réapparue, alors qu'elle était censée rentrer de vacances il y a deux jours, nous apprit Andrea Bauer. J'avais déjà fait venir quelqu'un d'un autre centre pour remplacer temporairement Marcella, mais Justine a tout de même dû faire des heures supplémentaires, elle est épuisée. Je vais appeler une autre personne en renfort et renvoyer Justine chez elle en week-end prolongé pour qu'elle se repose.

Ce torrent de mots décrivait la situation en long et en

large mais n'évoquait que très brièvement Marcella McGann. Ayant fait la même constatation que moi, Milo leva les yeux au ciel avant de réagir :

– Marcella devait reprendre le travail mercredi, c'est ça ?

– Exact.

– Et elle était en service le jour où Benny Alvarez n'est pas rentré.

– Tout à fait. On pourrait croire qu'elle a décidé de s'offrir quelques jours de vacances supplémentaires, mais Marcella a toujours été fiable. Bref, quoi qu'il en soit, je me suis dit qu'il fallait vous mettre au courant.

– Je vous en remercie. Pourquoi Justine a-t-elle paniqué ?

– À cause de ce qui est arrivé à Benny, évidemment. Même si je ne vois pas le rapport avec le retard de Marcella. Mais Justine est encore jeune, et travailler seule peut être éprouvant, j'imagine. Au risque de vous sembler sexiste, je dois vous avouer que j'ai fait appel à un homme pour remplacer Marcella, et le renfort à venir sera également un homme.

– Vous avez le sentiment d'avoir besoin de davantage de sécurité ?

– Non, c'est surtout pour rassurer Justine. (Andrea Bauer laissa s'écouler quelques secondes.) Et moi aussi, je suppose. Même si je ne ressens aucune responsabilité à titre personnel, ce qui est arrivé à Benny est épouvantable. Vous avez du nouveau, d'ailleurs, à ce propos ?

– L'enquête progresse.

– Je vois. Autre chose, lieutenant : si j'en crois la page Facebook de Marcella, elle est descendue à l'Hacienda Del Sol, un hôtel de Cabo San Lucas. Mon premier réflexe a été de la joindre là-bas, pour revoir avec elle son planning, mais la réception m'a dit qu'elle ne se trouvait pas chez eux. Quand je leur ai demandé s'ils avaient une trace de sa réservation, en me disant qu'elle avait peut-être changé d'avis, ils ont refusé de me répondre, alors que je parle un espagnol tout à fait correct. Je dois avouer que ça me tracasse un peu. Vous savez comment ça se passe au Mexique, de nos jours. Mon mari et moi avions autrefois l'habitude de partir en vacances à Acapulco, mais maintenant on risque sa vie, là-bas.

– Nous allons vérifier tout ça, promit Milo. Tant que je vous ai en ligne, le nom de Mary Jane Huralnik vous dit-il quelque chose, par hasard ?

– Qui est-ce ?

– Une SDF dont Benny a peut-être croisé la route.

– Une mendiante dangereuse ?

– Non, une autre victime.

– Oh… J'en suis désolée. La façon dont nous laissons ces personnes vivre dans la misère est une honte, mais je vois mal Benny nouer une quelconque relation avec une sans-abri.

– Pourquoi donc ?

– Comme tous nos résidents Niveau Un, Benny avait suivi une formation de bon comportement. J'ai revu nos procédures et elles sont tout à fait appropriées ; les résidents n'accepteraient pas que je les rende plus strictes. Ils tiennent à être considérés comme des adultes capables de se débrouiller. J'espère que la chance vous sourira, lieutenant, et merci pour votre discrétion au sujet de cette histoire.

– Chaque fois que je discute avec elle, j'ai tendance à penser qu'un cœur d'or se cache sous tout ce cachemire, mais aussitôt après, elle lâche une raison pragmatique expliquant ses gestes, dit Milo.

– Je ne vois pas pour quelle raison cachée elle aurait pris l'initiative de nous faire part de l'absence de Marcella.

– Hmpf…

Mon ami dénicha la page Facebook de Marcella McGann, sur laquelle il apprit le nom de famille de Steve, son chéri enrobé : Vollmann.

Il appela ensuite l'Hacienda Del Sol Resort and Spa de Cabo San Lucas, où il se heurta au même mur qu'Andrea Bauer. Mais contrairement à cette dernière, il était de la police et aussi tenace qu'un rétrovirus.

Trois interlocuteurs plus tard, un manager nommé Umberto Iglesias lui confirma dans un anglais monocorde qu'une réservation avait été effectuée au nom de Stephen W. Vollmann mais qu'elle n'avait pas été « honorée par le client ».

– Plus précisément ? voulut savoir Milo.

– En ne se présentant pas, ces personnes ont perdu le package qu'elles avaient sélectionné car elles n'avaient pas souscrit l'option remboursement ou report de séjour. Nous avons donné la chambre à d'autres clients.

– Avez-vous tenté de joindre M. Vollmann ?

– Le joindre ? répéta Iglesias, aussi choqué que si Milo lui avait suggéré de s'amputer le nez. Le client est responsable du package qu'il a choisi.

– Quel était ce package ?

– Une chambre à prix réduit avec petit déjeuner, une visite de l'usine de tequila et une séance de natation avec un dauphin.

– Ça doit être sympa.

– Nos clients apprécient beaucoup. Vous dites que vous êtes de la police de Los Angeles ; c'est un criminel ?

– Pas à ma connaissance.

– Pourquoi ne s'est-il pas présenté, alors ?

– C'est toute la question, dit Milo, avant de raccrocher.

20

Des recherches plus approfondies sur Stephen Wayne Vollmann nous permirent de découvrir un vétéran de la guerre d'Irak de trente et un ans aujourd'hui employé par Agua Fresca, société d'entretien de piscines établie dans le quartier de Granada Hills. Ni antécédents judiciaires ni avis de recherche, et aucune arrestation au volant. Une Chevrolet Camaro bleue de six ans était enregistrée à une adresse de Cochran Avenue, dans le secteur de Mid-City, qui correspondait à celle de Marcella McGann.

Un coup de fil à Agua Fresca valut à Milo une gueulante du patron, Lachlan Lindley, un individu à la voix rauque :

– Ce type m'a laissé tomber !

– Depuis quand ?

– Depuis mercredi, jour où il devait reprendre le boulot. Pourquoi les flics le recherchent ?

– Son amie et lui étaient censés s'offrir des vacances au Mexique mais ne se sont pas présentés à leur hôtel. Pour la police, ils sont considérés comme disparus.

– Oh… C'est la première fois que Steve me fait faux bond, c'est vraiment bizarre.

– Vous avait-il parlé de son voyage ?

– Il m'avait seulement dit qu'il avait prévu de loger dans un grand hôtel et qu'il nagerait avec un dauphin. Il était très emballé à l'idée de franchir pour la première fois la frontière mexicaine. Et vous dites qu'il ne s'est jamais pointé à l'hôtel ? Bon sang… C'est un cartel qui l'a attrapé, vous croyez ? Vous savez comment ça se passe, là-bas ; ils abattent des gens et les flics sont dans le coup.

– Steve vous a-t-il parlé de sa petite amie ?

– Non, il m'a seulement dit qu'elle devait l'accompagner. Merde… vous croyez que c'est elle qui l'a tué ? Elle l'a balancé à la flotte depuis un bateau, un truc comme ça ?

– Pourquoi je penserais une chose pareille ?

– Parce que ça arrive que quelqu'un pète un câble, dans un couple. Prenez ce type, à New York ; il fait du bateau avec sa nana, dont il est persuadé qu'elle l'aime à la folie, et d'un coup elle le pousse dans l'eau. Il se noie pendant qu'elle avale son sandwich. Le mal est partout.

– L'amie de Vollmann n'est pas suspectée de quoi que ce soit. Vous l'avez déjà vue ?

– Non, je ne sais même pas comment elle s'appelle. Je ne me lie pas trop avec mes employés. Ils font leurs tournées et moi je leur envoie leur chèque par la poste.

– L'organisation de votre société est assez souple, on dirait.

– Oui, si chacun fait son boulot. J'intervenais moi aussi chez les clients, autrefois, car j'adorais tout ce qui est en rapport avec l'eau – j'ai fait partie de l'équipe de natation de l'université de Northridge –, jusqu'au jour où un plongeon raté m'a cloué dans un fauteuil roulant.

– Navré de l'apprendre.

– Il n'y a pas de quoi ; il faut faire avec ce que la vie nous réserve.

– Merci de m'avoir consacré un peu de votre temps, monsieur.

– J'en ai à revendre.

– L'enquête s'oriente vers le Mexique, on dirait, fis-je remarquer.

– Hmpf… Voyons ce que l'Endormi peut nous apprendre.

Il composa un numéro qu'il connaissait par cœur, celui de son contact à la Sécurité intérieure, un homme que j'avais entendu plusieurs fois par le haut-parleur mais dont j'ignorais tout.

– Comme je n'ai besoin de rien de ta part en ce moment, ce n'est pas la saison des échanges de services, marmonna une voix somnolente.

– Rien de compliqué, assura Milo. Je voudrais juste savoir si deux personnes ont pris l'avion à destination ou depuis le Mexique la semaine dernière.

– Des fugitifs ? Demande aux marshals.

– Non, des personnes portées disparues. Marcella McGann et Stephen Vollmann, de L.A. Ils sont censés être partis à Cabo San Lucas.

– Tu es certain qu'ils ont pris l'avion ?

– Il y a quoi… deux mille cinq cents kilomètres ? Je les vois mal se rendre là-bas en voiture.

– Mille huit cent quarante et un, rectifia l'Endormi. Trois jours de bagnole en prenant son temps. Je te pose la question parce que c'est un merdier pas possible à la frontière ; il n'est pas dit que je puisse instantanément savoir qui est entré en voiture ou à pied à Tijuana.

– Je tente ma chance avec l'avion. Stephen, donc, avec « ph » au milieu ; Wayne en deuxième prénom, et deux « l » et deux « n » à Vollmann. Pour Marcella McGann, son nom s'écrit avec un « M » majuscule et un « c » minuscule…

– J'ai l'orthographe dans le sang, j'ai déjà pris note, affirma l'Endormi, qui, après un interminable bâillement, se mit à pianoter sur son clavier. Leurs passeports n'ont pas été présentés à la moindre frontière ces douze derniers mois. Lui s'est rendu au Canada il y a quelques années, mais pas d'autre voyage depuis, et elle n'a obtenu le sien qu'il y a quelques mois et ne s'en est jamais servi. Tu tiens vraiment à ce que je vérifie auprès des compagnies aériennes ?

– Non, c'est inutile, j'imagine.

– Oups, j'ai à l'instant pressé la touche magique de demande d'info à l'Administration fédérale de l'aviation. Résultat instantané : ni l'un ni l'autre ne sont entrés ou sortis du territoire récemment. Tant que j'y suis, puisque tu as bousculé mon rythme circadien et qu'il faut que je ralentisse un peu mes ondes cérébrales, je jette un coup d'œil aux postes frontières. (Trente secondes s'écoulèrent.) Je ne vois aucun passage de tes deux zigotos, mais comme je te l'ai dit, ces contrôles ne sont pas infaillibles. Bon, maintenant, tu me dois un service.

– Je t'écoute.

– On verra ça le moment venu.

Nouveau bâillement.

Milo raccrocha.

– Justine n'a peut-être pas tort de paniquer, dis-je.

– Vollmann et McGann auraient eu des ennuis ? Mais pourquoi s'en prendre à eux ?

– Marcella McGann était en service au centre d'hébergement quand Benny Alvarez a disparu. Imagine qu'elle ait été bouleversée au point de se lancer à sa recherche et qu'elle ait découvert des éléments faisant d'elle une menace pour un éventuel kidnappeur.

– Elle et Vollmann.

– Elle lui a demandé de l'accompagner pour la protéger.

– Ce qu'il n'a pas pu faire… Si elle a voulu retrouver Benny, elle a dû le chercher entre le centre d'hébergement et son lieu de travail.

– Dans un quartier où quelqu'un comme Mary Jane Huralnik traînait.

Milo joignit Alicia Bogomil :

– Où es-tu, gamine ?

– Dans un centre commercial, entre La Brea Avenue et Olympic Boulevard. Je progresse vers l'est, à la recherche de petites annonces affichées par Roget. Je n'ai toujours rien trouvé mais ça ne veut rien dire : étant donné que n'importe qui peut punaiser gratuitement ce qu'il veut sur ce genre de panneau, les employés des commerces n'y prêtent aucune attention.

– Il est temps de passer à la vitesse supérieure, décréta

Milo, qui expliqua à l'inspectrice que nous avions identifié Mary Jane Huralnik.

– Une SDF, comme on s'en doutait, commenta-t-elle.

– Sans abri et mentalement déficiente. D'autre part, comme elle ne percevait pas la pension à laquelle elle aurait pu prétendre, elle ne créchait pas dans les refuges subventionnés par le gouvernement.

– Peut-être dans les locaux d'un organisme caritatif, suggéra Alicia. Un centre d'hébergement géré par une église, ce genre de chose. Ou sinon, elle dormait dans la rue, tout simplement.

– Exactement, Alicia. Laisse tomber les petites annonces pour l'instant et passe en revue les centres d'hébergement du centre-ville. Maintenant que nous avons un nom, ce sera plus facile de stimuler la mémoire des témoins potentiels.

– J'y vais de ce pas, lieut'.

– Je t'offre le déjeuner, pour la peine. Tu aimes le pastrami ?

– Non, pas vraiment, c'est trop gras.

– Tu es une sorte de Moe au féminin, en fait.

– Nan, juste une fille qui essaie de rester en bonne santé. Moe boxe dans une autre catégorie.

Milo lança un avis de recherche sur la Nissan Sentra de Marcella McGann puis un autre sur la Chevrolet Camaro de Vollmann. Ce dernier lui valut une réponse immédiate.

– Excellent ! se réjouit-il.

Et d'ajouter, une seconde plus tard :

– Merde !

21

Un coup de fil à un certain Marcus Coolidge, inspecteur à Inglewood, fournit à Milo les détails nécessaires : deux cadavres avaient été découverts dans ce quartier le lundi ayant suivi le bain de sang perpétré dans la propriété située non loin de Benedict Canyon Drive.

La victime masculine, un trentenaire, était assise sur le siège passager d'une Camaro bleue, tandis que sa compagne était enfermée dans le coffre. Comme dans le cas de la limousine, le peu de sang visible indiquait que ces malheureux avaient été tués ailleurs. L'état de décomposition des corps permettait d'estimer que la mort remontait à dimanche, le jour où l'on avait découvert la limousine.

Si aucune confirmation n'avait été apportée pour l'heure, la plaque d'immatriculation de la Camaro, l'âge de la victime masculine et ses caractéristiques physiques laissaient croire qu'il s'agissait de Stephen W. Vollmann.

– Je suis certain que c'est lui mais, comme je vous l'ai dit, les corps sont dans un état de décomposition assez avancé, précisa Coolidge. D'autre part, le tueur s'est servi d'un fusil de chasse de calibre 12 ; il ne reste plus grand-chose du visage et des dents du type. Vollmann n'étant pas fiché chez nous, je dois attendre le résultat de l'analyse ADN pour déclarer officiellement que c'est bien lui.

– C'est un ancien militaire, dit Milo. Vous trouverez peut-être ses empreintes digitales du côté de l'armée.

– Ah, parfait. Je vais voir ça, merci.

– Vollmann avait une petite amie…

– Marcella McGann, oui, elle est visible sur sa page Facebook. Les photos que j'ai vues d'elle correspondent à ma victime féminine, mais le tueur l'a abattue d'encore plus près que Vollmann. Aucune empreinte n'est exploitable car ses mains sont quasi détruites, sans doute parce qu'elle les a levées devant son visage en un réflexe défensif.

– C'est moche.

– Ça faisait longtemps que je n'avais pas vu une scène de crime aussi dégueulasse. Un détail bizarre : le légiste a trouvé une blessure due à une lame dans le corps de Vollmann, entre deux côtes, non mortelle. Le coup a manqué les organes et n'a touché que du muscle. Il a tout de même dû provoquer une vive douleur, ce qui aura rendu Vollmann plus facile à contrôler et à tuer. Ce type étant d'une taille plus que respectable, son assassin l'a peut-être poignardé dans un premier temps, afin de ne prendre aucun risque, mais c'est la première fois que je vois ça ; un tir de fusil de chasse est plus que suffisant pour faire l'affaire, en général.

– Où a-t-on retrouvé la voiture ?

– Sur Hindry Avenue, dans la zone industrielle, derrière un entrepôt de peinture.

– Un coin dangereux ?

– On est à Inglewood ; tout le quartier est dangereux. D'ailleurs, les GPS se plantent régulièrement ; vous seriez étonné du nombre de mauvaises directions qu'ils donnent, notamment pour des gens qui se rendent à l'aéroport voisin. C'est précisément ce qui est arrivé à mes deux victimes, à mon avis.

– Ils devaient s'envoler à destination du Mexique.

– Ah, vous voyez. Quatre gangs sévissent dans les environs. Comme il n'y avait ni portefeuilles, ni pièces d'identité, ni bijoux sur les corps, j'en ai déduit que ce couple avait été victime d'un braquage ayant très mal tourné. Or le sujet est très sensible, si vous voyez ce que je veux dire.

– C'est mauvais pour le tourisme.

– Exact. Sans compter les problèmes de racisme. Quand des Blancs se font descendre, les grands chefs nous imposent deux règles d'or : ne pas ouvrir la bouche et ne pas commettre la moindre gaffe.

– Si c'était un braquage, pourquoi le tueur a-t-il pris la peine de placer les cadavres dans la voiture après avoir commis son crime ailleurs ? souleva Milo. Et pourquoi n'a-t-il pas embarqué la bagnole, d'ailleurs ?

– C'est une question intéressante. J'obtiendrai peut-être des réponses le jour où je mettrai la main sur ce type. Mes indics ne m'ont rien appris d'intéressant pour le moment, et les gangsters que j'ai interrogés ont tous nié être liés à cette affaire – et je dois dire qu'ils me semblent sincères sur ce point. Au fait, pourquoi ce crime vous intéresse ?

Milo lui résuma la situation.

– Ah, d'accord ! s'exclama Coolidge. Ce n'est peut-être pas du tout ce que j'imaginais.

– Rien à voir, en effet, si votre affaire est liée à la mienne.

– C'est fou, ça... Vu mon job, j'ai rarement des surprises. Ce serait pas mal qu'on discute de vive voix, non ?

– Tout à fait.

– On fait ça dans votre boutique ou dans la mienne ?

– Y a-t-il encore quelque chose à apprendre sur votre scène de crime ?

– Non, elle a été nettoyée depuis un bon moment, et de toute façon il n'y avait rien d'important sur place, juste la voiture abandonnée entre deux bennes à ordures, sous les branches basses d'un arbre.

– Pas vraiment cachée mais pas non plus exposée à la vue de tous.

– Oui, c'est exactement ce que je me suis dit. Demain c'est le week-end, et je finis mon service dans une heure. On peut se voir aujourd'hui chez vous, si vous voulez. J'habite à Playa del Rey, ce ne sera pas plus mal si je prends la route après les heures de pointe.

– Vous avez faim ?

– Oui, je ne serais pas contre une petite bouffe.

– Un deli ?

– Je n'ai jamais mis mes pieds dans un deli qui m'ait déplu.

– OK, on se retrouve chez Maury's, proposa Milo, qui donna l'adresse à son collègue. Quand pouvez-vous y être ?

– Vu la circulation et les déviations… disons dans quarante minutes. Si je suis en retard, commandez-moi un sandwich de pain de seigle au pastrami – avec la couenne.

– Encore des cadavres dans une bagnole, lâcha Milo. (Il se leva et s'étira avant de frotter le début de barbe qui ombrageait son menton.) Je sens que le week-end va être long, c'est le moment de changer de chemise et de me raser. Tu as de quoi t'occuper pendant que je me pomponne ?

– Toujours.

– Ah ouais, c'est vrai, tu es doté d'un esprit super actif.

Dès qu'il eut disparu, j'appelai Robin sur son mobile.

– Salut, chéri.

– Salut, répondis-je. Toujours en plein boulot ?

– Je viens tout juste d'arrêter. Je me fais couler un bain, j'étais sur le point d'y plonger.

– Cette vision nourrit mon corps.

– Vraiment ? Alors là, je détache mes cheveux, puis je me penche et…

– Maintenant, tu mets ma santé en danger.

Robin s'esclaffa :

– Et si on parle de nourriture, ça va ?

– Tu es partante pour un dîner tardif ?

– Tardif à quel point ?

– Difficile à dire.

– Le Grand a du nouveau ?

– Deux autres cadavres. Il doit rencontrer un collègue.

– Au resto, je parie.

– Évidemment.

– Quel genre ?

– Un deli. Je n'ai pas faim, je tiendrai jusqu'à mon retour à la maison. Mais si toi tu as faim, ne m'attends pas.

– Deux corps… Le même genre de meurtre que celui de l'autre jour ?

– À Inglewood, dans une voiture plus petite. La victime féminine est la personne qui s'occupait de Benny Alvarez.

– Ah, d'accord, je comprends que Milo veuille que tu l'accompagnes. Un deli, tu dis ? Ça fait longtemps, tiens. Rapporte-moi un sandwich de pain de seigle au pastrami et prends-toi quelque chose, on n'a plus beaucoup de restes au frigo.

– Avec ou sans couenne ?

– Comme ça sort de la trancheuse. S'il y en a trop, je pourrai toujours l'enlever, mais s'il n'y en a pas assez c'est pas cool. Et puis j'aime tracer mon destin moi-même.

Nous marchions en direction de chez Maury's ; Milo fumait un cigare en soufflant des ronds parfaits dans le crépuscule. Nous ne prononcions pas un mot.

Nous apparut peu après un mendiant grisonnant amputé à mi-cuisse brandissant un carton sur lequel « Aidez-moi » était inscrit à la main. Milo fit halte et sortit un billet de dix dollars de son portefeuille :

– Tiens, *amigo*.

– Que Dieu vous bénisse, monsieur. Un palais vous attend au paradis.

– Super, je suis justement prêt à passer au niveau supérieur, question logement.

– Un palais avec piscine.

– Et un billard, peut-être ?

– Bien sûr, monsieur.

– Une petite question, *compadre* : tu n'aurais pas entendu parler d'une certaine Mary Jane Huralnik, par hasard ?

Le visage du SDF se froissa :

– Mary ? C'est une sainte ?

– Peut-être, va savoir.

Alors que Milo s'éloignait déjà, je donnai à mon tour un billet de dix au mendiant.

– Soyez tous les deux bénis ! s'écria-t-il. On sera voisins au paradis.

– Bon karma, dis-je à Milo, trois pas plus loin.

– Je ne sais pas pourquoi tu lui as filé du fric, mais en ce qui me concerne, ma motivation n'avait rien de cosmique, c'était de la simple reconnaissance.

– Pour quoi ?

– Parce que j'ai encore mes jambes, contrairement à ce pauvre type.

22

Maury's Deluxe Delicatessen disposait d'une vaste salle dotée d'une vitrine et baignée d'un parfum d'herbes aromatiques. Une poignée de personnes attendaient qu'on leur désigne une table où s'installer. Si je n'avais jamais mis les pieds dans cet endroit, tel n'était pas le cas de Milo ; visiblement enchantée de l'apercevoir, une serveuse lui fit signe de doubler les autres clients et nous proposa un box dans un coin de la salle.

– Je suis ravie de vous revoir ! ajouta-t-elle.

Les flics ont tendance à donner de généreux pourboires mais mon ami surpasse ses collègues dans ce domaine.

Être un habitué des lieux n'empêcha pas Milo d'étudier le menu avec autant de concentration que s'il déchiffrait un obscur morceau de papyrus.

Un serveur aux cheveux blancs s'approcha, bedonnant et voûté au point de ressembler à une parenthèse glissée dans une paire de chaussures.

– Le chef de la police nous fait l'honneur de sa présence, le monde est en sécurité, fit-il remarquer d'une voix monocorde, les paupières tombantes.

– Chef est un boulot à la con, Mel, riposta Milo. Je croyais que tu m'appréciais.

– Je t'aime, tu le sais bien, dit Mel, avec un rire d'asthmatique. Enfin, comme un frère, disons, en admettant que de trèèès nombreuses années se soient écoulées entre les deux grossesses de notre mère. OK, ça ne colle pas ; je me contenterai de te considérer comme mon neveu goy super balaise. (Il me considéra un instant puis fit un clin d'œil à Milo.) Qui est-ce ? *Le* mec ?

– Non, un mec. Dr Alex Delaware.

– *Le* mec est docteur, non ?

– Exact, mais ce n'est pas lui.

– Sauriez-vous traiter les cors aux pieds, par hasard ? me demanda le serveur. Et acceptez-vous Medicare ?

– Il est psy, Mel, précisa Milo.

– Ah, d'accord. Vous soignez les névroses et acceptez Medicare, c'est ça ?

– Un café, s'il te plaît, Mel, coupa Milo. Comme d'habitude.

– Fort et noir, monsieur Macho. Et vous ?

– Idem, répondis-je.

– Quelle détermination, docteur Freud. Quelqu'un comme vous, avec la formation qui est la vôtre, ne devrait-il pas plutôt s'exprimer par allusions, de façon moins précise ?

– Il y a fort à parier que vous tireriez un certain bénéfice en m'apportant un café, me repris-je.

– Pas mal, doc, mais n'abandonnez pas pour autant votre vrai métier, plaisanta Mel, avec un nouveau rire sifflant. Un dîner pour deux, donc ?

– Pour trois, rectifia Milo.

– La foule des grands jours, dit le vieil homme, qui ensuite s'appuya sur la table et se pencha un peu plus vers nous. Un combattant de Daech se traîne dans le désert. Il voit un autre gars dans le lointain et se dirige vers lui, puis il se rend compte que c'est un vieux Juif qui vend des cravates. « Donne-moi de l'eau ! » crie-t-il. Le Juif lui répond : « Je n'ai pas d'eau, seulement des cravates ; des produits de marque en soie à des prix imbattables ! » Le mec de Daech devient fou et menace de décapiter le Juif, qui lui dit : « C'est ma faute si je n'ai rien d'autre que des cravates ? À propos, il m'en reste quelques-unes en rayonne, qui ressemblent à de la soie et sont encore moins chères ! » Le type de Daech pète un câble et décide de saisir son couteau pour couper la tête de l'autre, mais il se rend compte qu'il ne l'a plus sur lui. Il n'a plus rien du tout. En plus, il est affaibli, épuisé et assoiffé. Le Juif lui dit : « J'ai également quelques pull overs, genre université chic de la côte est, mais si vous voulez de l'eau, il y a un restaurant à un kilomètre d'ici. » Le mec de Daech file aussitôt. Une heure plus tard, il est de retour. Encore plus furax, il est dans un état lamentable, la langue pendante. Le Juif lui dit : « Quoi ? Vous n'avez pas trouvé le restaurant ? » L'autre, fou de rage, complètement *meshugenah*, coasse plus qu'il ne parle : « Si, je l'ai trouvé, mais ils exigent une cravate à l'entrée ! »

Mel fila sans attendre notre réaction.

– Il a quatre-vingt-douze ans et mange de tout ; cet homme est une inspiration pour moi, me précisa Milo, quand mon rire se fut calmé, puis son regard se tourna vers sa droite. Tiens, voilà sans doute notre nouveau pote.

Un grand type carré au crâne rasé et à la peau couleur chocolat était apparu parmi les clients qui patientaient. La cinquantaine, il portait un costume gris en peau de requin, une chemise noire et une cravate argentée. Après avoir examiné la salle, il nous adressa un signe de la tête et s'approcha de nous.

Milo se décala sur sa gauche pour laisser à Marcus Coolidge la place de s'asseoir entre nous.

– Ravi de faire votre connaissance, Milo.

– De même, Marcus.

– Appelez-moi Marc, dit Coolidge.

Il déboutonna sa veste, dévoilant un holster de poitrine, et posa les yeux sur moi en s'installant.

– Le Dr Alex Delaware est notre psychologue consultant.

– Bonjour, docteur, dit Coolidge en me serrant la main, avant de prendre place et de lisser sa cravate. Vous avez un psy à plein temps, dans votre commissariat ?

– Non, uniquement en cas de besoin, précisa Milo.

– En ce qui me concerne, je serais bien incapable de dire de quoi j'ai besoin, d'un point de vue psychologique. Peut-être d'un hypnotiseur, pour faire croire aux prédateurs que ce sont des moutons et ensuite leur ordonner de foncer vers le bord d'une falaise ? (Il déplia sa serviette sur ses genoux.) Le pastrami est en route ?

– Nous n'avons pas encore commandé, répondit Milo, qui tourna la tête vers le comptoir et fit signe à Mel.

Ce dernier nous rejoignit à petits pas, chargé de deux tasses de café. Il lui fallut un moment pour parvenir à notre box. Quand ce fut fait, il déposa les tasses avec un soin extrême et s'intéressa à Coolidge :

– Ah, le chef de la police est enfin parmi nous ?

– Non, il s'agit de l'inspecteur Coolidge, dit Milo.

– Deux flics et un psy entrent dans un bar… Ah non, nous sommes dans un restaurant. Du café pour vous aussi ? Vous vous prénommez Calvin[1] ?

– Non, Marc. Un thé, pour moi. Du Earl Grey, si vous avez.

– *Tlès* sophistiqué ! commenta Mel. Et pour dîner, ô messieurs les rois mages ?

– Un sandwich au pastrami pour l'inspecteur Coolidge et moi, dit Milo.

– Je vous recommande « avec couenne », sinon ça n'a aucun goût.

– Je confirme, abonda Coolidge.

– Quel courage face au cholestérol, nous avons besoin de cette qualité chez nos policiers. Et vous, Carl Jung ?

– Juste du café pour l'instant, mais je prendrai deux sandwichs à emporter : un pastrami et un rosbif.

– Quoi ? Vous dînez en privé ? Ce ne serait pas une forme de névrose, ça ?

– C'est pour ma chérie.

1. Allusion à Calvin Coolidge, président des États-Unis de 1923 à 1929.

– Une chérie ? Pas une femme ? Pourquoi vous ne vous engagez pas avec… Non, ne répondez pas, j'ai moi aussi une copine. J'ai tenté d'avoir une femme – deux fois –, alors je pige. (Il s'approcha de moi, si bien que je perçus son odeur de vieux vêtements et de déo Old Spice.) Si vous voulez mettre un peu d'exotisme dans votre vie sentimentale, appelez votre chérie « paramour », doc.

Sur ces mots, il s'éloigna de son pas traînant.

– Ce resto offre un spectacle sans même exiger de droit d'entrée ? plaisanta Coolidge.

– West L.A. est un commerce multi-services.

– Dans mon quartier, je m'estime heureux quand je trouve un boui-boui qui me sert rapidement.

Une jeune serveuse apporta son thé à Coolidge :

– Mel prend sa pause, je m'occupe de vous.

Au comptoir, Mel nous fit un signe de la main et reprit sa conversation avec une femme plus jeune que lui d'une vingtaine d'années et qui le dépassait d'une tête.

– Bon, je vous écoute, dit Marc Coolidge.

Milo lui fit un résumé de notre affaire.

– Vous avez quatre corps dans une limousine, et moi deux dans une Camaro, reprit-il. Et ensuite, on aura droit à quoi ? Un gus dans une Toyota Prius ? Un demi-cadavre sur une Harley ?

– Ne parlez pas de malheur.

– OK. Donc, le lien entre mes victimes et les vôtres est cette Marcella McGann, qui travaillait dans le centre d'hébergement où logeait cet Alvarez ?

– C'est ça, du moins dans l'état actuel de l'enquête.

– Vous croyez qu'elle a découvert quelque chose à propos d'Alvarez et a eu des ennuis en fouinant dans cette histoire ?

– Au point où nous en sommes, c'est la seule hypothèse qui semble avoir du sens.

– À moins qu'on ait seulement affaire à un salopard qui prend son pied en tuant des gens pour ensuite les abandonner dans des voitures, dit Coolidge, qui avala une gorgée de thé, puis retira le sachet et le posa sur la soucoupe. Je suis sûr que vous pensez la même chose que moi des coïncidences, alors en effet, il est difficile d'imaginer que McGann ne soit pas notre lien. Cela étant, il y a tout de même quelques différences entre ces meurtres. Les vôtres sont plus élaborés, un vrai tableau – comme une crèche de Noël, en version maléfique.

– Alex parle de mise en scène.

Coolidge médita un instant avant de réagir :

– Oui, on peut dire ça. D'un autre côté, mon double meurtre ressemble à ce que je vois sans arrêt. Un 211 qui tourne en 187 – un braquage à main armée qui vire au meurtre pour se débarrasser des témoins. Quand il s'en prend à un couple, le tueur descend généralement d'abord le mec, qui souvent est plus grand, potentiellement plus menaçant, et ensuite seulement la fille, que parfois il viole. Mais on n'a pas relevé de signes d'agression sexuelle sur le corps de McGann pour l'instant.

– Une autre raison peut expliquer ce qui s'est passé, intervins-je. Le coffre de la Camaro mesure à peine un mètre carré et son ouverture est assez réduite ; pas évident d'y glisser un corps de la taille de celui de Vollmann.

– Vous connaissez ce chiffre par cœur ?

– Je me suis renseigné en venant ici.

Coolidge se tourna vers Milo :

– Vous êtes un veinard. Bien vu, docteur. En effet, McGann était recroquevillée en position fœtale.

– Autre point commun entre nos deux affaires, il y a trop peu de taches de sang dans les véhicules pour que les meurtres aient été commis dans les habitacles.

Coolidge hocha la tête :

– J'ai également vérifié la position du siège conducteur, qui correspond à la taille de Vollmann. Mais bon, il mesurait un mètre quatre-vingts, ce qui peut coller avec une foule de bonshommes. Entre le déplacement des corps, la conduite et le largage, je me demande si on n'a pas au moins deux tueurs sur les bras. Ce qui ne me surprendrait pas ; ça pourrait être une histoire de gangs. J'ai récemment coffré une bande de cinq guignols spécialisés dans les cambriolages.

– Mes victimes ont été positionnées de façon bien précise, rappela Milo.

– Oui, c'est vrai, c'est délirant. Rien de tel de mon côté, et pas de sang de chien non plus – ça, c'est vraiment bizarre. En réalité, si vous ne m'aviez pas contacté, jamais je n'aurais imaginé que mon meurtre était le fait d'un cinglé. Et rien ne dit que ce soit le cas, d'ailleurs.

– Mais bon, les coïncidences…

– Exact. Nous sommes athées concernant les coïncidences.

– Si McGann n'était rien de plus qu'un problème à résoudre, ce n'est pas forcément à cause de la folie d'un homme qu'elle est morte.

Coolidge s'octroya une longue gorgée de thé qui fit apparaître quelques perles de sueur sur son front. Il desserra sa cravate et déclara :

– La clé de l'affaire pourrait être de déterminer ce que McGann savait au sujet d'Alvarez, si toutefois elle savait quelque chose.

– Pourvu que ce soit le cas, Marc, espéra Milo. Nos scènes de crime ont un autre point commun : Gurnsey a été poignardé en pleine poitrine, comme Vollmann.

Coolidge se redressa :

– Sérieux ? Combien de coups ?

– Trois, tous potentiellement mortels.

– Oh… pas comme dans mon affaire, alors.

– Il est possible que le tueur ait eu tout son temps pour s'occuper de Gurnsey mais ait été pressé avec Vollmann, fis-je remarquer. À moins d'être chirurgien, glisser une lame si précisément n'a rien d'évident.

– Même dans ce cas, docteur, pourquoi ne pas avoir frappé à nouveau, si son premier coup n'a pas eu l'effet escompté ? (Coolidge mima trois coups de couteau à la suite.)

Vollmann étant sous le choc, le tueur n'aurait pas eu besoin de beaucoup de temps pour sectionner une artère ou quelque chose dans le genre.

– J'ai tendance à croire que nos quatre victimes ont été tuées séparément mais que Vollmann et McGann l'ont été au même moment. Tout en s'occupant de Vollmann, le tueur devait maîtriser McGann ; il n'avait donc pas une seconde à perdre. Rien de plus rapide qu'un coup de fusil.

– Elle pleure, elle hurle… imagina Coolidge, tapotant la table. Oui, possible. Quel avion devaient-ils prendre ?

– Nous l'ignorons pour le moment, répondit Milo. Nous savons seulement qu'ils n'ont jamais embarqué.

– Comme je vous l'ai dit, mon légiste estime que ce crime a été commis aux alentours de dimanche matin.

– Après notre tuerie, donc ; à peu près au moment où nous avons découvert nos quatre cadavres.

– Si toutes ces personnes ont été tuées par le ou les mêmes tueurs, on a affaire à des gars pressés, dit Coolidge, qui renversa un peu de thé sur la nappe en tournant sa tasse, puis l'épongea avec sa serviette.

La serveuse fit son retour, chargée des sandwichs :

– Et voilà, messieurs.

Les deux policiers entreprirent de dévorer stoïquement leur repas, comme si c'était une nouvelle mission à remplir.

– Toujours rien pour vous, monsieur ? me demanda la jeune femme.

– Apportez-lui une salade, dit Milo.

– Laquelle ?

– Ce que vous voulez, tant que c'est vert et sain.

– Toutes les salades sont saines, lieutenant, affirma la serveuse, ce qui fit rire Coolidge.

– Et mettez la sauce à part – n'importe laquelle ; il y touchera à peine.

La serveuse m'observa un instant comme si j'étais un enfant à problèmes évalué par des adultes.

– Une salade de crudités, tranchai-je.

Quand elle fut repartie, Coolidge s'adressa à Milo :

– Moi aussi je dirigerai le monde quand je serai promu lieutenant ?

– Et comment ! C'est spécifié dans le contrat.

– OK, super. Bon, et maintenant ? Comment on fait pour résoudre notre bazar ?

– On continue de bosser.

– Ouais, qu'est-ce qu'on peut faire d'autre, de toute façon ? C'était quand même plus marrant autrefois, non ? Vous avez vu le rapport du FBI de cette année ? Le taux d'élucidation des meurtres a chuté à 54 %. Le mien est légèrement supérieur à ce chiffre, mais pas de beaucoup.

Celui de Milo frôlait la perfection depuis des années.

– Il y a trop d'homicides de plus en plus bizarres, dit-il sobrement.

– Oui, et même carrément des trucs de cinglés. Quel monde… Si je m'en sors un peu mieux que la moyenne de mes collègues au niveau national, c'est parce que mes criminels sont jeunes, stupides et ont une grande gueule. Vous seriez stupéfaits si je vous disais combien on en chope parce qu'ils se vantent de leurs exploits sur les réseaux sociaux. L'année dernière, un de ces génies a eu la bonne idée de se faire tatouer sur le torse une scène le représentant en train d'abattre un type – d'excellente qualité, d'ailleurs, bien meilleure que nos portraits-robots.

– Sacrée nature morte, plaisanta Milo.

– Plutôt une scène de guerre, s'esclaffa Coolidge. Ce demeuré avait tout détaillé : le décor, son arme, ses fringues et celles de sa victime. Je n'ai même pas eu besoin de lui demander le mobile de son crime car il avait également fait tatouer une banderole sur son torse, avec la devise de son gang et la nécessité de venger un autre gars abattu le mois précédent. Quand son avocat lui a montré des photos de son torse, mon crétin en est resté baba.

– Incroyable.

– Moi je dis qu'il faudrait faire voter une loi interdisant

l'instruction en prison. Si les délinquants deviennent plus futés, le taux d'élucidation des crimes chutera encore plus. (Coolidge se tut un instant et considéra la moitié de son sandwich qu'il n'avait pas encore engloutie.) Je crois que je vais emporter le reste. J'ai un de mes gosses avec moi ce week-end, et c'est un carnivore.

– Je n'ai pas de gosses, moi, déclara Milo en enfournant la fin de son dîner.

Coolidge l'observa un moment, admiratif, avant de reprendre :

– Je ne vois pas vraiment quoi faire, à présent, si ce n'est continuer d'interroger mes indics.

– Ça me paraît une bonne idée, Marc.

– Bof…

– Je ne suis pas non plus lancé sur la voie de la victoire.

– Nous ne sommes pas dans la même situation, mon ami : votre quadruple meurtre est épouvantable et vous avez un psy dans les pattes.

– Si vous voulez, je peux m'occuper des mandats pour fouiller l'appart de Vollmann et McGann, proposa Milo, à l'extérieur du deli.

– Je ne dis pas non, répondit Coolidge.

Son regard s'était posé sur une Audi noire étincelante garée devant l'établissement. Déjà âgé de quelques années, ce véhicule était impeccablement entretenu.

– C'est votre engin ? devina Milo. Joli.

– Je me fais plaisir, avoua l'inspecteur. C'est ma bonne résolution de cette année – comme tous les ans.

23

Samedi matin, je dormis jusqu'à 8 h 30, davantage pour me reposer plutôt que pour profiter d'une grasse matinée, et surtout afin de chasser de mon cerveau les visions sanglantes qui y avaient défilé au cours de la nuit.

Près d'une semaine s'était écoulée depuis l'horreur perpétrée sur Ascot Lane. Les gens qui ont subi des brimades étant enfants sont doués pour compartimenter les choses, et je ne fais pas exception à la règle. Pendant une grande partie de la semaine, j'avais considéré ce massacre selon un angle intellectuel ; me focaliser sur les détails m'avait mis des œillères.

Mais là, la brutalité de la chose me heurtait de plein fouet. Encore un tas d'images qui jamais ne s'effaceraient de mon esprit.

Il n'y avait personne à côté de moi, dans le lit. Je retrouvai Robin dans la cuisine, occupée à lire en buvant son café tout en chatouillant d'une main pendante le crâne bosselé de Blanche.

Elle posa son livre et me réchauffa d'un sourire :

– Bonjour, chéri. Des œufs, ça te va ?

– C'est parfait.

Elle se leva mais je l'attrapai à mi-chemin du frigo pour l'embrasser. En la libérant, je fis l'effort d'afficher un visage souriant, les épaules détendues, puis je pris le relais pour masser Blanche.

Les deux femmes de ma vie ne furent dupes ni l'une ni l'autre.

Blanche, la tête inclinée, me regarda de ses gros yeux marron emplis de pitié.

– La nuit a été difficile, pas vrai ? me lança Robin en sortant la boîte d'œufs.

– Je t'ai empêchée de dormir ?

– Seulement quand tu t'agitais, mais ne t'excuse pas, ça arrive à tout le monde.

– Pas à toi.

– Ah oui, c'est vrai, je suis parfaite, chéri. Tu te souviens de la guitare en épicéa que j'ai payée une fortune, il y a deux mois, et qui s'est fendue à peine livrée ici ?

– Je ne me rappelle pas t'avoir entendue t'agiter sous la couette.

– C'est parce que je suis plutôt du genre à grincer des dents. J'ai eu des migraines toute la semaine. (Elle cassa cinq œufs dans un bol et fouetta la mixture.) Et toi, tu m'as gentiment massé les tempes.

– Ça t'a fait du bien ?

– Le fait que tu prennes soin de moi m'a fait du bien. Des œufs brouillés nature ou j'ajoute autre chose avec ? Il reste du pastrami d'hier soir.

– Bonne idée.

– Sors ce que tu veux du frigo et ensuite téléphone à Milo.

– Pourquoi ?

– Il a appelé il y a une heure. Il n'est pas entré dans les détails, tu sais qu'il évite de m'exposer à vos histoires. (Elle me sourit.) Il ne tient pas à bouleverser la perfection.

Ce que je confiais ou pas à Robin avait autrefois été un sujet de discorde entre nous. Je lui avais fait part de suffisamment d'éléments de base de l'affaire pour qu'elle ne se sente pas mise à l'écart cette fois, mais lui préciser les détails les plus horribles n'aurait servi à rien.

– Quel galant homme, dis-je.

– Oui, il sait l'être, quand il s'en donne la peine. (Je me dirigeai vers mon bureau.) Quand il m'a demandé où tu étais, je lui ai répondu que tu dormais encore.

– Il a sorti une vanne, je parie. Attends, je vais deviner : il a parlé du prince charmant faisant la grasse matinée pour préserver son teint de jeune fille ? Ou d'un gros bébé au pays des rêves ?

Non. Il a dit que tu l'avais bien mérité.

La ligne fixe de Milo sonnant dans le vide, je tentai ma chance sur son mobile.

– Ça y est, tu es levé et pimpant ? me demanda-t-il. Tu as retiré les tranches de concombre de tes yeux ?

– Je suis accro aux légumes verts, c'est toi qui l'as dit. Bon, quoi de neuf ?

– J'attends des nouvelles du propriétaire de l'appart de McGann et Vollmann. Sinon, Alicia a gagné un repas gastronomique dans le resto de son choix : elle a trouvé deux refuges dans lesquels Mary Jane Huralnik a plus ou moins logé. Dans le deuxième, on l'a tuyautée sur un camping sauvage où Huralnik passait la nuit quand elle était d'humeur à profiter d'un air pas-si-frais-que-ça, et là-bas on l'a rencardée sur deux autres endroits du même style.

– Un de ces lieux est-il situé du côté de Skaggs Avenue ?

– Pas vraiment : ils se trouvent à six kilomètres de là, dans le quartier des entrepôts, la jungle qui ne cesse de se déployer vers l'est. Plusieurs SDF ont dit à Alicia qu'Huralnik disparaissait parfois plusieurs jours d'affilée, voire des semaines entières. Un type jure l'avoir vue à Santa Monica. Elle pouvait être n'importe où quand elle a été enlevée.

Malgré ces nouvelles peu réjouissantes, Milo semblait enthousiaste.

– Tout ça ne nous aide pas beaucoup, observai-je.

– C'est vrai, mais pour jouer les optimistes à ta façon, je dirais que ces nouveaux éléments n'éliminent pas le secteur de Skaggs Avenue. Enfin, si je t'ai appelé, c'est surtout à propos d'un autre détail que ces sans-abri ont fourni à propos d'Huralnik ; cette femme faisait de temps à autre des crises d'hypersexualité. Ça peut être un syndrome de schizophrénie ?

– Possible. Que faisait-elle, dans ces moments-là ?

– Elle avait pour habitude d'approcher quelqu'un d'autre dans le campement, homme ou femme, et lui proposer de l'argent en échange d'une partie de jambes en l'air. Et si la personne en question refusait, elle baissait son pantalon et insistait. Si l'autre résistait, elle avait des réactions imprévisibles ; elle pouvait s'éloigner en marmonnant comme devenir agressive, crachant des insultes et même pousser ou frapper celui ou celle qui déclinait son offre. Quelques types la surnommaient « la chopeuse », parce qu'elle cherchait à choper leur « virilité masculine », pour reprendre les termes d'un de ces sans-abri.

– Voilà qui rappelle la mise en scène avec Gurnsey.

– L'art reproduit la vraie vie, Alex. Jusqu'à présent, l'association de Gurnsey et Huralnik faisait l'effet d'une blague de mauvais goût ; nous savons maintenant qu'ils avaient un point commun.

– Le même comportement sexuel. Et ça nous donne peut-être même un mobile : la vengeance de quelqu'un auprès de qui ils auraient trop insisté pour faire leurs cochonneries.

– Tu lis dans mes pensées, ô grand maître mystique.

– Ce qui impliquerait que Gurnsey et Huralnik aient visé la même personne.

– Pourquoi pas ? Un rencard normal pour Gurnsey, et une cible inconnue choisie au hasard dans la rue pour Huralnik.

– Elle a voulu tripoter la mauvaise personne. Mais que vient faire Benny dans cette histoire ?

– Ah, parce que je suis censé tout savoir ? J'ai plutôt envie de te demander si une telle surréaction peut s'expliquer par des abus subis au cours de l'enfance.

– Oui, c'est tout à fait possible.

– Tu peux aller jusqu'à « probable » ?

– Tu sais très bien ce que je vais te répondre.

– Ouais, ouais, on n'a pas assez d'éléments. En tout cas, ce n'est pas improbable ! Sa repartie me fit rire.

– OK, je prends ça comme une approbation, enchaîna-t-il. Tu as quoi de beau prévu ce week-end ?

– Je ne vois rien sur mon agenda.

– Profite de ce temps libre. Il n'y a aucune raison que je t'oblige à me regarder fouiller l'appartement de Vollmann et McGann. Je n'y apprendrai probablement rien, d'ailleurs, vu que plus personne ne note quoi que ce soit, de nos jours. Avec un peu de chance, ils auront laissé un ordinateur portable chez eux avant de partir en vacances. Sinon, je m'en remettrai aux opérateurs de téléphonie mobile.

– Fais-moi signe si tu as besoin de moi.

– Tu es en pole position sur ma liste d'appels.

Milo ne me rappela que le dimanche vers dix-huit heures :

– J'ai enfin pu entrer dans l'appartement de Marcella et Steve. Pas d'ordi mais, miracle des miracles, l'un d'eux a noté les infos relatives à leur vol sur un papier fixé sur le frigo. Ils sont partis dimanche matin, comme le légiste de Coolidge l'a estimé. J'ai contacté la compagnie aérienne, qui m'a dit qu'ils n'ont pas annulé leur vol ; ils ne se sont simplement pas présentés à l'embarquement. Coolidge a donc sans doute raison : ils ont été enlevés sur la route de l'aéroport.

– À quelle heure était leur vol ?

– 7 h 45.

– Il faisait donc encore nuit quand ils sont partis de chez eux, et les rues étaient quasi désertes ; les conditions idéales pour s'en prendre à eux.

– Ce timing correspond à ce qu'on sait par ailleurs : Benny disparaît vendredi ; McGann, seule ou avec Vollmann, se lance à sa recherche vendredi ou samedi, et dimanche matin elle n'est plus de ce monde. Ce qui m'embête, c'est que si elle a découvert quelque chose, elle n'en a parlé à personne.

– Elle ne s'en est peut-être même pas rendu compte. Il est possible qu'elle ait eu la malchance d'interroger la mauvaise personne ; quelqu'un capable de commettre le massacre de la limousine n'a sûrement pas hésité à prendre ses précautions en tuant ces deux témoins. Il faudrait savoir où McGann a recherché Benny – quelque part entre le centre d'hébergement et la galerie d'art, à mon avis. Peut-être même à la galerie.

– Benny s'est rendu à son travail, mais il n'est jamais rentré au centre… Bon sang… Attends, reste en ligne.

Une minute s'écoula, puis Milo fut de retour :

– Je viens d'appeler la galerie Verlang. Une femme m'a répondu ; ils sont enfin ouverts. Tu as un peu de temps à consacrer à la culture ?

24

J'arrivai à 18 h 35 au commissariat, où je devais prendre Milo. Jamais je ne l'avais vu si élégamment vêtu : costume gris, chemise noire et cravate marron très fine. Sans oublier des chaussures de ville noires à la place de ses habituelles chaussures montantes.

– C'est nouveau, ça, dis-je en les désignant.

– Italiennes. Elles sont à Rick.

C'est lui qui avait demandé qu'on prenne ma Cadillac Seville : « On va s'incruster dans l'univers de l'art ; ta bagnole est beaucoup plus esthétique que la mienne. »

Le trajet en direction du centre-ville, plein est sur la 10e Avenue, fut étonnamment tranquille, légèrement ralenti par quelques détours imposés par des travaux et la nécessité d'évoluer dans des rues à sens unique à peu près désertes.

Après avoir trouvé une place dans un parking de la 6e Rue, il nous fallut marcher un moment dans Hart Street, passant à hauteur de vitrines sombres et de plusieurs SDF brandissant des pancartes, que Milo ignora – non qu'il fût d'humeur moins altruiste qu'avec l'homme amputé des jambes, mais il était préoccupé.

Depuis le trottoir opposé, nous voyions à présent un certain nombre de personnes massées devant la galerie d'art contemporain Verlang. Une affiche était fixée sur la devanture : « Visions fondues : une ouverture ».

Les deux galeries voisines étaient plongées dans l'obscurité, tout comme la bijouterie et les deux étages supérieurs de l'immeuble. La seule autre source de lumière du pâté de maisons provenait du lobby désert du *Flower Drum*, le motel voisin, dans lequel un réceptionniste solitaire pianotait sur son téléphone dans sa cage vitrée.

– C'est très branchouille, tout ça, constata Milo. Tu crois qu'on peut faire illusion ?

– Si ta cravate ne suffit pas à donner le change, on peut toujours entrer bras dessus, bras dessous, tant que tu ne dis rien à Robin, ni moi à Rick.

Le rire de mon ami fut assez bref. Plissant les yeux, il prit un moment pour détailler la foule agglutinée devant la galerie. Une voiture passa, suivie d'un cycliste coiffé d'un bonnet en laine se démenant sur son engin à une seule vitesse.

– OK, on y va, dit-il enfin.

Il n'y avait pas le moindre agent de sécurité à l'entrée, juste une fille mince comme un fil vêtue d'une robe aussi noire que ses cheveux, qui offrait à chaque nouvel arrivant une flûte en plastique contenant un breuvage pétillant couleur ambre, geste qu'elle ponctuait ensuite d'un « bienvenue » à peine audible. Les paupières barbouillées d'une substance cireuse noir corbeau, elle avait en outre les joues creuses, les sourcils peints et un petit piercing noir sur la main droite.

Son salut robotique et son regard fuyant disaient combien le contact humain était une maladie contagieuse à ses yeux. Elle n'accorda pas même une seconde d'attention à la cravate de Milo.

La galerie était en grande partie bondée de personnes sveltes – et de quelques obèses – qui buvaient quand ils ne remuaient pas les lèvres. L'endroit était constitué d'une unique pièce en longueur dont le plancher de pin éraflé était cerné de murs blanc mat. Suspendus à la poutre centrale perchée à plus de quatre mètres du sol, plusieurs rails de luminaires éclairaient une vingtaine de tableaux.

Nom de l'artiste : Geoffrey Dugong.

– Dugong ? releva Milo. Ce n'est pas une sorte de phoque, ça ?

– Non, c'est une vache marine.

Maintenant, je sais pourquoi je t'ai demandé de m'accompagner.

Le groupe le plus important s'était formé au centre de la salle, comme rassemblé par un chien de berger. Ces braves gens s'intéressaient davantage les uns aux autres qu'aux œuvres exposées. Milo et moi évoluions lentement et prudemment, espérant rester discrets, mais nous n'avions pas de raison de nous inquiéter, tant les personnes présentes ne se souciaient guère des étrangers à leur cercle.

Enfin parvenus de l'autre côté de cette foule, nous eûmes tout loisir d'observer le travail de Geoffrey Dugong.

L'intitulé de l'exposition était à prendre au sens propre : nous avions sous les yeux de très vagues rendus à la peinture acrylique de la même bougie blanche à divers stades de liquéfaction sur fond noir.

Sur une table de bridge étaient disposés des exemplaires d'une courte biographie de Dugong ne précisant pas grand-chose en dehors de son lieu de naissance, en l'occurrence Key West, en Floride, et de son travail sur des bateaux de pêche. Au verso du carton, une note de la patronne de la galerie, une certaine Medina Okash, était encore plus évasive car rédigée dans la langue la moins compréhensible de la planète : le jargon artistique.

Le choix de Geoffrey de prendre pour patronyme le nom
d'un mammifère benthique en danger d'extinction
est simultanément idiomatique et conceptuel.
Ayant grandi au bord de l'océan Atlantique, il aurait pu,
suivant un instinct banal, se métamorphoser-adopter-devenir
l'avatar du lamantin, espèce locale.
Animé d'un sentiment de contrariété pénétrant
et renonçant à toute notion de droit, de grandeur et de classe,

Geoffrey a fait le choix douloureux de charger sa conscience
d'un être inconnu, de cette créature au gros museau
évoluant au large des côtes africaines et pacifiques,
loin de l'Atlantique : le dugong.
Par son approche de l'art, Geoffrey nage à contre-courant,
bravant marées, reflux et tsunamis.
Il surprend. Il est animé d'une conscience aiguë.
Il fait preuve de courage.
La bougie est éphémère par nature. Comme la vie.
Comme la réalité. Comme l'interprétation.
Tout évolue.
Tout fond.

– Tout est plus clair, maintenant, lâcha Milo.

Alors que nous passions à hauteur de quelques tableaux, un homme affublé d'un bouc étroit mais si long qu'il était serré par deux bagues en or en deux endroits déclara :

– Migraines et transpiration ont été mes deux principales inspirations quand j'ai peint celui-ci.

La quarantaine bien sonnée, il avait un visage de faucon hâlé entouré d'une tignasse grise bouclée. Seules ses lèvres bougeaient quand il s'exprimait.

– La sueur est purificatrice, abonda la femme qui l'écoutait. Vous êtes d'origine Lakota ou Chumash ?

Barbichette-à-bagues se détourna sans un mot de son admiratrice, qui s'adressa à un chauve à la mine renfrognée, derrière elle :

– Son état d'esprit me plaît. On devrait peut-être acheter un de ses tableaux.

– Tu es cinglée ou quoi ? Ce type est un gros con !

– Justement, Dom. Son énergie négative ne nous serait pas inutile pour valoriser nos Warhol.

Crâne chauve s'éloigna. Délaissée, la femme nous aperçut et nous gratifia d'un sourire.

– Quand j'entends parler de transpiration, je pense aussitôt aux bains turcs, affirma Milo.

– C'est normal, dit l'inconnue. Êtes-vous également un artiste ?

– Plutôt un artisan.

– Quelle matière travaillez-vous ?

– La rareté.

Nous l'abandonnâmes sur ces mots. Après un nouveau regard au tableau qui l'intéressait, elle ouvrit son sac à main.

Dans un coin de la salle était installée une autre table de bridge, qui servait de desserte pour les flûtes vides. Nous y déposâmes les nôtres, auxquelles nous n'avions pas touché, puis Milo sortit son téléphone et fit apparaître la photo d'une jeune femme.

La trentaine, visage rond, regard bleu-gris, coupe à la Jeanne d'Arc teinte en un gris violacé évoquant un hématome datant de plusieurs jours, elle avait la peau si pâle qu'elle était sans doute aussi maquillée qu'une actrice de kabuki.

Medina Okash était davantage portée sur les biographies que le peintre qu'elle mettait en avant ce jour. Née trente-six ans auparavant à Seattle, elle avait décroché un diplôme en beaux-arts à l'université de l'Oregon et un certificat de conservatrice à l'institut Gurnitz de Berne, en Suisse. Elle avait ensuite travaillé pour une modeste société de vente aux enchères new-yorkaise, avant d'enchaîner quelques jobs chez divers marchands d'arts de Lower Manhattan.

Elle avait ouvert sa propre galerie six mois plus tôt, avec « N'avoir peur de rien » en guise de devise.

Il nous fut facile de la repérer car elle ressemblait en tout point à sa photo, si ce n'est ses cheveux, à présent teints en bleu électrique. Une flûte dans chaque main, elle buvait dans l'une et l'autre, acquiesçant aux paroles de deux types en costume noir et tee-shirt rouge. Ces jumeaux frôlant l'anorexie s'exprimaient à tour de rôle, une phrase chacun. Medina Okash passait de l'un à l'autre, ne perdant rien du duo, rejetant tout de même de temps à autre la tête en arrière en riant suffisamment fort pour être entendue par-dessus le bruit ambiant.

– Elle semble sympathique, jugea Milo. Elle sera peut-être ravie de nous parler.

La gaieté de cette femme me paraissait surjouée mais je tins ma langue tandis que nous patientions. Dès que les jumeaux s'éloignèrent, nous nous approchâmes de la maîtresse des lieux, qui nous évalua avec un grand sourire :

– Bonsoir, messieurs !

– Ce vernissage est très réussi, la félicita Milo.

– Geoffrey est une force qu'on ne peut ignorer, affirma Medina Okash, qui considéra ses verres puis nos mains vides. Vous n'aimez pas le prosecco ? Il est *muy* délicieux, pourtant.

Mon ami tapota sa bedaine :

– Modération avant tout…

– La modération est réservée à ceux qui doutent d'eux-mêmes, affirma Medina, qui, du bout de l'index, n'hésita pas à lentement dessiner un cercle sur le ventre de Milo. Moi, je trouve ces formes superbes.

Milo trouva la force de sourire – qu'est-ce qu'on ne ferait pas pour accomplir son devoir.

Elle s'occupa ensuite de moi, tapotant mon col roulé pile à hauteur du nombril.

– Vous êtes un peu plus dans le style L.A., vous… Oh ! Un nombril ! Où vous ai-je déjà vus, messieurs ? Chez Harrison, le mois dernier ? Où à la foire Art Basel de Miami ?

Milo écarta le revers de sa veste, juste assez pour lui montrer son insigne.

Si généralement ce geste choque ceux à qui il est destiné, Medina Okash ne parut aucunement affectée :

– Ah, la police. Attendez, laissez-moi deviner : vous êtes ici à propos de Benny.

– Exact. Nous sommes passés il y a quelques jours mais la galerie était fermée.

Elle désigna la foule :

– Le moment n'est clairement pas idéal pour discuter ; si vous pouviez revenir demain… Oh non, oubliez ce que je viens de dire, car le temps est la plus longue distance entre deux endroits.

– Tennessee Williams.

Medina haussa un de ses sourcils peints et me tapota légèrement le bras :

– Un flic littéraire… Venez, allons bavarder.

Nous la suivîmes jusqu'à une porte au fond de la galerie. Elle l'ouvrit et nous laissa passer, ce dont elle profita pour effleurer le bras de Milo, puis le mien ; l'espace d'une fraction de seconde, elle alla jusqu'à frotter sa hanche contre la mienne, sans afficher la moindre expression, si ce n'est un air innocent digne d'un sale gosse qui vient de commettre une bêtise.

La pièce du fond était une réserve dans laquelle se trouvaient des supports verticaux montant jusqu'au plafond. Contrairement aux réserves de galeries que j'avais eu l'occasion de découvrir, qui toutes étaient bourrées à craquer de toiles, celle-ci ne comprenait qu'une petite dizaine de tableaux, tous enveloppés de papier kraft.

– Je suppose que vous êtes venus parce que Marcella vous a dit que Benny travaillait ici ? devina Medina Okash, d'une voix monocorde en accord avec son regard inexpressif.

– En effet, confirma Milo. Vous connaissez Marcella McGann ?

– Pas au point de connaître son nom de famille. Pour moi, elle est simplement Marcella, la femme qui s'occupe de Benny. C'est grâce à elle que je l'ai embauché.

– Vraiment ?

– Oh oui. Un jour, elle s'est présentée et m'a parlé du centre dans lequel elle travaillait, puis elle m'a demandé si je pouvais l'aider en offrant un job quelconque à un de ses résidents, qui aimait dessiner. Mon premier réflexe a été de me dire que cela n'apporterait que des complications inutiles, puis je me suis rappelé que j'appréciais l'art se démarquant de l'ordinaire ; pourquoi ne pas aider un homme dont la vie même était différente de celle de la population ordinaire ?

– Que faisait Benny ici, précisément ?

– Il passait le balai, faisait du rangement, réceptionnait les livraisons. Lorsque j'étais ici, dans la réserve, pour un inventaire, par exemple, il me prévenait quand quelqu'un entrait dans la galerie. Je le chargeais parfois d'aller acheter quelque chose à manger quand un marchand ambulant passait dans la rue. Il ne faisait pas grand-chose la majeure partie du temps, mais ce n'était pas un souci car il était très gentil. Il se montrait même appliqué. Au début, Marcella ou quelqu'un d'autre l'accompagnait jusqu'ici et venait le chercher, mais par la suite, peut-être une semaine après son arrivée, il a pris l'habitude de venir seul.

– Vous a-t-il signalé avoir eu des ennuis sur ce trajet ? m'enquis-je.

– Non, jamais. Il n'est donc toujours pas rentré ? C'est inquiétant.

Malgré ses paroles compatissantes, Medina était tout sauf bouleversée.

– Quand Marcella est-elle passée ?

– Samedi matin.

– À quelle heure ?

– Vers… dix heures, peut-être ? J'étais entrée par là. (Elle désigna une autre porte, dans le fond de la pièce.) Je n'avais pas ouvert la galerie car j'avais encore des choses à préparer pour l'exposition. Quand j'ai entendu quelqu'un frapper sur la vitrine, j'ai d'abord imaginé un SDF qui délirait. Je suis allée voir, prête à appeler Police-Secours si le type me paraissait louche.

– Ça vous est déjà arrivé de le faire ?

– Non, pas encore, mais il faut toujours être prêt à réagir à ce genre de situation.

– Tout à fait. C'était donc Marcella.

– Oui, avec un type. Il restait planté sur place mais elle me faisait de grands signes, visiblement agitée. Je leur ai ouvert la porte et elle m'a expliqué que Benny n'était pas rentré au centre la veille. Si vous êtes là aujourd'hui, je suppose qu'il n'a toujours pas réapparu ?

– Il ne reviendra pas, mademoiselle Okash.

– Que voulez-vous dire exactement ?

Milo sortit sa carte.

Medina prit tout son temps pour la lire.

– Sérieux ? Putain, c'est l'horreur, lâcha-t-elle. L'horreur totale… Qu'est-ce qui s'est passé ?

Elle semblait agacée plutôt que choquée.

– C'est ce que nous tentons de déterminer. Benny est-il venu travailler vendredi ?

– Oui, bien sûr, vers onze heures, comme d'habitude. En temps normal, il repart entre quatorze et seize heures, je suis flexible sur ses horaires, mais ce jour-là j'ai dû m'absenter l'après-midi. Il n'était plus là quand je suis rentrée, vers 16 h 30 ; j'en ai déduit qu'il était reparti au centre.

– Vous aviez laissé Benny seul dans la galerie ?

– Ce n'était pas un bébé, et mon accord avec Marcella ne m'obligeait pas à jouer les baby-sitters, se défendit Medina, les bras croisés.

– Il pouvait s'en aller n'importe quand.

– La porte se verrouille automatiquement.

– Marcella est donc venue ici samedi. Elle ne vous a pas prévenue la veille, quand Benny n'est pas rentré ?

– Toutes ces questions me mettent mal à l'aise, dit Medina, le regard soudain glacial.

– Pourquoi donc ?

– J'ai l'impression d'être interrogée comme si j'étais suspectée de quelque chose. J'ai simplement rendu service à quelqu'un, c'est tout… et en effet, Marcella a tenté de me joindre vendredi. Mais j'étais débordée, je n'ai pas consulté mes messages.

– Loin de nous l'intention de vous contrarier, mais dans ce genre d'affaire nous nous devons de bavarder avec toutes les personnes concernées de près ou de loin, la rassura Milo.

– Il y a une différence entre bavardage et inquisition.

Soudain, la porte donnant sur la grande salle s'ouvrit si brusquement qu'elle percuta le mur, laissant entrer les échos de la foule et Geoffrey Dugong en personne, penché en avant.

Contrairement à Medina Okash, le peintre affichait un visage très animé : regard embrasé, joues rouges et lèvres agitées.

– Tu me laisses tout seul, putain ! Je suis censé faire à moi tout seul la conversation à ces dégénérés ?

Medina le considéra avec l'air d'un piéton évitant une crotte de chien :

– Je te rejoins dans une seconde, Geoffrey.

– Tu as intérêt… Et vous êtes qui, vous deux ?

– Des clients potentiels, répondit Milo.

– Ouais, mais ça ne vous autorise pas à ruiner mon vernissage ! cracha Dugong, rejetant la tête en arrière avant de filer d'un pas pesant.

– Ah, les artistes… laissa tomber Medina, avec l'air de s'en moquer éperdument.

25

Tandis que nous nous dirigions vers la sortie, je cherchai du regard Dugong et finis par le repérer dans un coin, devant un de ses tableaux. L'air boudeur, il avalait du prosecco à grandes gorgées sans même se donner la peine de faire semblant d'écouter une grande femme au crâne rasé qui lui décrivait je ne sais quoi en agitant les bras.

Il y avait de la fureur dans son regard, peut-être parce que pas une pastille rouge, synonyme de vente, n'était visible sur ses œuvres – autre possibilité, son thermostat émotionnel était peut-être en permanence réglé au maximum.

Sortis de la galerie, nous remontâmes Hart Street en jouissant d'un silence apaisant, croisant les mêmes SDF qu'à l'aller, ainsi que quelques autres. La puanteur trahissant une réelle négligence de soi agressait par bouffées toxiques l'air frais de cette soirée printanière. Cette fois, Milo lâcha quelques billets, ce qui lui valut quelques bénédictions et beaucoup d'expressions stupéfaites.

– Le maire laisse la ville dans cet état et croit qu'il peut être élu président, dit-il. Le problème, c'est qu'il a raison.

– Geoffrey a un souci, niveau humeur.

– Carrément. Et que penses-tu de Medina ?

– C'est la première personne à s'intéresser à mon nombril.

– Tactile mais froide. Quand je repense à sa façon de me palper, en entrant dans la réserve… (Il se caressa la manche.) J'ai eu l'impression qu'un médecin m'examinait.

– J'y ai eu droit, moi aussi, avec en prime un petit tripotage du flanc.

– Ça y est, je suis jaloux. Bon, OK, c'est toi le plus mignon.

– D'autre part, son protégé flippe pour un rien et c'est dans sa galerie que Benny a été localisé pour la dernière fois. Tout ça est très intéressant.

– C'est fascinant, même. Sérieux.

Tandis que je conduisais, Milo lança une recherche au nom d'Okash dans les bases de données de la police.

– Tiens, tiens, tiens… Notre amie n'est pas une inconnue pour nous ; elle a commis des frasques à New York : trois arrestations pour conduite en état d'ivresse et une autre pour détention de cocaïne. Elle a même été condamnée pour une agression… Apparemment, elle a tailladé une autre femme à l'extérieur d'un bar du Lower East Side. Condamnée à deux ans de détention, elle n'est restée que sept mois à la prison pour femmes de Bedford Hills. Un seul séjour en prison donc, mais pour une agression assez violente, tout de même. Elle est peut-être devenue plus futée depuis.

– En tout cas, il est certain qu'elle a appris à contenir ses émotions, ou que le faire n'a jamais été un problème pour elle. Dugong peut péter un câble à tout moment, visiblement, mais elle n'a pas été troublée le moins du monde quand il a fait irruption en gueulant.

– Oui, j'ai vu ça, elle l'a même pris de haut, genre « Tu n'es qu'un gamin idiot, Geoffy. »

– Elle n'a pas évoqué sa présence samedi, quand elle préparait l'exposition, alors qu'en principe un artiste met la main à la pâte, sans compter qu'elle aurait pu effectuer ces préparatifs plus tôt. Vendredi, par exemple, quand Benny était là.

Milo tendit les bras et plaqua les mains sur la boîte à gants, ce qui fit ressortir ses épaules :

– Okash a peut-être menti en nous disant qu'elle a laissé Benny seul dans la galerie. Si Dugong est furax dès qu'elle disparaît une minute, on peut facilement imaginer qu'un type pas très vif comme Benny le rende fou de rage quand il commet une bévue quelconque. Si une telle chose s'est produite ce jour-là, il a pu l'entraîner dans la réserve et lui coller une balle dans le crâne. Le pauvre est allé bosser mais n'est pas ressorti vivant de la galerie.

– Les quelques salissures occasionnées par le tir n'ont pas dû être compliquées à nettoyer, vu que Benny a été abattu par une arme de petit calibre, mais le vernissage approchait ; il fallait donc évacuer le cadavre. Ne voyant pas Benny rentrer au centre vendredi en fin de journée, Marcella s'inquiète et appelle la galerie. Medina ne répond pas, si bien que le lendemain matin, la veille de leur départ à destination du Mexique, McGann et Vollmann se pointent et posent des questions gênantes. Comme l'a signalé Coolidge, Vollmann était un grand costaud ; il a donc été maîtrisé le premier, d'un coup de couteau, puis achevé d'un coup de fusil de chasse en plein visage, de façon à retarder son identification. Ayant découvert les billets d'avion sur leurs victimes, Okash et Dugong attendent la nuit pour larguer les corps non loin de l'aéroport, ce qui fera croire à la fausse piste à laquelle Coolidge a pensé d'emblée : une mauvaise rencontre avec un gang. Ils transportent les cadavres dans la Camaro de Vollmann et repartent à bord d'un autre véhicule.

Milo resta muet pendant que je m'engageai sur la bretelle de l'autoroute 10, en direction de l'ouest. Je laissai passer trois sorties avant de nuancer mon propos :

– Le seul problème est que cette hypothèse, Dugong tuant Benny de façon impulsive, ne cadre pas avec le meurtre des trois autres victimes et la mise en scène dans la limousine. Benny était peut-être déjà depuis longtemps une victime désignée quand il s'est présenté à son travail, vendredi, ayant un rôle précis – le pire qui soit – à tenir dans le scénario imaginé par le ou les tueurs.

– On en revient donc à cette idée de mise en scène, dit Milo, tapotant la boîte à gants. J'ai une idée qui colle encore mieux, Alex. Dans quel univers évoluent Okash et Dugong ?

On aurait peut-être meilleur compte à imaginer une sorte de performance artistique.

Mes tripes se crispèrent, ce qui était généralement bon signe :

– Ça me plaît, comme idée.

– Moi, j'en suis carrément fan. OK, il est temps d'éplucher l'historique de notre artiste.

Milo se replongea dans ses recherches sur son téléphone, puis, quelques clics plus tard, se laissa aller sur son siège :

– Quelques histoires pas bien sérieuses en Floride, certaines sous son pseudonyme, Dugong, d'autres son véritable nom, Jeffrey Mitchell Dowd. (Il fit défiler le fichier qu'il avait sous les yeux.) Détention d'herbe, détention d'herbe, conduite en état d'ivresse, herbe, encore de l'alcool au volant, possession de cocaïne, encore de l'herbe… Tout ça pour son usage personnel. Au total, il a passé cinq jours en prison sur une période de douze ans. Pff… il pourrait se montrer plus coopératif en ayant commis des délits plus violents.

– C'est peut-être sa rencontre avec Okash qui l'a fait passer au stade supérieur ?

– Ce serait une femme fatale ?

– Elle est peut-être sa mécène dans d'autres domaines que l'art. D'après ce que j'ai observé, si ces deux-là entretiennent une relation, c'est elle l'élément dominant du couple. Dans ce cas, elle avait toute liberté de coucher avec qui bon lui semblait – Rick Gurnsey, par exemple. Et il n'est pas difficile d'imaginer ce dernier attiré par une femme chargée d'une telle énergie sexuelle.

– Medina et Rick faisant des cochonneries contre une haie… Hmm…

– Et Geoffrey l'accepte, jusqu'au jour où il n'en peut plus.

– Ces deux-là auraient résolu leurs problèmes de couple en tuant quatre personnes ?

– Disons plutôt qu'ils ont fait évoluer leur relation.

Alors que je progressais comme tout le monde à cinquante kilomètres à l'heure sur l'autoroute 10, Milo lança une conférence téléphonique avec Reed et Binchy, à qui il demanda de mettre en place une surveillance de la galerie et du domicile de Medina Okash, situé sur Fountain Avenue, à Hollywood.

– Et qu'est-ce qu'on fait du mammifère marin ? s'enquit Reed.

Binchy se mit à siffloter *I Am the Walrus*[1].

– Content de voir que vous êtes de bonne humeur, les mômes, dit Milo. On n'a pas encore l'adresse de Dugong à L.A. mais il est originaire de Key West. Avec un peu de bol, vous découvrirez qu'il loge chez Okash et une seule surveillance suffira.

– Compris, répondit Reed, redevenu sérieux, comme s'il avait été réprimandé. Qui fait quoi ?

– Vous voyez entre vous. Et restez de bonne humeur.

L'étape suivante consista à mettre Alicia Bogomil au courant des derniers développements de l'affaire et lui demander de retourner dans les campements de SDF dans lesquels Mary Jane Huralnik avait dormi de temps à autre.

– Merci de me permettre de passer à autre chose, dit l'inspectrice. Je suis toujours sur les petites annonces de Roget, mais rien de neuf de ce côté. Ces gens sont bizarres, lieut' ; quelle idée de prendre le nom d'un animal affreux pour pseudonyme.

– Dire que j'envisageais de changer mon nom en Phil Phacochère… plaisanta Milo. Non, tu as raison, ils ne sont pas comme nous.

– Hart Street n'est pas très loin à pied de certains campements de sans-abri.

– On en a vu quelques-uns dans la rue, en allant à la galerie. Pour ce qu'on en sait, Mary Jane, si elle traînait

1. Chanson des Beatles, dont le titre se traduit littéralement par « Je suis le morse ».

là-bas, a pu y être attirée. Demande donc si quelqu'un l'a vue dans ce coin.

– Je m'y colle immédiatement, patron. Moi qui croyais que les artistes étaient des personnes délicates…

J'approchais de la sortie de Western Avenue lorsque le téléphone de Milo massacra la *Cinquième Symphonie* de Beethoven en répétant ses quatre premières notes à un rythme effréné et sur un ton aussi aigu qu'un cri d'écureuil.

– Sturgis… Ah, bonjour, docteur. Non, désolé, j'aimerais bien, mais… Quand ça ? Oui, bien sûr. Je peux vous retrouver chez votre père, sinon vous venez quand vous voulez au commissariat… D'accord, à tout à l'heure.

– Le fils de Roget ? devinai-je, quand Milo eut raccroché.

– Il est à L.A., avec sa sœur. Le coroner a donné l'autorisation d'emporter le corps. Ils s'en occupent aujourd'hui mais souhaitent me voir demain.

– À quelle heure ?

– Ne t'embête pas, je n'aurai rien à leur dire.

– Ça ne peut pas faire de mal d'en savoir un maximum sur une victime. Quelle heure ?

– Quinze heures.

Je lui tendis mon téléphone :

– Jette un œil à mon agenda sur TrackSmart.

– Regarde-toi, complètement dépendant de la technologie… Bon, alors ce machin dit que tu es pris jusqu'à 13 h 30.

– On se retrouve à quelle adresse ?

– On peut être cyber-efficaces à deux ; j'entre directement les coordonnées dans ton agenda.

26

Le Dr Hillaire Roget était un homme assez costaud culminant à un mètre soixante-cinq sur la pointe des pieds et dont la moustache était assortie aux cheveux blancs, drus et coupés très court. Vêtu d'un costume vert olive à la coupe parfaite et d'une élégante chemise blanche, il portait en outre des chaussures de ville couleur beurre de cacahuète.

Sa sœur, le Dr Madeleine Roget-Cohen, mesurait quant à elle au moins un mètre soixante-quinze. Mince mais dotée d'épaules carrées, elle avait les cheveux élégamment lissés et teints au henné.

Ayant vu le corps de leur père, un individu assez grand, j'en déduisais que leur mère avait été d'une taille modeste ; la génétique avait probablement distribué leurs gènes de façon inégale à leurs enfants.

Ceux-ci étaient assis près l'un de l'autre sur l'un des deux canapés bleus immaculés disposés dans ce qui avait été le salon de Solomon Roget. L'appartement était fidèle à ce que j'en avais imaginé d'après la description de Milo après sa fouille. Il n'y avait que peu de meubles en ce lieu toutefois bien agencé et impeccablement entretenu, surtout en tenant compte du fait qu'une bonne semaine s'était écoulée depuis les meurtres. La pièce était ornée de photos de Solomon jeune accompagné d'une charmante épouse, d'autres représentant leurs rejetons de la petite enfance jusqu'à la remise de diplôme de l'école de médecine, et encore d'autres de leurs petits-enfants. Aux quelques endroits non accaparés par sa descendance, Roget avait suspendu aux murs d'immenses tirages de paysages haïtiens aux allures d'Éden tropical.

Avant de frapper à la porte, Milo m'avait demandé s'il devait préciser aux enfants de la victime que j'étais psy. « Pourquoi pas, avais-je répondu. La réaction des gens est toujours intéressante à voir. »

Les Roget avaient simplement hoché la tête à l'énoncé de ma profession, puis m'avaient brièvement serré la main avant de détourner le regard.

– La présence d'un expert dans ce domaine signifie-t-elle que ce crime comprend une composante psychologique ? s'enquit Madeleine, après nous avoir laissé le temps de nous asseoir.

– Quand je me suis entretenu par téléphone avec votre frère, je lui ai précisé qu'il m'était interdit d'entrer dans les détails, répondit Milo. C'est toujours le cas mais je peux tout de même vous dire que votre père n'est pas la seule victime, dans cette affaire. Trois autres personnes ont été retrouvées décédées à l'arrière de sa limousine.

– Nous sommes au courant, lieutenant, intervint Hillaire. Une recherche sur Google nous a permis de trouver des articles décrivant le crime.

– Ils le situent tous à Beverly Hills mais, en consultant une carte, on se rend compte que c'est arrivé sur la commune de Los Angeles, ajouta Madeleine.

– Exact, confirma Milo.

– Il y a donc peut-être d'autres imprécisions dans ces comptes rendus ?

– Oui, c'est généralement le cas. Après un silence, Milo enchaîna :

– Tous les éléments portent à croire que votre père n'est qu'une victime collatérale. Il a sans doute embarqué le mauvais client.

– Vous voulez dire que l'une des trois personnes retrouvées mortes à l'arrière était l'assassin ? demanda Hillaire.

– Non, aucune chance, monsieur. Selon notre hypothèse

la plus crédible, elles étaient déjà décédées lorsque le tueur a pris place dans le véhicule de votre père.

– Cet homme a profité de lui parce qu'il possédait une voiture.

– C'est ce que nous supposons, en effet, madame.

– Et vous n'avez aucune idée de l'identité de ce démon.

– Le problème est que votre père n'avait pas créé de site Internet pour son activité et qu'il n'a laissé aucune trace écrite au sujet de ses clients. Nous avons étudié son relevé téléphonique, malheureusement le seul numéro qui pourrait être celui du tueur, d'après l'horaire de l'appel, correspond à un mobile jetable intraçable.

– Typiquement le genre qu'utilisent les criminels.

– Tout à fait, madame.

– Vous avez fouillé cet appartement, j'imagine ? devina Hillaire.

– Oui, peu après les faits, répondit Milo.

Le frère et la sœur échangèrent un regard.

– Ça vous étonne ? leur demanda mon ami.

– Tout est à sa place, on ne dirait pas que l'appartement a été fouillé, expliqua Madeleine.

– Je m'efforce d'effectuer mes perquisitions avec respect.

– Pardonnez-nous de vous avoir cru lent à réagir, soupira Hillaire, dont la voix s'étrangla. Et merci de ne pas avoir troublé le foyer de notre père.

– Je vous en prie, c'est normal. Avez-vous également cherché de votre côté ?

– Oui, ce matin, reconnut Madeleine, qui esquissa un petit sourire. Nous n'avons pas été aussi soigneux que vous. Nous n'avons rien trouvé de… comment dites-vous… « probant » ?

– Nous n'avons pas trouvé d'indices, l'aida son frère.

– Quoi qu'il en soit, notre recherche ne nous a rien appris, lieutenant, même si nous avons déniché des photos de nos parents datant de l'époque où notre mère était encore de ce monde.

– Le petit album photo relié de cuir rangé dans le tiroir, en haut à droite de la commode, dit Milo.

Madeleine sourit.

– Notre père nous répétait tout le temps de bien ranger nos affaires, se rappela Hillaire.

– Ce en quoi nous ne lui obéissions pas toujours, ajouta Madeleine, qui à son tour perdit sa voix.

Puis tous deux fondirent en larmes.

Milo sortit sa réserve de mouchoirs en papier et leur en donna un à chacun.

Madeleine fut la première à briser le silence en lâchant un rire caverneux :

– Vous êtes équipé pour ce genre de situation… (Milo se contenta de sourire.) Quel métier que le vôtre, lieutenant. Et docteur Delaware, c'est peut-être une bonne chose que vous soyez présent ; une thérapie ne nous serait peut-être pas inutile.

Ils nous relatèrent des souvenirs mettant en avant les qualités de père de Solomon Roget devenu veuf, nous décrivirent sa fierté de les voir réussir dans la vie et nous confièrent leurs regrets qu'il ne se soit pas installé en Floride, près d'eux.

– Nous n'allons pas sombrer dans des lamentations du type « Si seulement il nous avait écouté, il serait encore en vie », dit Madeleine, qui se contredit un bref instant en crispant les lèvres. À quoi bon ? Notre père était fier et indépendant. Nous ne pouvions que respecter cela.

– Nous n'avions pas notre mot à dire, de toute façon, fit remarquer Hillaire.

– Exactement, confirma sa sœur, qui lui effleura le poignet.

– Nous sommes nous-mêmes parents, et bien sûr nous avons des attentes concernant nos enfants, mais en fin de compte chacun doit mener sa vie.

– Et celle de notre père le comblait.

– C'était un homme exemplaire, ajouta Hillaire, dont le regard fut traversé par un flash de colère. Lieutenant, celui qui a commis ce crime doit payer pour cela. Si j'ai bien compris, la peine de mort est encore en vigueur chez vous, en Californie, mais ce n'est qu'une plaisanterie puisqu'elle n'est jamais appliquée.

– C'est malheureusement exact, confirma Milo.

– Des années d'appels stupides permettent aux démons de vivre leur vie en prison, avec la télévision, une salle de sport et trois repas par jour, regretta Madeleine.

– En Floride, nous exécutons les démons, renchérit Hillaire. Quel dommage, vraiment, que notre père ne se soit pas installé près de chez nous.

Madeleine passa un bras sur les épaules de son frère :

– Du calme, Hill.

– Tu as raison. Je suppose que j'aurai encore un temps de tels accès de rage. C'est le processus d'acceptation normal dans une telle situation.

– Des émotions fluctuantes… ajouta Madeleine.

Tous deux me consultèrent du regard.

– Tout à fait, confirmais-je.

Visiblement satisfait par ma réponse hautement détaillée d'érudit, les Roget détendirent leurs épaules comme leurs muscles faciaux.

– Tant mieux, dit Hillaire. C'est rassurant de savoir que nous ne sommes pas particulièrement anormaux. Merci d'avoir pris le temps de vous entretenir avec nous, lieutenant. Et vous aussi, docteur. J'ai conscience que nous n'avons rien à vous apporter dans le cadre de votre enquête, mais cette discussion nous a été bénéfique.

– C'est une étape supplémentaire franchie, pour nous, précisa Madeleine.

Milo se tourna vers Hillaire :

– Docteur Roget, la semaine dernière, au téléphone, je vous ai demandé si vous aviez une idée des endroits où votre père affichait ses petites annonces. Vous n'avez rien de nouveau à m'apprendre de ce côté ?

– Quelles petites annonces ? intervint Madeleine.

– Ces feuilles avec des franges, tu sais bien, l'éclaira son frère. Il s'en servait parce qu'il refusait de s'adapter à la modernité.

Elle se tourna vers nous :

– Pourquoi vous souhaitez le savoir ?

– Certains commerces de quartier disposant de panneaux d'affichage pour petites annonces sont équipés de vidéosurveillance – les supérettes, les épiceries, par exemple. Cela nous aiderait probablement de voir quelles personnes ont arraché une bandelette comportant le numéro de téléphone de votre père au cours des semaines précédant sa mort. Nous avons passé le quartier au peigne fin sur plusieurs kilomètres carrés, sans succès.

– Ça ne vous aiderait que « probablement » ? releva Hillaire.

– Ces caméras sont souvent hors service. Quand elles fonctionnent, elles n'offrent en général qu'une image de piètre qualité ou sont orientées dans la mauvaise direction. Il est aussi possible que le tueur ait trouvé votre père d'une autre façon, par bouche-à-oreille, par exemple.

– Concernant ces petites annonces, je crois que je sais où… commença Madeleine, ce qui fit aussitôt pivoter la tête de son frère. Ce n'est peut-être rien du tout, mais notre père aimait faire ses courses dans un commerce bien précis situé assez loin d'ici, ce qui explique que vous n'ayez pas cherché là-bas. Il prenait la peine de s'y rendre car il y trouvait les meilleurs produits caribéens.

– J&M, bien sûr ! s'écria Hillaire, qui se donna une gifle. Quel crétin de ne pas y avoir pensé !

Sa sœur lui baissa le bras :

– Tu n'es pas un ordinateur mais un être humain. (Il secoua la tête.) Et tu sais, Hill, ce n'est pas forcément la solution de l'énigme.

Hillaire restant figé, le regard fixé droit devant lui, Milo prit la parole :

– Votre sœur a raison, docteur. Nous suivons une multitude de pistes, mais je vérifierai celle-ci. (Il sortit son calepin.) J&M…

– Le Marché caribéen J&M, dit Madeleine. Vous le trouverez sur Western Avenue, près de l'université.

– Un quartier pourri, laissa tomber Hillaire. J'avais dit à notre père qu'il pouvait trouver des bananes plantains ailleurs, mais il n'en faisait qu'à sa tête. (Il eut une moue dépitée.) Pourquoi n'y ai-je pas pensé ? Soyons logiques : quel genre de clients pouvait-il espérer trouver là-bas ? Pour louer une limousine, qui plus est. Des voyous des ghettos pleins de fric – des dealers, ou peut-être un de ces soi-disant rappeurs en herbe ?

– Tu sais très bien ce que papa pensait de ces gens-là, Hill. Jamais il n'aurait accepté de les prendre comme clients.

– Il a pourtant embarqué un individu malintentionné.

Personne ne réagit à ces propos.

Après quelques paroles compatissantes, Milo et moi partîmes, laissant le frère et la sœur poursuivre leur processus d'acceptation.

Ma Cadillac Seville était garée à un demi-pâté de maisons de la Chevrolet Impala de Milo. Celui-ci m'accompagna à pied jusqu'à ma voiture et attendit que je la déverrouille pour s'installer sur le siège passager, où il se plongea dans son téléphone :

– Le Marché caribéen J&M est encore ouvert. C'est à l'angle de Western Avenue et de la 35e Rue.

– En plein territoire des gangs.

– Comme à Inglewood, rappela Milo, qui ferma les yeux. Une nouvelle direction dans cette affaire, tout ce dont j'avais besoin.

Il joignit Sean Binchy.

– Quoi de neuf, lieut' ?

– Qui surveille l'appart d'Okash ? Reed ou toi ?

– C'est moi. J'ai arrêté vers vingt-trois heures mais Moe, qui venait de la galerie, a pris le relais toute la nuit. Du coup, là, il roupille.

– Sympa de sa part de t'avoir remplacé.

– C'est moi qui ai des gosses, lieut', gloussa Binchy. On n'a rien vu de spécial, malheureusement. Okash est rentrée chez elle vers vingt heures et n'est ressortie que ce matin à neuf heures pour aller à Whole Foods, où elle a acheté deux sachets de je ne sais quoi. Elle est ensuite rentrée à son appart – dans un immeuble de quatre étages avec garage souterrain. Les boîtes aux lettres sont dans l'entrée, donc on ne sait pas précisément quel est le sien. Elle a pris sa voiture à 10 h 23 est s'est rendue à la galerie, où elle s'est glissée dans une ruelle du côté sud du bâtiment. Je l'ai suivie à pied et j'ai découvert un parking crasseux où elle gare sa BMW. J'ai également remarqué que l'immeuble est assez profond ; il y a sans doute d'autres pièces derrière la réserve que vous avez indiquée sur le schéma. Pas grand-chose à dire sur le parking, un simple espace sans places délimitées mais il faut une carte pour y accéder. Vu l'heure matinale, il n'y avait pas d'autre véhicule que le sien.

– Beau boulot, Sean. Ne la lâche pas.

– Qu'est-ce qu'on fait concernant Dugong ? Il n'a pas encore montré le bout du nez, pour l'instant.

– Moe devra renoncer à sa sieste dès qu'il apparaîtra, à moins qu'il surgisse non loin de la galerie, auquel cas je sortirai Alicia de ses bas quartiers.

– Roger Wilco[1], lieut'.

Milo réprima un sourire et répondit sur le même ton :

– Terminé.

1. Wilco est l'abréviation de radiocommunication de « *Will Comply* », que l'on pourrait traduire par « J'exécute l'ordre ».

27

– Allons jeter un coup d'œil à ce marché, décréta Milo. On reste dans ta voiture, tu veux bien ? J'ai besoin de réfléchir.

J'enchaînai plusieurs boulevards : Olympic, San Vicente – croisant La Brea Avenue au passage – et Venice, puis m'engageai sur Western Avenue, sur ma droite, et descendis un pâté de maisons plus au sud que Jefferson Boulevard.

Déjà difficile depuis les années 1950, ce quartier avait été ravagé quarante ans plus tard par les émeutes autodestructrices déclenchées par l'affaire Rodney King. Au cours des décennies suivantes, les politiques avaient multiplié les beaux discours promettant un renouveau, hélas L.A. n'est pas la ville du cinéma pour rien : les gens sont bien payés pour jouer la comédie.

Si certains commerces avaient été rénovés à en croire leur devanture, la plupart étaient vides, voire condamnés par des planches, donnant une impression générale assez terne et triste.

Au nombre des quelques endroits correctement entretenus, le Marché caribéen J&M se résumait à un bloc de ciment de plain-pied peint en jaune et vert citron et orné d'une enseigne rose fluo fixée sous un auvent rouge. Sur le côté droit de la vitrine, un rideau de fer était plié en accordéon.

Produits caribéens – Herbes naturelles – Huiles essentielles

Sur la gauche, un parking était pourvu d'une grille à barreaux métalliques ouverte. S'y trouvaient deux véhicules, une Cadillac DeVille lie-de-vin et une Buick Century couleur or, entre lesquelles je garai ma Seville. Ces trois berlines américaines formaient un tableau évoquant le Detroit de la grande époque.

Après avoir contourné le bâtiment de façon à gagner l'entrée du Marché, nous nous retrouvâmes face à une porte vitrée verrouillée. Milo pressa la sonnette, ce qui fit réagir quelqu'un à l'intérieur ; dix secondes plus tard, un bip nous ouvrit.

Impeccable et bien éclairé, ce commerce offrait un mélange de parfums de fleurs, d'agrumes et surtout de diverses épices. Le parquet stratifié assez récent était entouré de hauts murs blancs surmontés d'une bande de briques.

Les rayons blancs proposaient des sachets de haricots rouges au riz et des repas préparés à base de viande, ainsi que des paquets de *fruta* et de *gandules*. Des produits plus conventionnels étaient empilés parmi les bananes plantains, les gombos et des tubercules que j'aurais été bien en peine de nommer. Une vitrine réfrigérée contenait de la bière américaine mais également de la Prestige de Port-au-Prince, ainsi que de la Red Stripe et de la Gong 71st, deux bières fruitées jamaïcaines, sans oublier des canettes de Coca, de Pepsi et de Mountain Dew stockées sur la même étagère que celles de Cola Couronne et de Pineapple Ginger, deux sodas jamaïcains.

Derrière la caisse se trouvaient des bougies et les herbes et huiles promises par l'enseigne.

Une unique cliente, septuagénaire, poussait son chariot, tandis qu'un jeune homme d'origine hispanique passait le balai sans négliger les recoins. La caisse était tenue par une jeune trentenaire coiffée en dreadlocks.

En nous voyant, cette dernière nous offrit un sourire chaleureux et naturel, puis elle nous observa plus attentivement.

– La police ? devina-t-elle sans se départir de son air rayonnant.

– On embauche, si vous voulez, répliqua Milo.

Elle gloussa puis se fit plus sérieuse :

– Je vous en prie, ne me dites pas qu'il est arrivé quelque chose de grave dans le quartier. En général, j'en entends parler avant votre intervention.

– Tout va bien, madame. Désolé de vous avoir effrayée. En fait, nous cherchons un panneau d'affichage, mais je vois qu'il n'y en a pas dans votre magasin.

– Oh si, mais Juan l'a retiré pour le nettoyer il y a quelques jours. Nous le savonnons régulièrement, avec toutes les mains qui se posent dessus ! Et quand il est sec nous le remettons là.

Elle désigna un espace vierge d'un mètre carré sur un mur, à droite de la porte d'entrée.

– Conservez-vous les petites annonces qui y sont fixées, par hasard ?

– Non, nous les jetons dès qu'elles commencent à dater, pour faire de la place aux plus récentes, ce qui permet à davantage de personnes d'en afficher. Mais pourquoi vous vous intéressez à notre panneau ?

– Un de vos clients a été assassiné la semaine dernière ; nous tentons de retrouver les personnes avec qui il était peut-être en affaires.

– Assassiné ? répéta la caissière, les mains plaquées sur le menton. Il s'est vraiment passé quelque de grave, alors.

– Pas ici, madame. Ce crime a été commis dans le West-side.

– Rien à voir, en effet. Qui est cette personne ? (Milo lui montra la photo de Roget.) M. Solomon ? Oh non…

– Vous le connaissez, on dirait.

– Ce n'était pas un client très régulier mais il venait tout de même suffisamment souvent pour que nous bavardions. Et en effet, il affichait ses petites annonces sur le panneau. Il était chauffeur… Pauvre M. Solomon. Vous pensez que c'est un de ses clients qui l'a tué ?

– Nous n'écartons aucune hypothèse.

– Ce n'est certainement pas un de mes habitués, en tout cas. Les gangsters ne viennent pas ici, et les rastas qui se fournissent dans mon magasin prennent leur foi très au sérieux. J'ai même des clients blancs, des étudiants en fac. Autrefois, je travaillais dans l'administration de l'université Mount Saint Mary's, où mon mari est électricien. La semaine dernière, il m'a envoyé une doyenne d'école d'infirmières ; elle m'a acheté toutes mes saucisses ! Notre réputation grandit peu à peu, à tel point qu'elle commence à attirer des hipsters du centre-ville ; cette clientèle sait se tenir, je ne l'accepterais pas ici si ce n'était pas le cas.

– Entendu, madame…

– Frieda Graham. Pourquoi a-t-on agressé M. Solomon ? C'était vraiment un gentleman… Oui, je sais, c'est une question idiote.

– Nous nous la posons assez souvent.

– Vous faites un drôle de métier. Enfin, navrée de ne pas vous être plus utile.

– Pouvons-nous vous montrer quelques photos ?

– De qui ?

– De personnes qui sont peut-être impliquées – pas suspectées, seulement impliquées – dans cette affaire. Nous aimerions savoir si elles sont déjà venues ici.

– Je n'ai pas la mémoire des visages mais allons-y, essayons toujours.

S'ensuivit une sorte de quiz extrêmement concentré. Frieda Graham répondit chaque fois en un instant.

Rick Gurnsey : « Mignon… Non. »

Benny Alvarez : « Il a l'air fragile, lui… Non. »

Mary Jane Huralnik : « Elle n'a pas l'air bien, elle… Non. »

Geoffrey Dugong : « Un barbu. On voit parfois des types comme lui, les hipsters dont je vous ai parlé, mais non, je suis presque sûre que celui-là n'est jamais venu ici. »

– « Presque sûre » ? releva Milo. Pas certaine ?

– Sûre à quatre-vingt-dix pour cent, disons. S'il est venu rasé de près, il avait sans doute une tout autre allure. Mais comme ça, avec ces bagues sur sa barbe, il me rappelle un catcheur… Captain Lou Albano. Mon père adorait le regarder combattre.

D'une main, elle cacha le bas du visage de Geoffrey Dugong et se focalisa sur son regard.

– Sûre à quatre-vingt-quinze pour cent, même. Je n'aurais pas oublié des yeux pareils ; ils semblent appartenir à un fou – vous avez vu l'autoportrait de Van Gogh ?

Milo lui laissa tout son temps pour examiner la photo, qu'elle finit par lui rendre en secouant la tête :

– Non, je confirme que je ne l'ai jamais vu. Mais ce regard ne fait-il pas de lui un semi-suspect ?

Milo sourit et lui montra ensuite la photo de Medina Okash issue du fichier des immatriculations.

– Ah ! Elle, je la connais, déclara Frieda Graham.

28

– C’est une cliente ? devina Milo.

– Tout à fait, confirma Frieda Graham. Ses cheveux étaient teints en violet, je crois, la dernière fois, mais c’est assurément le même visage. Je me souviens d’elle parce qu’elle était très tactile.

– C’est-à-dire ?

– Comme ceci.

La caissière se pencha par-dessus son comptoir et tapota à plusieurs reprises l’épaule de Milo du bout d’un doigt à l’ongle verni de vert.

– On aurait dit un oiseau en train de picorer. C’était un peu agaçant mais bon, le client a toujours raison. Attendez une seconde… Juan ? Viens par ici.

L’employé chargé du balayage nous rejoignit.

– Cette femme est venue ici, n’est-ce pas ? lui demanda Frieda. (Il acquiesça.) Je leur ai dit qu’elle aimait faire ça.

Elle tapota le bras de Juan.

– Oui, comme un moustique, plaisanta Juan.

– Vous a-t-elle causé des problèmes, Juan ? voulut savoir Milo.

– Non, elle faisait le moustique, c’est tout, dit le balayeur, qui rit de nouveau en mimant le geste de Medina.

– Merci.

Juan retourna à sa tâche, et Milo revint à Frieda :

– Sauriez-vous nous dire à quand remonte son dernier passage ici ?

– Hmm… Ça date. Un mois, peut-être ? Cinq ou six semaines ? Peut-être même plus. En tout cas, je peux vous dire qu'elle achetait toujours la même chose : des plats préparés au poulet séché et de la Red Stripe – c'est une bière jamaïcaine. Et quelques légumes – des ignames jaunes et violets. Vu sa chevelure, je me disais que c'était une artiste. J'ai raison ?

– Elle tient une galerie d'art.

– Oh… Oui, c'est logique. Je l'ai prise pour une artiste parce qu'un jour, elle avait un tableau calé sous le bras – ou peut-être un dessin, je ne l'ai pas vu, à vrai dire. Une énorme toile fine et carrée enveloppée de papier kraft. Quand elle s'est rendu compte que je l'observais, elle m'a expliqué qu'elle préférait ne pas la laisser dans sa voiture. Maintenant, vous allez me demander si elle a arraché une des bandelettes de l'annonce de M. Solomon ? Aucune idée, désolée. Tout le monde peut profiter gratuitement du panneau, nous nous contentons de veiller à ce qu'il soit toujours propre.

– Je n'ai pas remarqué de caméras de vidéosurveillance, observai-je.

– J'en ai trois. Deux sur le parking et une autre au-dessus de la porte du fond, qui donne sur l'espace livraison. En ce qui concerne la surface de vente, je fais confiance à mon rideau de fer, mon verrou et mon alarme. Nous n'avons pas eu de souci jusqu'à présent, seulement trois fausses alertes en quatorze mois, depuis l'ouverture du magasin – à cause des câblages assez anciens.

– Auriez-vous les enregistrements des caméras du parking ?

– Non, ils sont automatiquement effacés toutes les quarante-huit heures.

– Merci de nous avoir accordé du temps, madame.

– Je vous en prie. J'espère que vous coincerez l'assassin de M. Solomon.

Milo croisa les doigts, puis nous nous dirigeâmes vers la sortie.

– Je peux vous offrir quelque chose pour la route ? nous proposa Frieda Graham. Je viens tout juste de recevoir des sandwichs préparés par un type qui tient le meilleur camion de nourriture caribéenne de la ville.

– C'est très tentant, mais non merci, déclina Milo.

– Sans regrets ? insista-t-elle, tant il était évident que mon ami hésitait, à en croire sa voix et son expression.

– Bon, allez, d'accord, craqua-t-il.

Frieda gloussa et sortit quatre sandwichs de sous son comptoir et les lui tendit :

– J'ai tout intérêt à vous faire ce cadeau : après les avoir goûtés, vous aurez envie de revenir. Deux poulet, un crabe et un jambon-ananas, tout ça entre deux tranches de pain à pâte dure que Robert fait cuire lui-même.

– Vous êtes très gentille, la remercia Milo.

– Oui, c'est ce qu'on me dit.

Après avoir patienté le temps qu'une accalmie se présente dans la circulation, je repris Western Avenue vers le nord.

– Un moustique...

– Parfaitement équipé pour pomper du sang, ajouta Milo, qui, sur son téléphone, pressa la touche d'un numéro programmé.

L'appel à destination de John Nguyen, l'assistant du procureur, n'apporta aucune surprise :

– Même si vos doutes intuitifs au sujet de Medina Okash reflètent la vérité, ils ne valent rien d'un point de vue juridique.

– Je suis donc coincé dans une impasse, John ?

– Vous le seriez sans ma créativité, répondit Nguyen. Le fait qu'elle ait autrefois été condamnée pour une violente agression et la confirmation par la propriétaire qu'elle fréquentait le commerce où Roget affichait ses petites annonces suffisent tout juste, à mon avis, mais à un poil près, à justifier une demande de mandat sur ses relevés téléphoniques des deux derniers mois.

– Et Dugong ?

– Ne poussez pas le bouchon trop loin, dit Nguyen, qui ensuite lâcha un grand rire. Quel nom débile, franchement…

29

Deux heures plus tard, Milo avait réquisitionné la même salle d'interrogatoire que la fois précédente, dans laquelle il avait installé le même tableau blanc. Seule nouveauté, une boîte de muffins achetée dans une boulangerie de West Hollywood.

Rien n'était écrit sur le tableau, qui ne comprenait pas davantage d'entrelacs de flèches ; ce genre de choses ne se voit que dans les films, quand il est nécessaire d'expliquer l'intrigue au public.

Nous étions quant à nous quatre enquêteurs expérimentés et un psy, observant une série de photos de nos victimes en format 3/2, sur la gauche, et sur la droite des clichés agrandis de Medina Okash et Geoffrey Dugong.

Milo résuma ce que nous avions appris au Marché caribéen.

– Nous savons donc qu'Okash a eu accès aux petites annonces de Roget, mais rien ne prouve qu'elle ait arraché une de ces bandelettes, dit Alicia Bogomil.

– Nous progressons par petits pas, Alicia. À propos, nous allons réclamer ses relevés téléphoniques. Il nous est impossible d'en savoir davantage sur le mobile jetable dont le numéro apparaît sur ceux de Gurnsey et de Roget, mais peut-être Okash possède-t-elle un téléphone classique, avec un abonnement, ce qui nous permettra de localiser ses déplacements. Du nouveau du côté des SDF ?

– J'aimerais bien, lieut', mais personne ne se souvient

d'Huralnik, et encore moins de ses habitudes sexuelles douteuses.

– Ces gens-là ne restent jamais longtemps au même endroit, intervint Reed. Ceux qui l'ont côtoyée peuvent être n'importe où maintenant.

– Oui, sans compter qu'ils ont le cerveau ravagé, ajouta Alicia. J'ai interrogé une femme dont les jambes étaient couvertes de plaies suppurantes ; quand je lui ai proposé d'appeler une ambulance, elle m'a dit d'aller me faire foutre.

– Ça t'apprendra à vouloir aider les autres, dit Milo. C'est ma version de la loi de Newton.

– Laquelle ? demanda Binchy.

– Toutes, Sean. Moses, rien de neuf en provenance de New York à propos de l'agression commise par Okash ?

– L'un des inspecteurs qui s'est occupé de l'affaire est décédé. J'ai parlé à l'autre, qui aujourd'hui fait partie du service de sécurité d'une boîte privée. Il se souvient de cette affaire parce qu'elle n'était pas comme les autres ; ce n'est pas tous les jours qu'il voyait une yuppie blanche sortir une lame pour taillader un visage. À part ça, ses souvenirs sont flous ; il ne se rappelle même plus le mobile, ni même s'il l'a su à l'époque. J'ai fini par dégotter auprès du 7e commissariat le nom de la personne agressée, Contessa Welles, mais je n'ai rien trouvé à son sujet sur les réseaux sociaux, ni la moindre trace d'emploi ou de décès – ils ont peut-être mal noté son nom.

– Ou alors elle évite les projecteurs, hasarda Alicia, qui effleura sa joue sans défaut. C'est peut-être la réaction que j'aurais si j'avais reçu un coup de couteau au visage.

– Une agression au couteau n'est pas anodine, dit Milo. Rien à voir avec un banal crêpage de chignons. (Il se retourna vers le tableau et tapota la barbe de Dugong.) Malgré ses interpellations pour détention de drogue, ce prince est inconnu des services de police de Key West, que ce soit sous son pseudo de mammifère marin ou sous son vrai nom, Jeffrey Dowd. La collègue sergent avec qui j'ai discuté m'a expliqué qu'ils ont à gérer vingt-cinq mille habitants et deux millions de touristes par an, ce qui fait qu'ils sont en permanence occupés à chercher le bon équilibre entre réprimer les mauvais comportements et ne pas se mettre à dos la chambre de commerce. Quand je lui ai précisé que Dugong était peintre, elle m'a suggéré de tenter ma chance du côté des galeries locales. J'en suis à huit, sans aucun résultat. On ne trouve pas la moindre trace d'emploi de Dugong au-delà de six ans, ce qui peut s'expliquer s'il a travaillé en tant que journalier sur un bateau, comme le prétend sa bio. Alex a déniché un site Internet qui présente ses œuvres.

Je pris le relais :

– Il s'est mis au macramé il y a six ans, puis il est passé au collage photographique. Il s'est lancé dans la peinture il y a trois ans mais n'a pas produit beaucoup de tableaux ; il est possible qu'il bosse encore au noir ici ou là – matelot, pêcheur, aménagement paysager, maintenances diverses…

– Il a fait des nœuds dans des bouts de tissu et des montages photos, résuma Alicia. Il avait un peu de talent dans ces domaines, ou aujourd'hui en peinture ?

– Disons qu'il a le pinceau bien pendu.

Ma plaisanterie provoqua quelques rires.

– D'après ce que nous avons constaté, cet homme n'a pas vraiment la fibre commerciale, reprit Milo.

– Un raté doublé d'un caractère de cochon, dit Reed. Ça donne un mélange inflammable.

– Exact, Moses. Il nous a semblé aussi furieux que crétin ; on aurait dit un gamin habitué à faire des caprices. Difficile de l'imaginer se contrôler suffisamment pour mettre à exécution le plan de la limousine.

– Okash serait la patronne, alors ?

D'un regard, Milo me fit signe de répondre.

– Si ces deux-là sont impliqués, c'est elle qui tient les commandes.

– Elle dirige Dugong, qui tire, ajouta Alicia.

– Ça tient la route, approuva Reed. Surtout qu'on pense

que les tueurs étaient plusieurs. Mais comment tout ça s'est déroulé, d'après vous, doc ?

– Au stade où nous en sommes, tout porte à croire que Medina Okash et Rick Gurnsey ont eu des relations sexuelles à plusieurs reprises. C'est peut-être avec elle qu'il a été surpris en pleine action en janvier dernier, lors du gala de charité. Puis quelque chose a dû clocher entre eux à un moment ou un autre. Nos éléments concernant Gurnsey tendent à étayer cette hypothèse : il avait pour habitude de rompre sans prévenir ni donner d'explications, et il se montrait parfois très insistant quant au sexe, jusqu'à faire pression sur ses conquêtes pour pratiquer le sexe anal. Les femmes que nous avons interrogées ont su gérer cela et sont passées à autre chose. Okash a peut-être réagi autrement.

– Une agression avec arme blanche… rappela Alicia. Il n'a pas choisi la bonne cible avec qui faire le lourd.

– Elle met au point un plan pour se venger de Gurnsey avec l'aide de Dugong, ajouta Reed. Mais que viennent faire les autres victimes dans cette histoire ? Et pourquoi avoir placé les corps dans la limousine ?

– J'ai pensé à une mise en scène théâtrale, mais Milo y voit carrément une œuvre d'art, répondis-je. Il est possible qu'Okash ait mis tout cela en place comme un tableau, si elle se prend pour une artiste.

Resté inhabituellement muet jusqu'à cet instant, Binchy prit la parole d'une voix à peine audible :

– Une sorte de collage humain. Or Dugong a autrefois fait des montages photo.

– Bien vu, Sean.

– Oui, ça m'arrive de temps en temps, lâcha Binchy, toujours aussi éteint, en décalage total avec son entrain habituel.

Reed et Alicia l'observèrent un instant, puis il haussa les épaules.

– Quelle que soit la motivation réelle de cette mise en scène, Gurnsey a été installé dans une posture humiliante, à côté de Mary Jane Huralnik, dont nous savons qu'elle n'avait aucune retenue, sexuellement parlant, et qu'elle a peut-être abordé Okash dans le centre-ville. Solomon Roget reste une victime collatérale à mes yeux, assassiné parce qu'il était le propriétaire de la limousine. Quant à Benny Alvarez, c'est un point d'interrogation. Il travaillait pour Okash ; peut-être a-t-il vu quelque chose qu'il n'aurait pas dû voir ? Mais pourquoi a-t-elle décidé de l'inclure dans son œuvre ? Aucune idée.

Milo s'approcha du tableau et désigna les photos de McGann et Vollmann :

– C'est peut-être également parce qu'ils ont vu quelque chose que ces deux malheureux ont été tués. Ils se présentent à la galerie samedi parce que McGann s'inquiète au sujet d'Alvarez ; Vollmann accompagne sa chérie puisqu'ils sont censés filer au Mexique quelques heures plus tard. Ils sont tous deux abattus d'un coup de fusil et leurs corps sont abandonnés à Inglewood.

– Si tout cela est exact, Okash et Dugong sont des monstres, dit Alicia.

– Des artistes dingues, renchérit Binchy, qui baissa les yeux sur la table, la mâchoire crispée. Excusez-moi, il faut que je fasse une pause.

Il sortit en trombe de la pièce.

L'année précédente, il avait croisé la route d'un cinglé meurtrier et avait été à deux doigts d'en mourir. Je lui avais sauvé la vie. Depuis, il faisait mine d'aller bien et nous n'avions jamais réellement parlé de sa terrible expérience.

Tout le monde était au courant, mais personne n'en parlait parce que ça faisait partie de notre boulot ; nous n'étions pas en thérapie de groupe.

– Prenez des muffins, les mômes, dit Milo. Ils sortent tout juste du four.

Binchy fut bientôt de retour, donnant l'impression d'avoir vomi.

Ignorant cela, Milo nous décrivit le nouveau plan ;

désormais, ils se partageraient à quatre la surveillance d'Okash – six heures chacun. Binchy prendrait le premier quart dès dix-huit heures et serait remplacé par Milo à minuit. Reed prendrait le relais de six heures à midi et Alicia se chargerait de l'après-midi.

Si l'on parvenait à déterminer le domicile de Dugong à L.A., il faudrait improviser et lui aussi le surveiller, même s'il serait impossible de le garder à l'œil en permanence ; dans ce cas, Milo assumerait la plupart de ces heures supplémentaires, sans oublier l'analyse des relevés téléphoniques d'Okash.

– Vous n'allez pas vous ennuyer, lieut', fit remarquer Alicia.

– C'est pour ça que j'ai un salaire de ministre, répliqua mon ami, qui considéra les muffins intacts. Et j'ai de quoi m'alimenter – ne fais pas la grimace, Moe ; toi aussi tu mangeais par plaisir, autrefois.

Les inspecteurs partis, Milo rangea le tableau blanc.

– Que veux-tu que je fasse ? lui demandai-je.

– Reste futé.

– Sérieusement.

– Je suis sérieux. Rentre chez toi, je t'appelle si j'ai besoin de toi. Personne ne m'a jamais accusé d'être trop timide.

Je remontai Sepulveda Boulevard puis m'engageai sur Sunset Boulevard en direction de l'est. Mon trajet de retour aurait dû se conclure à Beverly Glen, nettement à l'ouest de Benedict Canyon Drive, mais, me laissant tenter, je poursuivis ma route jusqu'à Beverly Hills.

À 15 h 30, je n'avais pas à craindre les bouchons en direction du nord, vers la vallée de San Fernando, mais des employés partis de bonne heure du travail faisaient déjà la queue au nord de Sunset Boulevard, transformant ma balade en une succession d'arrêts et de courtes progressions.

Ce qui se révéla une bonne chose car cela stimula ma vision périphérique. Lors d'une de ces phases d'immobilisation, alors qu'il me restait encore un peu plus d'un kilomètre avant de parvenir à Ascot Lane, quelque chose attira mon regard.

Une chevelure bleue électrisée par l'éclat du jour, ressortant nettement sur la végétation environnante.

La robe de Medina Okash était également peu discrète : rouge, courte et aussi moulante qu'une peau de saucisson, elle était faite d'un tissu scintillant qui renvoyait les rayons du soleil comme un prisme. Portant un tableau carré d'un mètre de côté enveloppé de papier kraft, elle se dirigeait vers une maison située dans une rue donnant sur le boulevard.

Elle avait donc quitté la galerie pendant notre réunion, échappant à notre surveillance.

La toile carrée était de la même taille et empaquetée comme celles que nous avions vues dans sa réserve.

La robe était à mes yeux un bon signe : on ne s'habille pas ainsi quand on se sait observé.

Profitant d'une nouvelle pause dans la circulation, j'accrochai le regard du conducteur immobilisé sur la voie opposée et obtins de lui un signe de tête empreint de lassitude m'autorisant à passer. Cela me permit de m'engager dans une allée sur le trottoir ouest de Benedict Canyon Drive. Je fis demi-tour aussi rapidement que ma Seville le permettait et roulai jusqu'à l'endroit où j'avais aperçu Okash.

Clearwater Lane est une portion de bitume pentue rappelant celle qui mène au chemin de terre qui débouche sur ma maison. J'y parvins juste à temps pour voir la porte de la maison se refermer. Je poursuivis mon ascension jusqu'au sommet puis fis demi-tour.

Il n'y avait pas de places de parking du côté nord de Clearwater Lane, et l'on ne pouvait stationner du côté sud qu'après dix-huit heures. Cela n'avait visiblement pas empêché quelqu'un de se garer à hauteur de l'endroit où j'avais vu Okash.

Il ne s'agissait pas de sa BMW mais d'une Toyota RAV4 marron. Un homme était au volant ; non pas Geoffrey

Dugong, mais un individu basané plus âgé et plus massif, occupé sur son portable.

Un autre complice masculin ? Une autre arme potentielle ? C'est alors que je repérai l'autocollant noir et blanc Uber sur le pare-brise du véhicule.

Les yeux rivés sur son mobile et pianotant à toute allure, le conducteur était plongé dans sa narcose téléphonique. Prenant le pari que cet état se prolongerait un moment, je fis demi-tour et gravis la côte de nouveau. Cette fois, je m'immobilisai de façon à bénéficier d'une vue imprenable sur la Toyota et attendis.

La maison dans laquelle Okash était entrée ressemblait à une sorte de ranch des années 1950 aux murs bleu pâle couverts d'un toit plat gris. Les fenêtres de la façade étaient surmontées de lattes de bois décoratives.

Une habitation sans prétention, en somme, qui tranchait avec la présence de la Rolls-Royce blanche garée devant l'entrée. Juste à côté se trouvait une Volvo break, également blanche, qui correspondait davantage à l'endroit. Je pris note de l'adresse.

Le chauffeur dont Okash avait loué les services ne leva pas une fois la tête au cours des seize minutes qu'elle passa à l'intérieur de la maison. Elle en ressortit les mains vides et à grandes enjambées, ce qui faisait saillir ses mollets et frémir son postérieur.

La démarche de la victoire.

Elle prit place sur la banquette arrière de la Toyota. Le conducteur mit le contact et se dirigea vers Benedict Canyon Drive, puis tourna vers le nord, en direction d'Ascot Lane. Moins d'une minute plus tard, il pila bien avant d'avoir atteint la frontière Beverly Hills – Los Angeles et fit brusquement demi-tour, déclenchant un concert de klaxons. Il heurta le trottoir et partit en dérapage mal contrôlé sur les deux voies, provoquant davantage de protestations, puis s'élança en direction de Sunset Boulevard – il pouvait ainsi filer vers le domicile d'Okash, sur Fountain Avenue, ou vers la galerie, située dans le centre-ville.

Victime d'un de ces éternels mystères de la circulation, j'étais quant à moi prisonnier d'un flot lancé à un petit trente kilomètres à l'heure, sans possibilité de faire demi-tour. Poursuivant ma route vers le nord, j'eus à peine le temps d'apercevoir Ascot Lane, à présent condamnée par des barrières provisoires.

Je joignis Milo et lui parlai d'Okash.

– Je vais demander à Sean de se positionner près de sa turne, me dit-il. Si elle n'apparaît pas dans un délai raisonnable, il ira voir à la galerie. C'est quoi, comme bagnole ?

– Une Toyota RAV4 marron.

Je lui donnai également l'adresse de la maison.

– C'est noté, merci, Alex. Qu'est-ce que tu espérais découvrir, en allant par là-bas ?

– Je comptais faire un tour sur la scène de crime, mais apparemment on ne peut plus y accéder.

– Les gars ont mis la charrue avant les bœufs, comme d'hab. Tu avais une raison particulière de vouloir revoir l'endroit où on a découvert les corps ?

– J'espérais y trouver l'inspiration.

– Comme tout le monde. J'y suis moi-même retourné deux fois, *nada*. Bon, donc Okash semblait contente d'elle ?

– Oui, c'est l'effet du profit.

– Et son allure de vamp… Notre Medina est amoureuse de sa petite personne. Tu dis toujours que… l'amour-propre est une bonne chose pour les gentils mais une mauvaise chose pour les méchants, c'est ça ? OK, *gracias* encore d'avoir ouvert l'œil. Rentre chez toi, maintenant, c'est un ordre. Embrasse ta Beauté, ainsi que ta Beauté canine, et n'oublie pas de préciser que c'est de ma part.

J'entrai dans la maison et découvris Robin pelotonnée sur le canapé le plus proche de la porte, plongée dans un livre. Blanche avait calé son corps aux allures de grosse saucisse allemande contre elle et remuait légèrement au rythme de ses inspirations endormies.

Un œil canin s'ouvrit ; ma chienne était sereine. Je me fis la réflexion que j'étais un veinard.

Robin travaillait encore à cette heure, d'habitude, mais elle avait troqué sa combinaison pour un sweat-shirt à capuche en cachemire noir, un collant noir et des chaussures à semelles compensées qui lui faisaient atteindre le mètre soixante-cinq.

– On sort, ce soir ?

– Italien ou thaïlandais, je te laisse choisir, me répondit-elle.

– Qu'il est confortable de n'avoir qu'un choix limité. Quel est le point commun, les nouilles ?

– Quel talent de déduction !

Elle se leva et m'embrassa. Blanche suivit le mouvement puis, dressée sur ses pattes arrière et haletante, frotta son crâne bosselé de bouledogue contre ma jambe avant de l'emprisonner de ses deux pattes avant.

– Je me sens nulle, comparée à elle, plaisanta Robin.

– Quel plaisir d'être à ce point demandé, dis-je. Je vais me changer et j'arrive.

Pour la consoler d'être abandonnée à la maison, Blanche eut droit à une énorme friandise pour les dents en forme d'os aussi verte que de la pelouse et aussi dure que du marbre.

Vingt minutes plus tard, Robin et moi étions installés à une table disposée dans un coin de la salle d'un petit resto familial de Westwood Boulevard, au sud d'Olympic Boulevard. La tribu qui tenait l'endroit était des plus sociables et proposait des pâtes faites maison ; d'autre part, il était encore assez tôt pour y dîner sans avoir réservé.

Tout en savourant du pain et du sangiovese, je demandai à Robin comment s'était déroulée sa journée.

– À ton tour, me dit-elle, quand elle en eut terminé.

Je lui fis part de nos nouveaux doutes au sujet d'Okash et de Dugong.

– On trouve parfois des individus très cruels dans l'univers artistique, commenta-t-elle. C'est une des nombreuses raisons pour lesquelles j'ai renoncé à l'enseignement. À mon avis, c'est dû au fait qu'on tolère trop de choses de la part des artistes – le talent est confondu avec les qualités humaines, et ces gens-là estiment que les règles ne les concernent pas.

– Tu penses au Caravage ?

Cet homme, un des plus grands peintres ayant jamais vécu, avait par ailleurs tué sous l'emprise de la rage.

– Oui, bien sûr, mais aussi à Degas et à Mapplethorpe[1], qui étaient sectaires, ou encore à Gauguin, pédophile syphilitique. Et ne parlons pas de la façon dont Picasso traitait les femmes et remplissait son atelier d'objets volés. Et si on passe aux musiciens, on y sera encore demain matin… Ah, voici nos plats.

– La violence élevée au rang de performance artistique… dit Robin, alors que nous en étions aux fruits et au café. Comme le jour où Chris Burden a demandé à quelqu'un de lui tirer une balle dans le bras. Ou encore les tableaux classiques monstrueux – Bosch, ce genre de choses.

– C'était peut-être également le cas de Dugong, avant qu'il ne s'intéresse aux bougies.

– Il a versé dans le gore ?

– Aucune idée ; impossible de trouver la moindre photo de ses premiers tableaux – peut-être parce qu'ils ne conviennent pas pour le grand public.

– Il a peut-être signé ces œuvres d'un autre pseudo, imagina Robin, qui ensuite secoua la tête. Dugong… Quelle mouche l'a piqué ? Il espérait que ses bras se changeraient en nageoires ? Ça aurait sacrément limité sa maîtrise du pinceau. (Elle attendit que j'eusse cessé de rire.) Enfin tu es détendu. À la maison, on s'offrira un dessert tout en douceur.

1. Robert Mapplethorpe (1946-1989), photographe américain.

30

Le dessert avait été épuisant, en fin de compte, mais suivi d'un long bain et de deux heures d'épisodes de la série *Les Enquêtes de Foyle*.

J'avais eu l'intention de rester debout après que Robin serait endormie, comme cela m'arrive souvent, afin de chercher sur Internet des infos à propos de Dugong/Dowd ; si ma quête ne donnait rien, je fouinerais sur des sites immobiliers dans l'espoir de déterminer l'identité du propriétaire de la maison où Medina Okash avait livré un tableau.

Dans les faits, je découvris un rai de lumière dorée au-dessus des rideaux de la chambre ; il était 7 h 48 et j'étais encore au lit, sans aucun souvenir d'avoir fait quoi que ce soit après notre séance télé.

Robin n'était plus là mais un léger ronflement régulier me fit baisser les yeux : Blanche dormait paisiblement, une patte sur un de mes chaussons.

Elle patienta en souriant pendant que je me brossais les dents et enfilais un peignoir, puis elle me suivit jusqu'à la cuisine. Le café était prêt et deux tranches de pain de seigle grillées étaient posées sur la table.

– Où est maman ?

Blanche trottina jusqu'à la porte de derrière et s'assit. Je remplis une tasse et attrapai un toast, puis nous sortîmes dans le jardin. Près du bassin, je pris une poignée de granulés dans la vieille urne japonaise que j'ai installée au bord et les lançai dans l'eau. Quelques-uns retombèrent au sol, et Blanche vit sa vigilance récompensée. Les carpes koï l'éclaboussèrent en se jetant sur la nourriture ; elle s'ébroua et sourit de plus belle – pas à moi, mais à la vie en général.

La meilleure façon qui soit de commencer la journée.

S'il fut incapable de m'apprendre quoi que ce soit sur Contessa Welles, la victime de l'agression au couteau perpétrée par Medina Okash, mon ordinateur fut enchanté de me donner l'identité du propriétaire de la demeure de Clearwater Lane, en l'occurrence une SARL baptisée Heigur dont l'activité n'était précisée nulle part sur Internet.

Je joignis Milo, qui me renseigna à ce sujet :

– Oui, j'ai vu ça. J'ai fouiné du côté de sa licence commerciale ; cette boîte est dans l'immobilier, sans plus de précisions, et n'a pas conclu de transaction depuis un bon moment. J'ai également déniché une photo de la maison ; elle n'a rien d'impressionnant.

– Mais ceux qui l'occupent possèdent une Rolls.

– Blanche, c'est ça ?

– Comment tu le sais ?

– C'est la bagnole typique de tout retraité installé à Beverly Hills.

– Il y avait aussi une Volvo.

– Sans doute la voiture de la bonne. Il pourrait s'agir de vénérables anciens qui se sont offert un chef-d'œuvre de notre ami Geoff. Pour en revenir à Okash, Sean était sur place quand elle est rentrée chez elle en Uber ; j'ai ensuite passé une nuit passionnante à regarder son immeuble sans qu'elle en ressorte. C'est Reed qui a eu droit à de l'action : à huit heures, elle a pris sa voiture pour prendre son petit déjeuner dans un resto de la 8e Rue, pas loin de Vermont Avenue. Elle y est encore. En attendant, on ne sait toujours pas où crèche Dugong.

– Il peut être reparti en Floride.

– Il n'a pris aucun billet d'avion, en tout cas.

– Je viens de penser à un détail : les enfants de Roget vivent en Floride.

– Sans vouloir me vanter, j'y ai pensé, moi aussi. Je les ai contactés ; ni l'un ni l'autre n'ont entendu parler de Dugong. D'autre part, Ocala se trouve près de huit cents kilomètres au nord de Key West. J'ai également envoyé la photo d'Okash à Briggs, le colocataire de Rick Gurnsey ; il ne l'a jamais vue et doute fort que Rick soit sorti avec elle car son visage est trop « gras ». Cela dit, on sait que Briggs n'est pas le type le plus observateur de la planète et que Gurnsey ne ramenait pas toutes ses conquêtes à leur appartement. Aucune porte n'est donc fermée. J'ai ensuite transmis cette même photo à Mme Kierstead, la bonne citoyenne, qui n'a rien eu à ajouter.

– De mon côté, je n'ai rien trouvé sur la femme qui a été agressée par Okash à New York.

– Moi non plus, mais je n'ai pas vraiment insisté. Tu te doutes bien que les gens peuvent disparaître pour mille raisons. Donne-moi une seconde, je regarde si je trouve un certificat de décès quelque part… Attends, Marc Coolidge cherche à me joindre, je te rappelle tout de suite.

Il n'en fit rien.

Milo sonna à ma porte à 15 h 13.

– Coolidge a trouvé quelque chose ?

– Quoi ? Non, il voulait juste me faire savoir qu'il avait réussi à s'adjoindre un autre inspecteur pour l'aider ; ils vont vérifier tous les systèmes de vidéosurveillance qu'ils trouveront entre l'endroit où les corps de McGann et Vollmann ont été abandonnés et les deux bretelles d'autoroute les plus proches ; ils vont bouffer tellement de vidéos qu'ils pourront prétendre à un diplôme en histoire du cinéma.

– Quelle conscience professionnelle.

– Il a compris que son affaire est peut-être liée à quelque chose de plus gros, ajouta Milo, qui s'installa dans le salon. À part ça, si j'ai pris la liberté d'honorer ta demeure de ma présence, c'est parce que j'ai reçu autre coup de fil. Devine de qui ? Todd Leventhal, le jeune organisateur de la fiesta, manifestement terrifié.

– Par quoi donc ?
– Il n'a pas voulu me le préciser mais il a demandé à me voir au plus vite. Il l'a même exigé. Obéir à ce genre de sale gosse n'est pas trop ma tasse de thé mais, vu comme on patauge, je suis prêt à voir toute personne qui veut me parler.

Leventhal avait demandé à Milo de le retrouver sur Spalding Drive, au sud d'Olympic Boulevard, à quelques minutes en voiture de son lycée. La Dodge Challenger noire était déjà là quand nous arrivâmes, garée devant un immeuble en brique rouge qui occupait la moitié du pâté de maisons.

Malgré les nombreuses places de stationnement libres dans la rue, le gamin avait choisi un endroit interdit, bloquant l'accès à une borne d'incendie.

– Le petit prince se croit tout permis, commenta Milo.

– Il pense peut-être que tu peux le protéger des nazis chargés de coller des amendes.

– Les gens se font souvent des idées.

Il fit demi-tour au carrefour suivant, puis se laissa glisser le long du trottoir jusqu'à s'immobiliser à hauteur de la Dodge. Il baissa sa vitre :

– Salut, Todd.

Leventhal, les mains crispées sur le volant, pivota brusquement et hocha la tête, n'ayant plus rien du fanfaron de notre première entrevue.

– On va où ? demanda-t-il.

– Ici, répondit Milo, désignant du pouce la banquette arrière de l'Impala.

– On va faire un tour ?

– Non, on tient une réunion. Allez, viens.

L'adolescent jeta un regard à la ronde avant de sortir de sa voiture. Il portait un sweat-shirt à capuche gris, un short bleu vif et des baskets orange. Les éclairs dessinés dans ses cheveux étaient à présent teints en jaune. Il traversa la chaussée et prit place derrière Milo.

– Ça sent drôle, ici, dit-il, s'agitant déjà.

– J'essaie une nouvelle eau de Cologne, Todd. Eau de Felony. Bon, qu'est-ce que tu as à nous dire ?

– Je voulais vous montrer ça.

Il sortit un feuillet de la poche de son short, sur lequel étaient imprimées les captures d'écran de plusieurs posts sur Twitter, tous émis par la même personne : J-M-V Numero Uno.

Les messages se ressemblaient tous, jour après jour, et dataient tous de la semaine précédente.

TL et SA se frottent, se bécotent et fricotent.

TL et SA et les autres rats sont des proies qu'on abat.

TL et SA ont une faible espérance de vie ; leur ADN ne leur permet pas d'espérer autre chose.

TL et SA font une fête qui foire furieusement.

TL SA DM DM DM DM DM DM DM DM DM DM DM

– Quelqu'un ne vous aime pas trop, Shirin et toi, dit Milo.

– C'est plus grave que ça ! s'écria Leventhal, dont la voix étouffée grimpa dans les aigus. Regardez la dernière ligne !

– Beaucoup de DM. Il y a un Dr M. dans l'affaire ?

– Non ! Ça veut dire « Doivent Mourir » !

– Qu'est-ce qui te fait croire ça ?

– Je ne crois rien, j'en suis certain ! Cet enculé me l'a chuchoté à l'oreille ; sur Twitter, il le dit en code pour ne pas se faire virer. Regardez son pseudo ! C'est évident, non ?

– J-M-V…

– Je Me Vengerai ! Il me l'a dit, ça aussi !

– Cette personne t'a directement menacé, donc.

– Il m'a toujours regardé avec un air bizarre, mais là il est passé aux paroles. Il me chuchote tout ça comme s'il me disait un putain de secret !

– De qui parlons-nous, au juste ?

– De Moman : une vraie merde, un connard d'autiste.

– Prénom ?

– Crispin, cracha Leventhal, avec un ricanement.

– Crispin est lui aussi élève au lycée de Beverly Hills ?

– Oui, mais pas comme tout le monde. Il était scolarisé à domicile avant, vu qu'il est taré, mais il vient au lycée depuis cette année, pour préparer Harvard ou un truc dans le genre. Il est souvent absent parce qu'il est complètement à la masse ; il a des allergies, des grippes, etc. Mais quand il est là, il nous harcèle, Shirin et moi.

– Pourquoi s'en prend-il à vous deux ?

– Parce que c'est un trou du cul !

– Quand a-t-il commencé à vous harceler ?

– Il y a un mois, à peu près. Quand il a appris.

– Quoi donc ?

– Qu'on organisait une soirée ! Il est venu me trouver le vendredi et m'a dit : « Je veux venir ». Je lui ai répondu : « Va te faire foutre, connard ».

– Shirin et toi, vous lui avez dit ça ?

Silence.

– Seulement toi ? insista Milo.

– Oui, acquiesça Leventhal. Elle préfère que ce soit moi qui agisse.

– Mais aujourd'hui, elle est autant harcelée que toi.

– Exactement. Il faut que vous fassiez quelque chose, c'est votre boulot !

– Tu en as parlé à la sécurité du campus ?

– Ce sont des connards bons à rien. Ils convoqueront les parents de Moman, les miens et ceux de Shirin, et ils diront un tas de conneries qui ne serviront à rien. Il faut absolument que vous régliez ça. Pas seulement pour moi, mais aussi dans votre intérêt.

– Comment ça ?

– Par rapport à votre enquête. Il habite là-bas.

– Où ça ?

Leventhal leva les yeux au ciel comme s'il avait affaire à un demeuré :

– À l'endroit où les cadavres ont été trouvés – enfin, à une ou deux rues de là.

– Crispin habite près de la maison où tu as organisé la fête ?

– C'est ce que je me tue à vous dire ! Alors que je lui avais dit d'aller se faire mettre, il s'est quand même pointé, fringué comme un geek, en plus : costume, cravate, chaussures cirées. Il a essayé de s'incruster mais les gars de l'équipe de foot l'en ont empêché. Il s'est mis à chialer, et lundi il a posté le premier message de cette série. (Il désigna la feuille de papier.) C'est bon, vous avez pigé ? Il faut que vous vous occupiez de son cas. C'est un putain de barjot, il bouffe ses crottes de nez, il torture des animaux.

– Vraiment ? Tu l'as vu faire ?

L'adolescent haussa les épaules :

– C'est ce que disent les gens. Il est givré, OK ? Vous m'avez demandé de vous donner des infos, c'est ce que je fais. Je vous file carrément des preuves !

– Merci pour ces renseignements, Todd. Tu as autre chose à nous apprendre ?

Leventhal croisa les bras :

– Comme quoi ?

– N'importe quoi qui pourrait nous être utile.

– Ce qui serait utile, c'est que vous fassiez ce que je vous dis de faire !

Sur ces mots, Leventhal ouvrit la portière et regagna sa voiture d'un pas pesant, puis démarra en trombe.

– Nous avons reçu notre ordre de mission, on dirait, lâcha Milo, qui étudia le feuillet rempli de posts avant de me le remettre. Ton diagnostic ?

– Twitter autorise jusqu'à deux cent quatre-vingts caractères par post. Ceux-là sont loin de les atteindre.

– Et donc… ?

– Si leur auteur est si peu bavard, c'est peut-être parce que le simple fait de s'exprimer est un défi pour lui. À côté de ça, il y a la question de ce qu'il fait subir aux animaux.

– Oui, en effet, soupira Milo, qui sortit son téléphone et tapa « Crispin Moman » sur Google. Pas d'adresse, ce qui n'a rien d'étonnant vu qu'il doit être mineur… Ah voilà : Un Adrian Moman est domicilié sur Benedict Canyon Drive, vers les numéros 1200. Ce prénom étant mixte, ça peut être son père comme sa mère. C'est sur la commune de Beverly Hills mais, en effet, ce n'est pas loin de notre scène de crime. Ah, ça y est, je l'ai en photo : c'est le papa.

Il me montra une miniature d'un quinquagénaire à lunettes affublé d'un brushing et arborant un sourire de bonimenteur de kermesse.

– Il est agent artistique chez CAA… reprit Milo. Ça vaut le coup de lui rendre une petite visite. La journée de cours est loin d'être terminée, mais Crispin est peut-être chez lui s'il est souvent absent du lycée, comme le prétend Todd. On tente notre chance de faire la connaissance d'un autre gosse privilégié ?

31

Les Moman vivaient dans une demeure rétro de style georgien dont la porte d'entrée et les volets étaient noirs. Le jardin non clôturé rempli de plantes grasses jouxtait une allée dont une Mercedes gris métallisé occupait la moitié de la largeur.

Milo fit claquer sur le bois dur la tête de lion en bronze qui faisait office de heurtoir.

Une domestique en tenue noire et blanche ornée de dentelle apparut :

– Oui ?

Milo sortit son insigne, ce qui la fit reculer d'un pas.

– Crispin est-il là ? demanda-t-il.

– Un instant.

La porte resta fermée deux minutes et demie avant de se rouvrir sur une séduisante blonde d'une quarantaine d'années, en survêtement rose et chaussée de baskets à carreaux noirs et blancs. Tirant légèrement sur le gris, son épaisse tignasse était contenue par un bandeau de strass, qui dévoilait un front dépourvu de rides. Elle portait en outre un chouchou autour d'un poignet et une montre de fitness sur l'autre.

– Je m'apprête à filer à la salle de sport, dit-elle. Vous êtes de la police ? Mais que voulez-vous, enfin ?

– Vous êtes la mère de Crispin ?

– Oui, répondit-elle, non sans un bref regard en arrière, les lèvres tremblantes.

– Navré de vous déranger, mais nous avons reçu une plainte à propos de Crispin.

– Je vois… laissa-t-elle tomber, visiblement tout sauf étonnée. Quoi, encore ? Il a dit ce qu'il ne fallait pas dire à un professeur ou un élève trop sensible ?

– Non, c'est un peu plus sérieux que ça.

– C'est-à-dire ? demanda Mme Moman, ses épaules roses quelque peu crispées.

– On nous a signalé qu'il avait menacé des camarades. Il est là ?

Elle glissa un ongle argenté sous le bracelet de sa montre et en tapota le cuir à plusieurs reprises.

– C'est compliqué, vous savez, dit-elle enfin. Vous ne pouvez pas l'approcher comme n'importe qui.

– Pourrions-nous bavarder avec lui en votre présence ?

– Qui est-il censé avoir menacé ?

– Mieux vaut parler de tout ça à l'intérieur, madame.

– Il ne vous faut pas un mandat, pour entrer ?

– Nous pouvons revenir plus tard avec ce genre d'autorisation, en effet, mais est-il nécessaire d'en arriver là, et surtout que l'incident soit porté sur le casier judiciaire de Crispin, s'il s'avère que cette plainte n'a pas lieu d'être ?

– Hmm…

Mme Moman libéra son ongle et en inspecta les cuticules, se balançant d'un pied sur l'autre, puis enfin elle se décida :

– Voici comment nous allons procéder : vous m'expliquez d'abord de quoi il s'agit, et ensuite seulement, si je suis d'accord – et si Crispin est en état de vous parler –, nous le rejoignons. Et en douceur.

– C'est on ne peut plus raisonnable, madame…

– Haley Moman. (Elle papillota des yeux.) Mais je m'appelais Haley Hartford, avant mon mariage…

Apparemment, nous étions censés l'avoir deviné. Nous réagîmes en chœur, faisant mine de l'avoir reconnue :

– Oui, bien sûr.

Cela la fit sourire :

– Entrez, messieurs.

L'intérieur était coloré d'un mélange de taupe et de turquoise savamment étudié. Un requin empaillé monopolisait un mur haut de plafond, tandis que contre un autre était disposée une étagère en bois remplie d'ours en peluche. Le troisième était consacré à toute une série de photos de famille : Haley Moman née Hartford, brushing impeccable, ainsi qu'un garçon légèrement plus petit qu'elle baissant systématiquement la tête, le visage masqué par de longs cheveux châtain clair assez ternes.

Enfin, au quatrième mur de la pièce était suspendu un tableau grandeur nature représentant Haley Moman née Hartford dans une robe sans bretelles argentée dont l'ouverture abdominale permettait d'admirer le nombril.

– Ce tableau est inspiré d'une photo prise sur le tapis rouge de la cérémonie des Emmy Awards. C'était le bon vieux temps. Attendez-moi ici.

Elle traversa le salon et la salle à manger attenante et entra dans ce qui était probablement la cuisine. Elle en ressortit quelques instants plus tard munie d'une bouteille d'eau vitaminée.

– Pff… Elle ne nous propose pas de biscuits… marmonna Milo.

– Pardon ? lança Haley Moman.

– Jolie maison.

– Nous faisons de notre mieux.

Elle s'assit en tailleur, façon maître yogi, puis elle déboucha sa bouteille et s'octroya une longue gorgée d'eau.

– Allons-y, dit-elle ensuite. Quelle est cette *prétendue* plainte ?

Milo lui montra le feuillet regroupant les tweets.

– Ce sont des bêtises d'ados, rien de plus, jugea-t-elle. Et ce « DM » est sans doute une référence médicale, genre Dr M., ça n'a rien de dangereux. Les mots de Crispin reflètent sa réalité, c'est tout ; il passe son temps dans des cabinets médicaux – allergologue, pédiatre, ORL, orthodontiste, optométriste… (Elle laissa passer un silence, puis se mordit la lèvre.) Et aussi chez la psy. Nous avons conscience que Crispin a des problèmes, comme vous le voyez, mais ce que vous me montrez là relève de la plaisanterie. (Elle rendit le feuillet à Milo.) J'ai vraiment du mal à comprendre que vous perdiez votre temps sur une histoire de gamins.

– Selon le plaignant, « DM » ne fait pas référence à un quelconque médecin ; Crispin aurait en réalité voulu dire « Doivent Mourir ».

– C'est absurde… répliqua Haley Moman sur un ton manquant sérieusement de conviction.

– Crispin s'y connaît-il en informatique et en Internet ? intervins-je.

– Parce qu'il n'aurait pas le droit d'avoir au moins un talent, peut-être ? Oui, en effet, il sait tout faire avec un ordinateur.

– Il est donc familiarisé avec les codes de langage du web comme avec le codage informatique.

– Je vous en prie, ce ne sont que des maths avancées, et de toute façon je ne vois que des jeux de lettres stupides dans ces posts. Pour moi, « DM » signifie quelque chose comme « Dr M. », et je ne changerai pas d'avis tant que vous ne me prouverez pas le contraire.

Milo, d'un regard, m'engagea à réagir.

– Nous sommes réellement navrés si cela vous bouleverse, mais en tant que mère vous comprenez certainement qu'il nous est impossible de ne pas creuser davantage.

– Juste à cause de ces posts ?

– Le plaignant assure que Crispin l'a menacé verbalement.

– Où ça ?

– Au lycée.

– Ha. Comme s'il y allait assez souvent pour seulement pouvoir discuter avec d'autres élèves. Il faut que vous compreniez que Crispin est différent – pas de façon négative, mais il n'est pas comme les autres. Il a été scolarisé à domicile jusqu'à la terminale. Sa psy a alors estimé qu'il était important qu'il vive une expérience sociale avant d'intégrer une université, même en tenant compte des défis en termes d'adaptation qui ne manqueraient pas de se présenter. Nous avons suivi son conseil. C'est une personne brillante, professeure à l'université et diplômée de Yale. Alors excusez-moi de lui faire confiance à elle plutôt qu'à ça.

– Pourrions-nous nous entretenir avec elle ?

– Certainement pas ! Oh, après tout, pourquoi pas, elle ne fera que vous confirmer ce que je vous dis. C'est le Dr Marlene Sontag, allez-y.

Coup de chance ; je connaissais et appréciais Marlene.

– Pourriez-vous l'appeler et lui donner votre accord pour nous parler de Crispin, s'il vous plaît ? demandai-je.

– Pas de souci, monsieur. Bon, nous en avons terminé ? Vous voulez bien me laisser aller à la salle de sport ?

– On nous a également signalé que Crispin avait eu des problèmes avec des animaux.

Le regard d'Haley Moman glissa sur sa droite, puis elle baissa les yeux sur ses genoux et ne releva pas la tête :

– Mon Dieu… Je croyais cette affaire réglée…

Je restai muet, ce qui l'incita à poursuivre :

– Je n'en reviens pas… C'était un écureuil, bon sang ! Ce sont des rongeurs répugnants porteurs de maladies. Ça aurait aussi bien pu être un rat ; les écureuils ne sont rien d'autre que des rats avec une queue touffue.

– Que s'est-il passé ?

– Rien du tout. C'est arrivé il y a deux mois, alors que Crispin venait tout juste d'intégrer le lycée de Beverly Hills. Et ça s'est passé pendant la pause déjeuner, sur la pelouse, il n'a perturbé aucun cours. Vous croyez que quelqu'un aurait pris le temps de faire connaissance avec lui depuis son arrivée ? Carrément pas. Il était donc seul quand un stupide écureuil a surgi devant lui et a montré les dents, clairement agressif. Ce n'est pas normal, on est d'accord ? D'habitude, ces bestioles ont peur des humains. Celui-là était forcément malade, peut-être même enragé ou porteur de je ne sais quel terrible virus.

– Crispin s'est senti menacé, déduisis-je.

– Mettez-vous à sa place ! Tout le monde défend les animaux, de nos jours, et ça ne me dérange pas, j'ai renoncé à mes fourrures, mais les animaux ne sont pas tous parfaits ; il y en a des nuisibles, comme il existe des êtres humains nuisibles, et celui-là était féroce, ça sautait aux yeux ! Il a montré les dents face à un enfant qui ne lui avait rien fait ! Qu'aurait dû faire Crispin ? Rester immobile et se laisser mutiler ?

– Qu'a-t-il fait ?

Elle joignit le bout de ses doigts et les fit glisser de chaque côté de son nez dépourvu de défaut.

– Qu'a-t-il fait ? répéta-t-elle. Eh bien, il s'est protégé.

– De quelle façon, précisément ?

Elle baissa de nouveau les yeux :

– Écoutez, j'étais loin d'imaginer qu'il avait ce couteau sur lui. C'était un cadeau de son grand-père, mon père, qui élève du bétail dans le Montana. Pour lui, un couteau n'est qu'un outil comme un autre. Celui-là n'était qu'une ridicule petite lame de cinq centimètres faite pour tailler ou sculpter. Papa l'a offert à Crispin pour ses six ans. Mon mari et moi l'avions caché parce que nous sommes résolument anti-armes, quelles qu'elles soient, mais Crispin l'a trouvé.

– Il n'y a donc aucune arme à feu dans cette maison ? déduisit Milo.

– Bien sûr que non ! se récria Haley Moman, aussi épouvantée que s'il avait insinué qu'elle était une femme âgée. Pas le moindre instrument de destruction. (Elle inspira profondément, ce qui souleva sa poitrine.) Dès le début, nous avons compris que Crispin devait être surveillé de près, ce qui veut dire tolérance zéro.

– Il a tout de même récupéré son couteau.

Elle leva les mains :

– Je l'avais conservé car il nous venait de mon père. Je l'avais caché dans un tiroir de ma salle de bains, mais Crispin l'a trouvé. Il m'a dit qu'il ne l'avait pris que ce jour-là, dans l'intention de sculpter quelque chose dans une branche d'arbre – il s'essaie à l'art. Il l'avait donc sur lui et s'en est servi.

– Sur l'écureuil, complétai-je.

Haley Moman tourna la tête vers moi, les joues rouges et ses yeux marron plissés :

– Cette stupide bestiole lui montrait les dents ! Il s'est senti menacé. Pour ce qu'on en sait, il risquait peut-être d'être contaminé par la peste ou je ne sais quelle horreur. Alors oui, il s'est défendu avec son couteau, mais quelle affaire, franchement !

– Votre réflexion sur une potentielle maladie est pertinente, approuvai-je. Les services vétérinaires ont-ils analysé le corps de l'animal pour vérifier s'il était infecté ?

Haley Moman resta un temps sans réaction, puis elle tira sur ses cheveux et récupéra sa bouteille d'eau, qu'elle déboucha et reboucha dans la foulée avant de la poser brusquement sur la table basse en travertin taupe.

– Non, dit-elle enfin. Il ne restait pas grand-chose à analyser.

Puis elle sortit de la pièce. Après une absence plus longue que la précédente, elle fut de retour, les yeux rougis et les cheveux détachés, munie d'une nouvelle bouteille d'eau.

Milo avait profité de ce temps mort pour se livrer à quelques recherches ; vingt ans auparavant, Haley Hartford avait joué deux saisons durant dans *Lignes de marée*, série dans laquelle elle apparaissait essentiellement en maillot de bain rouge sang. Un premier mariage avec un acteur par la suite décédé d'une overdose, puis deux ou trois compagnons avant d'épouser Adrian Moman, qui était probablement le beau-père de Crispin, vu l'âge de ce dernier.

– Bon, Crispin accepte de vous recevoir, dit-elle en tirant sur sa chevelure, telle une secrétaire ayant accompli l'exploit de dégager un créneau sur l'agenda de son patron.

– Super, dit Milo, qui se leva, tout comme moi.

– Mais tenez-vous-en aux sujets pertinents, évitez les absurdités.

– Comme quoi, par exemple ?

– Je vous guiderai.

Elle fila au pas de course vers l'arrière de la demeure, traversant un couloir éclairé par une verrière et sur lequel donnaient trois chambres, de part et d'autre. Elle déboucha ensuite dans un espace de la largeur de la maison meublé de fauteuils en cuir turquoise, avec d'un côté un écran de cent pouces et de l'autre un billard et un évier, derrière lesquels un aquarium géant – du sol au plafond – abritait des poissons d'eau de mer. Les fenêtres étant toutes couvertes de rideaux taupe, l'endroit n'était éclairé que par des plafonniers LED réglés au minimum.

Ces équipements laissaient encore une vaste surface au centre de la chambre, qu'occupaient un lit double, un fauteuil en cuir noir Eames et un grand bureau en verre formant un U renversé. Sur celui-ci se trouvaient deux ordinateurs portables, trois écrans de vingt pouces, une demi-douzaine de Rubik's Cubes et un grand livre jaune à couverture souple intitulé *La pandémie du bourbier : guide de la satiété du vide de l'esprit*.

Un garçon d'une maigreur qui faisait pitié était assis sur le lit, ses fesses étroites n'occupant qu'un petit coin du matelas. D'une taille assez modeste, il avait les cheveux longs, raides et teints d'une curieuse nuance qui rappelait la cire. Ses doigts aux allures de pattes d'araignée reposaient sur ses genoux osseux, et sa peau parcourue de veines bleues était extrêmement pâle, presque translucide.

Crispin Moman avait dix-sept ans et demi mais n'aurait eu aucun mal à passer pour un ado de quatorze ans.

Contrairement aux photos que nous avions aperçues, il nous révéla son visage, ne nous offrant aucune expression, si ce n'est une vague attente dans le regard. Ses traits étaient plutôt harmonieux mais à peine esquissés, comme si un sculpteur s'était trouvé à court d'argile. Contrastant avec le reste de sa personne, ses yeux bleu-violet étaient immenses et scintillants, cernés de longs cils recourbés.

La frange de sa coupe au bol était séparée en deux sur un large front blanchâtre déjà strié des rides que sa mère avait jusqu'à présent repoussées grâce à un heureux héritage génétique ou l'emploi de botox. Il portait une combinaison vert foncé en polyester que n'aurait pas reniée un vieillard flemmardant à Palm Springs plusieurs décennies auparavant, avec « Ralph » brodé sur la poitrine, du côté droit, et des chaussures de ville noires sans chaussettes. Enfin, quatre bandelettes rouges enveloppaient un de ses poignets fragiles.

Il nous regardait sans donner l'impression de nous voir.

– Les voici, mon chéri, dit Haley Moman.

Crispin ne remua pas un cil.

Sa mère agita l'index à notre intention, comme pour nous dire « Allez-y en douceur ».

Milo s'approcha de l'adolescent :

– Bonjour, Crispin. Je m'appelle Milo.

– Quel est votre titre ? rétorqua Crispin, la tête baissée.

– Comment ça ?

– Votre identité officielle comprend un titre.

Voix nasale, léger trémolo, volume un peu trop fort.

– Lieutenant.

– Lieutenant Milo… ?

– Sturgis.

– Lieutenant. Milo. Sturgis.

Crispin tendit la main, que Milo serra avec précaution, et laissa à celui-ci le soin de rompre ce contact, puis il laissa ses doigts retomber sur ses genoux.

– Mon identité complète est Crispin Bernard Moman.

– C'est amusant, dis donc, sourit Milo. Moi, c'est Milo Bernard Sturgis.

Haley Moman le considéra avec suspicion, se demandant sans doute si cet homme mentait afin de manipuler son enfant.

– Vous ne l'avez pas spécifié, dans un premier temps, releva Crispin.

– Je n'emploie que rarement mon deuxième prénom.

– Données incomplètes. Cela peut générer des erreurs.
– Ah…
Sans même me regarder, le garçon s'adressa ensuite à moi :
– Et vous, quelle est votre identité complète ?
– Alexander Dumas Delaware, mais tout le monde m'appelle Alex.

Milo retint un hoquet de surprise ; jamais je ne lui avais fait part de la lubie littéraire à laquelle ma mère avait cédé avant d'être frappée par une dépression post-natale qui ensuite ne l'avait plus quittée. Ce deuxième prénom m'avait valu d'être traité de « chochotte française » par mon poivrot de père durant toute mon enfance.

D'autre part, mes initiales, A.D.D., n'arrangeaient rien à l'affaire[1]. Lassé des railleries subies à l'école, j'avais renoncé à ce D sur mon permis de conduire, délivré dans le Missouri, puis sur tous les documents officiels par la suite.

– Mon père se prénomme Bernard, précisa Haley. Crispin aime lui rendre visite, dans le Montana.

Crispin saisit son livre et se mit à lire.
– Tu sais pourquoi nous sommes ici ? dit Milo.
– J'ai menacé Todd et Shirin.
– Il veut dire que c'est ce que vous croyez, nuança Haley.
– Je veux dire que je le sais, la contredit son fils.
– Tu l'as vraiment fait, alors ? insista Milo.
– Évidemment.
– Todd et Shirin ont été sacrément secoués, tu sais.
– C'était l'objectif.
– De les secouer ?
– Oui.
– Pourquoi… ?
– Parce que je les déteste. Et ils me détestent. S'attendre à des amabilités dans une telle situation serait irréaliste.
– Serais-tu capable de mettre tes menaces à exécution ?

1. ADD correspond à « *Attention Deficit Disorder* », soit « trouble du déficit de l'attention ».

– Bien sûr que non ! intervint Haley.

Son fils la considéra avec l'air de juger qu'il était illusoire de la raisonner.

Milo insista :

– Crispin, serais-tu capable de…

– Non, ce serait une stratégie aussi stupide qu'inefficace.

– Pourquoi donc ?

Le regard méprisant de l'adolescent délaissa sa mère pour se poser sur nous :

– Pourquoi risquerais-je ma liberté pour le plaisir fugace de leur faire du mal ? Du moins dans les circonstances actuelles.

– Arrête avec ces bêtises, Crispin, s'agaça Haley. Contente-toi de leur dire la vérité.

– C'est ce que je fais, mère. Dans l'état actuel des choses, alors que nous sommes tous les trois adolescents, la probabilité que je mette mes menaces à exécution est égale à zéro.

– Mais sinon… ? demandai-je.

– Si nous nous retrouvions tous les trois sur une île déserte, avec de la nourriture pour seulement une ou deux personnes… je ferais tout mon possible pour survivre.

– C'est de la science-fiction, ça, Crispin, le recadra sa mère. Donne des faits réels à ces messieurs. S'il te plaît !

– Si on exclut la science-fiction, il n'y a aucune chance que je leur fasse du mal. J'ai voulu les provoquer parce qu'ils – enfin non, pas elle, seulement lui – parce qu'il s'en prenait à moi verbalement.

– Mais tu n'as rien à reprocher à Shirin ?

– Elle est neutre, elle n'affiche ni hostilité ni soutien à mon égard. Je l'ai incluse dans mes menaces parce qu'il tient beaucoup à elle, je voulais le blesser au maximum. (Un sourire de travers éclaira soudain le visage du garçon.) Et j'ai réussi, apparemment.

– Oui, Crispin, mais il faut que tu arrêtes avec ça, maintenant, exigea sa mère, qui se tordit les mains tandis que s'imposait un interminable silence.

– D'accord, lâcha enfin Crispin.
– D'accord pour quoi ? l'interrogea Milo.
– J'arrête.
– Complètement.
– C'est ce que signifie le verbe « arrêter », lieutenant Milo Bernard Sturgis. Il n'y a pas de rhéostat, c'est l'un ou l'autre.
– Bien.
– Ce n'est ni bien ni mal, c'est la réalité. Vous n'aurez pas à revenir inquiéter Haley, je ne retournerai pas là-bas.
– Au lycée de Beverly Hills, tu veux dire ?
– Mon chéri, je croyais qu'on s'était mis d'accord pour que tu essaies de… se désola Haley.
– Les circonstances ont évolué, Haley. Cette tentative n'a eu aucun effet positif, et il est improbable qu'il en aille autrement. J'en apprendrai davantage par moi-même.
– Mais la thérapeute a dit que Harvard et Yale…
– Elle a fait ses études à Pitzer, ricana Crispin. Je préfère me fier à mon propre jugement. (Il tourna la tête vers Milo.) Inutile de revenir la stresser, L.M.B.S.
– Pas de souci, si tu ne nous donnes aucune raison de le faire.
L'adolescent leva la main :
– Je m'y engage, je vous le promets, j'en fais le serment. Si cela peut vous rassurer, apportez-moi une Bible et je répéterai ces mots avec ma main posée dessus.
– Tu es croyant ?
– Je crois en la croyance.
– Plus de menaces, donc ?
– Plus la moindre. (Sa propre repartie fit sourire Crispin, qui répéta ces derniers mots, comme pour mieux les savourer.) Plus la moindre… Plus la moindre menace.
– Parfait, dit Milo, qui lui tendit la main.
– Nous nous sommes déjà serré la main, mais d'accord.
Ce fut lui, cette fois, qui rompit le contact.
– Merci, Crispin.
– Pour quoi ?

– Merci d'avoir discuté avec nous.

– Je parle aux gens, je ne suis pas un robot, se justifia Crispin, dont le regard violet se leva vers sa mère.

– Bien sûr que non, mon chéri, abonda celle-ci.

Elle fut payée par un nouveau sourire condescendant de la part de son rejeton.

Alors que nous nous apprêtions à nous en aller, Crispin reprit la parole :

– Ils se prennent pour des adultes mais ils sont loin d'en être.

– Qui ça ?

– Eux deux, et ceux avec qui ils ont soi-disant organisé la soirée. En réalité, c'était un mensonge.

– Qu'est-ce qui te fait dire ça ? demandai-je.

– Après qu'ils m'ont empêché d'entrer, j'ai eu l'idée de leur offrir un souvenir de nos confrontations. Je suis allé à pied jusqu'à la maison et j'ai vu des adultes, des parents d'élèves ; j'ai compris que je n'avais pas à me donner cette peine.

– Tu es allé là-bas ? s'exclama Haley. Mon Dieu…

– N'angoisse pas inutilement sur des événements qui ne se sont pas produits, lui intima son fils.

– Que comptais-tu faire là-bas ? s'enquit Milo.

Le sourire de travers réapparut et se développa jusqu'à peu à peu étirer toute la bouche du garçon, comme si la joie était un gaz susceptible de faire enfler les tissus humains.

– Je ne suis pas sûre de vouloir le savoir, dit Haley.

– Ça vaudrait mieux, en effet, mais eux veulent entendre la suite, dit Crispin. Mon projet consistait à déposer un énorme étron à l'entrée de la propriété, à l'endroit où il y avait le plus de chances que quelqu'un marche dedans.

Sa mère laissa échapper un petit cri.

Il fit le V de la victoire, puis poursuivit :

– J'avais apporté du papier toilette, et je comptais également laisser sur place les feuilles dont je me serais servi. Quand j'ai aperçu ces adultes, j'ai compris que mon plan n'avait plus de raison d'être parce que ces pauvres cloches n'étaient que des menteurs ; m'interdire de participer à leur soirée n'était qu'un faux geste de domination. Dès lors, pourquoi prendre la peine d'offrir le produit chimique de mon corps à ces fourmis insignifiantes ?

– Doux Jésus… se lamenta Haley en secouant la tête.

– Combien d'adultes as-tu aperçus ? demandai-je.

– Une femme et un homme.

– Tu es certain que c'étaient des parents d'élèves ?

– Ce n'étaient pas des adolescents. Ils avaient une allure d'adultes, ils se déplaçaient avec une assurance d'adultes. Puis ils sont partis.

– Tu as vu leur voiture ?

– Il faisait nuit. Je l'ai entendue donc je sais qu'elle était là. Puis plus rien ; ils avaient filé.

– As-tu entendu ces personnes dire quelque chose ?

– Non.

– Vers où sont-ils partis ?

– Vers le nord.

– À quel moment ?

– À 2 h 58 du matin, dans la nuit de vendredi à samedi.

– Tu étais dehors à trois heures du matin ? s'étrangla Haley.

– Oui, ça m'arrive quand je ne trouve pas le sommeil.

– Oh, Crispin…

– Tu prends ton Lunesta et lui son Ambien. Tu sais très bien ce que je pense de ces somnifères, Haley.

– S'aventurer dans la rue en pleine nuit est plus dangereux que d'avaler des cachets.

– Je remets en cause cette affirmation, Haley. La circulation est quasi inexistante, la nuit, et je me tiens à l'écart de la route.

– Tout de même, seul dans l'obscurité…

– L'obscurité est neutre ; ce n'est pas un être vivant. Une fois, j'ai vu un raton laveur. Nous nous sommes dévisagés un moment, puis chacun a poursuivi son chemin. J'ai également aperçu des biches ; elles ont peur de moi, même les grosses.

– Je n'en reviens pas… Mais où vas-tu comme ça en pleine nuit ?

Au petit matin, plutôt. En général, je fais quelques pas dans le jardin, et parfois, quand ça ne suffit pas à me donner envie de dormir, je sors par devant et je marche vers le nord ou vers le sud. C'était la première fois que j'avais un objectif, une destination.

– Tu avais une mission à accomplir, dis-je.

– Une mission gastro-intestinale. J'avais consommé beaucoup de fibres au dîner. (L'adolescent se tourna vers sa mère.) Tu te rappelles ? Le chili con carne, la salade et les céréales ? Tu étais ravie que j'aie si bon appétit.

– Oh, Crispin…

– Quand j'ai vu ces deux adultes, je me suis rendu compte combien Todd et Shirin étaient pathétiques et j'ai compris qu'il fallait renoncer à mon plan. Les fibres étant à l'œuvre, je suis rentré juste à temps pour filer aux toilettes. J'ai ensuite utilisé le désodorisant bio parfumé à l'orange que tu apprécies, Haley, puis j'ai pris une douche et je me suis couché.

– Je sens qu'une migraine se prépare, se lamenta la mère de Crispin, chancelante, une main plaquée sur la tempe. Restons-en là.

– Encore quelques brèves questions, dit Milo. À quoi ressemblaient ces adultes, Crispin ?

Regard vide de la part du garçon.

– Un effort, petit… insista Milo.

– Il n'en sait rien, intervient Haley.

– Grands ? Petits ? Gros ? Maigres ?

Toujours ce même regard vide.

– Leur couleur de cheveux ?

Silence.

– Leurs vêtements ?

Pas davantage de réaction.

– Tu ne te souviens de rien du tout ?

Crispin secoua la tête, n'exprimant pas la moindre émotion. Volubile une seconde auparavant, il était à présent totalement muet, comme si quelque chose avait déréglé ses ondes cérébrales.

Haley Moman s'interposa entre Milo et son fils :

– Cette discussion est terminée. Partez immédiatement.

Crispin se replongea dans son livre.

– Allez, filez ! nous ordonna sa mère, désignant la porte.

Elle nous suivit de près tandis que nous nous dirigions vers la porte d'entrée de la maison. Dans le salon, elle nous précisa :

– Il faut que vous compreniez qu'il n'est pas physionomiste du tout. Il a déjà oublié à quoi vous ressemblez, alors ne perdez pas votre temps et ne me faites pas perdre le mien. (Elle ouvrit la porte d'un geste vif.) Vous n'allez pas lui créer des ennuis, j'espère ? Il ne représente un danger pour personne, c'est évident.

– Non, pas pour l'instant, répondit Milo.

– Que voulez-vous dire ?

– Maintenant que vous êtes au courant, je suis sûr que vous serez très attentive à…

– Comme si je ne l'étais pas déjà ! Comme si je n'ouvrais pas grand les yeux chaque jour depuis que ses *différences* se sont manifestées ! Vous êtes vraiment hallucinants !

Elle resta postée sur le seuil de sa demeure alors que, remontés en voiture, nous nous éloignions.

– Je me fais de nouveaux amis tous les jours, dit Milo. Bon, le gamin aperçoit un homme et une femme peu avant trois heures du matin dans la nuit de vendredi à samedi. Ça colle avec notre chronologie.

– Ils s'y sont mis à deux, comme on l'avait estimé. L'un a conduit la limousine, l'autre un second véhicule pour ensuite décamper.

– Et j'ai un témoin oculaire qui ne retient pas les visages, s'esclaffa Milo. Drôle de gosse. Il est dangereux ou pas, d'après toi ? Je ne vois pas de raison de l'accuser de quoi que ce soit, et maintenant qu'il va reprendre ses cours à domicile, je m'imagine mal impliquer la police de Beverly Hills.

– Avec seulement quelques messages codés et pas la moindre arme dans la maison… Ils ne feront rien, en effet. Comme tu l'as dit, Haley ne peut pas faire grand-chose d'autre que de garder un œil sur lui.

Milo laissa passer un kilomètre :

– Il y a également cette histoire d'écureuil. D'un autre côté, il ne s'est pas bagarré avec le raton laveur. La pauvre… Être réduite à ça après avoir été une bombe en maillot de bain. Enfin, assez de compassion, il est temps de nous focaliser sur Okash et Drôle de Barbe.

32

Nous parvînmes chez moi à 17 h 40. Moe Reed étant posté pour encore vingt minutes devant la galerie d'Okash, Milo l'appela alors que la voiture banalisée s'immobilisait.

– Pas le moindre mouvement, lieut', répondit l'inspecteur. Il n'y a toujours pas de lumière et sa voiture est là.

Milo lui relata notre entrevue avec Crispin et ajouta :

– Je te charge de mettre Alicia et Sean au courant.

– Le gamin a sans doute vu les assassins mais serait incapable de les reconnaître, résuma Reed. Ça me fait penser à Oliver Sacks, un psychiatre atteint du même trouble – Liz m'a offert un de ses bouquins.

– Vu la chance que j'ai en ce moment, ce sera mon prochain témoin, grommela Milo.

– Il est mort, lieut'.

– Raison de plus.

La maison était plongée dans le silence. Robin travaillait, assistée de Blanche. Je me préparai un café et le bus sur mon canapé en cuir bien usé, en me demandant si je pouvais faire quoi que ce soit de plus pour faire avancer notre affaire. Les bases de données n'avaient livré que peu d'informations sur la femme que Medina Okash avait agressée, cependant les inspecteurs de Milo avaient été trop occupés pour creuser davantage de ce côté. Pourquoi ne pas tenter ma chance ?

Je tapai « contessa welles » dans la barre de recherche. Rien. Peut-être ce prénom était-il un surnom, à moins qu'une erreur de frappe d'un employé de la police ait tout faussé, comme l'avait hasardé Reed.

Associer « welles » à diverses variantes telles que « connie », « constance » ou « consuela » me confronta au problème inverse en me proposant trop de liens. Les deux plus intéressants étaient relatifs à un personnage figurant dans un roman de Robert B. Parker et à un condor des Andes blessé vivant dans un refuge pour oiseaux au Pérou. Connie – tel était le nom du volatile – avait appris à se saisir délicatement des friandises que lui offrait son soigneur.

Ce torrent de noms eut tôt fait de s'assécher quand j'eus spécifié un âge et une localisation, supposant que la victime d'Okash avait environ le même âge qu'elle, à cinq ans près, et qu'elle vivait dans les environs de New York à l'époque des faits. Je reproduisis la manœuvre avec « wells », sans plus de succès, puis revins à « contessa », que j'associai à plusieurs patronymes potentiels qu'un agent administratif aurait pu confondre avec Welles.

Welch, Welsh, Walsh, Walls.

Bingo.

Dans les archives en ligne du *Newark Star-Ledger*, deux paragraphes en bas de page faisaient état du décès de Contessa Walls, survenu deux ans auparavant. Elle avait trente-six ans.

La défunte avait été retrouvée pendue dans une cellule d'isolement de la prison pour femmes Edna Mahan, située à Clinton, dans le New Jersey. Elle y était détenue depuis six ans, purgeant une peine de dix ans d'emprisonnement pour tentative de meurtre, et avait passé la majeure partie de son séjour dans le service psychiatrique de l'établissement. Au moment de sa disparition, elle était à l'isolement en raison de son comportement agité mais n'était pas surveillée de façon à prévenir un suicide.

Il était précisé qu'un scandale avait éclaté l'année précédente, impliquant des gardiens ayant violé des détenues.

Ma recherche suivante « contessa walls medina okash » ne m'offrit qu'un unique lien, avec les termes « okash » et

« medina » rayés, mais son contenu me donna une nouvelle piste.

Il s'agissait d'un message posté une semaine après la mort de Walls sur le site du funérarium O'Reilly, à Newark.

**** Contessa Jane Walls. Ta vie a été un défi. ****
Mais ton âme était pure.
Je prie pour que ta prochaine vie t'apporte
le salut et la joie que tu mérites.
**** Emeline Beaumont ****

Je dénichai les coordonnées d'une femme répondant à ce nom ici même, à Los Angeles :

Sœur Emeline Beaumont
Directrice adjointe
Servantes de Sainte-Thérèse
Los Angeles, CA 90049

Un couvent dans le quartier de Bel Air ? En vérifiant l'adresse, je découvris, comme il fallait s'y attendre, que cet endroit se situait sur les contreforts montagneux, au nord de Sunset Boulevard et à l'ouest de l'université.

Je me rendis à l'atelier de Robin, que je trouvai en salopette et casque de protection intégral. Le ventilateur aspirant ronronnait, et un corps de guitare en palissandre était fixé sur son établi. Joli bois mais poussière toxique. Un tour à bois conçu et fabriqué par Robin était fixé perpendiculairement à son plan de travail.

La voyant occupée à disposer sur l'instrument des filets en bois multicolores pas plus épais que des cheveux, tâche délicate, je me tins en retrait afin de ne pas la distraire. Elle m'aperçut tout de même et releva la visière en plastique de son casque puis éteignit le ventilateur en appuyant du pied sur une pédale.

– Salut, bébé. Quelle heure est-il ?

– 18 h 40.

– Je n'ai pas vu le temps passer. Il y a du citronnier dans ces filets, or le citronnier adore craquer. Je tiens à les appliquer d'un coup pour éviter des irrégularités.

– Pas de souci, je vais faire une balade.

– Où ça ?

– Dans un couvent.

– Je préfère ne pas en savoir davantage, mais au moins ce n'est pas un monastère, sourit Robin.

– Tu veux que je rapporte quelque chose pour le dîner ?

– Du poisson et du pain, peut-être ? Non, laisse tomber, je me contenterai de restes, si ça te va aussi. Le Grand nous rejoint ?

– Ce n'est pas au programme.

– On en aura assez, alors. Allez, viens m'embrasser.

33

Après avoir roulé dix minutes sur Sunset Boulevard sous un ciel noir, je pris à droite à hauteur de l'université Mount Saint Mary's. Alors que j'avais imaginé que le couvent était situé au sein du campus, je me rendis compte qu'il n'en était rien. Il me fallut poursuivre ma route sur plus de cinq kilomètres, dépassant nettement l'endroit à partir duquel on jouissait de vues panoramiques.

Ma destination se présenta sous la forme d'une demeure coloniale de type hispanique à deux niveaux couverte de stuc blanc, le genre de bâtiment qu'on apercevait plutôt dans les quartiers les plus chics de Santa Barbara ou de Montecito, généralement dissimulés derrière des clôtures et des portails. À l'inverse, cette propriété était ouverte sur la rue. Alors que j'avais craint de ne pas voir grand-chose à cause de l'obscurité, un éclairage extérieur abondant me fit comprendre que mon pessimisme n'avait pas eu lieu d'être. La bâtisse était perchée au sommet d'une colline herbue sur laquelle poussaient de vieux palmiers et orangers, ainsi qu'un platane à tronc triple dont les branches surplombaient un banc en ciment de style italien. Une fontaine d'inspiration similaire bruissait au centre de la propriété. Sur la droite, deux fourgons bleus et deux Kia, également bleues, occupaient un parking bitumé.

Il n'y avait aucune signalétique en vue, pas plus que de croix ou de clocher ; rien ne suggérait que l'endroit était une institution religieuse. Cet anonymat se retrouvait jusque dans les vêtements de la femme que je vis sortir du bâtiment et se diriger vers le parking, un objet vert et brillant calé sous le bras droit.

En chemisier à manches longues et jupe tombant à hauteur des genoux, cette femme d'une taille assez modeste et aux cheveux noirs coupés au carré, était solidement charpentée et marchait d'un pas vif. Parvenue à hauteur d'une des deux petites voitures, elle ouvrit l'objet vert, dévoilant plusieurs sachets de courses roulés sur eux-mêmes comme des pâtisseries. L'un d'eux tomba et elle se pencha pour le récupérer. Me voyant alors sortir de ma Cadillac, elle me sourit et me salua d'un geste de la main.

J'en fis autant et entrepris de gravir la côte. De son côté, elle la descendit, si bien que nous nous retrouvâmes à mi-pente. Dotée d'un joli teint mais d'un nez assez fort et d'une fossette au menton, cette femme aux yeux clairs pétillants avait probablement entre trente-cinq et quarante ans.

– Docteur McCarthy ? dit-elle avec un léger accent du sud. Je suis ravie que vous soyez arrivé avant que je m'en aille. Merci infiniment pour votre généreux don.

Elle me tendit la main, que je serrai brièvement :

– Désolé, je ne suis pas le D^r McCarthy.

Elle recula d'un pas :

– Un donateur que je n'ai jamais rencontré m'a promis de passer déposer un chèque. Je me suis dit que dans une belle Cadillac rétro comme la vôtre… Pardonnez-moi.

– Je suis le Dr Delaware. Je suis psychologue et je…

– Lui aussi ! Vous le connaissez ? Jerry McCarthy ?

– Eh bien oui, à vrai dire.

Cet homme comptait parmi les neuropsychologues les plus respectés de la ville, ce dont je l'informai.

– N'hésitez pas à imiter sa générosité de psy, docteur. Vous êtes venu voir quelqu'un ? L'heure des visites est passée, et j'étais sur le point de m'en aller, mais si vous vous intéressez à notre œuvre, je serai ravie de vous faire découvrir les lieux.

Je lui montrai mon insigne de consultant auprès du LAPD ; quoique périmé et inutile dans la plupart des circonstances, il suffisait pour en imposer lors d'un premier contact.

– La police ? Mon Dieu… Nous n'avons pas porté plainte pour quoi que ce soit, pourtant.

– Je cherche Sœur Emeline Beaumont.

La bonne humeur de la religieuse s'évapora instantanément :

– Pourquoi donc la police s'intéresse-t-elle à moi ?

– Pas à vous, ma sœur, mais à Medina Okash et Contessa Walls.

– Comment avez-vous fait le lien entre elles et moi ?

– Grâce au message que vous avez posté sur le site d'un funérarium, au moment des obsèques de Mlle Walls.

– Pauvre Connie… Ça date.

– Auriez-vous un instant à m'accorder ?

– Vous en avez pour longtemps ? Je partais faire des courses pour nos résidentes. Nous n'en avons que trois, en ce moment – trois adolescentes qui seront bientôt mères. Nous les soutenons durant leur grossesse. Elles sont ici de leur plein gré – je le précise car avec tout ce qu'on entend, l'Église a acquis une bien mauvaise réputation, en grande partie justifiée, hélas. Combien de temps vous faut-il ?

– Quelques minutes à peine.

– Dans ce cas, profitons du plein air en nous asseyant sous Gargantua, cet énorme monstre. Un botaniste de l'université spécialisé en dendrochronologie nous a appris que Gargantua a été planté il y a plus de trois cents ans et que ses racines sont toujours en parfaite santé.

– Je serai ravi de faire sa connaissance.

Sœur Emeline Beaumont lâcha un petit rire qui mourut rapidement.

Nous nous installâmes sous le platane ; les pieds plaqués sur l'herbe, elle garda les mains le long du corps.

– Étant donné que Connie n'est plus de ce monde, je

suppose que c'est pour parler de Medina que vous êtes venu, dit-elle.

– En effet. Mais comment…

– Nous étions amies toutes les trois, autrefois. Qu'est-ce que Medina a fait ?

– Ce n'est pas encore très clair.

– Tout de même suffisamment pour que la police envoie un psychologue m'interroger. A-t-elle un souci d'ordre mental ?

– Je répondrais volontiers à cette question par une autre question, si je ne craignais pas de devenir un cliché ambulant.

Le rire de la religieuse fut cette fois plus prolongé.

– Vous êtes un homme à l'esprit vif, docteur Delaware. Pour un psychologue, j'entends – désolée, je n'ai pas pu résister. Bon, que se passe-t-il ? Medina a fait une bêtise ?

– Ma sœur…

– Vous pouvez m'appeler Emmy.

– Navré, Emmy, mais je ne suis pas autorisé à entrer dans les détails.

– D'accord, j'ai compris. Vous êtes tenu par le secret de la confession laïque. Mais quelque chose de grave s'est produit, de toute évidence. La police n'aurait pas envoyé un psychologue pour analyser une traversée en dehors d'un passage piéton.

– Imaginons que Medina ait commis un crime ; je suppose que cela ne vous surprendrait pas.

– J'aimerais affirmer le contraire… Vous savez ce qu'elle a fait à Connie, n'est-ce pas ?

– Elle l'a agressée avec un couteau.

– Elle a tranché sa chair ici. (Elle porta la main sur sa joue droite et la fit glisser sur sa clavicule et plus bas encore.) Elle lui a littéralement ouvert le visage, puis la poitrine. On voyait les muscles et les os, ce qui a occasionné beaucoup de points de suture. C'était épouvantable mais… Ce que je vais vous dire vous paraîtra peut-être peu charitable, mais Connie avait elle aussi des problèmes. Elle avait également agressé Medina – pas aussi violemment, seulement quelques coups de poing et de pied, mais à plusieurs reprises.

– Elles entretenaient des rapports explosifs.

– C'est le moins qu'on puisse dire. Et je dois reconnaître que c'était souvent Connie qui mettait le feu aux poudres. Ses changements d'humeur étaient parfois terrifiants. (Elle lâcha un soupir.) Avec le recul, je me dis qu'elle était sans doute bipolaire, et la consommation de drogue et d'alcool n'arrangeait rien à l'affaire. Enfin, ce n'est pas à un psy que je vais apprendre tout ça.

– Depuis combien de temps vous vous connaissiez ?

– Depuis la troisième, au lycée privé de la Sainte Croix, à Annapolis, dans le Maryland. Je vous garantis que là-bas, les bonnes sœurs avaient la tête de l'emploi !

Un sourire se dessina en une fraction de seconde sur le visage d'Emeline Beaumont, pour aussitôt disparaître.

– Vous êtes originaire de Louisiane ? devinai-je.

– Ça s'entend à mon accent, pas vrai ? Mon père était amiral. Je suis née à La Nouvelle-Orléans. J'y ai vécu un moment, alors qu'il était affecté à la base aéronavale, puis nous avons déménagé quand il a été nommé instructeur à l'académie navale d'Annapolis. Medina était originaire de Seattle ; sa mère était une hippie mais son père s'était investi sur le tard dans la religion. Quant à Connie, elle était du coin ; ses parents l'avaient mise en pension pour réprimer sa propension à se rebeller. Nous étions camarades de chambre au lycée. Nos chemins se sont séparés le temps de nos études universitaires mais nous nous sommes retrouvées plus tard à New York ; c'est là-bas que c'est arrivé.

– Vous étiez présente, ce jour-là.

Elle ferma les yeux un instant.

– Oui, malheureusement. Il m'a fallu très longtemps pour ne plus faire de cauchemars.

– Vous sentez-vous en état de me raconter ce qui s'est passé ?

Les doigts d'Emmy tambourinèrent un moment sur le banc, puis elle se lança :

– Elles avaient pris un appartement ensemble dans le centre-ville. De mon côté, je suivais des cours à l'université Columbia et j'habitais à Harlem, ce qui fait que je n'étais pas souvent avec elles. Le soir de l'agression, nous avons dîné à Chinatown. J'ai ensuite voulu rentrer chez moi mais elles ont insisté pour que je les accompagne dans un club qu'elles connaissaient. Dès l'instant où j'y suis entrée, j'ai compris que je n'aurais pas dû les suivre. C'était un bar de lesbiennes. (Elle tourna la tête vers moi.) Je suis chaste, aujourd'hui, évidemment, mais je ne l'ai pas toujours été. Cela dit, je n'ai assurément jamais été gay.

– Contrairement à Medina et Connie.

– Disons plutôt qu'elles étaient « bisexuelles par curiosité ». J'aurais dû le deviner. Elles étaient tout le temps fourrées ensemble, au point qu'elles dormaient parfois dans le même lit, gloussant à n'en plus finir. Cependant, je n'ai jamais vu le moindre geste révélateur entre elles. Il est vrai que j'étais très naïve ; je me disais qu'elles partageaient une amitié très forte. Elles ont vécu ensemble, par la suite, mais cela ne m'a pas choquée ; elles travaillaient toutes les deux dans des galeries d'art du centre-ville et avaient toutes les deux étudié l'histoire de l'art à l'université. Elles avaient même voyagé ensemble à l'étranger. En Suisse.

– Elles ont vécu en Suisse ?

– Peu de temps. Elles ont toujours été très proches. Au lycée de la Sainte Croix, je me sentais de temps en temps différente d'elles, ce qui parfois me gênait. J'ai ressenti comme une libération quand je me suis installée seule, à l'époque de la fac. Quand nous étions toutes les trois, elles avaient tendance à faire un peu bande à part.

– Vous êtes donc toutes les trois entrées dans ce bar…

– Vous tenez vraiment à ce que je vous raconte ce chapitre de ma vie… dit Emmy, avec un sourire triste. Nous sommes restées beaucoup trop longtemps dans ce club, et nous avons beaucoup trop bu. À un moment, il s'est passé quelque chose sur la piste de danse – je ne sais pas quoi, précisément, mais ce n'est pas difficile à imaginer.

J'attendis la suite.

– Quclqu'un a dû draguer Connie, reprit la religieuse. C'était fréquent ; c'était elle la plus belle de nous trois. Aussi grande et mince qu'un mannequin, elle avait des jambes interminables et de splendides cheveux blonds. Medina devait contenir sa jalousie, je suppose. Je n'étais pas vraiment consciente de tout cela car je n'avais jamais compris qu'elles étaient… liées de cette façon. Elles draguaient également les mecs, sans retenue… Bref, un incident s'est sans doute produit sur la piste de danse car elles se sont mises à se crier dessus, à se pousser violemment. Puis Connie a giflé Medina. Une énorme baffe. Medina a tenté de la lui rendre mais Connie a intercepté son poignet et l'a tordu. Moi, j'assistais à la scène, consternée. Déjà choquée de me trouver dans un endroit pareil, j'avais en plus un examen prévu le lendemain matin. J'avais la tête qui tournait car j'avais bu trop de zombies – elles avaient insisté et moi, pauvre mauviette, je n'avais pas résisté.

Elle tapota le bord d'un de ses sachets, puis enchaîna :

– Connie tordait le poignet de Medina, laquelle essayait malgré cela de lui griffer les yeux. Connie riait et la traitait de noms affreux, jusqu'au moment où les videurs les ont fichues dehors. L'un d'eux leur a ordonné de se calmer, le temps qu'il appelle un taxi. Je les ai suivies, et elles ont obéi au videur. Elles se sont arrêtées d'un coup et sont restées plantées là, comme deux gamines convoquées dans le bureau du directeur. À quelques mètres d'elles, je n'avais qu'une hâte : filer de là. J'avais même appelé un taxi pour moi. Soudain, Medina a voulu embrasser Connie, qui lui a de nouveau ri au nez – un rire vraiment méprisant – et l'a encore insultée. Medina a plongé la main dans son sac, et j'ai cru la voir gifler Connie, puis laisser sa main glisser sur sa poitrine – exactement le geste qu'on fait quand on passe une carte de crédit dans un lecteur. Ce qui m'a paru bizarre, évidemment. C'est alors que j'ai pris conscience de l'expression de Connie, qui avait les mains plaquées sur les seins ; du sang coulait de sa joue et de son torse. Elle portait un petit haut presque transparent, ce soir-là, sans soutien-gorge, si bien qu'on voyait la blessure qui grandissait et noircissait. Connie s'est écroulée ; Medina s'est penchée au-dessus d'elle en riant, puis d'un coup elle a éclaté en sanglots et s'est laissée tomber à côté de Connie en la suppliant de ne pas mourir. J'ai aussitôt appelé Police-Secours. Voilà, c'est tout.

– Avez-vous dû témoigner lors du procès de Medina ?

– C'est ce que je redoutais, mais il n'y a pas eu de procès. Medina a plaidé coupable et a été condamnée à une lourde peine de prison.

– Quelle a été la réaction de Connie ?

– Je n'en sais rien. Je suis allée la voir plusieurs fois à l'hôpital mais je l'ai trouvée chaque fois à peine consciente. Un jour, en m'y présentant, j'ai appris qu'elle était sortie. J'ai tenté plusieurs fois de l'appeler mais elle ne m'a jamais répondu. Je me suis dit qu'il valait mieux que j'attende qu'elle reprenne elle-même contact avec moi. Ce qu'elle n'a pas fait. Je ne l'ai plus jamais revue, je ne lui ai plus jamais parlé. Idem concernant Medina, même si elle m'a parfois donné des nouvelles, mais rien de personnel, simplement en m'envoyant une invitation à une exposition, ce genre de choses. Pour tout vous avouer, je n'avais pas envie de renouer avec elle, surtout quand je revoyais en pensée la façon dont elle avait ri alors que Connie baignait dans son sang, à terre, même si elle a fondu en larmes aussitôt après. En réalité, j'avais eu l'impression qu'elle pleurait sur son propre sort, sur ce qu'elle venait de perdre.

– Rien à voir avec une compassion sincère, donc.

– Il est possible que mon jugement soit exagérément sévère ; c'était une soirée bizarre, et nous étions ivres. (Elle secoua la tête.) Vous allez croire que c'est cet événement qui m'a poussée à entrer dans les ordres, mais pas du tout.

J'ai décroché mon diplôme d'assistante sociale, puis travaillé auprès d'enfants défavorisés dans le quartier de Bed-Stuy, à Brooklyn, dans un autre établissement dépendant de Sainte-Thérèse – un endroit admirable, où il ne s'est jamais rien produit de fâcheux.

Elle laissa passer une seconde avant de changer de sujet :

– Delaware, c'est un nom dérivé du français, ça, non ? Vous êtes catholique ou protestant ?

– Je suis une sorte d'hybride.

– Les métissages donnent les individus les plus résistants, d'après ce qu'on dit. Enfin, impressionnée par le travail des sœurs et peu satisfaite par mes relations avec les hommes, je suis devenue novice au sein de notre ordre. Cette vie m'a plu et je suis restée ; je mène aujourd'hui une existence paisible. (Elle jeta un regard en direction du couvent.) Nous travaillons sans craindre la moindre controverse, et nous avons un surnom, comme tous les ordres de bonnes sœurs de Californie ; nous sommes les « Filles de Saint Terri ». Enfin, voilà l'histoire de Connie et Medina.

– Connie a également échoué en prison.

– Oui, je sais. Un jour, mes parents m'ont appelée pour m'apprendre qu'elle était morte en prison, où elle purgeait une peine pour tentative de meurtre – une histoire avec une autre femme, apparemment. Vous en savez plus, peut-être ?

– Nous commençons tout juste.

– À quoi faire ?

– À explorer le passé de Medina, à cause d'un autre conflit amoureux. C'est toujours la même histoire.

– Oui, j'imagine. Mon père mettait ça sur le compte de l'homosexualité. Papa adorait trouver des morales aux histoires. Très religieux, il ne ratait jamais la messe et ne manquait jamais de se confesser quand il était à terre. Une de ses sœurs étant dans les ordres, on aurait pu croire qu'il approuverait mon choix de vie, mais il se trouve que je suis fille unique. Par conséquent, il ne serait jamais grand-père. Il s'est convaincu qu'il y avait un souci du côté de ma sexualité.

(Elle me fit un clin d'œil.) Je n'allais tout de même pas lui raconter ma jeunesse, même si elle a été assez sage, comparée à ce qu'ont vécu Medina et Connie.

– Me permettez-vous de vous citer quelques noms de personnes que Medina a peut-être connues ?

– Oui, si cette liste n'est pas trop longue ; il faut vraiment que j'aille faire mes courses.

Elle n'eut aucune réaction en m'entendant énumérer les noms des victimes.

– Et Geoffrey Dugong ? dis-je ensuite.

– Sacré nom, commenta-t-elle.

– C'est un peintre que Medina représente. Son véritable nom est Jeffrey Dowd.

Silence.

– Emmy… ?

– C'est le frère de Medina. Enfin, son demi-frère. Comme je vous l'ai dit, son père était hippie ; il a eu un enfant avec une autre femme alors qu'il était marié à la mère de Medina. Jeff est impliqué dans votre affaire ? Je ne devrais pas m'en étonner ; il a toujours été agité.

– C'est-à-dire ?

– C'était un garçon irritable et nerveux, il s'emportait pour un rien. Il voit régulièrement Medina ?

– C'est si surprenant que ça ?

– Disons qu'ils ne m'ont jamais paru proches, docteur. Du moins les rares fois où je les ai vus ensemble. (Elle se pencha vers moi.) Elle le surnommait « le petit bâtard de papa ».

– Elle ne l'aimait pas.

– Cette liaison a peut-être déclenché le divorce de ses parents, mais je ne peux l'affirmer ; la seule fois où j'ai abordé le sujet, Medina s'est mise en colère.

– Medina a toujours eu du mal à maîtriser sa colère, déduisis-je.

– Pourquoi ai-je la sensation d'être en thérapie ? Mais oui, en effet, Medina pouvait passer du calme total à une fureur sans nom en un instant. (Elle claqua des doigts.) Et donc, elle a fait une bêtise ? Quelle pitié. J'espérais qu'elle aurait changé après ce qu'elle avait vécu. Vous devez me trouver bizarre, avec deux amies emprisonnées, mais j'ai eu d'autres amis, à l'université. (Elle s'esclaffa.) Je suis sur la défensive, là, non ? Bon, il faut vraiment que je file ; les futures mères sont affamées.

Je la raccompagnai à sa voiture. Elle tenta de me distancer, mais en vain ; elle se contenta d'ignorer ma présence, peu désireuse de m'offenser – cette façon de se comporter lui avait peut-être sauvé la vie.

– Merci d'avoir pris le temps de discuter avec moi, lui dis-je, au sommet de la colline.

– Je ne sais pas trop ce que cela vous a apporté, et pour tout vous dire je ne tiens pas à le savoir. À quoi bon ?

34

J'appelai Milo alors qu'elle s'éloignait mais n'eus droit qu'à son répondeur, tant chez lui qu'au commissariat.

– J'ai appris des choses intéressantes à propos d'Okash, laissai-je en guise de message, avant de quitter les lieux.

Les cheveux emprisonnés dans une serviette et vêtue de son peignoir japonais, Robin lisait *Cook's* dans la cuisine. Étendue de tout son long près de sa maîtresse, Blanche réglait son compte à un bâtonnet de viande séchée. Toutes deux levèrent les yeux et me sourirent. Robin se redressa, sortit deux assiettes pleines et deux bouteilles de bière Grolsch du frigo et posa le tout sur la table.

Sandwichs à la dinde, salade de pommes de terre, olives à la grecque et tranches de pomme.

– Impressionnants, ces restes, appréciai-je.

– Facile, quand les plats de départs sont de qualité. Alors, comment ça s'est passé, chez les bonnes sœurs ?

– Je n'en ai vu qu'une, plutôt sympa.

Je lui résumai ce que m'avait appris Emeline Beaumont.

– Deux filles privées de liberté et la troisième qui s'impose une réclusion, dit ma compagne.

– C'est une façon intéressante de voir les choses, commentai-je en décapsulant les bouteilles.

– Tu sais donc à présent que cette femme est capable de commettre un acte de violence prémédité et que son frère a du mal à maîtriser ses crises de colère. Bonjour l'ambiance dans la famille.

Nous débarrassions la table lorsque Milo appela :

– Tu ne me croiras jamais : devine qui m'attend dans une salle d'interrogatoire en ce moment même.

– Okash.

– Son frère.

– Dugong.

Milo laissa passer un silence avant de rouspéter :

– Tu ruines mon effet. Comment tu sais que c'est son frère, bon sang ?

– Je t'ai laissé un message.

– Oui, j'ai vu ça mais je ne l'ai pas encore écouté. J'étais trop occupé avec Geoffrey. Tu as le temps de passer ?

Je jetai un regard en direction de Robin, qui réagit aussitôt :

– Il veut nous rejoindre ? Pas de souci, je vais préparer d'autres sandwichs.

– Non, il me demande de le retrouver au commissariat. Le frère colérique s'y est présenté, apparemment.

– Bon, eh bien vas-y, alors. Le devoir n'attend pas, tout ça…

– Je peux refuser.

– Dire non n'est pas ton point fort, chéri, dit Robin en me caressant la joue.

Milo avait installé Geoffrey Dugong dans une pièce dont il ne se servait que rarement car elle était pourvue d'un miroir sans tain permettant de tout voir depuis un réduit adjacent. Or il n'aimait pas être observé. Dugong y faisait les cent pas, une valise grise à roulettes et un sac en toile vert étaient posés dans un coin.

Le demi-frère de Medina Okash portait une veste en cuir noire, un tee-shirt rouge, un jean noir et des baskets orange. Des tatouages dépassaient de sous ses manches et dans son cou. Les bagues saucissonnant sa barbe ayant disparu, une cascade de poils noirs d'une propreté douteuse s'étalait sur son torse.

Penché en avant, il marchait à petits pas, longeant les murs de la pièce. Visiblement démoralisé, il n'était plus du tout animé de la fureur dont nous avions été témoins à la galerie. Bien que plus jeune que Medina, il paraissait plus âgé qu'elle.

– On dirait un autre Geoffrey, fis-je remarquer depuis la salle d'espionnage.

– Il a pas mal bu car il a peur de l'avion, m'expliqua Milo. D'après ce qu'il raconte, il était censé s'envoler il y a trois heures à destination de la Floride. Il s'est rendu en Uber à la galerie, où sa sœur devait le retrouver et le conduire à l'aéroport, mais elle n'est pas venue.

– Pourquoi il ne s'est pas rendu directement à l'aéroport ?

– Une histoire de fric. Elle devait lui remettre l'argent de la vente de deux tableaux pendant l'expo, et pour ça il fallait qu'elle vérifie quelques détails dans ses comptes. En arrivant à la galerie, il a trouvé l'endroit plongé dans l'obscurité. Il a traîné un peu sur le trottoir, puis il est passé à l'arrière du bâtiment, où il a aperçu la voiture de sa sœur. Il a frappé à la porte arrière de la boutique, pas de réponse. Il a tenté de la joindre par téléphone, sans plus de réussite. Il est alors revenu à l'avant, a attendu encore, commencé à flipper, tenté de nouveau sa chance à l'arrière. C'est à ce moment que Binchy, qui n'a rien perdu de la scène, a décidé de le rejoindre, prêt à une confrontation. Au lieu de ça, il a trouvé un type ivre et apeuré qui lui a demandé de l'aider.

– Qu'y a-t-il de si effrayant dans le fait que Medina ne soit pas venue au rendez-vous ?

– Sa réaction excessive est peut-être à mettre sur le compte de l'alcool, ou de je ne sais quel problème de personnalité. En tout cas, il affirme que sa sœur est hyper ponctuelle, que quelque chose cloche. (Milo jeta un coup d'œil par le miroir sans tain.) Tu veux le regarder faire encore quelques tours de la pièce ?

– Non, on a suffisamment profité du spectacle.

Dugong se figea en nous entendant ouvrir la porte, puis il tourna la tête vers nous et s'approcha d'un pas vif de la table disposée au centre de la salle d'interrogatoire. Je lui serrai la main.

– Je me souviens de vous, je vous ai vu l'autre fois, me dit-il, exhalant une forte odeur d'alcool avant de lâcher un renvoi involontaire. Excusez-moi, je bois toujours un peu avant de prendre l'avion. Ça me flanque une trouille pas possible, je préfère les bateaux.

Bredouillant, il avait les yeux rouges et les lèvres craquelées ; l'imaginer traîner avec des individus tels que Mary Jane Huralnik d'ici quelques années n'avait rien de difficile.

Nous nous assîmes face à lui.

– Vous disiez donc que Medina n'est jamais en retard ? dit Milo.

– Elle ne l'était jamais avant, en tout cas.

– Quand vous étiez enfants ? intervins-je.

– Ouais.

– Vous avez grandi ensemble ?

– Non, non, mon père – enfin, notre père – alternait entre les deux apparts. (Il secoua la tête.) C'était un obsédé et un vrai connard. Nos mères se haïssaient. (Un temps mort.) Medina et moi aussi, du coup.

– Vous vous étiez chacun rangé du côté de votre mère.

Dugong se mordilla la lèvre et plissa les yeux, concentré, comme s'il soupesait un nouveau concept :

– Oui, j'imagine.

– Quand avez-vous renoué le contact avec votre sœur ?

– L'année dernière. Je… Bon, je ne vais pas vous mentir, j'avais un problème d'addiction aux méthamphétamines, d'accord ? J'ai suivi une cure de désintoxication mais ensuite je n'ai pas réussi à trouver de boulot sur un bateau. Alors je me suis remis à peindre. J'ai toujours pratiqué l'art, que ce soit le dessin, la peinture, le collage ou d'autres choses. On m'avait même dit que j'avais du talent, au centre de désintoxication. Je suis allé à la foire Art Basel, un truc énorme qui se tient en hiver à Miami.

– C'est un sacré exploit d'avoir pu montrer vos tableaux là-bas, Geoff.

Dugong baissa les yeux :

– Non, je n'ai rien exposé. J'ai simplement été embauché pour installer les stands.

– Comme un machiniste ?

– Qu'est-ce que c'est que ça ?

– Ce sont les gars qui mettent en place le matériel sur un plateau de cinéma.

– Ouais, c'était un peu ça. C'était un boulot de merde payé treize dollars de l'heure, avec des tapettes qui passaient leur temps à donner des ordres. Mais bon, je voulais me rapprocher du monde artistique, histoire de me rendre compte de ce qui se vendait. C'est comme ça que j'ai retrouvé Medina. Un jour, alors que je poussais un diable, je l'ai aperçue en grande conversation avec un groupe de trous du cul pleins aux as ; tout en blanc comme sur un bateau de croisière, elle bavardait avec eux dans je ne sais quelle langue européenne. On s'est instantanément reconnus, même si on ne s'était pas vus depuis dix ans. Depuis l'enterrement de notre père. J'étais prêt à poursuivre mon chemin, à faire comme si je ne l'avais pas vue, mais elle m'a fait ce geste.

Il brandit l'index, comme pour dire « Attends une seconde ».

– Elle vous demandait de ne pas vous éloigner, traduisis-je.

– Exact. L'heure de ma pause approchait quand sa conversation s'est terminée, on a pris un café ensemble. Je l'avais suivie à reculons, genre « On ne s'est jamais entendus, qu'est-ce que tu attends de moi ? », mais tout s'est bien passé, étonnamment. Elle m'a parlé avec douceur, on a bavardé un moment. Quand je lui ai dit que je peignais, elle m'a appris qu'elle venait tout juste d'ouvrir sa propre galerie à L.A. et m'a promis de jeter un coup d'œil à mes tableaux si j'en avais à lui proposer. J'ai laissé tomber mon job de merde et je suis rentré dans les Keys, où j'ai peint comme un fou. J'ai produit quelques paysages aquatiques, que j'ai pris en photo pour les envoyer à Medina. Elle m'a répondu qu'elle les trouvait formidables mais qu'elle recherchait des œuvres plus conceptuelles. Sur le coup, je n'ai rien compris. Elle m'a précisé qu'elle avait besoin de nouvelles idées, de nouveaux concepts, puis elle m'a suggéré de me pencher sur les bougies. J'ai dit OK, pas de souci, ce sera plus facile que la mer. J'ai donc peint une bougie et je lui ai envoyé une photo du tableau. Elle a été emballée et m'a dit : « Je t'expose, fais-en encore quelques-uns. » Elle a réglé tous les frais d'expédition des tableaux et m'a payé mon billet d'avion aller-retour à L.A.

– Elle a tout géré de A à Z.

– Oui, elle est douée pour ça. C'est une fille organisée, vous voyez ? C'est pour ça que je dis que quelque chose ne va pas si elle n'est pas venue à notre rendez-vous. Elle est très à cheval sur la ponctualité, elle aime que tout soit impeccablement réglé. Alors que j'attendais, votre collègue rouquin s'est pointé – qu'est-ce qu'il fichait là, d'ailleurs ? Enfin, il a été cool. Pour un flic, il a été sympa avec moi.

– Qu'y a-t-il de l'autre côté de la porte du fond ? m'enquis-je.

– Quoi ?

– La porte qui donne sur le parking.

– La réserve.

– Nous avons vu une petite réserve mais il y a une autre pièce derrière, apparemment.

– C'est une autre réserve, vide.

– Vous vous êtes donc inquiété, intervint Milo.

– À votre avis ? Carrément, putain !

Des éclairs animèrent soudain le regard de Dugong, pareils à des fissures dans un panneau de verre surchauffé. Sa barbe fut agitée de frémissements et ses mains tatouées se refermèrent pour former des poings rageurs, les jointures des doigts lisses et rosâtres à cause de nombreuses cicatrices.

C'étaient là des souvenirs de la zone rouge, dans laquelle il semblait replonger tout droit en cet instant, sans avertissement préalable.

Milo se redressa sur son siège, de façon à dominer Dugong de toute sa taille. Ce dernier se força à desserrer les poings, puis il se frotta le cou et tenta – sans réel succès – de sourire :

– Pardon, je m'emporte parfois.

– Pas de problème, Geoff. Vous êtes stressé.

– C'est ça. Mais ce n'est pas normal qu'elle ne soit pas venue. Au vernissage, elle m'a incendié parce que je suis arrivé dix minutes en retard, alors que ce n'était même pas ma faute. Le chauffeur de taxi, un abruti d'Arménien, s'était mélangé les pédales dans des rues à sens unique. Je me pointe dix minutes en retard et elle m'engueule. Elle m'a vraiment pourri, ce qui m'a énervé. C'est pour ça que j'étais d'une humeur de chien quand vous m'avez vu. (Il fit craquer ses articulations.) Je travaille sur mon tempérament, vous savez. J'essaie de moins m'énerver. Je fais peut-être toute une histoire de pas grand-chose mais ça me paraît bizarre, c'est tout ce que je peux dire. Et je ne veux pas d'embrouille avec la police. Alors quand votre pote rouquin m'a dit qu'il prévenait son patron, j'ai dit OK, pas de souci. Mon avion avait déjà décollé, de toute façon, alors je m'en foutais.

– Où logez-vous, à L.A., Geoff ? demanda Milo.

– Au Carribean Motel, à Hollywood. J'ai connu pire.

– Vous n'avez jamais dormi chez Medina ?

– Hors de question, on a tous les deux besoin d'avoir son espace à soi. On n'a jamais vécu sous le même toit ; notre père allait et venait d'un appart à l'autre, en fonction de celle qu'il voulait bais… C'était un chien en rut, un gros connard. On est d'accord sur ce point, aujourd'hui, elle et moi.

– Vous êtes habitués à vivre chacun de votre côté.

– Je ne l'ai jamais considérée comme ma sœur. Même maintenant, avec l'expo. Ce n'était pas un truc en famille, mais plutôt… une association. Elle a exposé mes tableaux, organisé le vernissage, on a vendu deux tableaux, ce qui nous a profité à tous les deux. Vous allez vous lancer à sa recherche ?

– Bien entendu, Geoff, assura Milo. Avez-vous vérifié si elle était rentrée chez elle ? Elle a peut-être laissé sa voiture à la galerie et pris un Uber ?

Dugong prit le temps de réfléchir, respirant lentement, comme si cela lui demandait un effort, à tel point que des rides se dessinèrent sur son front. Cet homme était destiné à combattre ses émotions. Peut-être le cheminement de ses pensées était-il perturbé par l'abus de méthamphétamines, peut-être avait-il plongé dans le speed parce que quelque chose n'allait pas dans sa tête dès le départ.

– Je ne cherche pas à vous mettre la pression, Geoff, le rassura Milo.

– Je sais, je sais… dit Dugong, qui tira sur sa barbe et la lâcha aussitôt. Excusez-moi, mais toutes ces questions… Ça fait comme une tempête dans ma tête. Je vous ai dit qu'elle ne répondait pas au téléphone. Comment j'aurais pu vérifier si elle était chez elle ?

– En effet. Désolé, ces questions me viennent par réflexe.

– Elle avait mon argent et avait promis de me déposer à l'aéroport – je n'ai rien inventé.

On aurait dit qu'il cherchait à se convaincre lui-même.

– Bien sûr que non, Geoff, dit Milo.

– Bien, bien… dit le peintre, tirant de nouveau sur sa barbe. J'ai parfois besoin d'être certain que je ne suis pas fou.

Il se passa la langue sur les lèvres.

– Vous voulez de l'eau ? Du café ? proposa Milo.

– Nan, c'est bon.

– Si vous changez d'avis, n'hésitez pas. Maintenant, j'aimerais vous montrer des photos de quelques personnes. Dites-moi si vous les avez vues avec Medina.

– Quel genre de personnes ?

– Ce sont peut-être des connaissances de votre sœur, ou simplement des gens qui ont assisté au vernissage.

– Pourquoi ?

– Nous avons besoin d'en savoir un maximum sur sa vie sociale pour effectuer nos recherches dans les meilleures conditions.

Cette justification était quelque peu bancale, mais Dugong céda :

– D'accord, allez-y.

Il n'eut aucune réaction face aux clichés des premières victimes, puis il reconnut Benny Alvarez.

– Lui, c'est l'attardé mental qui travaillait à la galerie, dit-il, les yeux réduits à deux fentes. Pourquoi vous me montrez sa photo ? Il a été tué.

– C'est Medina qui vous a mis au courant ?

– Elle m'a expliqué que c'était pour ça que vous étiez venus ; elle a piqué une de ces crises.

– Parce que Benny avait été tué ou parce que nous étions passés ?

– Les deux, je suppose, mais c'était après le vernissage. Elle était furax contre moi, après mon intervention brutale, et ne m'adressait plus la parole. Moi, je me suis dit « Assume ta part de responsabilité, abruti », comme on nous le serinait au centre de désintoxication. Je m'excuse, elle m'ignore, je m'excuse encore, elle me dit que je n'aurais pas pu choisir un pire moment pour débarquer dans la réserve, qu'elle se démène pour gérer l'expo, pour vendre mes toiles, que je me comporte comme un bébé. Et pour ne rien arranger, vous lui aviez tout juste annoncé que son débile mental avait été assassiné.

– Il s'appelait Benny, rappelai-je.

– Oui, c'est ce qu'elle m'a dit.

– C'était quel genre de type ?

– Quel genre ? Il était attardé, il ne parlait pas beaucoup. Un petit gars qu'on imaginait difficilement gêner quelqu'un. Qui l'a tué ?

– C'est ce que nous essayons de déterminer.

– Putain ! s'écria soudain Geoff, les yeux exorbités. Putain de bordel de merde !

Il se prit la tête à deux mains.

– Geoff ?

Il leva ses yeux rouges vers nous :

– J'ai pigé où vous voulez en venir. Putain…

– C'est-à-dire ?

– Il travaille à la galerie, elle aussi… Vous croyez qu'elle a subi le même sort. Il y a un truc qui ne va pas dans cet endroit, un mauvais karma, quelque chose comme ça. Merde, je n'avais pas pensé à ça.

– N'anticipons pas trop, Geoff.

Dugong afficha une moue bizarre, un air curieusement vulnérable hors de propos sur son visage ravagé par la colère.

– Qu'est-ce que vous voulez dire ?

– Il n'y a aucune raison de lier Medina à Benny.

– C'est vrai ? Vous ne dites pas ça pour me calmer ?

– Absolument pas. Nous allons commencer par nous rendre à l'appartement de Medina ; il n'est pas impossible qu'elle ait attrapé un virus quelconque et préféré rester au lit.

– « Nous » ? Je viens avec vous ?

– Non, Geoff. Juste mon collègue et moi, sourit Milo.

– Pourquoi elle ne m'a pas appelé, si elle est malade ? Elle savait à quelle heure mon avion décollait puisque c'est elle qui a acheté le billet. Merde, il va falloir que j'en prenne un autre. Vous croyez qu'on va m'en donner un autre parce que ce n'est pas ma faute si j'ai raté l'avion ? Fais chier, il faut que je regarde les horaires des prochains vols. (Il se plaqua les mains sur les tempes.) Toute cette merde à faire…

– Je ne vous garantis rien, Geoff, mais nous expliquerons à la compagnie aérienne que vous avez été retenu par une urgence. En attendant, regardez quand sont prévus les prochains vols.

– Ouais…

Dugong sortit de sa poche un antique mobile dont l'écran était fissuré.

Milo me jeta un regard ; ce n'était pas un téléphone jetable. Quelques tapotements – et quelques erreurs de frappe et jurons – plus tard, Dugong se connecta enfin au site de la compagnie aérienne.

– Bon… il y a un autre vol dans… cinq heures. Il faut que j'aille à l'aéroport. Vous me donnez un justificatif à leur montrer, quelque chose comme ça ?

– Nous allons faire mieux que ça, Geoff. Nous allons vous conduire là-bas et discuter directement avec le personnel de la compagnie. Quel est votre numéro de téléphone ?

Dugong le lui donna.

– Il faut que je rentre chez moi pour récupérer mes chats, que j'ai laissés chez un gars, ajouta-t-il, remuant nerveusement les doigts.

– Vous êtes un amoureux des chats ? lui demandai-je.

– J'en ai adopté trois, qui erraient dans la rue. Ils m'adorent.

– Pas de chien ?

– Non, je préfère les chats, ils sont plus indépendants.

– Et Medina ? Elle aime les chiens ?

– Elle ne m'en a jamais parlé, en tout cas. On peut y aller, maintenant ? Il faut que je vienne avec vous, j'imagine ?

– Vous n'avez rien d'autre à nous dire, Geoff ?

Dugong tapota le sol du pied, cligna des yeux et tripota de nouveau sa barbe :

– J'espère qu'il ne lui est rien arrivé ; je voudrais vendre d'autres tableaux.

35

Ayant laissé Dugong dans la salle d'interrogatoire, Milo appela Sean, qui se trouvait dans le grand open space réservé aux inspecteurs, et lui fit part de sa nouvelle mission.

– Je dois lui faire dire quelque chose en particulier, lieut' ?

– Non, ne pose pas de questions et surtout ne le cherche pas, c'est un ex-accro à la meth et il se comporte encore comme un toxico. D'autre part, il a quinze litres d'alcool dans le sang. Sois cool. Avec un peu de chance il lâchera des bribes d'infos. Dans ce cas, ne réagis pas mais retiens tout ce qu'il te sort.

– Je vais jouer les psys, en fait, plaisanta Binchy. C'est vous qui avez conçu ce plan, doc ?

– Non, c'est moi, gamin, dit Milo. J'ai tout imaginé avec mon seul cerveau.

– Pardon, lieut', se rattrapa Sean, rougissant.

Milo lui donna une claque dans le dos :

– Détends-toi, bonhomme, tu es le type idéal pour ce genre de mission.

– Sérieux ?

– Carrément. Il est persuadé que tu es un mec bien.

– C'est vrai ?

Binchy était ravi d'être apprécié par Dugong – beaucoup trop à mon goût ; il se délectait de la moindre brique ajoutée par autrui au mur croulant de son identité. Il faudrait que j'aie une discussion avec lui, un jour ou l'autre.

Il se rendit dans la salle d'interrogatoire pour y chercher Dugong, puis en ressortit portant le sac de toile de ce dernier, qui le suivait en traînant sa valise à roulettes.

Ils s'engagèrent dans le couloir côte à côte, Binchy disant quelque chose à Dugong – il était probablement question de musique ; Sean adore parler de musique.

Prenant la direction opposée, Milo et moi nous dirigeâmes vers son bureau.

– Voici ce que m'inspire notre Rembrandt, me dit-il. Pas futé au départ, il a en plus perdu pas mal de neurones à force d'abuser de certaines substances, et je pense qu'il a été totalement franc avec nous, à mon grand dam.

– C'est ce qu'il nous a dit sur la réaction de sa sœur quand on s'est pointés à la galerie qui te déprime ?

Milo s'appuya sur le montant de la porte de son cagibi avant de me répondre :

– D'après lui, elle a piqué une crise après avoir appris la mort de Benny… Ça ne colle pas vraiment avec le rôle de tueuse qu'on pensait lui donner.

– À moins qu'Okash, suspectant ou sachant qu'elle est surveillée, ait décidé de se servir de Dugong précisément parce que c'est un camé lent d'esprit doublé d'un peintre qui crève de faim et qui en est arrivé à dépendre d'elle. Elle insiste pour le conduire à l'aéroport, le stimule en lui promettant de l'argent, tout ça pour ensuite lui faire faux bond, sachant pertinemment qu'il y a de bonnes chances qu'il pète un câble plutôt que de prendre l'initiative de se rendre seul en taxi à l'aéroport. Il est surveillé par Sean, qui le conduit ici, où il nous dit exactement ce qu'elle veut que nous entendions.

– Un plan sacrément élaboré.

– Comme la scène de crime.

Milo souffla bruyamment à plusieurs reprises avant d'effectuer le pas qui le séparait de son bureau, puis il se laissa tomber sur son fauteuil, qui émit un gémissement de protestation.

– Mais où est-elle, bon sang ?

– Si Okash était déterminée à faire de Dugong un témoin de moralité involontaire, elle peut se trouver n'importe où ailleurs que là où elle est censée être. Il est possible qu'elle ne soit pas sortie du bâtiment, qu'elle y soit restée cachée, hors de vue, par exemple dans cette mystérieuse pièce derrière la réserve. Autre hypothèse, elle a filé sans se faire repérer, marché sur quelques kilomètres vers l'ouest et a été prise en voiture par quelqu'un, peut-être par un complice.

– Qui n'est pas Dugong, donc… compléta Milo en se frottant le visage. Bon, faisons au plus simple et commençons par fouiller son appart.

Tandis que je conduisais, Milo joignit l'Endormi et lui demanda de fournir à Dugong un billet d'avion gratuit sur le prochain vol à destination de Key West.

– Tu aimes t'endetter ?

– Je te revaudrai ça, on trouvera un moyen, promit mon ami.

– Ce type est un indic ?

– Quelque chose comme ça, oui.

L'Endormi laissa passer quelques secondes avant de donner sa réponse :

– OK, ça roule, si je trouve une place en classe éco. Mais mec, tu vas te noyer sous les intérêts.

Quelques instants plus tard, un texto nous donna un numéro de vol.

Milo appela Binchy et lui transmit l'info.

– Super, il va être ravi, chuchota le jeune inspecteur.

– Pourquoi tu parles à voix basse ?

– Il dort, lieut'. Peut-être une overdose d'émotions fortes.

Milo raccrocha :

– Quelle bonne âme, ce petit. Tu crois qu'une thérapie lui ferait du bien, après ce qu'il a subi sur le balcon de l'immeuble, l'année dernière ?

– Ouaip.

– Je lui donne l'ordre de passer te voir ?

– Non, laisse-lui encore un peu de temps, je le garde à l'œil.

– On s'occupe bien de nos oisillons, pas vrai ? sourit Milo. Bon, allons voir l'habitat naturel de Medina.

Cela nous fut impossible.

Okash vivait dans un immeuble impeccablement entretenu et sécurisé dont la gardienne, une certaine Ada Mansour, réagit sur un ton sec – « La police ? » –, quand Milo pressa l'interphone, puis elle prit tout son temps pour faire son apparition.

Cette blonde décolorée d'une cinquantaine d'années portait une chemise marron d'allure vaguement militaire et un pantalon stretch, sans oublier un air renfrogné qu'on aurait juré tatoué sur son visage.

Elle se faufila entre deux portes vitrées et croisa les bras pour écouter la demande de Milo.

– Non, je ne peux pas vous laisser entrer, lâcha-t-elle avant même qu'il ait achevé sa phrase.

– C'est pour nous assurer que cette personne va bien, madame.

– Qu'est-ce qui vous fait croire qu'elle va mal ?

– Mlle Okash ne donne plus signe de vie.

– Depuis combien de temps ?

– Elle n'a pas honoré un rendez-vous, il y a quelques heures.

– Il y a quelques heures seulement ? sourit Ada Mansour. Alors c'est non, mon gars. Je ne me ferai pas avoir une deuxième fois.

– Que voulez-vous dire ?

– Mon fils faisait partie d'un groupe de musique et ils partageaient une piaule dans la Vallée. Les flics ont prétendu vouloir « s'assurer qu'ils allaient bien » pour enfoncer la porte. Ali a été arrêté à cause de drogue alors qu'il n'en consomme même pas. Ça m'a coûté une fortune.

– Nous ne sommes pas du tout là pour une intervention de ce genre, madame.

– C'est ce que vous dites. Mon avocat a gagné le procès parce que vous n'auriez jamais dû entrer chez mon fils et ses copains, mais ça m'a coûté un bras et demandé beaucoup de temps et d'énergie pour oublier cette affaire.

– Et si vous alliez vous-même jeter un coup d'œil chez Mlle Okash ?

– Pour quoi faire ?

– Pour vérifier qu'elle est là et que tout va bien.

– Elle est sortie. Je l'ai vue partir et elle n'est pas rentrée. Elle avait l'air en forme.

– Comment pouvez-vous être certaine qu'elle n'est pas rentrée ?

– Mon appartement est voisin du sien. Si elle était rentrée, je l'aurais entendue.

– C'est une voisine sympathique ?

– Des questions, maintenant ? Elle est discrète et paie son loyer, donc elle est sympathique. Vous la soupçonnez de quelque chose ? Les propriétaires de l'immeuble ne veulent pas de problèmes ; si vous me cachez la vraie raison de votre présence et qu'il se passe quelque chose de moche, les avocats interviendront, je vous le garantis.

– Nous ne sommes là que pour nous assurer que cette personne va bien, madame, répéta Milo.

Ce n'est pas parce qu'il avait proféré un mensonge qu'il essuya un échec ; Ada Mansour était dès le départ résolue à nous empêcher d'entrer.

– « Madame » ? releva-t-elle. Vous m'avez tous donné du « madame » quand j'ai dû verser une caution pour faire sortir Ali de prison. Madame par-ci, madame par-là, mais en attendant vous m'en avez fait voir de toutes les couleurs.

Alors qu'elle s'apprêtait à nous abandonner, Milo avança d'un pas et tenta de lui remettre sa carte.

– Qu'est-ce que je ferais de ça ? cracha-t-elle, gardant les bras le long du corps.

– Je suis disponible en cas de problème, madame Mansour.

– C'est ça, comme si mes problèmes vous intéressaient.

Comme si je croyais ce que n'importe qui peut me raconter n'importe quoi n'importe quand.

De retour dans ma voiture, Milo fut pris d'un grand rire :

– J'ai pourtant consulté la météo, ce matin, et aucun avis de tempête n'était signalé.

– Les gens se sentent personnellement agressés pour un rien, de nos jours.

– Je confirme. Bon, et maintenant… ? Le propriétaire de l'immeuble qui abrite la galerie se montrera peut-être plus avenant. Essayons de trouver ce gus.

– On rentre au commissariat ou on tente directement notre chance à la galerie ? demandai-je en mettant le contact.

– Tu dis toujours qu'il faut être optimiste ; direction Hart Street.

Le trajet se déroula dans un silence à peine troublé par quelques grognements de Milo, qui pianotait sur son téléphone ; on aurait cru entendre un ours harcelé par des grillons.

Il finit par se redresser, l'air renfrogné :

– L'adresse de la galerie correspond à une entreprise baptisée AOC Limited, mais le registre du commerce ne me donne aucun nom de personne. Le seul lien qui s'y rattache est un groupe établi à Macao : Asian-Occidental Concepts. Je viens d'aller sur leur site, la page s'est effacée. Je recommence. (Ses pouces s'agitèrent sur son écran.) Et maintenant, elle est bloquée.

Il éteignit et ralluma son téléphone.

– Tu sais quoi sur Macao, au juste ? me demanda-t-il.

– C'est une région qui fait partie de la Chine, et je crois qu'on y trouve beaucoup de casinos.

– Hmpf… Exact. Tiens, écoute ça : c'est une région administrative spéciale de la République populaire de Chine. Cette entreprise se limite peut-être à une boîte aux lettres dans un bar à dim sums.

– Ça ressemble à une place commerciale où les impôts sont assez réduits. Y a-t-il une chambre de commerce ?

– Attends, je regarde… Oui, mais… c'est du charabia. Ah si, écoute : Macao a des accords culturels avec des pays européens ; quand on sait qu'AOC signifie Asian-Occidental Concepts, on tient peut-être une piste.

Il poursuivit ses recherches en marmonnant :

– Lisbonne, au Portugal, rien… Coimbra, au Portugal, rien… Porto, toujours au Portugal – ça me donne envie d'un verre de vin, tiens – pas mieux… Je passe à Linköping, en Suède, allez, on y croit… Merci d'être venu mais il n'y a rien à voir… Ah, ça y est : Bruxelles, en Belgique.

Un pouce levé, Milo orienta l'écran de son mobile vers moi :

– La Société de l'Amitié Belgique-Macao donne une liste de tout un tas d'entreprises, au sommet de laquelle figurent AOC et ses trois filiales. La première s'appelle… – c'est difficile à prononcer – Beaux-Arts Nieder… schön… hausen. On a aussi Western Import-Export et Heigur Limited – pourquoi ce nom me dit quelque chose ?

– Cette boîte possède la maison où Okash a livré un tableau.

– L'une des deux toiles qu'elle a vendues a été achetée par son proprio ?

– Elle la lui a peut-être remise en guise de loyer. L'immeuble n'est pas flambant neuf.

– OK, laisse tomber le centre-ville, jeune homme ; on file vers l'ouest.

Aucune voiture n'était stationnée dans l'allée de la maison bleue de Clearwater Lane, et la boîte aux lettres en laiton terni, à gauche de la porte d'entrée, débordait de courrier – tout un fatras de prospectus adressés à « l'occupant des lieux ». Après les avoir parcourus, Milo les remit dans la boîte et sonna. Comme on pouvait s'y attendre, pas un bruit ne troubla le silence.

– On n'est pas tout à fait à Xanadu, dit-il. Et ces gens possèdent une Rolls ?

– Et une Volvo.

– Le yin et le yang automobiles… Cet endroit n'est clairement pas une boîte aux lettres.

– C'est peut-être un pied-à-terre où les cadres de Macao logent quand ils sont ici pour affaires. Ou alors c'est une façon d'esquiver les impôts ; les propriétaires restent établis à l'étranger, où les taux sont plus faibles, et dévalorisent leurs biens immobiliers ici.

– Comment ça marche ?

– Il faut avoir de l'argent, déjà. J'ai eu à traiter une affaire de garde parentale, l'année dernière, concernant un couple dont les biens étaient évalués à six cents millions de dollars, essentiellement en immobilier. Ils achetaient, revendaient, achetaient plus grand, dévalorisant sans cesse leurs biens pour ne pas payer d'impôts. La femme menaçait de tout dénoncer mais ces opérations étaient légales.

– Elle possédait la moitié de cette affaire mais voulait tout ficher en l'air ?

– Eh oui, c'est dire à quel point elle haïssait son mari.

– Carrément autodestructeur, comme comportement. Tu n'es jamais ébranlé par ce genre d'horreurs ?

– C'est toi qui me dis ça ?

– J'évolue dans un seul univers dégoûtant ; toi, dans deux.

– Mais je suis pleinement épanoui dans ma vie perso.

– En nourrissant tes carpes, tu veux dire ?

– Oui, en partie.

Il tenta d'ouvrir le portillon, sur le côté de la maison, mais celui-ci se révéla verrouillé.

– Quelqu'un a ouvert à Okash, quand elle a livré le tableau ?

– Oui, et elle est restée seize minutes à l'intérieur.

– Tu l'as chronométrée ?

– Je n'avais rien d'autre à faire.

– Bon, si on repasse de temps en temps, on finira par trouver quelqu'un ici. Allez, on dégage.

Il se dirigea d'un pas traînant vers ma voiture. Je le suivis et m'installai au volant :

– On file à la galerie ?

– Tu as encore assez d'énergie pour ça ?

– Bien sûr.

– L'homme de titane… Moi, je suis lessivé. Dépose-moi au commissariat et file retrouver tes potes à nageoires.

36

Tandis que je conduisais, Milo s'assoupit en ronflant légèrement. Alors que nous n'étions qu'à un peu plus d'un kilomètre du commissariat, il fut réveillé par un bip signalant la réception d'un texto. Il se redressa d'un mouvement vif et rappela l'auteur du message.

– Salut, lui dit Marcus Coolidge. Avec quelques gars, on a visionné les séquences de vidéosurveillance qu'on a pu trouver dans un rayon d'un kilomètre autour de ma scène de crime. Les caméras, du moins celles qui ne sont pas des fausses et qui fonctionnent, nous ont généralement donné des images d'une qualité très médiocre, mais il y a une heure, Albert – un collègue du service des vols de véhicules qu'on m'a prêté – a repéré quelque chose à quelques centaines de mètres de la scène de crime : une voiture se dirige vers l'endroit où les corps ont été retrouvés, pile à l'heure qui nous intéresse, et en repart seize minutes plus tard. C'est le seul véhicule à être passé dans les deux sens. La circulation est quasi inexistante dans cette zone industrielle, surtout à cette heure. L'enregistrement est trop flou pour nous permettre de distinguer son immatriculation mais on devine facilement la marque de la voiture : c'est une Volvo ; on reconnaît nettement sa forme carrée. Leon, qui est fan de bagnoles, dit que c'est un modèle 850 de la deuxième moitié des années 1990.

– Et elle est blanche, ajoutai-je.

– Qui a dit ça ? réagit Coolidge.

– Le Dr Delaware, répondit Milo. Alors ? Elle est vraiment blanche ?

L'inspecteur laissa passer une seconde :

– Vous êtes déjà au courant ?

– Non, vous nous l'apprenez, Marc, dit Milo, avant de lui parler des voitures que j'avais aperçues devant la maison de Clearwater Lane.

– Une Volvo et une Rolls, résuma Coolidge. Une voiture pour frimer, l'autre pour faire le sale boulot. Qui sont ces gens ?

– Ça reste à établir, mon ami. Pour l'instant, nous n'avons que le nom d'une boîte à nous mettre sous la dent.

Milo détailla à son collègue ce que nous avions découvert.

– Macao ? dit Coolidge. C'est où, ça ? Dans les Caraïbes ?

– Non, en Chine. On y trouve des casinos et très peu d'impôts.

– On pourrait avoir affaire à des mafieux asiatiques ?

– Qui sait, Marc ? Cette société s'occupe d'art et d'immobilier, apparemment, et Okash fait du business avec eux. On l'a vue entrer dans cette maison avec ce qui ressemblait à un tableau sous le bras, puis en ressortir les mains vides.

– Elle fait du business mais aussi des trucs louches avec ces types, si c'est bien leur Volvo qu'on a vue sur la vidéo.

– On revient tout juste de la baraque ; il n'y avait aucune voiture et au moins deux jours de courrier entassés dans la boîte aux lettres – que des prospectus, sans nom. Étant donné ce que vous avez déniché, il serait bon qu'on discute un peu. Demain matin chez nous, ça vous va ? Venez avec Albert, vous ferez la connaissance de mon équipe.

– Votre équipe ? Vous avez combien d'inspecteurs sous vos ordres ?

– Trois, mais on me les a seulement prêtés.

– Même chose pour moi. Mon patron a appelé celui des vols de véhicules en lui rappelant qu'il lui devait un service ; c'est comme ça que j'ai eu droit à l'aide d'Albert. Ce type connaît les bagnoles comme moi ma main droite.

Je ne sais pas s'il pourra venir mais moi je serai là. On dit quelle heure ?

– Dix heures, ça vous convient ?

– Parfait, dit Coolidge, qui bâilla. Désolé, visionner des vidéos, c'est un peu comme siroter de la vodka ; il faut que j'aille me pieuter.

37

Le lendemain matin, nous nous retrouvâmes de nouveau dans la même salle d'interrogatoire – j'avais presque l'impression d'y habiter.

Le tableau blanc et les six chaises disposées sur deux rangs donnaient à la pièce un air de salle de classe. Milo était passé au niveau supérieur pour les gourmandises en apportant deux boîtes de pâtisseries, une autre contenant un assortiment de bagels, des canapés au saumon fumé et au fromage, des serviettes en papier, un pichet rempli de café, de l'eau bouillante, des sachets de thé et des gobelets en carton. Tout ça à ses frais.

Tous se régalaient avec enthousiasme, jusqu'à Reed, qui avait craqué pour un bagel au blé complet. Il était assis au deuxième rang, entre Binchy et moi, tandis qu'au premier étaient installés Marc Coolidge, son collègue d'Inglewood Albert Freeman – un sosie de Kobe Bryant frôlant le mètre quatre-vingt-quinze – et Alicia Bogomil.

Près du tableau, Milo, la veste couverte de miettes, était muni d'une baguette en bois.

Il avait déjà récapitulé l'essentiel de l'affaire : pas de nouvelles données concernant les quatre victimes de la limousine, et Medina Okash introuvable. Même si sa voiture était toujours stationnée derrière la galerie, l'absence totale de mouvement dans le bâtiment laissait entendre qu'elle s'était esquivée en douce, peut-être à bord du véhicule d'un complice.

Le silence se fit dans la pièce lorsque Milo ajouta que la boîte aux lettres de la maison bleue débordait de prospectus. Il tapota la photo de Geoffrey Dugong :

– Lui aussi a filé mais il est à mon avis peu probable qu'il soit coupable de quoi que ce soit. À moins d'être un acteur de premier plan, il n'est pas assez malin pour avoir tout manigancé. Quoi qu'il en soit, nous n'avions rien pour le retenir ; il est reparti chez lui, à Key West, aux frais de la Sécurité intérieure.

– Comment avez-vous réussi à obtenir ça ? s'étonna Albert Freeman.

– Grâce à mon charme naturel. En attendant, j'ai surveillé la galerie et Alicia, l'appartement d'Okash. Il est inutile d'espérer obtenir un mandat, et je n'ai toujours pas convaincu le procureur qu'une intrusion dans un logement pour vérifier si son occupant est toujours en vie ne nous causera aucun problème par la suite dans un tribunal. J'ai tout de même obtenu de Dugong le numéro de mobile d'Okash ; j'attends le relevé de ses appels.

– Elle a donc une bonne tête de coupable, malgré ce qu'en dit le morse ? supposa Coolidge.

– Son passé est truffé d'épisodes de violence, c'est dans sa galerie que Benny Alvarez a été vu vivant pour la dernière fois, et elle fréquentait la supérette où Solomon plaçait ses petites annonces. D'autre part, nous avons à présent votre info sur la Volvo et le lien d'Okash avec la maison de Clearwater Lane. Or nous estimons que ces assassinats sont le fait d'au moins deux personnes.

– Elle et un type qui roule en Rolls.

– Sa réaction, quand nous lui avons annoncé les meurtres, a été diamétralement opposée à celle qu'elle a eue ensuite en présence de Dugong.

Milo se tourna vers moi :

– Elle n'a pas exprimé la moindre émotion à propos des victimes et s'est montrée assez aguicheuse avec nous. Elle a peut-être fait partie du troupeau de partenaires sexuels de

Rick Gurnsey ; c'est peut-être même avec elle qu'il a été surpris en pleine action en janvier dernier.

– Quel serait son mobile ? souleva Coolidge.

– Vu son métier, on pourrait imaginer un genre de performance artistique de cinglée.

Le silence s'imposa de nouveau.

– Je viens de penser à un truc, dis-je. Le numéro du téléphone jetable que Gurnsey a appelé avant d'être tué correspond à Baltimore, or Okash a été au lycée à Annapolis, juste à côté.

– C'est un jetable, doc, relativisa Binchy. Les numéros sont attribués au hasard.

Alicia toussota :

– Pas tout à fait. Aux débuts de la téléphonie mobile, on pouvait obtenir un numéro correspondant à une zone précise, moyennant des frais supplémentaires. Et il arrive que les numéros correspondent d'office à la région dans laquelle ils sont vendus. C'est ce que j'ai constaté à Albuquerque, en tout cas.

– Ah oui ? dit Milo. Bon, eh bien voilà peut-être une pierre de plus à ajouter à notre édifice. (Il désigna une photo de la maison bleue.) Passons à cette baraque. Nous n'avons toujours pas de nom à y associer, mais simplement une entreprise, AOC – Asian-Occidental Concepts. (Sa baguette se décala sur la droite et se posa sur deux agrandissements d'une Volvo blanche et d'une élégante Rolls-Royce de la même couleur.) Ces deux voitures ne sont pas enregistrées au nom d'AOC – ce ne sont pas des photos des véhicules que nous avons vus stationnés là-bas, simplement les mêmes modèles – mais à celui d'une de ses filiales, Heigur Limited. Plus intéressant encore, une autre filiale du groupe, Western Import-Export, possède l'immeuble dans lequel se trouvent la galerie d'Okash et deux autres galeries voisines, que nous n'avons pas encore vues une seule fois ouvertes.

– Des couvertures, sans doute, commenta Coolidge.

– Ça y ressemble, en tout cas, confirma Milo, qui ensuite tapota la Volvo. Nous avons là une 850 de 1996, comme vous l'aviez deviné, inspecteur Freeman. Vous voulez tenter votre chance avec la Rolls ?

Freeman s'approcha du tableau, enfila ses lunettes puis regagna sa chaise.

– Radiateur abaissé, empattement rallongé ; c'est forcément une Silver Dawn Mark III. En termes de millésime, je penche pour une année proche de celle de la Volvo, disons entre 1993 et 1996.

– Impressionnant. La Rolls de Heigur est de 1995, d'après le fichier des immatriculations.

– Une Rolls, une baraque à Beverly Hills… dit Reed. Ces gens sont friqués.

– Peut-être pour la maison, mais pas forcément pour la voiture, nuança Freeman. La Market est aussi belle qu'une peau de bébé mais on peut en avoir une pour vingt-cinq ou trente mille dollars.

– Vous rigolez ? s'exclama Binchy.

– Tu envisages de passer au niveau supérieur, question voiture, Sean ? plaisanta Alicia. Avec une planche de surf sur le toit ?

– Pourquoi pas, s'il y a assez de ceintures pour tous ces sièges, sourit Binchy.

– Ces deux véhicules datant des années 1990, c'est peut-être dans ces années-là que nos Asiatiques se sont installés ici, observa Coolidge. Si tel est le cas, ils ont acheté la Rolls neuve, et alors nous avons vraiment affaire à des types pleins aux as.

– Peut-être, en effet, d'autant que nous n'avons jusqu'à présent pas trouvé d'autre véhicule au nom d'Heigur, dit Milo. Mais quelle importance par rapport à notre affaire ?

Reed reprit la parole :

– Ce que je voulais dire, c'est que si ces gens sont des dirigeants d'entreprises ou des gangsters chinois, ils prennent sans doute souvent l'avion. Il n'est donc pas impossible que

Vollmann et McGann aient été abandonnés non loin de l'aéroport précisément parce que leurs assassins étaient sur le point de s'envoler.

– Même s'ils passent leur temps dans des jets privés, il est certain que leurs voitures ne restent pas sans rouler trop longtemps ; si c'était le cas, elles rouilleraient et leurs batteries se videraient, fit remarquer Freeman. Si ces deux véhicules sont en état de marche, c'est parce que quelqu'un les fait rouler régulièrement et les entretient. La Volvo peut être révisée dans une multitude de garages, mais la Rolls doit être confiée à des mécanos spécialisés. En dehors des quelques concessions de la marque, il doit y avoir quelque chose comme quatre ou cinq types dans le comté de L.A. qui ont les compétences requises pour s'occuper de ce bébé. Ça réduit le champ des recherches.

Coolidge tourna la tête vers son collègue :

– Tu participes à des jeux télévisés, toi, je parie ? Vous comprenez pourquoi je l'ai fait venir ?

– Pourriez-vous contacter ces garages spécialisés, Al ? demanda Milo.

– Bien sûr. Donnez-moi le numéro de série de la voiture qui nous intéresse et je retrouverai peut-être sa trace.

– Si je ne savais pas que j'ai face à moi un flic, je vous prendrais pour un propriétaire de Rolls, sourit Milo.

Freeman haussa les épaules, ce qui lui valut un coup de coude de la part de Coolidge :

– Allez, mec, tu peux leur dire.

Alicia laissa échapper un sifflement admiratif.

– Il y a deux ans, j'ai acheté une Shadow de 1976, dit Freeman.

Cette déclaration provoqua des acclamations et quelques applaudissements.

Freeman se leva, s'inclina et se rassit :

– Il n'y a pas de quoi en faire tout un fromage ; je l'ai eue pour treize mille dollars.

– Je parie que tu ne donnes pas cette précision aux dames, railla Coolidge.

– Commencez donc par le garage qui s'occupe de votre voiture, proposa Milo.

– Je l'entretiens moi-même.

Coolidge ouvrit grand les yeux :

– En plus d'avoir été une star de basket à l'université ? Mais où est ta cape, Ironman ?

De son côté, Alicia dévorait Freeman du regard.

– Ce n'est pas comme si je construisais des fusées, relativisa ce dernier. Il se trouve que j'ai passé pas mal de temps avec un type qui s'y connaît, à Van Nuys. OK, je commencerai par lui.

– Je vous envoie le numéro de série sans tarder, promit Milo. Merci.

Entre-temps, Alicia avait téléchargé une photo de Rolls Silver Shadow de 1976 sur son téléphone :

– Jolie ! De quelle couleur est la vôtre ?

– Grise, avec un intérieur rouge.

– Elle doit être magnifique.

– J'en prends soin.

Elle lui fit un grand sourire, qu'il lui rendit.

Milo reprit la main :

– Pour la suite, continuons de surveiller le domicile et la galerie d'Okash. On garde les mêmes rotations, si ça vous convient.

Reed, Binchy et Alicia hochèrent la tête.

– Il serait peut-être bon de procéder à un nouveau ratissage du quartier de Benedict Canyon Drive, suggérai-je. Des voisins absents lors de notre premier passage et rentrés chez eux depuis auront peut-être du nouveau à nous apprendre.

– OK, on fera peut-être ça, si on trouve le temps.

– Et le gosse autiste ? intervint Alicia. Il prétend qu'il était sur place quand les tueurs sont partis. Vous êtes sûrs qu'il vous a tout dit ?

– Il est mineur et sa mère se montre très protectrice ; il sera difficile de le revoir.

– On a un psy dans l’équipe, rappela Alicia.
Les regards se tournèrent tous vers moi.
– Je vais essayer, promis-je.

38

En rentrant chez moi, je réfléchis à la meilleure façon de revoir Crispin Moman. Prenant un peu de recul, je m'attardai sur les fondamentaux du métier pour lequel j'avais été formé ; était-il pertinent, éthiquement parlant, d'approcher cet adolescent ?

Le sort avait réservé un destin peu commun à ce garçon, qui n'avait à mon sens rien à gagner à être davantage impliqué dans notre affaire. Si son nom venait à être cité dans le dossier de l'enquête, il y avait fort à parier qu'il serait cité à comparaître en tant que témoin.

S'il s'était agi de mon fils, j'aurais refusé.

En tant que professionnel des soins mentaux, je pris la même décision.

Au feu rouge suivant, je prévins par texto Milo que j'avais changé d'avis, et pourquoi.

Sa réponse me parvint dans la foulée :

Ouais, j'y ai pensé, moi aussi.
Je me doutais que tu dirais ça. Pas de souci. M.

Poursuivant ma route sur Sunset Boulevard, je m'engageai sur Benedict Canyon Drive, vers le nord, puis pris à droite sur Clearwater Lane.

Toujours pas de voiture devant la maison bleue. La boîte aux lettres débordait plus que jamais, à tel point que des enveloppes s'entassaient au sol, devant la porte. Je pris le temps de les examiner, sans trouver la moindre mention d'un nom, les prospectus étant tous adressés au « propriétaire », au « locataire » ou à l'« occupant des lieux ».

Reed avait peut-être raison quand il disait que celui ou celle qui habitait ici se trouvait en ce moment à l'autre bout du monde, avec ou sans Medina Okash.

De retour dans ma voiture, un nouveau texto me parvint au moment où je mettais le contact.

Tu rentres quand à la maison ?
Dans cinq ou dix minutes. Tout va bien ?
Impec. Je viens de rentrer.

Robin m'attendait à la porte. Encore en salopette de travail, elle ne tenait pas en place, tambourinant sur ses hanches du bout des doigts, ce qui n'était pas dans ses habitudes. Tout aussi agitée, Blanche grognait et ne cessait de remuer la tête.

– Que se passe-t-il, les filles ?

Robin me prit par la main et m'entraîna dans mon bureau, où elle désigna mon ordinateur.

– Je t'ai envoyé ça depuis mon portable car ton écran est plus grand que le mien.

Je découvris une image aux couleurs passées, qui se révéla être la photo d'un tableau un peu flou et surchargé de détails.

De loin, la scène évoquait un salon de la Renaissance, avec des drapés de satin et de velours, des vêtements brodés, du brocart complexe et des montagnes de fourrures de zibeline et d'hermine. Ces excès étaient ponctués d'ornements métalliques aussi étincelants que des pierres précieuses.

Tant d'opulence en un espace si confiné semblait annoncer un effondrement imminent.

Je m'assis et détaillai de plus près la scène, ce qui me permit de réviser ma première impression : le tableau ne représentait pas une pièce mais une calèche tirée par des chevaux et bondée.

À l'avant, le cocher, qui tenait les rênes d'une main gantée de blanc, tournait la tête en arrière, vers ses passagers, avec en arrière-plan un ciel nocturne constellé d'étoiles. Devant lui, on devinait l'arrière-train tacheté de ses bêtes.

L'homme était noir, sa peau aussi foncée que de l'encre nuancée de zones bleutées et lilas. Les lèvres écarlates, les dents laiteuses et le blanc de l'œil couleur caramel, il fusillait du regard ses passagers ; la connotation raciste était ici tout sauf subtile.

Il portait une tenue maure typique de l'imaginaire des voyageurs européens des siècles précédents, adeptes de l'art orientaliste : trois anneaux d'or à une oreille tombante, une livrée violette ourlée d'argent et un turban blanc crème. Quant à son regard appuyé, il était digne d'un dessin animé.

Je m'intéressai ensuite à l'objet de l'attention du cocher.

Le passager installé près de la fenêtre de la calèche – le plus éloigné du spectateur – était un individu d'un âge incertain au teint cireux ; à peine plus grand qu'un enfant, il avait des traits chiffonnés de capucin. Sa maigre carcasse était couverte d'une tunique verte boutonnée jusqu'au col dont le bas était ourlé de triangles jaunes ornés de clochettes. Son petit crâne était coiffé d'une capuche verte pourvue d'oreilles d'âne, et il faisait un grand sourire, les dents en avant.

C'était clairement un bouffon officiel en service.

Plus près du spectateur se trouvait un séduisant jeune homme aux joues roses. Baignant dans un rai d'une lumière écrue qui avait probablement été dorée plusieurs siècles auparavant, il était resplendissant dans son habit de soie bleue et de dentelle blanche, avec ses cheveux noirs bouclés et tombants. C'était sans doute un militaire, à en croire ses épaulettes dorées et sa casquette de cavalerie bleu roi posée en équilibre sur un genou.

Son expression suffisante lui donnait l'air d'un adolescent trop gâté. Sa moustache cirée et les quelques poils en triangle qu'il portait sur le menton ne suffisaient pas à lui conférer davantage de maturité, pas plus que sa posture avachie, son regard d'ivrogne et sa bouche grande ouverte en un sourire de fou. On distinguait sa langue, de la couleur et de la forme d'une aubergine japonaise ; retroussée en arrière, elle ressemblait à un mollusque explorant les profondeurs de la cavité buccale.

Entre ces deux messieurs, plaquée contre le flanc droit du cavalier, une sorcière au nez crochu portait une robe couleur poussière effilochée qui, bien qu'assez ample, ne dissimulait guère sa forte corpulence. Sur ses cheveux blancs, si ébouriffés qu'ils semblaient électrisés, un béret noir était posé de travers, tandis que de la bave coulait sur son menton. Son large décolleté carré laissait voir son mamelon droit, rosâtre et flétri.

Elle souriait, comme les trois hommes du tableau, mais avec un air rusé, comme si elle avait tout juste jeté un sort. Elle n'avait plus que deux dents brunes sur la mâchoire supérieure, et une unique incisive sur la mâchoire inférieure.

La main gauche de la vieille chouette, noueuse et constellée de taches de vieillesse, était refermée sur le pénis du jeune homme. L'organe, quoique de dimensions modestes, était en érection.

Sur le plancher de la calèche, deux chiens au nez retroussé observaient la gaieté des humains. La langue pendante, ils étaient allongés sur une couverture de taffetas écarlate.

Le cœur battant à tout rompre, je détournai le regard. Les mains de Robin se posèrent sur mes épaules et n'en bougèrent plus.

– Comment as-tu découvert ce truc ? lui demandai-je, recouvrant une de ses mains de la mienne.

– Plus je pensais à ta description de la scène de crime et au fait que ta suspecte dirigeait une galerie d'art, plus je me demandais si le tueur avait voulu reproduire un tableau. J'ai d'abord pensé à Jérôme Bosch et quelques autres peintres dans le même genre, mais ma recherche n'a rien donné. J'ai ensuite tapé « peinture érotique » et quelques termes correspondant aux victimes, « noir jeune homme vieille femme ».

J'ai un peu hésité à propos de l'attardé mental, pour finalement oublier le politiquement correct et taper « fou », tout simplement, car c'est ainsi que l'aurait qualifié un cruel assassin. J'ai alors eu la surprise de voir apparaître ce tableau dès le premier résultat de ma recherche, sur un site intitulé tunaspasinventelesexecretin.com. On y trouve toutes sortes de choses assez osées. Apparemment, Rembrandt a peint des scènes de sexe en extérieur et produit quelques gravures dans le même style, la plus célèbre étant *Le moine dans le champ de blé*. Il y a également des œuvres de Picasso et d'Egon Schiele, et des gravures sur bois japonaises. Et ceci.

– Qui s'occupe de ce site ?

– Une certaine Suzanne Hirto, professeure d'histoire de l'art à l'université Swarthmore. Elle dit ainsi s'adresser aux « sales gosses suffisants qui envahissent [sa] salle de classe ».

– Pas très malin pour sa carrière.

– Bien vu. Elle a été renvoyée. Non pas à cause du caractère érotique des œuvres qu'elle présente, mais pour avoir choqué les pauvres petits chéris. Mais elle n'a pas fermé son site, comme pour continuer de défier les autorités, etc. Bref, tu as sous les yeux *Le Musée du désir*, peint aux alentours de 1510, probablement à Venise, par un certain Antonio Domenico Carascelli. Il aurait été un élève du Titien, selon certaines rumeurs, mais rien ne le prouve. Ce tableau est le seul qui lui soit attribué, mais même ça ce n'est pas établi. Ce peintre était plutôt doué, si on met de côté le goût douteux de la scène, non ? C'était peut-être vraiment un élève du Titien, après tout.

– Combien de temps as-tu passé sur cette recherche ? demandai-je à Robin, sans quitter l'écran des yeux.

– Tu sais ce que c'est ; on se prend au jeu et on ne voit pas les heures passer.

– Où se trouve ce tableau ?

– Personne ne le sait. J'ai contacté Suzanne Hirto par e-mail – elle est à la retraite, désormais, et elle se consacre à la sculpture et à la peinture. Elle m'a aussitôt répondu et m'a dit avoir téléchargé la photo sur un catalogue publié dans les années 1970 par un groupe de survivants de l'Holocauste.

– Ce tableau aurait appartenu aux nazis ?

– Oui, mais pas pour les raisons que tu imagines. Cette œuvre n'a pas été volée à un Juif, elle faisait partie de la collection personnelle d'Hermann Goering, certes essentiellement constituée à la suite de pillages ; ce type possédait des chefs-d'œuvre de Vélasquez, de Renoir, de Monet, etc. tous volés. En bon nazi, il a laissé derrière lui des listes manuscrites qui ont enfin été cataloguées il y a quelques années. En dehors de cela, ce salopard achetait et conservait des tableaux érotiques, qu'il n'enregistrait pas. Celui-ci a peut-être fait figure d'exception à cause du lien supposé du peintre avec le Titien, cependant personne ne peut l'affirmer. Le groupe de survivants de la guerre a cherché à être dédommagé mais, par manque de finances, a fini par céder le contrôle de ces opérations à une entité plus importante qui aujourd'hui encore se bat pour récupérer les biens dérobés. Ce qui explique que nul ne s'intéresse vraiment à ce tableau salace peint par un inconnu.

– C'est incroyable… Que tu l'aies déniché, j'entends.

– Ça n'a pas été si compliqué, à vrai dire, chéri.

– Pas plus que de rouler tout droit pour remporter une course de dragsters, plaisantai-je, avant de me lever pour embrasser Robin avec passion, son visage dans mes deux mains. Brillant… Absolument brillant.

– Ouille… Il va me falloir un plus grand chapeau, je crois.

Blanche et Robin regagnèrent l'atelier tandis que je restais plongé dans la contemplation du tableau, me sentant au bord de la nausée plutôt que triomphant.

Alors que j'étais sur le point d'envoyer une photo de l'œuvre à Milo, je changeai d'avis, estimant que la miniaturisation inévitable amoindrirait l'impact, et lui écrivis un texto.

Tu es dans le coin ?
Encore au bureau. Tout baigne ?
Oui. Passe donc me voir.

C'était ainsi qu'avait procédé Robin avec moi. Autant reprendre cette brillante stratégie.

39

En attendant Milo, je tuai le temps en cherchant sur Internet d'autres pages évoquant *Le Musée du désir*, la réserve d'œuvres pornographiques de Goering ou encore Antonio Carascelli.

En vain.

J'explorai ensuite le site web de Suzanne Hirto, dont la page d'accueil comportait deux portraits : la photo d'une quinquagénaire blonde dotée d'un grand sourire avenant, ainsi qu'un autoportrait à la peinture à l'huile sur lequel ses traits déformés évoquaient un os pour chien, avec un teint d'un vert bilieux sous une tignasse rouge et noire.

La sonnette de la porte retentit. J'affichai le tableau de Carascelli en grand sur l'écran de l'ordinateur avant d'ouvrir à Milo, qui entra comme un taureau :

– Quoi de neuf ?

– Beaucoup de choses.

– Comment tu as fait pour découvrir ce truc, bon sang ?

– C'est Robin.

– La vache… Qu'est-ce que c'est que ce machin ?

Je lui fis un résumé des trouvailles de ma compagne.

– Un peintre obscur ? releva Milo. Donc celui ou celle qui s'est inspiré de ce tableau l'a peut-être vu sur ce site.

– Possible.

– Incroyable… dit-il en examinant une troisième fois *Le Musée du désir*. Tu as l'adresse mail de cette personne ?

Je revins sur le site de Suzanne Hirto et montrai à Milo le monstrueux autoportrait.

– C'est quoi, ce délire ? grogna-t-il.

– Une femme sûre d'elle, peut-être.

– Je ne vois pas de compteur de visites. Clique sur « Contact », je me charge de la supplier.

Chère professeure Hirto, Je suis le lieutenant Milo Sturgis, de la police de Los Angeles. Vous avez récemment été contactée par Robin Castagna, une artiste domiciliée ici, à L.A., à propos d'un tableau intitulé Le Musée du désir. J'ai tout lieu de croire que cette œuvre est liée à une affaire dont j'ai la charge. J'ai conscience que ma demande est délicate pour des raisons de respect de la vie privée, mais auriez-vous l'amabilité de me transmettre les adresses électroniques des internautes qui se sont connectés sur votre site ? Il est possible que l'un d'eux soit impliqué dans l'affaire sur laquelle j'enquête. Je vous promets qu'aucun innocent ne sera contacté ni harcelé de quelque façon que ce soit.
Merci d'avance.

Bien à vous,
Milo Sturgis

Il lâcha un soupir :
– Elle ne va sans doute même pas me répondre.
Quelques secondes plus tard :

Bonjour Milo. Quelle histoire ! C'est fou et effrayant à la fois. Quel délit a été commis ?

Suze

Merci de m'avoir répondu, Suze. Il s'agit, hélas, d'un meurtre.

Bon sang ! Pas de souci pour vous donner ces infos. Il est hors de question qu'un tueur s'en sorte sans être inquiété. Le problème, c'est que je ne gère plus vraiment mon site. Je n'ai jamais conservé de fichier de visiteurs et j'efface mes e-mails une fois par semaine pour éviter d'avoir des trucs inutiles qui s'empilent.

Je comprends, Suze. Seriez-vous d'accord pour laisser un de nos techniciens y jeter un coup d'œil, pour voir ce qu'il peut y dénicher ?

Je ne sais pas trop. Ça me paraît un peu louche, vous comprenez ? Je ne suis pas parano mais je préfère vivre ma vie tranquille dans mon coin. Au fait, j'ai oublié un point essentiel : qu'est-ce qui me dit que vous êtes vraiment celui que vous prétendez être ? Vous allez me demander d'envoyer de l'argent au Nigeria ?

Hahaha. Non, je suis bien flic, promis. Voici le numéro de mon bureau, au commissariat de West L.A. Vous me trouverez aussi sur Google car j'ai résolu quelques enquêtes.

Quelques minutes s'écoulèrent – deux, trois, quatre…

– Bon tant pis, lâcha Milo. Je suis déjà très étonné qu'une prof ait pris la peine de me répondre.

– Une ex-prof. Elle a été virée pour avoir dit ce qu'elle pensait.

– Ah. C'est donc une femme de goût, en plus de privilégier la discrétion.

Il se plongea pour la quatrième fois dans le tableau, puis secoua la tête avant de se lever pour faire quelques pas :

– Bon, réfléchissons à la meilleure façon d'exploiter ce truc.

Ping.

Quelques enquêtes ? Vous êtes un vrai Sherlock, apparemment. J'ai appelé votre bureau, où un certain Reid m'a assuré que vous étiez bien son patron. Bon, OK, laissez-moi un instant pour réfléchir. Je ne suis pas fan de l'idée de voir des salopards ne pas être inquiétés après avoir versé du sang. Mon frère est avocat, je lui demande toujours conseil, sauf pour l'argile, mes instruments, ma peinture et mes pinceaux. S'il me dit que c'est bon, je reviens vers vous, mais je ne vous promets rien.

C'est déjà plus que je n'en espérais, Suze. Muchas gracias.

Bilingue, en plus ? Hasta la vista. S.

Je fis un petit signe de l'index.
– Quoi ?
– Je sens comme une odeur de flirt dans l'air.
– Si elle savait… sourit Milo. Cela dit, je veux bien faire une exception à mes principes, si elle fait avancer mon enquête. Revoyons notre chef-d'œuvre. (Il détailla de longues secondes durant le tableau.) On est en plein dans les « Moches-Arts », là. Que peut-on déduire ? Okash a toujours voulu être peintre mais n'a aucun talent, ce qui la pousse à travailler avec de la chair humaine plutôt que de la peinture ?
– Je reste convaincu que tout part de Gurnsey, que les autres ne sont que des ajouts, dis-je, avant de tapoter l'écran. Regarde, le jeune homme est situé au centre de la composition, et son visage est éclairé.
– Okash et Ricky s'envoient en l'air le soir du gala. Il se passe quelque chose qui fout Okash en rogne. Elle reproche peut-être à Gurnsey de l'avoir entraînée là, après qu'ils ont été surpris par Candace Kierstead.
– Nous savons qu'elle a un caractère volcanique. Folle de rage, elle décide de se venger. Connaissant ce tableau, elle a l'idée de reproduire la scène et entreprend de trouver les autres personnages. Elle a sans doute commencé par ce pauvre Benny Alvarez, ce petit gars qui passait le balai dans sa galerie. (Je désignai le bouffon du tableau.) Elle a peut-être considéré que c'était un signe du destin.
– Un cadeau du diable, plutôt.
– Après ça, elle n'a sans doute pas eu de mal à dénicher une sorcière parmi les nombreux SDF qui errent dans le centre-ville. Il ne lui restait plus qu'à mettre la main sur

un cocher noir ; le pauvre Roget a eu le malheur de correspondre à cette description. Elle arrache une bandelette avec son numéro de téléphone, sur son annonce affichée à la supérette caribéenne, et l'appelle. En entendant son accent, elle lui demande d'où il est originaire. Dès l'instant où il évoque Haïti, Okash sait qu'elle a trouvé son homme. Elle peut passer à l'exécution de son plan.

Milo grimaça :

– Avec l'aide de quelqu'un qui habite dans la maison de Clearwater Lane. C'était ce tableau dans le paquet qu'elle portait quand tu l'as vue là-bas, d'après toi ?

J'agrandis la légende, en dessous de la photo, et lus le titre de l'œuvre, l'attribution possible à Carascelli et les dimensions – le tableau mesurait soixante-quinze centimètres de large sur soixante de haut.

– Non, il est trop petit pour correspondre à ce qu'elle transportait.

– M. Rolls possède donc peut-être d'autres saletés similaires issues de la collection de Goering. Voilà que l'enquête prend l'accent nazi, merveilleux… Robin est là ?

– Dans son atelier.

– Je vais la remercier en personne.

40

S'ensuivirent quelques accolades et baisers, ainsi que des compliments sur le thème du génie.

– Arrête, j'ai fait mon boulot, rien de plus, protesta Robin.

– Ton boulot de quoi ?

– De copine loyale.

– De super-héroïne, plutôt ! Tu as accompli un véritable exploit ! insista Milo, qui ensuite posa les yeux sur l'établi de ma compagne. Qu'est-ce que c'est que ce truc ?

– Un luth de la Renaissance. Un instrument dont aurait pu jouer le beau jeune homme en bleu, sur le tableau.

Milo repartit presque en courant.

Seul dans mon bureau, je réfléchis à la meilleure façon de lancer une ligne du côté d'Asian-Occidental Concepts, dans l'espoir de pêcher quelques renseignements. La société mère avait couvert ses traces sur Internet ; j'avais peut-être intérêt à fouiner du côté de ses filiales, en espérant trouver une cyber-porte entrouverte.

Je tentai ma chance avec Heigur et Western Import-Export, sans succès, puis avec Niederschonhausen, sans en attendre grand-chose. J'eus droit à quatorze millions de liens.

Il s'agissait d'un quartier de l'arrondissement de Pankow, dans le nord de Berlin, la capitale allemande.

En associant « niederschonhausen » et « art », j'obtins un descriptif :

Le Schloss Niederschönhausen, château baroque situé à Pankow, abritait une galerie fondée en 1938 et garnie de plus de vingt mille œuvres d'art retirées des murs des musées allemands car jugées « dégénérées » par les leaders du Parti national-socialiste.

Les Allemands formant un peuple docile durant les années 1930, les œuvres critiquées par le Führer se vendaient très mal. Nombre de tableaux et de sculptures ont échoué en Suisse, pays longtemps resté le bastion d'une amoralité déguisée en neutralité. À Bâle, à Zurich et à Berne, musées, collectionneurs et marchands d'art se sont précipités, attirés par des prix défiant toute concurrence, si bien que ces œuvres ont rapidement été éparpillées aux quatre coins de la planète.

Le responsable de ces opérations, en réalité un recel de grande envergure, était un certain Heinz Friederich Gurschoebel.

Ces derniers mots me firent sursauter.

Hei-Gur.

Je tapai ce nom dans la barre de recherche.

Nanti d'une solide instruction et respecté en tant que spécialiste de l'histoire de l'art avant de devenir un profiteur de guerre, Heinz Gurschoebel est très bien vu par le haut commandement nazi. Il est impliqué dans la vente des trésors volés aux amateurs d'art juifs et homosexuels envoyés dans les camps de la mort. Capturé par les Alliés en 1945, il échappe aux poursuites judiciaires en se prétendant agent secret au service de la Résistance et, selon certains, en soudoyant des officiers russes grâce à des tableaux et des bijoux.

Gurschoebel ment également en affirmant avoir perdu sa collection d'art personnelle lors du bombardement de Dresde, alors qu'en réalité il a transféré ses biens à Damas, en Syrie, où son épouse et ses enfants ont fui en 1942. La famille déménage par la suite en Algérie, en Suède et en Argentine, puis enfin s'installe en Belgique, où Gurschoebel et sa femme décèdent de causes naturelles.

Rien de plus sur la famille de cet homme.

Asian-Occidental Concepts avait donc baptisé une de ses filiales d'après le nom d'un agent nazi et une autre d'après le lieu où celui-ci s'était livré au pillage. Il n'était donc pas difficile d'imaginer un lien avec *Le Musée du désir*.

Étant dans les bonnes grâces du haut commandement nazi, Gurschoebel avait sans doute eu tout loisir d'accéder au butin accumulé par Goering. S'était-il approprié une partie, voire la totalité de cette collection après que ce dernier s'était suicidé en avalant une capsule de cyanure ?

Avait-il transmis des tableaux à ses descendants ?

Le Musée du désir était-il accroché dans une pièce secrète, pour n'être apprécié que par son propriétaire ?

La descendance de Gurschoebel avait-elle uniquement hérité de ses tableaux érotiques, ou également de sa nature froide et cruelle ? Le genre de narcissisme malveillant qui verse facilement dans le sadisme.

Quel dommage de posséder un chef-d'œuvre sans jamais l'exposer.

Bah, pour remédier à cela, il suffisait de reproduire la scène avec de la chair humaine.

Je passai des heures à associer les termes « heinz friederich gurschoebel » avec « musée du désir », « macao », « asie », « asian-occidental concepts », « aoc », « art asiatique », « medina okash », ainsi que les adresses des deux galeries voisines de celle d'Okash. N'ayant obtenu aucun résultat, je tapai le nom et le pseudonyme de Geoffrey Dugong, puis ceux des quatre victimes retrouvées dans la limousine.

Ma récolte fut des plus maigres.

Je laissai ensuite un long message à Milo sur le répondeur de son bureau, puis m'offris un footing. M'imposant un effort plus soutenu que d'ordinaire, j'atteignis le point culminant de Beverly Glen et poursuivis ma course un demi-kilomètre plus loin, vers l'est. De retour à la maison, trempé et les jambes en compote, j'avalai un litre d'eau, pris une douche et m'habillai. Alors que je me dirigeais vers mon bureau, je fis halte et changeai d'avis.

Mon corps était plein de vie mais mon cerveau me faisait l'effet d'un bloc de ciment.

Il était temps pour moi de suivre le conseil que je donne à mes patients quand ils me disent avoir la sensation d'être bloqués : s'accorder une pause afin de se recentrer et laisser ses neurones se reposer.

41

Je jouais de la guitare lorsque Milo m'appela, peu après vingt et une heures :

– Encore des histoires de nazis ? Comme si notre affaire n'était pas assez bizarre comme ça. Je contacterai le centre de l'Holocauste ; ils auront peut-être quelque chose à nous apprendre. On surveille toujours les tanières d'Okash : rien pour le moment. En attendant qu'il se passe quelque chose, j'ai besoin de ton aide. Haley Moman, la mère de Crispin, m'a appelé. Pendant qu'on discutait, son gamin lui criait dessus. Apparemment, il veut nous voir mais ne dit pas pourquoi. Il a piqué une crise quand elle a refusé dans un premier temps. Elle n'a pas la moindre idée de ce qu'il veut nous dire, elle constate seulement qu'il pète un câble. Je lui ai proposé de lui envoyer un psy, – toi, en l'occurrence, puisqu'elle te connaissait. Ça l'a agacée ; elle m'a reproché de ne pas l'avoir prévenue que tu étais psy, d'avoir estimé que son fils était un malade mental. Je lui ai répondu qu'au vu de ce que nous avaient raconté Todd et Shirin, il m'avait paru plus prudent de procéder ainsi. Ça lui a cloué le bec une seconde, puis elle m'a dit qu'elle n'avait pas besoin de mon psy car Crispin en a déjà une. Et donc, pendant qu'on bavardait aimablement, le gosse braillait. J'ai alors émis l'idée d'une collaboration entre deux psys, mais ça n'a pas convenu à Crispin, qui a hurlé de plus belle, à pleins poumons, criant qu'il voulait « Dumas », et ce même après que sa mère lui avait appris que tu étais psy. Il a dit « Raison de plus ! »

– Inflexible et insistant. Logique.

– Ne te sous-estime pas. Bref, Haley a appelé la psy du gamin, qui lui a dit du bien de toi. Tout est réglé. Le plus tôt serait le mieux, même si je doute que Crispin ait vraiment du neuf à nous révéler. Il n'a probablement que besoin d'attention.

Je consultai mon agenda : un entretien pour une garde parentale le lendemain matin – la troisième entrevue avec un père grognon et pugnace, que j'avais déjà quelque peu adouci mais il y avait encore du boulot.

– Je serai dispo vers treize heures.

– Parfait. Je la préviens. Le môme reste toute la journée à la maison, tu n'auras pas besoin de prendre rendez-vous.

Il était 12 h 55 lorsque je me garai devant la maison blanche de style georgien. Sur le chemin, j'avais ralenti à hauteur de Clearwater Lane et jeté un coup d'œil rapide : pas de voiture devant la maison bleue.

Haley Moman m'ouvrit la porte, coiffée et maquillée – ce qui ne dissimulait en rien ses rides d'inquiétude et la lassitude dans son regard.

– Vous êtes psychologue, donc. Vous ne pouviez pas me le dire, la dernière fois ?

– Cela ne m'a pas paru nécessaire.

– La franchise est toujours nécessaire… Heureusement pour vous, le Dr Sontag assure que vous êtes fiable. Vous êtes professeur, également.

– Je donne quelques cours.

– Oui, je sais, à l'école de médecine, à l'autre bout de la ville. Je me suis renseignée sur vous. Vous avez travaillé avec des enfants atteints de cancer, ça a dû être déprimant.

– Non, plutôt gratifiant, dans l'ensemble.

– Vraiment ? Enfin, puisque vous êtes approuvé, je vous permets de parler à mon bébé. Allons-y, ce sera fait.

– Avez-vous une idée de ce dont il veut me faire part ?

– Comme s'il se confiait à moi…

Crispin était assis en tailleur à même le sol devant l'immense aquarium. Des poissons aux couleurs criardes évoluaient dans une forêt de coraux, échangeant regards et coups de tête, tandis que des bulles produisaient des éclats lumineux en perçant la surface.

Haley Moman se racla la gorge.

– Laisse-nous, lui intima Crispin, avec un geste dédaigneux qui la fit tressaillir.

Ravalant sa honte, elle me décocha un regard noir, comme si j'étais responsable de l'humeur de son fils.

– Laisse-nous, Haley ! insista ce dernier.

Contenant difficilement ses larmes, elle abandonna son rejeton.

Je m'approchai de l'adolescent sans susciter la moindre réaction de sa part. Il portait la même combinaison verte de vieux que lors de ma première venue en ces lieux, ainsi que ses chaussures de ville noires incongrues. Sa coupe au bol était en pétard, ses cheveux beiges pointaient dans toutes les directions, et sa peau semblait avoir craqué, libérant comme des graines de grenadier miniatures un peu partout sur son visage livide et tendu.

– Salut, Crispin.

– Asseyez-vous. Ou restez debout, comme vous voulez.

Je m'installai à côté de lui.

– J'en étais sûr… ajouta-t-il.

– Pardon ?

– Vous vous asseyez afin de commencer une relation entre nous. Je savais que vous procéderiez ainsi. Vous n'aviez pas le choix, en réalité. (Il n'avait pas quitté l'aquarium des yeux, sans pour autant suivre les évolutions des poissons, à en juger par son regard fixe.) Alexander Dumas Delaware. Les écrivains sont des menteurs professionnels. Les psychologues aussi, apparemment. Vous tenez votre nom d'un menteur professionnel. Votre mère était-elle une personne malhonnête ?

Ce discours me fit rire.

– Vous me trouvez drôle ou vous cherchez encore à établir une relation entre nous ? me demanda Crispin.

– Non, ce que tu as dit était vraiment amusant.

– Le fait que votre mère soit une menteuse ?

– Ta façon de considérer le monde est très intéressante.

– Ça, c'est une phrase typiquement destinée à initier une relation. Je suis suivi par une soi-disant thérapeute ; elle fait toujours semblant d'être gentille avec moi.

Sa psy était bel et bien une femme très aimable.

Quelques secondes s'écoulèrent.

– Ne vous tracassez pas à propos de ce que je pense de vous, dit Crispin. Même si je ne vous estimais pas plus qu'une crotte de chien, je ne vous en révélerais pas moins la raison pour laquelle je vous ai fait venir.

– Entendu.

– Vous ne me demandez pas de quoi il s'agit ?

– Je te laisse te lancer dès que tu te sentiras prêt.

Il se tourna légèrement et me considéra un instant de son regard violacé imperméable avant de revenir à l'aquarium. Il perça un bouton, ce qui le fit saigner, puis il s'attaqua aux cuticules de son annulaire et arracha un filament rougeâtre à la base de son ongle.

– J'ai menti, avoua-t-il.

– À propos de… ?

– Achevez votre phrase. Précisez son objet.

– À propos de quoi as-tu menti ?

– C'est mieux. Vous êtes coopératif. Les gens n'aiment pas coopérer avec moi. Les gens ne m'aiment pas.

Je restai muet.

– Vous ne protestez pas, c'est bien.

Il déplia ses jambes et les tendit, puis agita le bout de ses chaussures noires. Et de poursuivre :

– Quand vous êtes venu avec Milo Bernard, j'ai menti à propos de ce que j'ai vu. Demandez-moi pourquoi.

– Pourquoi as-tu menti ?

– Je l'ignore. Je pourrais dire cela à propos de beaucoup de choses que je pense ou que je fais. J'ai du mal à trouver des explications simples. J'ai l'impression que cela me rend plus intéressant.

– Tu préfères les questions auxquelles il est impossible de répondre.

– Vous vous moquez de moi ?

– Non.

Il s'en prit à d'autres cuticules, cette fois sur son index, ce qui lui valut une traînée de sang plus épaisse que la précédente, qu'il lécha.

– Il m'arrive de me boire, se justifia-t-il. Je me recycle.

– Ton mensonge est-il une fausse information ou une information incomplète ?

Il s'escrima encore un peu, se lécha, puis se frotta longuement les yeux.

– Répétez-moi ce que je vous ai raconté l'autre jour.

– Tu nous as parlé de la maison où s'est tenue la soirée, dans la nuit de vendredi à samedi. Vers trois heures du matin, tu as entendu deux adultes discuter et s'en aller en voiture.

– Si je m'étais rendu là-bas, c'était pour…

– Chier dans cette propriété.

– Ha. Hahaha. Ha.

Son rire nasal, presque un aboiement, se prolongea un moment, craché par sa bouche minuscule, aussi impersonnel qu'un tir d'arme automatique.

– Hahaha. Haha. Hahaha. Et j'ai vraiment chié ?

– Tu nous as dit que tu ne l'avais pas fait, finalement.

– Eh bien si, en fait. Mais pas dans la propriété. Sur la route.

Son sourire avait quelque chose de déstabilisant. Peu gâté par la vie, ce gosse avait pris le parti de se comporter avec cruauté.

J'attendis qu'il enchaîne.

– Je vous dégoûte, lâcha-t-il.

– Non, pas vraiment, Crispin. Je ne vois ni ne sens rien qui m'écœure.

Il tourna vivement la tête vers moi :

– Vous vous moquez de moi ?

– Même réponse que la première fois.

Il fit la moue, puis lança :

– Alexandre Dumas payait d'autres écrivains pour faire le boulot à sa place.

– Vraiment ?

– Vous portez son nom et vous ne vous êtes même pas donné la peine de vous renseigner sur lui ?

– Non.

– C'est mal. Il est important de tout savoir sur son nom. « Crispin » est un équivalent de « cheveux bouclés ». Haley l'ignorait, elle appréciait simplement la sonorité de ce mot, c'est tout. Elle n'est pas plus curieuse que vous. Saint Crispin – ou Crépin – est le patron des cordonniers ; saint Bernard celui des montagnards. « Bernard » signifie « semblable à un ours ». Haley n'en savait rien ; elle m'a donné ce deuxième prénom car c'est celui de son père. Milo Bernard ressemble à un ours ; ce prénom lui va bien, contrairement à moi, ce qui me donne l'impression d'être artificiel. Je suis plutôt du genre renard. J'aurais dû être prénommé Reynard. Je me suis renseigné sur les origines de « Milo » et j'ai trouvé deux versions. Ce prénom dérive peut-être d'un terme allemand qui signifie « pulvériser », à moins qu'il vienne du slavon, langue dans laquelle il équivaut à « miséricordieux ». J'imagine plus facilement Milo Bernard pulvériser que faire preuve de miséricorde. Ignorant tout du slavon, je me suis renseigné : il s'agit d'une langue liturgique de l'Église orthodoxe, assez ésotérique, ce qui m'a rassuré par rapport au fait qu'elle m'était inconnue ; je ne peux pas tout savoir, même si j'essaie. Là, tout de suite, je suis satisfait d'avoir eu assez d'autorité pour vous faire venir. Êtes-vous extrêmement intéressé par ce que je m'apprête à vous confier ?

– Je suis venu.

– C'est une inférence, pas une réponse directe.
– Je suis extrêmement intéressé.
Crispin considéra de nouveau l'aquarium et s'ensanglanta un ongle de plus. Soudain, il se leva d'un bond et frappa violemment la paroi de verre. Les poissons s'éparpillèrent, puis il se rassit.
– Le baliste clown était sur le point de mordre la nageoire dorsale de l'heniochus. Je devine à son regard et à sa position quand il se prépare à attaquer ; quand je vois ça, je l'effraie. C'est pour ça que je reste ici à surveiller l'aquarium. Je compte rester à mon poste jusqu'à ce qu'il renonce à ce comportement.
– Tu essaies de le déconditionner.
– De le rééduquer. Comme Mao Tsé-toung avec les Chinois. Il ne prenait jamais de bain ; il nageait. Il emmenait des jeunes filles dans une île, l'île des Marteaux, où il les violait.
– Sympa...
– J'ai lu son *Petit Livre rouge*. Cet ouvrage est rempli d'inepties mais les gens ineptes continuent de s'en inspirer. (Il plia les jambes et cala ses genoux contre son menton.) Mon petit mensonge concerne le fait que j'ai chié, alors que j'ai dit ne pas l'avoir fait, et mon gros mensonge concerne les détails ; j'ai dit n'avoir rien vu de particulier, en fait ce n'est pas la vérité. Ils portaient tous les deux des vêtements sombres. Lui était grand et blond, et elle de taille moyenne, les cheveux foncés. J'ai également menti en affirmant ne pas avoir vu leur voiture. Je l'ai bel et bien vue ; c'était une Rolls-Royce blanche. Il s'est installé au volant, et elle côté passager. J'ai deviné que c'étaient des parents de sales gosses pourris gâtés, pour rouler dans un véhicule si luxueux, des imbéciles trop gâtés engendrant d'autres imbéciles trop gâtés. Je suis moi-même riche mais je me suis construit de façon indépendante parce que les gens ne m'aiment pas. Par conséquent, je fais ce que je veux et je pousse ma réflexion au maximum.

– Que souhaites-tu me dire d'autre à propos de ces deux personnes, dans la Rolls ?

Il se referma, peu satisfait que la conversation s'éloigne de sa personne.

– J'ai dit que j'avais autre chose à ajouter ?

– À toi de voir.

– Bon, d'accord. Pourquoi je ne vous dirais pas ce que je sais, après tout ? Ils sont d'abord partis vers le nord, puis, quelques minutes plus tard, je les ai vus revenir – j'étais alors sur le bord de la route, en train de m'essuyer avec des feuilles. C'est à ce moment-là que je les ai mieux vus. Ils ont continué vers le sud jusqu'à ce que les feux arrière de la Rolls disparaissent – c'est-à-dire en direction de Beverly Hills, ce qui confirmait mon hypothèse.

– C'est logique. Ce renseignement nous sera très utile, Crispin.

– Parce que vous allez l'ajouter à votre banque de données ou parce qu'il confirme une hypothèse que vous aviez déjà à l'esprit ?

– Je ne suis pas autorisé à entrer dans les détails, désolé.

De façon surprenante, mon refus d'en dire davantage ne suscita aucune réaction négative. Bien au contraire, Crispin esquissa presque un sourire :

– Très utile…

– Tout à fait.

– Super, j'adore, j'adore. Je serai cité à comparaître, si vous arrêtez ces personnes grâce à mon témoignage et qu'elles vont jusqu'au procès plutôt que de plaider coupables pour obtenir un arrangement ?

– Nous en sommes encore loin, Crispin.

– Je comprends, mais en admettant que cette éventualité se concrétise ?

– Tu souhaites témoigner ?

– Oui, bien sûr ! Alors ? Je serai invité ?

– C'est compliqué. Tu es mineur, il faudrait que tes parents…

– Le temps qu'on en arrive là, je serai majeur. Haley et l'autre n'auront plus leur mot à dire. Alors ? On me permettra de témoigner ?

– Ce ne sera pas à moi d'en décider. Mais pourquoi cette envie de témoigner ?

– Ce serait à la fois intéressant et divertissant.

– Beaucoup de gens s'inquiéteraient à l'idée de devoir témoigner.

– Beaucoup de gens ne sont que des automates déficients qui se soucient de ce que d'autres automates déficients pensent d'eux. Je veux me lever dans le box des témoins et qu'on me demande de jurer sur la Bible, ce que je refuserai de faire d'une voix ferme car je suis athée. Au vu de la qualité des renseignements que j'aurai apportés, le juge et les avocats, après une longue discussion, m'autoriseront à énoncer ma vérité selon les termes qui me conviendront. Quand ce sera établi, je dirai ce que j'ai vu à toutes les personnes présentes au tribunal, mais j'aurai les yeux braqués sur les deux accusés. Je serai un témoin capital. Qu'en dites-vous ?

– Je suis certain que tu te montreras très convaincant.

– Je vous le confirme. J'ai la capacité de faire réfléchir les gens.

42

Crispin bondit une fois de plus pour frapper l'aquarium, déclenchant une panique aquatique, puis il gagna son bureau en verre et balaya sa collection de Rubik's Cubes, qui échouèrent tous sur le sol, et se mit à taper sur le clavier d'un de ses ordinateurs portables.

Des motifs géométriques apparurent sur l'écran. Tout en s'activant, l'adolescent fredonnait un air atone.

– As-tu autre chose à me dire, Crispin ?

– En repartant, dites à Haley que je suis prêt pour le petit déjeuner. Je veux des anchois.

La mère de Crispin étant introuvable, je me rabattis sur la domestique, qui frottait la paillasse de la cuisine avec un produit qui sentait le vinaigre :

– Crispin a faim.

– Il a toujours faim, dit-elle sans interrompre son nettoyage.

Sorti de la maison, je retrouvai ma Cadillac, d'où j'appelai Milo.

– Il est unique en son genre, ce môme, réagit-il. Il t'a sans doute dit la vérité, s'il a parlé de la Rolls.

– Et sa description de la femme correspond à nos déductions.

– De taille moyenne, les cheveux foncés. Oui, ça colle avec Okash. Le blond est probablement Herr Machin. OK, merci, j'ajoute tout ça au dossier. J'imagine que le gosse refuse de témoigner ?

– Il ne demande que ça, au contraire. C'est peut-être même pour ça qu'il m'a demandé de revenir le voir.

– Pourquoi il s'imposerait ça ?

– Pour avoir de l'attention.

– Hmm… Tu penses qu'il sera capable de le faire, d'après ce que tu as vu ?

– Il n'aura sans doute pas peur d'aller à la barre, mais j'ai peur que ça ne donne pas grand-chose.

Je précisai à Milo que Crispin était résolu à ne pas jurer sur la Bible.

– Nguyen ne pourra pas gérer ça, tu crois ? dit Milo. Bon, espérons qu'on n'ait pas besoin de ce môme. De mon côté, j'ai fini par convaincre la sympathique gardienne de l'immeuble d'Okash d'aller jeter un coup d'œil dans son appartement. Elle a seulement accepté d'y entrer une seconde ; elle n'a vu ni sac à main, ni téléphone, ni clés, ni Okash. L'hypothèse de la fuite prend corps. Il est possible que je me sois trompé en innocentant Dugong ; c'est peut-être lui qui l'a avertie. J'ai demandé à la police de Key West de faire un tour chez lui ; il habite dans une sorte de cabane et il peint devant chez lui. L'Endormi n'a pas trouvé la moindre trace d'Okash à bord d'un avion, mais elle peut être en voiture avec Herr Bidule, à destination de je ne sais où. À part ça, j'attends encore ses relevés téléphoniques. Voilà, c'est tout. Merci d'avoir mis ton talent au service de l'enquête – ou faut-il plutôt parler d'art ?

– Je préfère ne pas trop sombrer dans l'art.

43

Des paperasses de garde parentale m'occupèrent jusqu'à la fin de la journée. Suivirent un dîner en compagnie de Robin – je m'étais mis aux fourneaux – puis un peu de lecture de magazines de psychologie – j'avais du retard à rattraper. Je me mis au lit à vingt-trois heures mais me réveillai à minuit, à une heure et à 2 h 30.

Alors que quatre heures du matin approchaient, j'avais les yeux grands ouverts, les muscles crispés et les neurones qui s'entrechoquaient. Je tentai de retrouver le sommeil en inspirant profondément, hélas *Docteur-soyez-apaisé* échoua lamentablement. À 4 h 45, je me levai et enfilai un jean, un sweat-shirt et mes chaussures de footing.

Robin remua dans son sommeil. Je déposai un baiser sur son front et me rendis dans la cuisine. Blanche, dans sa caisse dans la buanderie, s'agita quelque peu. J'ouvris la porte grillagée, qui n'était pas verrouillée, et eus droit de sa part à une léchouille somnolente.

Enfin, après avoir laissé un mot à Robin, je sortis de la maison.

Même quand elles sont récentes, les habitudes ont la vie dure pour les personnes compulsives.

Je n'avais pas le moindre doute quant à ma destination.

Alors que je roulais sur l'allée privée qui débouche sur ma maison, je dus freiner violemment pour éviter un chevreuil à la ramure impressionnante. Il me dévisagea un instant, puis contracta les muscles de sa poitrine et bondit dans les buissons. Quelques instants plus tard, une énorme chouette surgit d'un pin et fut avalée par le ciel noir qui commençait à prendre des nuances lavande.

L'air frais du mois de mai et des bruits de débandade envahissaient l'habitacle de ma voiture. Saisi d'un frisson, je remontai ma vitre, ce qui eut pour effet de me plonger dans un silence déplaisant, aussi allumai-je la radio.

Sur KJazz, Stan Getz interprétait *Desafinado*, un air tranquille mais ce n'était pas un problème.

Disposant de Beverly Glen Boulevard pour moi seul, j'accélérai et atteignis Sunset Boulevard, puis virai en souplesse à gauche, en direction de Beverly Hills. Tout en conduisant, j'imaginais Crispin Moman marchant d'un pas déterminé vers Benedict Canyon Drive pour se livrer à sa revanche fécale, mû par des forces que jamais il ne comprendrait.

Petit veinard.

Progresser au ralenti sur Benedict Canyon Drive désert ne gêna personne et me laissa tout le temps d'apercevoir quelque chose en passant à hauteur de Clearwater Lane : une voiture blanche stationnée à reculons dans l'allée de la maison bleue.

Après un coup d'œil dans le rétroviseur, je m'autorisai une marche arrière interdite, m'engageai sur Clearwater Lane et, comme lors de ma première venue en ces lieux, roulai jusqu'au sommet de la rue, hors de vue depuis la demeure qui m'intéressait. Je sortis de ma voiture et je redescendis à pied, noyé dans l'obscurité, en espérant ne pas alerter quelque chien de garde par mes bruits de pas.

Je m'approchai jusqu'à distinguer l'éclairage de la maison bleue. Un luminaire extérieur faiblard me permit de reconnaître la Volvo. Avançant encore un peu, je constatai qu'il n'y avait plus de courrier empilé devant la porte d'entrée.

C'est alors que celle-ci s'entrouvrit.

Reculant d'un pas, je vis un individu assez grand à la

chevelure argentée sortir et verrouiller la porte. Il portait trois enveloppes kraft sous le bras.

Je courus jusqu'à ma voiture et me mis au volant, puis redescendis Clearwater Lane tous feux éteints, juste à temps pour voir la Volvo accélérer et s'engager sur Benedict Canyon Drive – sur la gauche, vers le sud, soit la direction prise par la Rolls la nuit où Crispin l'avait aperçue.

Conservant mes distances avec la grosse voiture blanche, je la vis brûler le feu rouge du carrefour avec Sunset Boulevard et tourner à droite. Vers l'ouest, donc. Exactement la route qu'il me fallait prendre pour rentrer chez moi. Une étrange pensée me vint : et si cet homme était un de mes voisins ?

Mais non. Parvenue à hauteur de Beverly Glen Boulevard, où j'aurais dû tourner à droite, vers le nord, la Volvo fila vers le sud, puis de nouveau vers l'ouest.

Elle finit par s'engager dans une ruelle orientée vers le sud et poursuivit sa route jusqu'au milieu d'un pâté de maisons avant de décrire un large arc de cercle pour ensuite reculer dans l'allée d'une demeure. Elle dut patienter, le temps qu'une porte de garage métallique noire de plus de cinq mètres de haut s'ouvre en coulissant. J'eus ainsi tout loisir d'apercevoir un autre véhicule et reconnus l'impériale verticalité caractéristique d'une calandre de Rolls-Royce. La Volvo se gara à côté de sa clinquante collègue, puis la porte se referma.

Je quittai les lieux. Arrêté par un feu rouge sur Beverly Glen Boulevard, j'en profitai pour envoyer un texto à Milo.

Il était cinq heures du matin ; il trouverait mes infos à son réveil.

Je n'eus pas de nouvelles de sa part avant 7 h 34, heure à laquelle il frappa à ma porte.

44

Le visage et les yeux rouges, Milo, assez agité, s'installa dans le salon, ouvrit son attaché-case et sortit son calepin, qu'il posa sans l'ouvrir sur ses genoux :

– Je n'en reviens pas que ton escapade t'ait mené à la maison de Candace Kierstead.

– Et le type que j'ai vu ressemble aux photos de son mari, ajoutai-je.

– Elle a joué la comédie quand elle nous a reçus.

– Elle voulait savoir où en était l'enquête.

– En s'y jetant à pieds joints ? C'était plus que risqué, Alex.

– Ça fait partie du frisson. Tout comme le fait de nous raconter son histoire d'opossum et de nous dire « J'adore les animaux ».

– Bon sang… Avant de venir, j'ai relu mes notes ; je ne pense pas lui avoir révélé quoi que ce soit d'important lors de notre discussion.

– Non, je confirme. Maintenant, tu peux profiter de sa confiance excessive – de leur confiance excessive – pour les piéger.

– Merci pour cette thérapie d'encouragement, je me sens déjà mieux. (Il reçut un texto, auquel il répondit aussitôt.) C'était Al Freeman. Il a mis un nom sur le propriétaire de la Rolls : Sig Kierstead. Je lui ai renvoyé un « merci » avec cinq points d'exclamation – je n'ai pas eu le cœur de lui dire qu'on le savait déjà. (Il ouvrit son calepin.) Contrairement à celui de la maison de Clearwater Lane, l'acte de vente de la propriété de Comstock Avenue est limpide, sans aucune brume masquant diverses sociétés. La maison a été acquise il y a un peu plus de deux ans par Stefan Sigmund Kierstead et Candace *Walls* Kierstead.

– Candace est donc apparentée à la victime d'Okash.

– Oui, ça semble évident. Vu son âge, elle pourrait être la sœur aînée de Contessa et animée d'une violente rancune envers Okash. Mais dans ce cas, pourquoi lui aurait-elle loué des locaux pour sa galerie d'art ?

– Peut-être pour jouer avec elle comme un chat avec une souris, sans compter que c'était idéal pour la garder à l'œil tandis qu'elle préparait sa vengeance. Depuis quand les Kierstead sont-ils propriétaires de cet immeuble ?

Milo tourna quelques pages de son carnet :

– Vingt mois.

– Okash a ouvert sa galerie il y a six mois. Pour avoir bavardé avec nous en toute décontraction comme elle l'a fait, Candace doit avoir des nerfs à toute épreuve. À mon avis, elle aime autant traquer sa proie que la mettre à mort. Il est possible qu'elle ait recroisé la route d'Okash par hasard et y ait vu un signe du destin. Quand Dugong est tombé sur Okash à la foire Art Basel, celle-ci était en pleine discussion avec des clients potentiels – c'étaient peut-être les Kierstead. Sur le moment, Okash ignore peut-être qui est Candace, qui, à l'inverse, prend aussitôt conscience de ce coup de chance. Elle est propriétaire d'un local, et Okash souhaite ouvrir une galerie. Si ce n'est pas le karma, ça…

– La vengeance est un plat qui se mange froid, et cette femme est du genre glacé, jouant les bonnes citoyennes en nous proposant ses foutus biscuits. Mais comment se fait-il qu'Okash n'ait pas su qui elle était vraiment ?

– La famille Walls avait des problèmes, d'après sœur Emeline, rappelai-je. Il est donc possible que Connie n'ait jamais invité d'amie chez ses parents. Candace, de son côté, a pu reconnaître le nom d'Okash, qu'elle avait vu sur des documents officiels lors du procès, par exemple.

– Connie est blessée par Okash, puis c'est la pente fatale, jusqu'au jour où elle se pend en prison. Oui, il y a de quoi en vouloir à Okash.

– Voyons si je peux obtenir la confirmation que Candace est la sœur de Connie.

Je branchai le haut-parleur de mon téléphone et composai un numéro.

– Sainte-Thérèse, bonjour ! me répondit une voix mélodieuse.

– Bonjour, sœur Emeline. Alex Delaware – le psy – à l'appareil ; je suis venu vous voir il y a quelques jours.

– Ah oui, le psy de la police, dit-elle, son entrain chassé par une méfiance soudaine.

– J'ai une question à vous poser à propos de la famille de Contessa Walls. Avait-elle des frères et sœurs ?

– Vous enquêtez toujours sur Connie ? Oui, elle avait deux frères aînés et une sœur, également plus âgée qu'elle.

– Vous les connaissiez ?

– Non, mais elle m'en parlait quand elle n'avait pas le moral.

– Ce n'était pas le bonheur total dans la famille, on dirait.

– Non, ils étaient distants, froids avec elle, ils la rejetaient, c'est pour ça que je ne les ai jamais vus. Ils ne venaient jamais lui rendre visite, pas même les parents, et Connie rentrait rarement chez elle pendant les vacances. Elle restait donc seule durant ces périodes, même si Medina et moi l'avons parfois emmenée avec nous. C'était une fille superbe, physiquement, mais extrêmement triste, docteur Delaware.

– Connaissez-vous les prénoms de ses frères et sœurs ?

– Oui, car elle les prononçait quand elle était énervée ; « Cormac me donne des ordres comme si j'étais sa bonne », « Cormac me pinçait, me frappait », « Charlie… » Non… « Chuck se moque de moi et je me sens idiote à cause de lui ». Quant à sa sœur, elle lui reprochait surtout de l'ignorer, de ne jamais l'inclure dans ses activités… Comment s'appelait-elle déjà ?… Un autre prénom qui commence par

C… Leurs parents aimaient cette lettre, apparemment… Candy, je crois. Oui, c'est ça, j'en suis sûre ; je me rappelle m'être fait la réflexion que cette fille ne méritait pas de porter un prénom si appétissant[1].

– Merci pour ces renseignements, ma sœur.

– Si vos remerciements sont sincères, n'hésitez pas à faire un don généreux à notre collecte de denrées alimentaires ; je vous garantis que chaque boîte de conserve, chaque paquet, chaque bocal sont distribués à des personnes qui en ont réellement besoin.

– De l'argent, ça ira ?

La religieuse rit :

– L'argent, ça va toujours !

Elle avait retrouvé sa voix chantante.

– La vengeance d'une sœur, résuma Milo. J'ai maintenant tendance à croire qu'Okash n'a pas pris la fuite ; il y a des chances qu'elle ne soit plus de ce monde. Mais quel rapport avec l'élimination de six autres personnes ?

Le crâne saturé de bruit blanc, je me rendis dans la cuisine, remplis deux tasses de café et pris tout mon temps pour regagner le salon, afin de trier mes pensées, les replacer dans le bon contexte et laisser libre cours à mon imagination.

– Penchons-nous d'abord sur le mobile le plus simple, proposai-je à Milo en lui tendant son café. McGann et Vollmann ont été assassinés parce qu'ils posaient trop de questions à propos de Benny.

– Ils ont interrogé Okash, pas les Kierstead.

– Pas forcément. Les Kierstead sont les propriétaires de l'immeuble et des deux galeries fantômes voisines. Imaginons qu'Okash nous ait menti et ait été absente lorsque McGann et Vollmann se sont présentés là-bas ; ils tombent sur les Kierstead, qui prennent un air compatissant et les invitent à entrer…

1. *Candy* : friandise, bonbon.

– Et pan ! compléta Milo en se frottant le visage. OK, mais que vient faire la limousine dans cette affaire ?

– J'en reviens à mon hypothèse d'hier : Gurnsey et Okash ont humilié Candace, ce qui n'a fait qu'avancer la date d'exécution d'Okash et a valu à Gurnsey une haine farouche de Candace. Dès qu'il est devenu une cible pour elle, elle a pensé au *Musée du désir.* La préparation et la cruauté nécessaires pour mettre en place la scène de la limousine trahissent un fantasme sadique présent de longue date chez cette femme. Ce massacre se serait peut-être produit plus tard, sans Gurnsey, mais celui-ci lui a donné l'occasion de concrétiser son projet.

– Ils avaient de toute façon l'intention de reproduire le tableau avec des victimes ?

– Ils ont fait référence aux nazis pour baptiser leurs entreprises. Pour eux, c'est un jeu.

Ce fut au tour de Milo de se rendre dans la cuisine, d'où il ressortit en croquant cruellement une pomme tout en manipulant son téléphone.

Après s'être connecté sur le site du fichier des immatriculations afin de télécharger la photo de Candace Kierstead, il appela la supérette caribéenne.

– Madame Graham ? Lieutenant Sturgis à l'appareil.

– Oh, bonjour ! Comment allez-vous ?

– Votre aide nous a été précieuse ; puis-je vous envoyer une autre photo ?

– Bien sûr. Votre enquête sur Solomon avance ?

– Lentement mais sûrement.

Il envoya la photo. Quelques secondes plus tard, Frieda Graham le rappela :

– C'est Candy, bien sûr. C'est une très bonne cliente. Elle adore nos bières et nos légumes frais. Elle passe très souvent, avec son mari. Il m'a confié qu'il avait pris goût aux épices à l'époque où ils vivaient en Asie, puis à Grand Cayman.

– Les avez-vous vus en compagnie de l'autre femme, celle dont je vous ai montré la photo l'autre jour ?

– Non, ils ne fréquentent la supérette que depuis peu de temps – quelques mois. Ils sont toujours très aimables et paient en liquide.
– Je vous remercie.
– J'espère que ça vous aide.
– On avance petit à petit.
– C'est comme quand on monte une entreprise.

Milo réduisit la pomme à néant, comme si elle constituait une menace, ne laissant qu'un trognon suspendu à sa main.
– Les Kierstead ont sans doute entendu parler de la supérette par Okash, puis ils ont vu les petites annonces de Roget sur le panneau d'affichage.
– Ils font leur truc avec la limousine mais gardent Okash pour plus tard, pour la tuer plus discrètement.
– Ils n'avaient aucune raison de l'inclure dans la scène. Elle ne cadrait pas dans le tableau ; ils s'en sont peut-être débarrassés quelque part, comme d'un déchet.
Milo essaya de joindre John Nguyen mais n'eut droit qu'à sa messagerie. Il tenta ensuite sa chance avec un juge, sans plus de succès, ce qui le rendit muet. Il jeta son trognon de pomme et s'attaqua à une nectarine, puis essuya le jus qui coulait sur son menton.
– Candace m'a manipulé comme si j'étais un morceau d'argile entre ses mains, grogna-t-il, avant de lâcher un rire. Décidément, les métaphores artistiques s'enchaînent. Il régla son compte à la nectarine avant de m'interroger :
– Au fait, qu'est-ce que tu fichais au volant à cinq heures du matin ?
– J'avais le cerveau surchargé d'informations. Mais toi aussi tu t'es levé tôt, si tu as eu le temps d'effectuer des recherches sur les Kierstead.
– J'ai lu ton texto à 5 h 40 ; j'en suis resté sur le cul. Candace m'apparaissait soudain sous un nouveau jour. Après avoir calmé mes neurones avec un petit whisky – un WhistlePig –, j'ai réveillé les mômes : Alicia surveille l'immeuble

de la galerie et les gars se relaient pour rouler sur Benedict Canyon Drive. Tous les trois passages, ils font un tour sur Comstock Avenue, qu'on ne peut pas surveiller en continu car c'est une rue trop tranquille, sans place de stationnement ; n'importe quel détail anormal se voit comme le nez au milieu de la figure.

– Demande à Binchy et Reed de prendre une Bentley à la fourrière et de porter un foulard autour du cou, ils passeront inaperçus.

Milo rit aux éclats, puis il enfouit le noyau de sa nectarine dans une serviette et me demanda :

– J'ai vu des œufs ; je peux t'en prendre quelques-uns ?

45

Le jour même, à 14 h 45, se tint une nouvelle réunion devant le tableau blanc. Présentes sous forme de photos extraites du fichier des immatriculations puis agrandies, les stars du jour se nommaient Stefan Sigmund Kierstead, cinquante-quatre ans, et Candace Walls Kierstead, quarante et un ans.

L'Endormi avait confirmé leurs nombreux voyages à destination et en provenance de Hong Kong, Macao, Berne, Bâle, Zurich et Stockholm, cependant nous ignorions toujours où le couple avait vécu avant de s'installer à L.A.

Quelques recherches approfondies sur la famille Walls avaient révélé que les parents de Candace, Charleston et Cinthia, n'étaient plus de ce monde, tout comme son frère Cormac. Ces trois décès avaient été constatés à l'hôpital Johns Hopkins de Baltimore – hépatite, cancer du foie et insuffisance hépatique.

L'autre frère, Charleston Jr, encore vivant, était pensionnaire depuis six ans de l'Institution correctionnelle fédérale de Cumberland, dans le Maryland, où il purgeait une peine de vingt-deux ans de détention pour homicide et possession de drogue avec intention de la vendre. Une discussion avec un gardien nous avait apporté quelques détails : au volant de sa voiture, il avait roulé sur un dealer de meth concurrent – à deux reprises.

Selon l'administration de la prison, Walls était un détenu modèle, il est vrai bien en peine de s'agiter car diabétique et atteint de maladies du cœur et du foie. Il était vaguement en lien avec la Fraternité aryenne, sans en être membre à part entière. Une photo d'identité nous montrait un individu au crâne rasé et au visage couvert de tatouages. Les yeux enfoncés et portant un bouc blanc sous ses traits avachis, il avait quarante-huit ans, mais en paraissait soixante-dix.

– Belle brochette d'alcoolos que cette famille, commenta Marc Coolidge.

– C'est toujours la même histoire, renchérit Al Freeman, dont la jambe touchait de temps à autre celle d'Alicia Bogomil, assise à côté de lui.

– Tu m'étonnes ! ajouta-t-elle en lui adressant un grand sourire.

Nouvel effleurement de genoux.

– Aucune plainte pour violences familiales recensée chez ces gens, qui de l'extérieur semblaient tout à fait respectables. Le père était juriste à l'IRS[1] et ils habitaient dans un joli quartier.

– Pour sauver les apparences, intervint Moe Reed, dont la voix sortait de l'ordinateur portable de Milo.

Binchy et lui participaient à la réunion via FaceTime ; Binchy surveillait la galerie, sur Hart Street, tandis que Reed roulait à présent seul sur Benedict Canyon Drive et Comstock Avenue. Pour l'heure, aucun mouvement n'avait été signalé en ces endroits, et ni la Volvo ni la Rolls n'avaient émergé de la propriété des Kierstead.

Milo reprit la parole :

– La bonne nouvelle, c'est que j'ai obtenu des mandats d'arrêt pour monsieur et madame, ainsi que l'autorisation de perquisitionner les deux maisons et l'ensemble de l'immeuble de la galerie. Nous avons également la permission de saisir la voiture d'Okash, qui est toujours garée derrière le bâtiment. Je ne veux pas qu'on fonce bille en tête pour les arrêter,

1. L'IRS, Internal Revenue Service, est l'agence fédérale américaine chargée de collecter les impôts.

ni qu'on se fasse remarquer en investissant la galerie. Trop d'inconnues. On reste en attente, en espérant les coincer dès leur prochain déplacement.

– Pour éviter qu'ils ne prennent quelqu'un en otage, déduisit Coolidge.

– Oui, et aussi pour qu'ils n'aient pas le temps de détruire des preuves. Ces gens ont commis au moins six meurtres, probablement sept. Dès qu'on les aura attrapés, on les sépare et on prend tout notre temps pour les cuisiner. Des questions ?

– Ils sont plus ou moins nazis et le frère de la femme est lié à la Fraternité aryenne, souleva Al Freeman ; il y a un rapport ?

– Pas pour l'instant. Les documents de la prison indiquent que Candace n'a jamais rendu visite à son frère. Pour tout dire, il n'a jamais reçu la visite de qui que ce soit. La religieuse a expliqué à Alex que Candace et son frère n'étaient pas vraiment proches.

– Quels salopards, lâcha Alicia. Et quand je pense aux pauvres chiens…

– La haine ne se contente pas d'une seule cible, philosopha Freeman.

– Tu m'étonnes.

Poc, les genoux.

Je consultai ma montre, puis me levai et me dirigeai vers la porte.

Freeman, Coolidge et Alicia ouvrirent grand les yeux, étonnés, contrairement à Milo :

– Le Dr D. a rendez-vous avec une dame.

46

Identifier Jane Leavitt avait été facile car son visage apparaissait en bonne place sur le site Internet des Éclaireurs, juste au-dessus de la phrase « Vaincre le cancer du sein ! »

Présidente exécutive de l'association, elle était en outre depuis cinq ans responsable de l'organisation du gala annuel, le « Nouvel an bis ».

Candace Walls Kierstead n'apparaissait nulle part sur le site de l'association, contrairement à ce qu'elle avait prétendu, et je n'avais pas davantage trouvé la moindre confirmation de son passé de danseuse classique à San Francisco.

Joindre Jane Leavitt était en revanche plus ardu. Elle n'avait pas répondu aux appels de Milo quelques jours auparavant, pas plus qu'à ses e-mails ou à ses messages vocaux sur la ligne fixe de l'association.

Tentant ma chance à mon tour, j'envoyai un texto à une oncologue qui avait autrefois été ma collègue au Western Pediatric, et lui demandai de joindre le Dr Warren Giacomo, professeur de médecine clinique à l'université et conseiller médical auprès des Éclaireurs.

Giacomo m'appela à 13 h 45 ; cet homme cordial me dit avoir entendu parler des meurtres perpétrés sur la propriété de Benedict Canyon Drive, qu'il qualifia d'« incroyables » et jugea « perturbants » car ils s'étaient produits tout près de chez lui.

S'il ignorait tout de Candace Kierstead, il me dit le plus grand bien de Jane Leavitt :

– C'est un ange. Je vais voir ce que je peux faire pour vous mettre en contact avec elle.

– Cette association est donc respectable ?

– Oh oui, ce sont des gens admirables. Ils sont assez âgés en moyenne, en grande partie des rescapés du cancer et leurs proches. Ils sont très généreux et n'exigent pas de contrôler la destination de leurs dons. La police pense qu'il s'est passé quelque chose lors de leur gala ?

– Tout à fait.

– Ça alors ! J'étais présent, ce soir-là. Maintenant que vous m'en parlez, Jane m'a paru contrariée, vers la fin de la réception. Je n'ai pas cherché à en savoir davantage, préférant ne pas embêter notre poule aux œufs d'or. Je lui envoie un e-mail sur son adresse personnelle.

– Merci infiniment.

– Je vous en prie. J'habite sur Roxbury Drive, dans les numéros 500 ; s'il n'a pas été commis dans la maison voisine, ce crime s'est tout de même déroulé assez près de chez nous pour effrayer ma femme et mes filles.

Trois minutes plus tard, un numéro local apparut sur l'écran de mon téléphone.

– Docteur Delaware, Jane Leavitt à l'appareil, annonça une voix rauque, quand j'eus pris l'appel. Le Dr Giacomo m'a dit que vous souhaitiez vous entretenir avec moi à propos de notre dernier gala de collecte de fonds.

– En effet, et également au sujet de Candace Kierstead.

– Forcément. Disons à seize heures. J'ai des choses à dire à propos de cette personne, vous pouvez me croire !

Maison de style Tudor à colombages pourvue d'une façade en pierre et d'un toit en ardoises, la demeure de Jane Leavitt était située dans les numéros 800 de Camden Drive, dans le quartier des Flats, à Beverly Hills. Le style bourgeois anglais de la bâtisse était mis à mal par des palmiers serrés dans le jardin ; c'était là un exemple parmi tant d'autres de l'improvisation typique de L.A., un des aspects qui font que cette ville est merveilleuse.

Une Lexus LX gris perle était stationnée dans une allée d'une propreté irréprochable, avec sur son pare-chocs un autocollant : « Tuez le cancer ! »

La porte d'entrée de la maison s'ouvrit avant même que j'y parvienne, ce qui me permit de découvrir une septuagénaire menue – un mètre cinquante pour quarante kilos toute mouillée. Son étroit visage poudré était surmonté d'une chevelure noire gonflée aux allures de turban. En gilet bleu pâle et chaussures Chanel roses, elle avait des lunettes de théâtre argentées suspendues à un collier de perles.

– Bonjour, docteur Delaware ; Jane, se présenta-t-elle, avant de me mesurer d'un rapide regard qui fit naître un petit sourire sur son visage. Vous êtes très jeune, dites-moi ! Et charmant !

Sa main d'oiseau s'empara de la mienne et la serra avec une surprenante vigueur. Sans me lâcher, elle m'entraîna à l'intérieur puis cala son bras sous le mien. Je fus noyé sous son parfum Chanel.

Elle me tira et me poussa à travers l'entrée dans laquelle des urnes étaient disposées dans des alcôves, puis sur les trois marches donnant sur un salon, en contrebas, qui avait tout d'un jardin tant il était garni de palmiers.

Sans doute luxueux quelques décennies auparavant, cet intérieur était à présent daté mais néanmoins charmant : parquet en pacanier assemblé à la main, murs couverts de lambris en chêne et faux plafond du même bois. Fauteuils et canapés étaient tapissés de velours et de tissus à motifs cachemire et floraux. Un tableau de Chagall représentant un violoniste semblait plus vrai que nature, tout comme une boîte de soupe peinte par Warhol, une parodie de bande dessinée signée Lichtenstein et une immense toile de chevrons de Frank Stella.

Alors que Candace Kierstead nous avait offert des biscuits et du café, Jane Leavitt poussait bien plus loin le concept de l'hospitalité.

La table basse en verre argentée était surchargée d'assiettes en porcelaine à la cendre d'os contenant des croissants, des pains aux raisins, des galettes de sésame et des petites brioches. Une barquette de beurre mou était posée à côté d'un pot de confiture de fraises. Des raisins violets géants étaient présentés par trois, suspendus à leur tige, cernant des tranches de fromage disposées comme les plis d'un éventail de geisha. Enfin, s'ajoutaient à tout cela des bols de noix, de fruits secs et de tranches de viande aussi fines que du tissu.

– C'est du jambon de Parme, docteur, si vous êtes un grand consommateur de protéines, me précisa Jane Leavitt.

Aucune boisson n'accompagnait cette montagne de nourriture. C'est alors qu'une domestique en tenue noire ornée de dentelle blanche – une blonde entre deux âges assez corpulente – fit son apparition, portant un plateau doré aux bords cannelés :

– Le Blue Mountain, madame.

– Merci, Sophie. De la crème et du sucre, docteur ?

– Noir, ce sera parfait, merci.

– Vous êtes un homme discret et doté d'un goût très sûr, me flatta Jane Leavitt, avec un sourire qui me permit de détailler sa dentition parfaitement refaite. Il est inutile d'ajouter quoi que ce soit au meilleur des cafés. Ceci est la meilleure variété de Blue Mountain. Mon époux, Dieu ait son âme, faisait des affaires dans le café et le thé. Aujourd'hui encore, je peux me procurer toutes les variétés dont j'ai envie.

Je répondis par un sourire, tandis que la domestique faisait le service. Puis Jane Leavitt leva sa tasse et j'en fis autant.

Après quelques gorgées sirotées, elle émit un murmure de satisfaction et reposa sa tasse.

– Essayez les raisins, docteur. Ils viennent d'une ferme chilienne très attachée au développement durable et sont délicieux.

Ne voyant aucune raison de me rebeller face à son autorité, je piochai un raisin et l'avalai.

– Succulent, en effet.

– Stan vendait également des fruits en gros. Et des noix, aussi, et toute une série de produits alimentaires haut de gamme. J'ai vendu ses sociétés mais je suis restée en relation avec les employés, et j'en profite. Comme lors de notre gala de collecte de fonds, par exemple ; notre buffet est légendaire.

Je lui offris de nouveau mon sourire en guise de réponse.

– Vous êtes vraiment charmant, répéta-t-elle, avant de baisser les yeux sur mes mains. Je ne vois pas d'alliance à votre doigt.

– J'ai une compagne.

– Hélas, lâcha-t-elle avec un soupir théâtral. Je ne suis pas surprise, les hommes de qualité sont toujours pris. Ne croyez pas que je sois exagérément coquine, j'ai simplement la mauvaise habitude de chercher un époux pour ma fille.

Elle désigna une grande photo dans un cadre en argent disposée bien en évidence derrière la montagne de nourriture, sur laquelle figurait un sosie de Marilyn Monroe en robe noire sans bretelles.

Une femme splendide mais au regard tourmenté.

– C'est ma Karen. Cette photo a été prise par un professionnel à l'époque où elle pensait devenir actrice. Aujourd'hui, elle fait des études en espérant devenir psychologue, mais pas pour exercer en cabinet comme vous. En fait, elle est sur le point de décrocher un diplôme en communication et compte travailler auprès de patients en centre de désintoxication.

Une onde d'angoisse parut déferler sur la peau blanchâtre de la vieille femme, qui crut bon de préciser :

– Elle s'aidera pour cela de sa propre expérience, j'imagine que vous le comprenez.

– Oui, bien sûr.

– Enfin, elle parviendra à ses fins, je pense. Travailler dans un tel endroit lui apporterait suffisamment d'expérience pour aider les autres, mais j'ai peur qu'elle ne soit en contact avec des personnes peu recommandables. Qu'en pensez-vous, docteur ?

– Sans vouloir me montrer évasif, je ne connais pas assez votre fille pour pontifier.

– Pour pontifier ! répéta-t-elle en riant. Votre réponse me plaît. Vous vous exprimez comme un authentique scientifique, c'est-à-dire avec prudence. Warren – le Dr Giacomo – est comme vous ; il est impossible de le coincer. Il est scientifique à l'extrême ; pour lui, tout doit être vérifié et revérifié et… quel verbe emploie-t-il… ? Ah oui : dupliqué ! Je le respecte beaucoup pour cela, et vous êtes visiblement fait du même bois que lui. Goûtez donc le fromage ; il vient d'un village basque où les chèvres sont dorlotées.

Là encore, je lui obéis.

– Bon, vous souhaitez en savoir en peu plus sur *elle*, dit Jane Leavitt. Qu'a-t-elle fait, exactement ?

– Je vais une fois de plus devoir me montrer évasif, j'en ai peur.

– Je comprends. Mais si la police a jugé bon de m'envoyer un psychologue, c'est forcément qu'il s'est passé quelque chose de mal, de bizarre. Tant mieux. Je souhaite vivement que la loi l'écrase de tout son poids. Je veux qu'elle récolte les fruits de son caractère pourri.

Ces paroles de colère avaient été prononcées sur un ton des plus sereins.

– Il s'est passé quelque chose, le soir du gala ? devinai-je.

– Cet événement est très important pour la cause que nous défendons – je dirais même plus, il est vital. L'argent que nous collectons est directement reversé à la recherche. Nous assumons la totalité des frais généraux, pas un dollar ne va à la gestion de l'association. En janvier dernier, nous avons eu le plaisir d'accueillir parmi nous quelques donateurs potentiels très prometteurs. Le gala de collecte de fonds était l'occasion pour nous de nous montrer sous notre meilleur jour, or *elle* a presque ruiné nos efforts. Je ne le lui pardonnerai jamais.

– Qu'a-t-elle fait ?

– Elle a laissé certains de ses amis – des voyous en réalité – s'inviter à notre soirée. Ils ont… Oh, autant le dire sans détour, ils se sont livrés à une véritable orgie.

– Vraiment ?

– J'exagère peut-être, d'accord, mais pas de beaucoup.

Elle inspira profondément avant de poursuivre, une main sur la poitrine :

– La soirée se déroulait à merveille ; il faut dire que je surveillais tout attentivement : des discours brefs, pas de temps mort, un orchestre fantastique spécialisé dans la musique populaire américaine. Il y avait également beaucoup de boissons proposées, mais les personnes présentes buvaient avec modération. Notre association est constituée de personnes mûres, docteur, c'est notre caractéristique : la maturité. Je n'aurais pas dû lui faire confiance.

– À quel propos ?

– À propos de sa volonté de s'investir dans l'organisation de la soirée. Elle a insisté, ce qui aurait déjà dû me mettre la puce à l'oreille ; je n'apprécie guère ce genre de comportement. Malheureusement, je traversais une mauvaise passe car Karen venait de… Bref, elle en a profité. Son premier raté a été le choix du lieu de la réception. Les années précédentes, nous avions organisé ce gala chez tel ou tel membre de l'association, car beaucoup d'entre eux vivent dans de magnifiques demeures. Elle m'a convaincue de tenter quelque chose de nouveau, cet affreux pseudo-château. Elle en connaissait les propriétaires car, avec son mari coincé, elle leur avait vendu quelques tableaux et pouvait obtenir un prix intéressant pour la location de l'endroit. Quand elle m'a donné ce chiffre, j'ai cédé : « Pourquoi pas, après tout, me suis-je dit. Soyons fous ! » Il faut dire que lorsque nous organisons une soirée chez un membre, nous devons contracter une assurance, ce qui n'est pas donné.

– Dans quelles circonstances Candace a-t-elle intégré l'association ?

– Elle m'a envoyé un e-mail dans lequel elle m'a expliqué que son mari et elle s'intéressaient de très près à la recherche sur le cancer du sein, la première femme de son époux étant décédée de ce mal. Quand j'ai fait la connaissance de ce monsieur, le soir de la collecte de fonds, je lui ai exprimé toute ma compassion pour ce drame ; il ne m'a renvoyé qu'un regard vide, comme s'il ne saisissait pas de quoi je parlais. Soudain, comme pour se reprendre, il a vivement dit qu'en effet, cela avait été un épouvantable drame, et que Gertrude aurait été ravie par les efforts de notre association. Ça aussi, ça aurait dû me faire tiquer. Gertrude ? Quand avez-vous pour la dernière fois entendu parler d'une femme de moins de quatre-vingts ans prénommée Gertrude ? Mais comme je vous l'ai expliqué, j'avais la tête ailleurs. D'autre part, j'ai tendance à accorder le bénéfice du doute aux personnes qui m'intriguent. (Ses mâchoires se crispèrent.) Si elles me prouvent qu'elles ne le méritent pas… (elle se frotta les mains) je m'en débarrasse.

– Ces gens qui se sont invités à la soirée…

– Ils étaient deux. Une sorte de lézard et une pouffiasse aux cheveux bleus et au visage aussi blanc que de la pâte à sel. Ils n'étaient ni l'un ni l'autre de notre monde, ça crevait les yeux. Elle les a laissés entrer mais vu l'agencement de cette décharge hideuse, il m'était impossible de les voir arriver. Toutes ces voitures entassées sur Benedict Canyon Drive… Avez-vous vu cet endroit ?

– Oui.

– Une maison vulgaire : l'intérieur lugubre et pas assez d'éclairage extérieur. J'ai retenu la leçon, en tout cas : l'année prochaine, nous organiserons notre gala chez un de nos membres, qui possède une maison conçue par Wallace Neff à Pacific Palisades. Wesley et Denise ont leur propre vignoble et nous feront goûter leur réserve privée – essayez le bleu, docteur, c'est un régal.

Elle me regarda avec satisfaction engloutir un morceau du fromage en question. Quand j'eus avalé cette portion trop sèche, je la relançai :

– Et donc, cette orgie…

– Il faut que j'entre dans les détails, j'imagine, dit Jane Leavitt, le regard pétillant.

Elle prit son temps pour choisir une noix de macadamia dans un bol, mordit dedans et en mâcha une moitié, pensive, puis posa l'autre dans son assiette.

– Je les ai surpris par hasard, alors que c'était *elle* que je cherchais. Elle m'avait promis que nous aurions du chardonnay en quantité plus que suffisante, or nous en manquions déjà. Je me demandais s'il avait été stocké dans une cave de la maison, ou quelque chose comme ça. (Elle se passa la langue sur les lèvres.) J'ai cherché partout dans cette effrayante propriété, et enfin j'ai aperçu quelque chose dans le fond. Non, en fait, j'ai entendu quelque chose. Le jardin était si mal éclairé qu'on ne pouvait les voir que de très près. (Un profond soupir.) Bon, vous voulez savoir ce que j'ai entendu, bien sûr. Allez, je me lance. Des grognements gutturaux, des bruits de respiration vulgaires. (Un nouveau soupir, plus long, plus audible.) Je dois tout vous décrire, je suppose…

– Sauf si cela vous met mal à l'aise.

– Je suis bénévole auprès de patients atteints de cancer, docteur. Rien ne me met mal à l'aise.

Nouveau passage de la langue sur les lèvres.

– J'ai été témoin d'une scène répugnante. Le lézard et la pouffiasse étaient… (Elle fit un geste dans le vide.) Inutile de tergiverser, Karen me dit toujours d'être plus directe, c'est plus moderne. (Un clin d'œil.) Enfin, ils étaient tous les deux debout et baisaient comme des lapins. (Elle agita l'index d'avant en arrière.) Ils haletaient comme s'ils étaient victimes d'une crise cardiaque, et les bijoux de famille du type étaient secoués dans tous les sens. Et soudain, je me suis rendu compte qu'ils n'étaient pas seuls. *Elle* était là, agenouillée derrière lui, la tête entre ses fesses, comme un blaireau fouinant dans le sol pour y trouver des insectes.

– Candace Kierstead, donc.

– C'est bien d'elle que nous parlons depuis le début, non ?

Jane Leavitt se laissa aller contre le dossier de son fauteuil, songeant à la scène. La seconde moitié de sa noix de macadamia fut propulsée dans sa bouche et lentement pulvérisée.

– Délicieux. Elles viennent d'Hawaï. J'y suis allée quand… Oh, pardon, revenons au blaireau. Sur le moment, je suis restée muette de stupéfaction, ce qui ne m'arrive pas souvent, docteur, vous pouvez me croire. Je suis restée figée sur place, consternée, jusqu'au moment où je me suis dit : « Il faut savoir prendre ses responsabilités quand on dirige une équipe, Jane ». Je me suis raclé la gorge.

Elle se redressa et me fit une démonstration qui m'évoqua un camion ayant un problème de démarreur.

– Je vous garantis qu'ils m'ont entendue, docteur. Ils se sont tous les trois relevés d'un bond et ont aussitôt remonté leurs braguettes, reboutonné leurs vêtements, etc. C'était un sacré spectacle.

Son rire de soprano se conclut sur un trille digne d'un opéra.

– La réception aurait pu être sérieusement ternie par leur comportement, heureusement personne d'autre que moi n'a vu quoi que ce soit, pas même son mari, je suppose, car il avait disparu. Avec le recul, je me dis que la situation était presque comique, c'est l'effet de la mémoire : comme le bon vin, les souvenirs ont meilleur goût en prenant de l'âge.

– Tout à fait. Ils sont donc partis, tous les trois ?

– J'ai laissé l'Iguane et Tête ronde décamper, mais quand *elle* a tenté d'en faire autant, je lui ai barré le passage et je lui ai lancé mon regard le plus agressif – Karen le surnomme « le rayon de la mort ».

Ses manches couvertes de cachemire se plaquèrent sur sa poitrine bombée, et son visage se para d'un air sévère de sergent irascible.

– Sans bouger d'un centimètre, je lui ai passé un savon par mon seul regard ; elle a compris qu'elle était faite comme un rat. Quand j'ai estimé qu'elle était cuite à point, je lui ai dit : « Fichez le camp et ne revenez jamais. » Et voilà, fin de l'histoire.

Si vous saviez… me dis-je.

47

– C'est un réel plaisir de bavarder avec vous, reprenez donc un peu de ce café de première qualité, me dit Jane Leavitt, alors que 16 h 30 approchaient et que j'avais sérieusement envie de m'en aller.

Je cédai et m'offris encore une part de fromage, deux raisins, un biscuit et une part de pain aux raisins. *Tu ne sais pas que tu rates, Grand*, songeai-je en pensant à Milo.

Je parvins toutefois à résister quand elle se montra plus insistante :

– Goûtez le beurre, juste un petit morceau, il vient du Danemark – ah d'accord, vous surveillez votre cholestérol. Mais essayez au moins la confiture, c'est un mélange de fraises ordinaires et de fraises des Alpes produit par une famille milanaise… Oh, attendez une seconde.

Elle sortit de la pièce d'un pas assuré et fut bientôt de retour, portant à deux mains une chemise reliée de cuir. La brève carrière d'actrice de Karen Amilyn Leavitt y était conservée entre des pochettes de plastique. Des articles complaisants mal écrits dans un journal quelconque de Beverly Hills, certains remontant à l'époque du lycée, étaient classés, avec d'autres photos du clone de Marilyn. Poses aguicheuses, lingerie et bikini.

Jane ne me quitta pas des yeux tandis que je tournais les pages.

– Magnifique, dis-je en refermant la chemise.

– Son potentiel était immense, se désola-t-elle, avant de tourner la tête pour se tamponner les yeux.

Je consultai mon téléphone et me levai :

– Oups, navré mais je dois vous abandonner.

– C'est la police qui vous réclame ? À propos d'*elle* ?

– Tout à fait.

– Allez-y, alors. C'est aussi bien, d'ailleurs, car j'ai une soirée à organiser – pour le club des jardins ; ils adorent mes palmiers.

Elle me raccompagna comme elle m'avait accueilli, un bras passé sous le mien, puis me poussa à l'extérieur.

– Quand m'en direz-vous davantage sur cette affaire, docteur ?

– Dès que possible.

– Merveilleux, dit-elle en frappant dans ses mains. Je veux connaître tous les détails sanglants, jusqu'au dernier !

N'émettez pas des souhaits à tort et à travers…

Je descendis vers le sud jusqu'à Lomitas Avenue, puis pris à droite sur Walden Drive. Peu après, je me garai et appelai le juge Martin Bevilacqua.

– Je crois qu'il est disponible, me répondit la standardiste, qui me mit en attente, le temps de l'avertir.

J'eus Marty en ligne quelques secondes plus tard :

– Quoi de neuf, Alex ?

– J'ai encore une question à vous poser à propos du divorce des Ansar.

– Rien de nouveau de ce côté.

– Vous m'avez dit que ce couple s'étripait entre autres au sujet de tableaux.

– En quoi ça vous intéresse ?

– Ce détail pourrait les relier au meurtre.

– L'un d'eux est impliqué ? Merde…

– Pas directement, mais nos suspects prétendent avoir vendu des tableaux aux Ansar. Vous n'auriez pas une idée de ce dont il s'agit ?

– Mon pauvre, non, je n'en sais rien du tout. Monsieur a fichu le camp avec toutes leurs œuvres d'art, d'après Madame, et elle n'en possède aucune trace, même si elle affirme qu'il y en a pour des millions.

– Vous avez des doutes là-dessus ?

– Vous savez ce que c'est : tout le monde ment, ou au moins exagère.

– Quel genre d'œuvres d'art son mari a-t-il emporté, selon elle ?

– Des tableaux de maîtres hors de prix, mais elle est mal car elle n'a pas la moindre preuve. Vous êtes en train de me dire que son bonhomme a traîné avec des gens peu recommandables ?

– Il n'était peut-être qu'un simple client.

– Il y a quelque chose de louche dans ces tableaux ?

Ce juge avait du flair.

– Nous n'avons pas encore les détails.

– Cette histoire va-t-elle finir dans les journaux, Alex ?

– Pas dans un avenir proche.

– Mais peut-être un jour.

– Possible.

– Bien, merci pour ces infos. Si vous dénichez le moindre élément lié à ce foutu divorce, avertissez-moi et je ferai en sorte que vous soyez récompensé pour ça – par qui, je n'en sais rien, mais je trouverai.

Milo décrocha le téléphone de son bureau dès la première sonnerie :

– Rien à signaler.

– Demande qu'on me laisse entrer sur le parking du personnel, j'y serai dans vingt minutes.

– Que se passe-t-il ? s'étonna mon ami.

– On se retrouve dans vingt minutes.

Un agent en uniforme m'attendait près de la barrière du parking. Il jeta un coup d'œil sur ma pièce d'identité et, sans se départir de son air dubitatif, glissa une carte dans la fente. Après m'être garé, je ressortis à pied du parking pour traverser Butler Avenue – le policier avait disparu.

Au premier étage du commissariat, je trouvai Milo penché sur son bureau, occupé à tapoter sur son clavier d'ordinateur. Ayant déjà pondu un long paragraphe, il remplissait un questionnaire interne daté d'un bon mois.

Il se déconnecta :

– Dix-sept minutes. Pose-toi un peu.

Entre le thé haut de gamme de Jane Leavitt et le temps passé au volant, j'étais suffisamment resté assis ces dernières heures. Je restai donc debout pour lui raconter ce que j'avais appris chez cette dame.

Milo m'écouta sans m'interrompre et concentré, comme tout enquêteur digne de ce nom, puis il s'accorda un temps de réflexion avant de réagir :

– En janvier. Ça fait donc un moment que Candace manipule Okash. Je n'imaginais pas quelque chose comme cette orgie, lors de la réception, mais je me doutais que les Kierstead manigançaient leur coup depuis un certain temps. Okash a baptisé sa galerie Verlang ; comme ça m'intriguait, j'ai fouiné un peu et j'ai découvert que « *verlangen* » veut dire « désir » en allemand. Je parie qu'on peut deviner qui a suggéré ce nom. À part ça, comment Gurnsey a-t-il été aspiré dans cette histoire ?

– Candace est peut-être une de ses nombreuses conquêtes, rencontrée dans un bar. Elle lui propose une partie à trois avec une amie. D'après ce qu'on sait de Ricky, il a dû sauter sur l'occasion. Malheureusement, ils se font surprendre. Gurnsey et Okash sont momentanément gênés mais la situation de Candace est bien pire. Cet égarement peut lui coûter le statut social que son affiliation aux Éclaireurs est censée lui apporter. Elle comptait tuer Okash un jour ou l'autre, son sort était réglé quoi qu'il advienne, et elle aurait sans doute simplement largué Gurnsey, comme l'a fait Joan Blunt. Mais là, elle a dû être folle de rage.

– Elle pique une crise de colère alors que c'est elle qui a déconné ?

– Les psychopathes n'assument jamais la moindre

responsabilité. Il ne lui a pas fallu longtemps pour se convaincre qu'Okash et Gurnsey étaient fautifs – peut-être parce qu'ils avaient grogné trop fort, peu importe. L'idée de reproduire la scène du *Musée du désir* devait également lui trotter dans la tête depuis un moment ; après ce fiasco, elle a décidé de passer à l'action. Elle a pris tout son temps pour choisir ses personnages.

– Cinq mois, rappela Milo. Elle a pris des chiens dans un refuge pour les sacrifier. Dire qu'on a bouffé ses biscuits et bu son foutu café...

Il se leva et effectua le grand pas qui lui suffisait pour sortir de son bureau, puis effectua trois allers et retours jusqu'au bout du couloir.

– Tout est tellement prémédité, tellement tordu, que même John ne pourra pas rester constipé.

Il appela Nguyen et lui présenta ses arguments.

– C'est vrai que c'est dégueu... mais bon, c'est au mieux un comportement limite, estima l'assistant du procureur.

– John...

– Attendez, laissez-moi réfléchir... Vous avez un témoin oculaire qui nous dit avoir vu Candace Kierstead avec Gurnsey... Bon, très bien, tentez le coup, tant que vous avez bien conscience du risque. Vous n'avez rien sur le mari. Si vous interpellez la femme mais que ça ne donne rien, elle saura que vous la soupçonnez et sera libre comme l'air. Les gens de son espèce s'enfuient à l'étranger aussi facilement qu'un voyou du ghetto se faufile dans les ruelles de son quartier.

– Je compte les arrêter tous les deux.

– Qu'avez-vous à reprocher au mari ?

– Une simple culpabilité par association, sans oublier que c'est sans doute un nazi, mais vous savez aussi bien que moi qu'il trempe jusqu'au cou dans cette histoire. Je trouverai forcément des preuves en perquisitionnant l'immeuble de la galerie et ses propriétés.

– Hmm... Allez, pourquoi pas, après tout.

– Merci, John. Vous avez un juge à me conseiller ?

– Je m'en occupe. Si ces gens sont vraiment des putains de fascistes fous à lier, il faut les arrêter. Ne bougez pas, je vous rappelle.

Durant les six minutes qui suivirent, Milo parcourut quelques e-mails négligés depuis trop longtemps, marmonna dans sa barbe, tripota un cigare non allumé, se frotta le visage et se dégourdit de nouveau les jambes.

Il se trouvait au bout du couloir quand son téléphone fixe sonna. Je décrochai :

– Bonjour, John.

– Alex. Vous avez levé un joli lièvre. Tant que je vous tiens, il nous serait profitable que vous retranscriviez par écrit votre conversation avec cette vieille dame fortunée, notre témoin oculaire, le plus tôt sera le mieux. Dictez-la à Milo ou chargez-vous en vous-même, de façon qu'il puisse l'inclure au dossier.

– Pas de problème.

– Rien n'est un problème, avec vous. C'est ça qu'on vous apprend, pendant les études de psychologie ?

– On nous apprend surtout à jouer la comédie.

– Ah, vous avez fait du théâtre ?

– Non.

Il s'esclaffa.

– Bon, qu'est-ce qu'il fiche, l'autre ? Il est aux chiottes ?

– Il fait les cent pas.

– Ah oui, je vois. Quand il sera de retour, dites-lui que les mandats d'arrêt ont été délivrés par le juge Cohen ; je les lui transmets par e-mail. *Ciao.* C'est de l'italien, pas un plat chinois.

Je sortis dans le couloir et fis signe à Milo.

– Dis-moi que tu as de bonnes nouvelles, me supplia-t-il.

– Les meilleures qui soient. Va donc consulter tes e-mails.

48

Il était 17 h 15 lorsque Milo imprima les mandats d'arrêt en deux exemplaires, afin de conserver les uns sur lui et d'archiver les autres dans le dossier du meurtre.

– Ce blabla nous laisse pas mal de latitude, c'est parfait, se réjouit-il en parcourant les feuillets. Il est temps rassembler les troupes.

Marc Coolidge se trouvait à Inglewood, monopolisé par le braquage à main armée d'un magasin de spiritueux, avec en prime des coups portés avec un pistolet.

– Pas d'homicide à déplorer mais il y a du sang et des dents un peu partout dans la boutique, Milo, détailla l'inspecteur. Je risque d'être coincé ici un bon moment. Je vous tiens au courant dès que je peux me libérer.

– Et Al ?

– Vous pouvez toujours le joindre, vous verrez bien s'il est dispo. Il est rare qu'on trouve des dents éparpillées quand on enquête sur des voitures volées.

Freeman se trouvait à East L.A., sur le parking du labo de la brigade criminelle, où il examinait un camion à dix roues volé alors qu'il se dirigeait vers la zone cargo de l'aéroport. Les chauffeurs n'avaient pas été blessés dans l'affaire, à peine quelque peu bousculés lorsque leurs agresseurs les avaient balancés hors de la cabine. Les quatre individus avaient pris la fuite dès qu'ils avaient entendu les sirènes.

– Vous avec donc presque terminé ? en déduisit Milo.

– Pas vraiment. Je dois maintenant me coltiner l'enregistrement des numéros de série d'une tonne de machines à laver, lave-vaisselle et frigos censés s'envoler à destination de Dubaï, puis les escorter jusqu'à l'avion.

– Je suis là pour vous secourir.

– Ah, j'adorerais ça, mais mon capitaine est sur place. (Freeman baissa d'un ton.) Il s'implique à fond…

– Une huile se déplace pour un camion braqué ?

– La responsable de cette expédition de marchandises est sa sœur.

– Ah…

– Oui, « ah », comme vous dites. Je vous recontacte dès que je suis libéré.

L'étape suivante consista en une conférence téléphonique avec nos soldats habituels. Milo demanda à Binchy de remplacer Alicia à la surveillance de la galerie, en centre-ville, puis à l'inspectrice de se relayer avec Reed pour les passages en voiture dans le Westside, du côté des maisons des suspects. Cette interversion de rôles me parut quelque peu inutile, dans un premier temps, puis j'en saisis la raison.

– À vos ordres, lieutenant, répondirent-ils tous en chœur.

J'attendis qu'il eût raccroché pour réagir :

– Malgré ce qu'a dit John, tu estimes qu'il y a plus de chances que l'interpellation se fasse devant une des deux maisons du Westside ? Et tu préfères ne pas impliquer Sean, si possible, c'est ça ?

Il me décocha un long regard :

– Tu analyses le comportement humain, toi, maintenant ? Ah oui, c'est vrai que c'est ton boulot. J'ai tort, tu crois ? Sean n'est plus tout à fait lui-même depuis qu'il a été agressé sur ce foutu balcon.

– Non, tu as bien fait. J'aurai une discussion avec lui quand cette affaire sera bouclée.

– Merci. Il est bientôt dix-huit heures, allons avaler quelque chose.

Nous marchâmes sur Butler Avenue, en direction du nord, pour nous engouffrer dans les fumées et le vacarme de Santa Monica Boulevard aux heures de pointe.

– Tiens, j'ai encore une analyse à te servir, dis-je. Si tu ne m'as pas proposé de rentrer chez moi, c'est parce que tu penses que cette histoire va prendre une tournure psychologique.

– C'est déjà le cas, me répondit Milo. C'est même le nœud de l'affaire. Si tu savais combien de fois je suis resté éveillé à trois heures du matin à tenter de comprendre la scène de la limousine. (Il m'offrit un grand sourire.) Et maintenant, tu vas me dire qu'il n'y a pas d'explication à ça.

– Félicitations. Tu peux ajouter « oracle » à tes compétences sur ton CV. On dîne où ?

– Au resto indien, ça te va ?

– Toujours.

Vu son appétit, et surtout ses pourboires dignes d'un milliardaire, Milo est accueilli comme un roi chaque fois que nous entrons dans un restaurant ou une brasserie. Au boui-boui indien situé à l'angle de la rue du commissariat, il est carrément adulé.

Au fil des années, mon ami a débarrassé ce petit commerce de quelques clients ou SDF perturbateurs, si bien que la propriétaire des lieux, une femme à lunettes et en sari, est convaincue qu'il est invincible.

La salle était bruyante ce soir-là, principalement occupée par des agents en uniforme et des flics en civil – là encore grâce à Milo, selon la patronne, ce qui n'est pas tout à fait faux car il a pour habitude de laisser des prospectus du restaurant dans l'open space des inspecteurs et d'en dire le plus grand bien.

Sa table préférée – au fond de la salle, face à la rue – était libre, avec une affichette « Réservé », même si Milo n'avait pas effectué la moindre réservation. En le voyant entrer, l'Indienne lui offrit un immense sourire, comme si elle retrouvait à l'aéroport un parent perdu de vue depuis longtemps.

Les têtes se tournèrent vers nous lorsqu'elle nous étreignit – une brève accolade pour moi, une plus longue pour Milo –, puis revinrent à leurs assiettes quand Milo balaya l'assemblée d'un regard sévère façon général Patton.

Nous n'avions pas encore posé nos fesses sur nos chaises que la patronne nous servait du thé glacé épicé et laissait le pichet sur notre table. Elle trottina ensuite jusqu'à la cuisine, d'où elle ressortit portant un plateau chargé de *naan*, de crackers au piment et de bols de chutney, de sauce épicée et de coriandre à l'ail.

– Nous avons du homard et de l'agneau tous frais, nous dit-elle, tandis que Milo coinçait sa serviette dans son col de chemise.

– Impossible de refuser une telle offre, dit-il. Et toi ?

– Pareil, répondis-je.

– Magnifique ! Je vous apporte tout ça.

Elle nous servit dans un premier temps des épinards à la crème accompagnés de *panir* fait maison. Et du poulet au beurre. Et trois variétés de kebab…

Quatre types de lentilles.

Milo haussait de plus en plus les sourcils à mesure que la table se remplissait.

– Ce sont les apéritifs, capitaine.

– Lieutenant.

– Vous serez capitaine, un jour. Et plus tard général.

Milo, quand elle fut repartie, me souffla :

– Elle ne se rend pas compte qu'elle me porte la poisse, en disant ça.

Nous nous attaquâmes aux apéritifs.

Six minutes plus tard, alors que nous attendions encore le homard et l'agneau, Moe Reed appela Milo :

– Ils bougent, lieut' ! Ils ont quitté la maison à bord de

la Rolls, ont pris Sunset Boulevard, et maintenant ils filent vers l'est. Je suis deux voitures derrière eux.

– Merde, Alicia et Sean sont en voiture pour échanger leurs positions, pesta Milo, déchirant sa serviette en papier. Ils sont où par rapport à toi, tu as une idée ?

– Je viens de les appeler, ils sont tous les deux coincés dans la circulation, Alicia au carrefour de Beverly Boulevard et Western Avenue, Sean sur Santa Monica Boulevard, près de La Brea Avenue. Ils sont à au moins vingt minutes de moi, d'après mon appli GPS ; il vaudrait mieux qu'ils restent en stand-by jusqu'à ce qu'on sache si les Kierstead se rendent en centre-ville ou ailleurs.

– Bien vu, Moses. Pour l'instant, demande-leur de se garer et de se tenir prêts à repartir. Tu n'as pas de souci pour filer la Rolls ? On ne communique pas par radio, je n'ai pas confiance, on reste tous en contact par téléphone.

– Compris, lieut'. Enfin de l'action !

Nous nous levâmes, non sans laisser des billets sur la table. Milo reprit les miens et les glissa d'autorité dans la poche de ma veste – son règlement équivalait à trois fois le prix d'un festin.

– Non ! Le homard est presque prêt ! s'exclama la propriétaire, surgie de la cuisine avec un énorme bol de salade dans les mains.

– Une urgence, désolé.

– Je vous emballe tout ça.

– Merci, mais on n'a pas le temps, dit Milo, qui avisa l'un des flics en civil. Bill, je viens de recevoir un code 2 ; tu veux bien prendre ce que cette dame apportera et fourrer ça dans le grand frigo ?

– Pas de souci, mais je piocherai peut-être un peu dedans.

– Inutile, monsieur, intervint l'Indienne. Je vais en rajouter pour vous, parce que vous l'aidez.

Sur ces mots, elle regagna sa cuisine sans perdre une seconde.

– Vous êtes une sorte de dieu pour elle ? lança Bill à Milo. Celui avec une tête d'éléphant, peut-être ?

– Pas de blasphème ! tonna Milo, tandis que nous nous précipitions vers la sortie. (Il marqua un temps d'arrêt sur le pas de la porte.) Il s'appelle Ganesh, au fait.

49

Nous avions pris l'Impala de Milo. Alors qu'il s'engageait sur Santa Monica Boulevard, en direction de l'est, Reed le rappela :

– Je me demandais s'ils allaient prendre Benedict Canyon Drive vers le nord, mais ils viennent de passer à hauteur du Beverly Hills Hotel. C'est elle qui est au volant. Lui se détend et fume un joint, apparemment. Ah, ça y est, ils tournent sur Beverly Drive, vers le sud… On est maintenant à ce carrefour de malade, avec toutes ces rues qui se croisent.

Des klaxons se faisaient entendre en arrière-plan.

– Pff… c'était chaud ! reprit Reed. Un crétin en Maserati a grillé un stop parce qu'il écrivait un texto. Il a été à deux doigts d'emplafonner un car de touristes… Personne ne sait quand c'est à son tour de traverser le carrefour ; qui a bien pu concevoir ce truc débile… ? Ah, notre proie tourne à gauche et prend Canon Drive… Ils roulent vers le sud, toujours sur Canon Drive… Ils sont au stop du croisement avec Elevado Avenue… J'ai dû m'arrêter, moi aussi, j'espère qu'ils ne m'ont pas repéré, mais bon, il n'y a pas de raison… Je me gare et je les garde en visuel.

Trente secondes plus tard :

– On est toujours sur Canon Drive, et je suis de nouveau deux véhicules derrière eux. Aucun problème pour garder la Rolls à l'œil… Encore un stop, à hauteur de Carmelita Avenue… Ils traversent le carrefour… Notre gars est un pollueur, il vient de jeter son mégot par la fenêtre… Elle roule lentement.

Ils ne parlent pas, apparemment, j'en déduis qu'ils ne m'ont pas repéré… OK, il y a toute une file de voitures au feu rouge de Santa Monica Boulevard. Ils ne se sont pas placés sur la file de gauche, ils vont donc poursuivre tout droit vers le sud.

– Cette portion de Canon Drive est le nouveau quartier à la mode de Beverly Hills, pour les restaurants, fis-je remarquer. Ils vont peut-être simplement dîner.

– Oui, avec un peu de chance, espéra Milo. Ce sera marrant de leur couper l'appétit. Alicia et Sean, vous avez entendu ? Rejoignez-nous par ici. Code 2, pas de sirènes.

– Reçu, lieut', répondit Binchy.

– Idem, ajouta Alicia.

Reed reprit son récit des événements :

– Le feu est passé au vert mais personne n'avance ; encore des idiots concentrés sur leur téléphone… OK, c'est bon, on traverse Santa Monica Boulevard… Bien vu, doc, il y a des tables un peu partout sur le trottoir, avec des gens qui s'empiffrent. Et beaucoup de monde qui se balade à pied… La Rolls vient de s'arrêter près d'un voiturier ; on dirait qu'il s'occupe des clients de plusieurs restaurants… Je me gare sur un espace de livraison dix mètres plus loin. Je les vois dans mon rétroviseur… Ils sortent de la Rolls… Ils sont tous les deux habillés en blanc mais bon, ce ne sont pas vraiment des vierges, pas vrai ? Lunettes de soleil… Elle tend les clés au voiturier… et ils entrent dans un resto : *La Pasta*. Ils sont entrés par une porte sur le côté… Toujours rien, ils vont peut-être dîner à l'intérieur… Ah non, les voilà ; ils sont conduits à une table sur le trottoir… Le maître d'hôtel, quelque chose comme ça, leur fait un grand sourire… Il repart… Ils s'installent… Ils retirent leurs lunettes de soleil… Je vais me garer sur une place autorisée – ah, il y a un parking de l'autre côté de la rue. Je reviens ensuite à pied.

– On sera là dans dix minutes, Moses, dit Milo. Surveille-les sans te faire voir. C'est valable pour vous aussi, Sean et Alicia.

Milo contacta la police de Beverly Hills et se servit de son grade pour avoir en ligne le lieutenant de service au commissariat, un certain Fosburgh.

– Nous sommes sur le point d'interpeller deux suspects d'homicide sur votre territoire. Je préfère vous prévenir.

– Il y a eu homicide ? Merde... C'est un gang venu faire la foire chez nous ? Il vaudrait peut-être mieux que nous intervenions.

– Non, pas du tout, rectifia Milo. Ce sont deux personnes de Little Holmby, tout à fait respectables en apparence.

– Vous plaisantez ? De quoi vous les soupçonnez ?

– Ce sont sans doute les auteurs de la tuerie dans la limousine, du côté de Benedict Canyon Drive.

– Sérieux ? Je me demandais justement où en était cette affaire. Ce sont des richards fêlés ou des paumés du ghetto louant une baraque à Holmby ?

– Des gens comme il faut.

– Waouh... Je dois vous dire merci, j'imagine, car nous aurions dû nous en occuper s'ils avaient sévi quelques dizaines de mètres plus au sud. De quoi avez-vous besoin ?

– De rien pour le moment. Je compte procéder avec la plus grande discrétion ; je tenais simplement à être réglo avec vous.

– Merci. Ils sont dans une maison ou dans un immeuble ?

– Ils s'apprêtent à dîner à *La Pasta.*

– Ah, je vois. Ce resto bénéficie d'une réputation exagérée mais est toujours bourré de touristes friqués et snobinards. Ils sont armés ? Il serait peut-être plus prudent d'attendre qu'ils terminent leur repas, pour les alpaguer ailleurs, dans un endroit moins fréquenté.

– Ils ont confié leur véhicule à un voiturier, ils ne portent pas de veste et sont habillés tout en blanc ; je ne vois pas où ils pourraient planquer une arme, à part peut-être dans le sac à main de la femme. À mon avis, ils sont loin d'imaginer que nous sommes sur leurs traces, et mieux vaut éviter une course-poursuite en voiture.

– Exact, ce ne serait pas trop cool. Canon Drive est le nouveau coin chic pour les restos, très tranquille en dehors de quelques ivrognes qui font occasionnellement du tapage. Il y a quelques années, nous avons fait une descente chez des pseudo-mafieux qui avaient mis en place un système de prêt d'argent dans un patio, juste en face de *La Pasta*. Vous êtes sûr de ne pas avoir besoin de renfort ?

– Nous sommes quatre ; nous allons nous approcher de nos cibles en douceur.

– C'est également comme ça que je procéderais, approuva Fosburgh. Merci de m'avoir informé, je vous donne le numéro de ma ligne directe ; n'hésitez pas si vous avez besoin de quoi que ce soit. Et tenez-moi au courant quand ce sera terminé.

– Sans faute. Merci à vous, lieut'.

– De même, lieut', mais appelez-moi Eric.

50

Milo gara son Impala sur une place de stationnement limité à une heure, à hauteur des numéros 500 de Canon Drive, zone résidentielle située immédiatement au nord de Santa Monica Boulevard, puis nous poursuivîmes à pied.

Le quartier des restaurants était concentré du côté est de la rue, tandis que sur l'autre on trouvait, en plus de quelques autres restos, quelques boutiques et commerces de détail, tous fermés à cette heure.

– Mêlons-nous à ces gens, suggéra Milo, avisant les nombreux passants qui faisaient du lèche-vitrine.

Comptant parmi les établissements les plus vastes du secteur, *La Pasta* était pourvu d'une vaste terrasse cernée d'une grille métallique à hauteur de taille et dont le portillon central était entrouvert. Un coup d'œil sur les environs nous permit d'apercevoir Moe Reed posté de l'autre côté de la chaussée, un demi-pâté de maisons plus loin.

– La présence du portillon est une bonne chose, relevai-je. Tu vas pouvoir les interpeller sans passer par l'intérieur.

– J'y vois un signe que Dieu m'a à la bonne.

Nous prîmes notre temps, fondus dans la masse de piétons sans quitter des yeux les deux suspects vêtus de blanc. Reed nous apparaissait et disparaissait en fonction des trouées dans la foule ; appuyé contre la vitrine d'une boutique, il faisait mine de consulter son téléphone.

Il portait une veste de sport grise dans le plus pur style italien, c'est-à-dire légèrement trop petite pour lui, ainsi qu'un tee-shirt noir et un jean. Les coutures de ses vêtements semblaient sur le point de céder sous la pression de ses muscles.

– On dirait un coach personnel qui entraîne des coachs personnels, plaisanta Milo.

Deux jeunes brunes en petit haut, collants noirs et talons aiguilles vertigineux nous doublèrent en faisant claquer leurs chaussures sur le trottoir, et se dirigèrent vers Reed. L'ayant aperçu, elles lui offrirent un grand sourire, et l'une d'elles lui fit même un petit geste de la main, à hauteur de hanche.

L'inspecteur fit mine de ne rien avoir vu ; les deux brunes échangèrent un regard et poursuivirent leur chemin. Quand elles se furent éloignées de cinq mètres, Reed leva les yeux sur nous et nous désigna *La Pasta* du menton.

Les Kierstead étaient installés à une table de choix au bord du trottoir, légèrement au sud du portillon. Ils avaient tous deux un verre de vin blanc à la main, la bouteille posée entre eux.

Stefan « Sig » Kierstead étudiait le menu tout en sirotant son vin. Même s'il était assis, on devinait que c'était un individu assez grand, doté d'un torse imposant. Ses cheveux gris ardoise étaient coiffés en arrière, légèrement plus blancs sur les tempes. La distance nous empêchait de détailler son visage mais il était clairement très bronzé.

Ses cheveux châtains lâchés dans le dos et des reflets dorés aux oreilles et aux poignets, Candace Kierstead était installée à gauche de son mari. Elle s'éventa un instant avec le menu, le reposa, puis examina les autres clients, comme si elle cherchait quelque chose.

En tout cas, elle n'attendait certainement personne, leur table étant déjà plutôt étroite pour deux. Encore un bon point pour nous.

– Décidément, Dieu t'adore, fis-je remarquer.

– C'est une divinité pleine de compassion.

Tandis que nous les observions, Sig lisait et Candace buvait. Ils interagissaient très peu ; il se contenta de hocher la tête lorsqu'elle prononça quelques mots.

Ayant posé son verre, elle balaya de nouveau les alentours du regard.

– Elle est nerveuse et elle nous connaît, rappelai-je. Il vaudrait peut-être mieux laisser les mômes procéder à l'interpellation. Tu interviendras ensuite.

– Non. S'il y a un problème, ce sera pendant l'arrestation, et il faut que je sois présent à ce moment-là.

– Essaie au moins d'approcher du côté de Sig.

– Oui, je peux faire ça.

Il serra les poings, les rouvrit, puis décontracta ses poignets, les bras le long du corps. Il consulta ensuite sa Timex et allongea le pas. Nous n'étions plus qu'à trois boutiques de Reed quand se présenta entre deux bâtiments un passage menant à un espace à ciel ouvert.

– Si ça convient pour la mafia, c'est OK pour moi aussi, dit Milo en s'y engageant.

J'en fis autant. Nous étions à présent hors de vue des passants.

Dans notre dos se trouvait un modeste patio rempli de plantes en pot jaunissantes, tandis que les commerces environnants – atelier de réparation de montres, bijouterie, artisan chocolatier et coiffeur – étaient plongés dans l'obscurité.

Milo jeta un coup d'œil aux Kierstead avant de s'adresser à son équipe par téléphone :

– On est dans le renfoncement, Moses. Rejoins-nous. Sean et Alicia, vous êtes là dans combien de temps ?

– Je suis coincé, répondit Binchy d'une voix stressée. Il y a un problème avec une canalisation sur Santa Monica Boulevard, apparemment, juste après le carrefour avec San Vicente Boulevard. De l'eau jaillit un peu partout, les plaques d'égout sont retirées et des agents avec des panneaux « Ralentissez » et « Stop » coordonnent le ballet. Je voudrais bien doubler tout ce beau monde mais toutes les voies sont bloquées par des chevalets. Désolé, lieut'.

– Pas grave, ne t'en fais pas. Alicia ?

– La circulation est un enfer dans cette fichue ville,

répondit l'inspectrice. Je suis tombée sur un bouchon pas croyable près du Beverly Center, mais rien de comparable avec ce dans quoi Sean est englué, heureusement. J'arrive à l'instant sur Palm Drive, je devrais être là dans cinq minutes.

– Content pour toi, marmonna Binchy, manifestement tout sauf enchanté.

– Gare-toi aussi près du resto que possible, Alicia, même sur un emplacement interdit, ordonna Milo. Sean, envoie-moi un texto quand tu seras à cinq minutes d'ici.

Reed entra dans le patio en agitant les bras, mouvement qui fit claquer les pans de sa veste contre son torse de taureau. Son holster d'épaule se devina un instant sous le tissu tendu. Puis il s'étira le cou et se redressa de toute sa taille ; la bosse de son arme avait disparu.

– Rien d'autre à signaler sur les suspects, gamin ? lui demanda Milo.

– Ils se sont immédiatement installés et n'ont pas eu à demander quoi que ce soit pour qu'on leur serve du vin ; je suppose que ce sont des habitués.

– La belle vie, quoi. On y va dès qu'Alicia est là. J'approcherai par le nord car Candace me connaît. Alicia sera avec moi ; toi, arrive par l'arrière. Va au bar, commande un soda, aie l'air cool et dirige-toi tranquillement vers eux. Concentre-toi sur Candace car elle est nerveuse, on dirait. Si Sean nous rejoint à temps, il sera avec toi.

– Et le doc ?

– Il nous observera à une distance prudente. Sur la route, il a eu quelques idées pour approcher notre couple. Ouvrez tous les oreilles.

Je pris le relais :

– Vu la foule autour d'eux, il est essentiel de provoquer le moins d'agitation possible afin d'éviter des dommages collatéraux. Passez-leur les menottes au plus vite et, dès que c'est chose faite, faites-les sortir par le portillon. Mettez-les chacun dans une voiture différente, évidemment. Lisez-leur leurs droits et enregistrez tout ce qu'ils disent avec votre téléphone.

– On les coffre immédiatement mais on ne les met pas tout de suite en salle d'interrogatoire, ajouta Milo. Alex ?

– Et une fois en salle d'interrogatoire, inutile de leur mettre la pression. Soyez cool, donnez-leur l'illusion de maîtriser la situation. Mais tout ça n'a pas vraiment d'importance, à vrai dire. Ce sont des gens sophistiqués qui feront certainement appel à des avocats.

– L'essentiel sera de trouver des preuves à leur domicile et à la galerie, pour qu'ils restent en détention malgré leurs avocats, dit Milo.

Son téléphone émit un bip, imité une seconde plus tard par celui de Reed. Charmant petit duo électronique.

– Je suis sur Canon Drive, annonça Alicia. Je roule vers le sud mais je ne vous vois pas. (Milo sortit la tête du renfoncement.) Ah, c'est bon, je vous vois. J'ai une belle place de stationnement interdit juste là…

Elle nous rejoignit quelques instants plus tard. Les cheveux en un chignon serré, elle portait une veste en cuir noire, un pull ras-du-cou noir, un jean moulant gris et des baskets boires. On aurait juré que Reed et elle s'étaient coordonnés sur leur tenue vestimentaire, mais c'était peut-être la nature de la mission qui leur avait inspiré ces nuances sombres.

– Tu as entendu tout ce qu'on a dit ? lui demanda Milo.

– Oui.

Un nouveau bip.

– Tu en es où, Sean ?

– Ça avance enfin, lieut', mais à une allure d'escargot. Je suis coincé derrière une dizaine de voitures au feu de Doheny Drive ; ça bouchonne chaque fois qu'il change de couleur.

– Continue à progresser comme tu peux, gamin. Nous, on passe à l'action.

– Vous n'avez pas besoin de moi ?

– J'ai toujours besoin de toi. Il va y avoir du boulot, le cirque commence tout juste.

Alors que nous nous apprêtions à traverser Canon Drive, un serveur émergea du restaurant et déposa des assiettes devant les Kierstead. Puis il remplit leurs verres et conserva la bouteille vide.

Sig s'attaqua aussitôt à son plat, coupant quelque chose qu'il savoura avec plaisir. Candace, quant à elle, piochait dans son assiette.

Milo effectua une ultime tentative avec Sean.

– Je n'ai toujours pas franchi Doheny Road, se lamenta ce dernier.

– On y va, Sean. Tu conduiras un des suspects au commissariat.

– Ça marche, lieut', répondit Sean, loin d'être consolé.

Milo éteignit son téléphone, et nous en fîmes autant.

– Allez, action.

51

Milo, Alicia et moi nous éloignâmes du restaurant en direction de Little Santa Monica, la rue parallèle au Boulevard, détour qui nous permettait de ne pas nous faire remarquer. Puis nous traversâmes Canon Drive avant de revenir sur nos pas vers *La Pasta*. Reed, qui avait filé dans la direction opposée, traversa la rue au carrefour de Brighton Way et s'approcha de l'entrée du restaurant.

Alors que nous atteignions la clôture métallique, Milo ouvrit son holster mais ne dégaina pas son arme. Placé devant Alicia, il ouvrait la marche. De mon côté, je restais en retrait, mais suffisamment proche de l'action pour tout voir.

Occupé à découper un petit steak nappé de sauce verte, Sig Kierstead ne vit pas Milo approcher. Candace, à l'inverse, repéra immédiatement mon ami. Elle plissa les yeux, clairement stressée :

– Lieutenant ? lâcha-t-elle en reposant la fourchette sur laquelle elle avait enroulé sans grande conviction des fettucine.

Son époux leva les yeux, perplexe, puis il prit un air amusé :

– Lieutenant ? C'est ton ami de la police, Candy ?

L'homme s'exprimait avec un léger accent d'Europe centrale.

– Tout à fait, répondit sa femme. Et vous, madame, vous êtes… ?

– Alicia, répondit l'inspectrice.

– C'est votre compagne, lieutenant ? enchaîna Sig. Vous dînez ici ? Excellent choix.

– En réalité, nous sommes venus vous voir, précisa Milo.

Agrippant sa fourchette avec force, Candace ne nous quittait pas du regard, si bien qu'elle ne remarqua pas Reed approcher dans son dos. En se faufilant entre les tables, il lui frôla la nuque. Alertée, elle se retourna vivement, puis se détendit en constatant que Reed ne s'était pas arrêté.

– Pour nous voir ? répéta Sig. Mais pourquoi, enfin ?

Il posa ses couverts et essuya délicatement ses lèvres pourtant propres, nous dévisageant de ses yeux d'un gris glacial, aucunement troublé. Et pourquoi l'aurait-il été ? Le monde était son terrain de jeu. C'est à cet instant précis que je compris que cet homme était plus qu'un simple complice.

Il sourit. Il ne devait son bronzage qu'à un aérosol, la frontière entre teint hâlé et peau rose clairement visible.

– Vous avez du nouveau ? demanda Candace.

– Il vaudrait mieux en discuter ailleurs, dit Milo.

– Hors de question, laissa tomber Sig. Nous profitons d'une soirée de détente.

– J'insiste, monsieur. Veuillez nous suivre, s'il vous plaît.

Les yeux gris de Sig se muèrent en deux galets pareils à ceux qu'on trouve dans les étangs.

– Certainement pas, lieutenant. Prenez rendez-vous auprès de mon secrétariat.

– Que se passe-t-il ? intervint Candace. Dites-nous au moins de quoi vous voulez nous parler.

Milo leur fit voir ses menottes.

– Vraiment ? sourit Sig. Très bien, à votre guise. (Il sortit de la poche de son pantalon une petite boîte bleu marine en émail ornée de caractères chinois.) La politesse est essentielle à mes yeux ; avoir l'haleine fraîche est indispensable pour se livrer à une conversation.

Il piocha un comprimé en forme de losange et le déposa sur sa langue avant de l'avaler. Et d'ajouter :

– Délicieux…

– Espèce de lâche ! souffla Candace, haletante.
– Ce n'est pas très gentil de dire ça, Candy…
Soudain, Sig plongea son couteau à steak dans la gorge de Candace et tira sèchement sur la gauche.
Après un spasme volcanique, la tête de la malheureuse s'effondra sur sa poitrine.
Elle n'était plus de blanc vêtue.
Souriant en admirant son œuvre, Sig se permit un clin d'œil.
– Il l'a poignardée ! cria quelqu'un.
Les clients se levèrent tous en hurlant, se bousculant les uns les autres, renversant leurs chaises dans leur hâte de s'enfuir.
– Il l'a décapitée ! C'est Daech ! brailla quelqu'un.
Milo se jeta sur Sig Kierstead, imité par Reed, par derrière. Impassible, le tueur n'opposa aucune résistance quand ils lui passèrent les menottes.
Il n'avait pas un regard pour son épouse, dont le corps crachait encore du sang sur ses vêtements, sur le repas, sur la nappe, sur le trottoir.
Glissant peu à peu de sa chaise, elle semblait se dégonfler. Les cheveux baignant dans son sang, sa tête, que seuls quelques tendons rattachaient encore au tronc, bascula et heurta la table en produisant un son creux. Son assiette fut précipitée au sol.
Dans son verre de vin, du sang tourbillonnait, comme avant une dégustation. Le vin blanc vira au rosé, puis au rouge.
Milo et Reed forcèrent Sig à se lever, mais ce dernier paraissait mollir. Avait-il opté pour une résistance façon Gandhi ?
C'est alors que ses yeux se dilatèrent, puis se révulsèrent.
Tandis que les policiers luttaient pour le maintenir debout, quelques bulles apparurent entre ses lèvres désormais flasques. Sa mâchoire inférieure s'abaissa, dévoilant une cavité buccale remplie de mousse. Pris de violentes convulsions, il vomit ses tripes.

Les clients du restaurant continuaient de hurler, de trébucher, et quelqu'un pleurait. Ce tapage se poursuivit jusqu'à ce que la terrasse soit désertée. Alors un silence étrange, presque troublant, s'installa. Il n'y avait personne sur le trottoir car Alicia avait eu la présence d'esprit d'empêcher les passants d'approcher.

Sig Kierstead fut saisi d'un frisson, puis d'un autre, et enfin il s'effondra, totalement inerte.

Du gris apparaissait déjà sous son faux bronzage.

Le semblant d'âme qu'avait abrité ce corps n'était plus.

52

Milo et Reed laissèrent le corps de Sig s'affaler au sol. Milo garda un œil dessus, et Reed fit de même auprès de ce qu'il restait de Candace. Quant à Alicia, elle s'occupait du trottoir, ce qui n'avait rien de compliqué, la rue s'étant totalement vidée. On avait en un instant basculé dans une ville fantôme. Je n'avais pas vu cela depuis le séisme de Northridge[1].

Ce calme fut rapidement troublé par le mugissement de sirènes, de plus en plus sonore, jusqu'à devenir assourdissant au point d'évoquer l'œuvre d'un compositeur moderne pris de folie.

Une silhouette courait à toutes jambes vers nous, depuis le sud. C'était Sean Binchy, ses cheveux roux flottant dans le vent. Dans le plus pur style du bassiste de ska punk qu'il avait été autrefois, il portait une chemise à fleurs sortie de son pantalon de treillis bleu et des Doc Martens.

Alicia s'écarta pour le laisser passer.

– C'est terminé ? lâcha-t-il, essoufflé, le regard incapable de se stabiliser.

– Viens, il faut qu'on parle, lui dis-je.

– De quoi ?

– Allez, viens.

Tandis que je conduisais Sean à l'écart du carnage en lui parlant d'une voix douce et hypnotique, cinq SUV de la

1. En 1994.

police de Beverly Hills surgirent et s'immobilisèrent dans des crissements de pneus au beau milieu de Canon Drive. Quelques secondes plus tard, deux camions de pompiers se garèrent à hauteur du minuscule pâté de maisons qui sépare Santa Monica Boulevard de son presque homonyme, South Santa Monica Boulevard, artère parallèle et moins large.

Contrairement aux soldats du feu, qui ne descendirent pas de leurs véhicules, dix agents en uniforme de la police de Beverly Hills – six hommes et quatre femmes – émergèrent des SUV ; tous jeunes, ils s'efforcèrent sans grand succès de conserver une attitude stoïque.

Peu après, une berline verte banalisée apparut dans un rugissement et débarqua un individu aux cheveux gris avec une tête aux allures de pomme de terre. Il prit un instant pour considérer les alentours, puis se dirigea droit vers Milo :

– Eric Fosburgh.

S'ensuivirent quelques brèves poignées de main – celle de Milo était restée ferme, contrairement à la mienne.

– C'est quoi, ce bordel ? Le centre de Police-Secours est harcelé d'appels, poursuivit le lieutenant, qui alors seulement aperçut les cadavres. Qu'est-ce qui s'est passé, bon Dieu ?

– Ça a dégénéré, répondit Milo.

Le regard de Fosburgh se posa sur Candace :

– C'est elle ? Mais qu'est-ce que… ?

– Et c'est lui, ajouta Milo, désignant le corps de Sig, étendu sur le trottoir. Il l'a égorgée d'un coup après avoir avalé une pilule de poison.

– Ici ? C'est du délire ! s'exclama Fosburgh, le visage constellé de perles de sueur qui, slalomant dans son début de barbe, se retrouvaient dans le creux formé par une profonde fossette au menton. C'est pas croyable, putain… Bon, en tout cas, on n'a pas affaire à des terroristes ni à un tireur fou, comme l'affirment plein de gens au téléphone.

– Ils disent n'importe quoi.

– Ils étaient installés là, continua le policier. Merde, c'étaient des clients comme les autres, en apparence.

– C'était tout sauf des gens comme les autres.

– Il s'est jeté sur elle et l'a égorgée direct ?

– Oui, il a tranché sa carotide droite ; ça n'a pris que deux secondes.

– Putain… Quelqu'un a également prétendu qu'un type avait été frappé et agonisait, victime d'une attaque cardiaque. Ce sont des conneries, ça aussi, j'imagine. Quel genre de poison a utilisé ce type ?

Milo inspira profondément avant de répondre :

– Il a sorti une petite boîte bleue de sa poche, l'a posée sur la table et a avalé un comprimé blanc en nous disant que c'était pour avoir l'haleine fraîche.

– Comme les nazis qui se suicident, dans les films ?

– C'est exactement ça.

– Ce gars était un nazi ?

– C'est compliqué, Eric.

– Ouais, ouais, je sais… Désolé pour vous que la situation soit partie en sucette, je sais ce que c'est… Vous êtes un peu pâle, vous savez, vous devriez vous asseoir une minute.

– Merci, mais ça ira.

Fosburgh observa un instant Milo et secoua la tête :

– Comme vous voulez. (Il tourna la tête vers ses agents.) C'est de la folie, tout ça, mais je ne vais pas vous mentir ; je suis soulagé qu'on n'ait pas eu à gérer un tireur fou. Quand doit arriver le fourgon de la morgue ?

– Difficile à dire, avec cette circulation, mais il est en route.

Fosburgh approcha d'un pas du cadavre de Candace Kierstead ; il tressaillit et recula aussitôt.

– Mon Dieu, quelle horreur… Lui faire ça ici, devant tout le monde… Bon, je laisse sur place autant de mes troupes que possible ; certains seront peut-être appelés ailleurs.

– Faites au mieux, Eric.

– Cela dit, vous n'aurez pas vraiment besoin de nous si la rue reste aussi calme… pour ne pas dire morte, sans mauvais jeu de mot – bon OK, j'avoue que je l'ai fait exprès. Enfin bref, c'est plutôt une bonne chose qu'il n'y ait plus personne dans les environs. Sans civils pour nous gonfler, ce sera plus facile de préserver la scène de crime intacte, même s'il ne sera pas vraiment utile de l'analyser, vu qu'on sait qui est le coupable ; vous avez tout vu. Quand je pense à tous ces appels qui racontent n'importe quoi… Enfin, je vais être franc avec vous, mon ami, je suis heureux que cette affaire soit pour vous plutôt que pour nous.

– C'est pour nous, pas de doute.

– Non, pas de doute.

Fosburgh donna une tape sur l'épaule de Milo, ce geste que mon ami a parfois lui-même quand il se sent d'humeur débonnaire – il resta sans réaction.

Le regard agité, le policier de Beverly Hills se remit à jacasser :

– C'est notre boulot, pas vrai, Milo ? Tout est calme, et d'un coup c'est l'enfer. Entre nous, quand ce sont les méchants qui sont descendus, je dis super, ça nous fait économiser un procès, passons à autre chose. C'est peut-être même mieux pour vous, en fin de compte. N'étant pas personnellement impliqué dans ce crime, je peux en parler avec un certain… recul. Je n'ai jamais bossé à la brigade criminelle, je n'ai jamais voulu… Je suis passé par les cambriolages et les escroqueries, et je suis à la circulation depuis quelques années – c'est quelque chose, la circulation, ici… Justement, il faut que je bloque cette rue, ce sera fait.

Milo hocha la tête. Et Fosburgh de poursuivre :

– Je n'ai pas grand-chose d'autre à faire, en fait. Bon, je vous laisse mes dix agents jusqu'à ce qu'on reçoive un autre appel. Vous voulez que je dise aux pompiers que vous n'avez pas besoin d'eux ?

– C'est bien qu'ils soient là, Eric. Demandez-leur de poster un camion au carrefour avec Brighton Way, pour bloquer la circulation.

– Oui, bien sûr, bonne idée. On va faire ça en douceur. Bon, j'y vais, il faut que je prévienne ma patronne, elle est en déplacement en Arizona, pour une conférence. Je vais lui dire que tout est sous contrôle. Je peux faire autre chose pour vous ?

Milo secoua la tête.

– Je comprends. Vous avez un sacré bazar à gérer. Bonne chance.

Traduction : « Débrouille-toi tout seul, mon pote. »

53

La nuit était tombée quand les fourgons de la morgue firent leur apparition. Les camions de pompiers étaient toujours présents mais trois SUV avaient été appelés ailleurs.

Les quatre policiers restés sur place, qui s'occupaient avec leurs téléphones, levèrent un bref instant les yeux lorsque les corps furent chargés dans les fourgons.

Sean était resté à l'écart de la scène de crime, l'air déprimé. Milo lui remit le mandat de perquisition de l'appartement de Medina Okash :

– Prends tout ton temps pour passer l'appart au peigne fin. La gardienne de l'immeuble est une charmante sorcière qui te prendra peut-être de haut.

– Je me débrouillerai, lieut'.

– Ça marche.

Milo demanda ensuite au LAPD un serrurier pour ouvrir les maisons de Clearwater Lane et Comstock Avenue, et un autre pour l'immeuble abritant la galerie, sur Hart Street ; celui-ci ne serait pas ouvert avant un moment car les spécialistes du secteur étaient retenus sur des entrepôts ultra sécurisés du Toy District soupçonnés de servir de réserves à un gang de cambrioleurs.

Il chargea Alicia de s'occuper des maisons.

Quand elle fut partie, Reed considéra son patron, impatient de recevoir ses ordres.

– Tu m'accompagnes à la galerie, Moses ; il y a une sacrée

surface à couvrir. Je demanderai à Coolidge et Freeman de se joindre à nous, s'ils sont dispos.

Il contacta son capitaine. Qui le transféra à un directeur adjoint. Qui lui ordonna de se mettre en relation avec le bureau des Affaires publiques. Lequel était fermé.

Il envoya ensuite un texto. Son téléphone sonna deux minutes plus tard.

– Je viens de recevoir votre message, lui dit le Dr Basia Lopatinski.

J'ignorais qu'il lui en avait envoyé un.

– Les causes de la mort sont établies, mais avez-vous une idée, à propos du poison ? lui demanda-t-il.

– À quoi ressemblait le comprimé ?

– Un petit machin blanc carré, qu'il a sorti d'une boîte bleue décorée de caractères chinois.

– Quels ont été ses symptômes, et combien de temps a-t-il mis pour mourir ?

– Il est devenu tout flasque, et de la mousse est apparue dans sa bouche. Il a vomi, s'est crispé, et c'était fini. Une trentaine de secondes maximum au total.

– Je pencherais volontiers pour le cyanure de potassium, mais ce poison agit généralement plutôt en quelques minutes ; c'est ce genre de substance qu'avalaient les nazis pour se suicider. Ce poison est également employé par les poseurs de bombe tamouls au Sri Lanka, et divers autres fanatiques. Notre homme a peut-être vraiment avalé du cyanure de potassium, après tout, s'il y a ajouté un accélérateur chimique – un antidépresseur a pu faire l'affaire.

– Est-il possible que ce comprimé provienne précisément de l'époque nazie, qu'il ait été conservé tout ce temps ?

– Avec les caractères chinois ? J'en doute. Les usines chinoises fabriquent toutes sortes de produits illégaux, dont la majeure partie du fentanyl qui circule chez nous.

– Il n'existe aucun usage légal du cyanure de potassium ?

– Dans notre pays, on ne l'emploie qu'en milieu industriel, dans la photographie, l'exploitation minière ou encore les usines d'engrais – et dans ce cas il se présente sous forme liquide, pas en comprimés. Mais en Extrême-Orient, qui sait... ? Attendez, j'ai une idée ; je vous envoie la copie écran de la page d'accueil d'un prétendu site Internet de suicide assisté. À vous de voir si les comprimés qu'ils proposent sont les mêmes que ceux de votre bonhomme.

Une photo parvint à Milo quelques secondes plus tard.

– C'est ça, dit-il. Mais pourquoi un « prétendu » site ?

– C'est clairement un site commercial, en réalité, qui cherche à profiter des personnes déprimées. On y trouve également un simili Nembutal qui promet une mort rapide et sans douleur.

– Vous l'avez déniché sur le dark web ?

– Non, sur la toile classique. Votre mort était-il dépressif ?

– Aucune idée. J'ai fait sa connaissance aujourd'hui même.

– Je vois... On trouve de tout en Chine ; là-bas, ils mettent de la merde dans le lait pour bébé. Il a pu avaler un cocktail à base de mort-aux-rats boosté à l'éphédrine, à la meth ou à la Ritaline. Envoyez-moi le corps et j'essaierai d'en avoir le cœur net. Et vous, ça va, vous tenez le choc ? J'ai entendu parler d'une décapitation...

– Les rumeurs vont vite.

– Oh oui, il n'y a plus de secrets, le monde tourne de plus en plus rapidement.

Tandis que deux techniciens de la police scientifique se mettaient au travail sur la scène de crime, l'enquêteur mandaté par le coroner, un certain Donald Hartfield – la soixantaine, cheveux en brosse, sans doute un ex-flic – se présenta.

– Vous n'avez évidemment pas besoin de moi pour l'identification des victimes, lieutenant, mais je dois tout de même prendre des notes pour le dossier. Vous avez quelque chose de particulier à me dire ?

– Que voulez-vous savoir, exactement ? lui demanda Milo.

– Ce meurtre est lié à celui de la limousine, je suppose ? George Arredondo a bossé sur cette scène de crime et a dit que c'était épouvantable.

– George n'a pas exagéré.

– On reste dans la même veine. Il dit qu'il en fait encore des cauchemars.

Milo, Reed et moi quittâmes la scène de crime pour regagner l'Impala.

– Monte avec nous, Moses, ce sera plus simple, dit Milo.

Il s'installa au volant, moi sur le siège passager et Reed sur la banquette arrière – comme un suspect, ce qui ne semblait guère le troubler. Il affichait même un calme impressionnant, du moins tant que l'on ne remarquait pas ses mains plaquées sur ses genoux.

La circulation était à présent légèrement plus fluide. Vingt minutes plus tard, alors que nous étions à mi-chemin de la galerie, Marc Coolidge appela Milo :

– Vous passez à la télé, mec !

– Vraiment ? Je n'ai pas vu de journalistes, pourtant.

– Comme si on avait besoin de ça ! N'importe qui peut filmer avec son téléphone et envoyer la vidéo aux médias. Ça m'a l'air d'être un sacré bazar, votre histoire.

– C'est un euphémisme. On file à la galerie. Vous êtes dispo ?

– Oui, à l'instant. Que voulez-vous que je fasse ?

– Retrouvez-moi là-bas pour une visite d'expo privée.

54

Une affiche « En vente pour cause de cessation d'activité » était collée sur la vitrine des *New World Elegant Jewelers*, mais les affaires tournaient au motel voisin, le *Flower Drum* ; quatre femmes très court vêtues s'éparpillèrent à notre arrivée, imitées par trois vagabonds qui traînaient dans les parages.

Ces malheureux me firent penser à Mary Jane Huralnik, enlevée en pleine rue.

Aucun serrurier n'était visible à l'horizon. Milo se gara sur un emplacement interdit au stationnement, pile devant l'immeuble de la galerie. Sorti de la voiture, il observa les fenêtres obscurcies par la nuit et piocha dans sa poche un panatella, que pour une fois il alluma.

Gêné par la fumée, Reed s'éloigna de quelques mètres, puis effectua quelques étirements et flexions, une dizaine de pompes sur le trottoir et plusieurs allers et retours au pas de course.

Je profitai de ce temps mort pour appeler Robin.

– Ça passe aux infos, me dit-elle. C'est affreux, on dirait, mais j'ai avant tout pensé à toi ; tout va bien ?

– Je n'ai jamais été en danger, je suis resté loin de l'action.

– J'ai compris que c'était ton affaire quand ils ont parlé d'une femme tuée. C'est ta suspecte ?

– Oui, assassinée par son mari, qui s'est ensuite suicidé en avalant du poison. Il est mort sur place.

– Deux morts, donc, et non une seule victime. Les

journalistes ne sont même pas fichus de donner les informations les plus basiques. Tu as assisté à cette horreur ?

– Hélas.

– Je suis navrée que tu aies vécu ça, bébé. Tout va bien, tu es sûr ?

– Oui, pas de souci.

– OK, dit Robin, qui m'aimait trop pour exprimer ses doutes. Et maintenant, qu'est-ce que tu fais ?

– On attend l'arrivée d'un serrurier pour fouiller l'immeuble de la galerie.

– C'est grand ?

– Trois étages.

– Tu rentreras tard, alors.

– Ils se débrouilleront sans moi. Je prendrai un Uber pour rentrer à la maison.

– Sans ton cerveau, sans ton regard affûté ? Non, impossible. J'accepte de me sacrifier pour le bien du plus grand nombre, mais dès que tu peux lâcher cette affaire – quand ton esprit s'en sera vraiment libéré –, partons quelque part, d'accord ? Peut-être une plage, pas besoin de trop de culture.

Sa supplique me fit rire.

– J'adore ce son, conclut-elle.

Marc Coolidge nous rejoignit peu avant vingt et une heures, alors que l'arrivée du serrurier était prévue au mieux vingt minutes plus tard.

Tandis que nous patientions, Alicia nous appela depuis Clearwater Lane :

– Personne n'habite ici, lieut'. Cet endroit n'est qu'une réserve. L'alarme s'est déclenchée, et un téléphone a sonné ; c'était la société de sécurité, que j'ai réussi à convaincre que j'étais de la police.

– Une réserve d'œuvres d'art ? dit Milo.

– Oui, il n'y a que ça. Toutes les pièces en sont bourrées à craquer. D'après ce que j'ai vu, j'ai essentiellement repéré deux genres de choses : des affiches et des photos, en grande majorité, mais aussi quelques tableaux super moches, dont celui avec la bougie, de notre lamantin. Au fond de la maison, une chambre pourvue de barreaux supplémentaires aux fenêtres abrite d'autres tableaux, une trentaine, qui ceux-là semblent de qualité ; ils sont enveloppés dans du papier bulle et leurs cadres sont dorés. Je ne les déballe pas, je suppose ? Mieux vaut laisser ce soin à un expert ?

– Tout à fait. Autre chose ?

– Comme du sang ou des signes de lutte ? Non, rien de tout ça. Cet endroit n'est rien d'autre qu'un lieu de stockage de luxe. Je trouverai peut-être des éléments plus intéressants dans la maison de Comstock Avenue.

– OK, vas-y.

Alicia laissa passer un silence avant de lâcher :

– Quelle horreur, ce à quoi on a assisté, lieut'...

– Tu peux le dire.

– Ce genre de choses ne devrait pas se produire... Oui, je sais, c'est idiot, de dire ça, mais bon...

Six minutes plus tard, Sean nous appela de l'appartement de Medina Okash :

– C'est assez exigu, ici, lieut'. Une chambre, une salle de bains et pas beaucoup de meubles. Ni d'œuvres d'art, d'ailleurs. J'ai trouvé son sac à main et son téléphone dans un tiroir de la table de chevet. Ses appels et ses textos ont été effacés mais ses relevés téléphoniques nous diront qui elle a appelé, c'est certain.

Milo sourit car il attendait encore ces fameux relevés ; la force d'inertie de la paperasse était omniprésente.

– Si son sac à main est là-bas, ça signifie qu'elle a été enlevée chez elle et conduite à la galerie, déduisis-je.

– C'est vous, doc ? dit Sean. Oui, vous avez sans doute raison. Le truc, c'est qu'il n'y a aucun signe de lutte, tout est impeccable.

– Elle a été kidnappée par une connaissance.

– Oui, ça semble logique. Comme je vous l'ai dit, cet

appart est minuscule. Je vais l'inspecter centimètre par centimètre.

– OK, vas-y, dit Milo.

– Quand j'en aurai terminé, vous me direz quoi faire ensuite, conclut Binchy.

Rond et joufflu, Guillermo Tischler, le serrurier, se présenta vêtu d'une salopette aux couleurs du LAPD et muni d'une boîte à outils. Assez extraverti, il affichait un grand sourire.

– À votre service, dit-il avant de considérer les trois portes. Laquelle ?

– Les trois, répondit Milo. Et il y en aura probablement d'autres à ouvrir à l'intérieur.

– On se croirait dans une ancienne banque. Il y aura peut-être un coffre avec lequel je pourrai m'amuser ! (Il enfila des gants puis inspecta tour à tour les trois verrous.) Rien de spécial à signaler, visiblement. Il faut que j'y aille en douceur ou pas ?

– Non, ces locaux appartenaient à deux suspects qui sont décédés.

– Ah oui, j'en ai entendu parler.

Tout en fredonnant, Tischler sortit une perceuse de sa boîte à outils. Quelques couinements plus tard, les trois portes s'ouvrirent.

– Pas d'alarme, dit le serrurier, une main en coupe autour de l'oreille. La douce mélodie du silence… Jolie chanson, d'ailleurs[1].

Plus petite encore que celle de Medina Okash, la galerie AB-Original se réduisait à une unique pièce en longueur, sans réserve.

Il n'y avait d'ailleurs rien à stocker ; l'endroit était vide et poussiéreux. Milo actionna un interrupteur mural : pas

1. En référence à *The Sound of Silence*, de Simon et Garfunkel.

de lumière. Il brandit sa Maglite et fit quelques pas vers le fond, où une porte fermée par un simple loquet donnait sur un parking non éclairé.

– Je comprends qu'ils se soient donné la mort, si les affaires étaient si mauvaises, commenta Guillermo Tischler.

Personne ne rit à sa vanne mais il faisait partie de ces gens qui se fichent qu'on les apprécie ou non. Il se remit à fredonner.

– Le nom de cette galerie, AB-Original, me fait penser aux groupes sanguins AB et O, observai-je.

Milo, Reed, Coolidge et Tischler me dévisagèrent.

– C'est flippant mais ça a du sens, vu ce qu'on sait sur les tueurs, dit Coolidge.

– Parce que leur mort a été un bain de sang ? lança Tischler.

– Porte suivante, décréta Milo.

Ouvrant la marche, il ressortit et entra dans la galerie Collection de Trésors, qui se révéla de la même taille et agencée de la même façon que celle de Medina Okash. L'électricité fonctionnait encore, ici, mais la plupart des ampoules du plafonnier étaient mortes. Le peu de lumière qu'il dispensait nous permit tout de même de constater l'abandon des lieux, de même que les étagères vides dans la réserve. Contrairement aux locaux voisins, il n'y avait ici aucune porte donnant sur le parking.

– Cet endroit et AB-O étaient probablement reliés, à une époque, estimai-je.

– Oui, ce serait logique, abonda Guillermo Tischler.

Moe Reed s'approcha du mur, côté AB-O, et le tapota de ses mains gantées.

– C'est creux, par ici, dit-il, désignant une zone non loin du centre du panneau. Il y avait une porte, avant.

– Si on continue à ne trouver que des pièces vides, vous serez rapidement rentrés chez vous, dit le serrurier.

– Porte suivante, dit Milo.

La galerie d'art contemporain Verlang n'avait guère changé depuis le jour où nous l'avions découverte, au détail près qu'il n'y avait plus personne, plus de vin et plus un seul tableau de Geoffrey Dugong. Le bureau était toujours là, avec son téléphone, et l'électricité fonctionnait.

Voyant Tischler ouvrir la bouche, Milo le devança :

– Ouais, je sais, c'est très animé.

Il se précipita vers la réserve, qu'il découvrit vide, puis il tenta d'ouvrir la porte de la mystérieuse pièce secrète. Verrouillée.

– À vous de jouer, lança-t-il à Tischler.

Celui-ci tapota le battant :

– Pas très épais, je pourrais l'enfoncer d'un coup de pied.

Il sortit tout de même sa perceuse. La porte frémit lorsque la serrure céda mais résista quand Tischler actionna la poignée.

– Tiens, c'est étonnant, ça… Ah non, elle était seulement coincée.

Du genou, il poussa légèrement le battant, puis nous laissa passer et découvrir une pièce vide, une de plus, à peine plus vaste qu'un placard et éclairée par une unique ampoule. Cet espace très réduit comportait deux autres portes. La première, dont Tischler vint à bout sans mal, donnait sur le parking. L'autre, sur le mur de gauche, rendit un bruit sourd lorsqu'il l'éprouva de la main.

– Solide, constata-t-il, les sourcils froncés. Plus épaisse que la normale.

Le battant blanc était équipé d'une poignée en L de la même couleur surmontant trois serrures.

– C'est du métal, déclara le serrurier en la tapotant de nouveau. Un acier solide, vu la résonance.

– C'est peut-être le coffre avec lequel vous espériez vous amuser, hasarda Milo.

– J'en doute, dit Tischler, faisant courir sa main sur le battant. Une porte de coffre comporterait un mécanisme circulaire au centre, et il ne semble pas qu'on ait plaqué un panneau ou peint par-dessus. Mais c'est peut-être une porte renforcée qui mène à un coffre… Les gonds sont costauds. Tout cet acier pèse sans doute au minimum une tonne et demie.

– Vous avez ce qu'il faut pour l'ouvrir ?

– Qu'est-ce que vous croyez ? Ces serrures sont flambant neuves mais elles auraient aussi bien pu être fabriquées il y a vingt ans ; elles n'ont rien de spécial. (Il s'agenouilla.) Deux Yale et une Schlage. Bonjour, les filles, papa vient vous dire bonjour !

La perceuse fit son boulot. Alors que Tischler tendait la main vers la poignée, Milo le devança, ouvrit la porte et s'engouffra dans l'obscurité.

Reed et moi lui emboîtâmes le pas, doublant le serrurier.

– Vous êtes pressés, les gars, lâcha ce dernier, avant de nous suivre.

S'aidant de sa Maglite, Milo localisa l'interrupteur, qu'il actionna. La pièce s'éclaira.

Nous nous trouvions dans un réduit sans fenêtre dont les murs étaient couverts de carreaux à motifs tarabiscotés verts, blancs et rouges. Au sol, des carreaux blancs pareils à ceux du métro menaient au pied d'un escalier métallique décoré. Les marches de granite grimpaient sur un niveau et demi, la rampe était ornée de plantes grimpantes et de fleurs et les poteaux sculptés en forme de têtes de lion rugissant.

Une curieuse odeur de levure était perceptible.

Milo nous intima de rester sur place et s'engagea dans l'escalier.

– C'est bon, nous lança-t-il après avoir gravi vingt marches.

Au sommet de l'escalier se trouvait un espace aux murs de brique d'une vingtaine de mètres de longueur sur dix de large. Au fond, côté nord, se dressait une cloison qui ne touchait pas le plafond et laissait un passage de deux mètres de chaque côté.

Réduit à de simples planches sur lesquelles étaient fixées des canalisations apparentes, le plafond culminait à au moins dix mètres. Deux séries de fenêtres superposées donnaient l'illusion que le bâtiment comprenait trois niveaux.

Un éclairage agressif et chargé de poussière était dispensé par quatre plafonniers parallèles à la poutre centrale, et le sol était constitué de larges planches de pin éraflées et polies par des décennies de pas.

L'odeur de levure était encore plus présente ici.

Une odeur de papier, en réalité.

La moitié du loft était remplie de piles d'affiches de trois mètres de haut, liées par paquets de cent environ, de tas de tubes d'expédition attachés par des liens métalliques et de cartons aplatis.

L'affiche visible au sommet d'une pile était une reproduction de piètre qualité des *Iris*. Au dos, une étiquette était imprimée en caractères chinois, avec une traduction douteuse : « Van Goe ».

Sur une autre pile, une affiche figurait une boîte de soupe en conserve : « Warhol ».

– Ils l'ont bien orthographié, lui, au moins, dit Tischler. C'étaient des trafiquants de faux ?

– Quelque chose comme ça, oui, lui répondit Reed.

– J'ai horreur de voir des chefs-d'œuvre massacrés. Je suis moi-même peintre, et je vivais de ma peinture, au Chili – je vendais des tableaux. On ne trafique pas ce genre de reproductions pourries quand on respecte l'art.

– Gardez ce principe à l'esprit, dit Milo qui passa de l'autre côté de la cloison, par la gauche.

De longues secondes s'écoulèrent sans qu'il nous lance son habituel « C'est bon ».

– Tout va bien ? s'inquiéta Guillermo Tischler.

Milo fit sa réapparition :

– Nous n'avons plus besoin de vous, mon ami. Merci d'être venu.

– Quoi ? Je n'ai pas droit à la fin de l'épisode ?

– Merci de nous avoir consacré un peu de votre temps. Vu vos talents, vous n'aurez aucun mal à retrouver de vous-même la sortie.

– Sérieux ? râla le serrurier, qui soupira et ramassa sa boîte à outils.

Quand le bruit de ses pas se fut estompé, Milo se tourna vers Reed, Coolidge et moi :

– Je ne vous demande pas de vous préparer à un choc parce que ce serait chose impossible.

55

Tout aussi profond que le vaste loft, l'autre côté de la cloison était faiblement éclairé par un unique plafonnier central. Ses ampoules dispensaient toutefois une lumière plus chaude et orientée de façon très précise.

Elles éclairaient deux chevalets en chêne massif, des outils de professionnels, l'un et l'autre placés sous la poutre centrale, séparés par cinq ou six mètres d'espace vide.

Le terme « exposition » est devenu un cliché dont on abuse largement, cependant il était pertinent de l'employer en ce lieu.

On pouvait même parler d'exhibition.

Perché sur le premier chevalet, un tableau était fixé dans un cadre de feuilles dorées sculpté à la main et orné de minuscules têtes de gargouilles.

Même si j'en connaissais les dimensions, le *Musée du désir* me parut étonnamment petit.

Ses couleurs, nettement plus vives que celles de la photo floue envoyée par Suzanne Hirto, laissaient penser qu'il avait été restauré récemment.

Un travail magnifique. Horrible.

Bien que né d'une main talentueuse, ce tableau ne faisait pas davantage d'effet qu'un dessin animé.

Car son auteur n'avait eu d'autre intention que de choquer.

Nous l'observâmes un bon moment, sidérés et silencieux, puis, alors que je restais scotché devant notre découverte, Milo, Reed et Coolidge se dirigèrent vers l'autre chevalet.

Coolidge laissa échapper un petit cri et Reed porta une main sur sa bouche. Milo, lui, resta figé.

Je les rejoignis.

Encore plus petit que le précédent, ce tableau mesurait environ vingt-cinq centimètres de côté.

On y retrouvait les mêmes nuances, le même style.

Au chevalet était attachée une étiquette portant une inscription rédigée d'une écriture surchargée de boucles, au stylo plume.

Le destin d'une prostituée
Antonio Domenico Carascelli
vers 1512

Milo avait la mâchoire si crispée que des protubérances aussi grosses que des cerises s'y formaient. Ce tic musculaire apparaît spontanément chez lui chaque fois qu'il doit lutter pour contenir une rage interne.

Me préparant au pire, je m'intéressai à mon tour au tableau.

Sur un arrière-plan noir, un éclairage clair-obscur attirait l'œil sur trois éléments.

Trois plateaux en argent étincelants étaient posés sur une table couverte d'un drap de velours couleur whisky.

Sur le plateau de gauche, une main sectionnée. Sur celui de droite, un pied.

Et au centre, une tête de femme dont les boucles noires débordaient sur le bord cannelé du plateau. Les yeux grands ouverts mais le regard vide. La bouche formait un ovale ultime. La peau d'un blanc crayeux était nuancée de mauve et de bleu-vert par endroits, et de rouge en des points plus stratégiques.

– Mon Dieu… souffla Marc Coolidge, qui s'était tourné vers le fond de la pièce.

Dans un coin négligé par l'éclairage, on devinait une forme, à peine visible.

Les détails se firent plus nets à mesure que nous avancions.

Un objet rectangulaire blanc de deux mètres de longueur.

Un énorme congélateur.

Comme précédemment, Milo nous enjoignit de ne pas bouger et s'en approcha. Il souleva le couvercle, jeta un regard à l'intérieur… et eut un mouvement de recul qui le fit presque trébucher.

Peu habitué à voir son patron déséquilibré, Reed parvint tout juste à articuler :

– C'est elle… ?

– Cheveux bleus… répondit Milo.

Alors qu'il s'apprêtait à refermer le couvercle du congélateur, celui-ci lui échappa et claqua bruyamment.

56

Aucun procès ne se tiendrait à la suite du « Massacre de la Limousine », pour reprendre l'expression prisée par les blogueurs, les colporteurs de rumeurs, les conspirationnistes et les médias, qui se démenaient afin de rattraper leur ignorance.

Aucune résolution n'avait été prise dans le plus grand secret, la police avait simplement fait de son mieux pour contrôler d'éventuelles fuites.

Mission impossible. Les blogueurs, colporteurs de rumeurs, etc., s'en étaient donné à cœur joie.

Les tests au luminol effectués dans l'immeuble de la galerie révélèrent que diverses personnes avaient perdu un océan de sang, essentiellement au premier étage, un peu partout dans le loft. Il fut également établi qu'on avait passé la serpillière dans la réserve du fond, où se trouvait l'escalier ; les résidus de sang collectés s'avérèrent appartenir à Marcella McGann et Stephen Vollmann.

Un certain temps serait nécessaire pour faire la lumière sur les événements survenus en ce lieu macabre. S'il aurait été possible de convaincre le ministère de la Justice de donner la priorité à cette affaire, les patrons de Milo préféraient prendre tout leur temps, dans l'espoir que les ragots se propageant sur Internet s'estompent, ce qui leur permettrait de ne plus avoir à répondre à des questions embarrassantes.

Comme l'avait signalé Alicia, la maison de Clearwater

Lane ne recelait que des œuvres d'art, là encore le même mélange d'affiches bas de gamme et de tableaux vieux de plusieurs siècles qui restaient à trier.

Les tableaux furent transférés au labo de la brigade criminelle, dans une chambre forte dont la température était soigneusement contrôlée. Milo suggéra de faire appel à Suzanne Hirto mais ses supérieurs, négligeant son conseil, louèrent les services d'un professeur d'histoire de l'université qui se présenta accompagné d'un troupeau d'étudiants enthousiastes. Leur expertise se révélant insuffisante, le professeur contacta Suzanne Hirto.

L'équipe eut besoin d'un certain temps pour classer la mine d'œuvres d'art en deux catégories. Près de trois cents tableaux, allant de la Renaissance à l'époque des impressionnistes, avaient vraisemblablement été volés par les nazis : cinquante-neuf d'entre eux étaient étiquetés de la carte de visite de Heinz Gurschoebel.

Ce résultat fuita rapidement, déclenchant une tempête de courriers des services juridiques de musées des quatre coins du monde, d'organismes se prétendant défenseurs du bien et d'avocats représentant des survivants de l'Holocauste, ces braves gens réclamant tous qu'on leur restitue leurs biens.

Une petite partie de ce trésor – trente-quatre peintures à l'huile sur bois – avait été mise à l'écart dans la plus petite chambre de la maison de Comstock Avenue. Elles représentaient toutes des scènes monstrueuses, pornographiques, souvent sadiques, assez similaires aux deux tableaux disposés dans le loft.

Suzanne Hirto se déclara prête à témoigner que ces deux œuvres provenaient probablement de la collection d'horreurs d'Hermann Goering, hypothèse qui fut par la suite confirmée par un courrier datant d'une vingtaine d'années découvert dans la demeure de Comstock Avenue ; cette lettre indiquait que Stefan Sigmund Kierstead était le petit-neveu de l'épouse de Gurschoebel, qui lui avait légué ce lot de tableaux.

Dans la maison de Comstock Avenue furent également

trouvés deux fusils de chasse Fabbri haut de gamme, fabriqués en Italie, un Mossberg, arme plus fonctionnelle, un AK-47, huit pistolets et une collection de couteaux de cuisine japonais.

Dans le mécanisme de rechargement automatique du Mossberg furent repérées des traces de sang correspondant à Marcella McGann et Stephen Vollmann. Les techniciens trouvèrent en outre des touches microscopiques de sang sur un fendoir de boucher, sur un couteau à désosser et sur un autre couteau de boucher, qui correspondaient aux quatre victimes abandonnées dans la limousine et à Medina Okash. On retrouva également du sang de cette dernière sur une scie à ruban, dans le garage de la maison de Comstock Avenue.

En plus de la scie et d'autres outils, Milo mit la main sur une boîte contenant quarante-quatre téléphones jetables, la plupart encore dans leur emballage et quelques-uns ayant été brièvement utilisés.

L'un de ces derniers était celui dont Candace Kierstead s'était servie pour communiquer avec Richard Gurnsey. Leur correspondance se résumait à des textos de plus en plus explicites au fil des cinq mois qu'avait duré leur relation. Leurs ébats s'étaient déroulés dans des hôtels et dans des parcs, parfois dans le lit conjugal de Candace, sous le regard appréciateur de Sig occupé à se masturber.

Dans le tiroir d'un bureau de la maison de Comstock Avenue, Alicia trouva des documents d'achat de deux chiens destinés à l'euthanasie dans un refuge de Riverside, datant d'une semaine avant le quadruple meurtre. Les animaux étaient confiés à « S. Smith » mais l'écriture était celle de Candace.

Ces deux pitbulls, un mâle et une femelle, respectivement âgés de trois et cinq ans, estimait-on, avaient été capturés dans la rue et n'avaient jamais reçu de nom.

Aucune trace d'échanges entre Richard Gurnsey et Medina Okash ne fut mise au jour, et Sean ne trouva que peu d'éléments intéressants dans l'appartement de quarante-cinq mètres carrés de la galeriste, si ce n'est une dizaine de vidéos très explicites téléchargées sur Internet et conservées dans l'ordinateur portable qu'elle avait laissé sur la paillasse de sa cuisine.

Ces vidéos avaient en commun un unique thème : des parties à trois mêlant deux femmes et un homme.

Sean me fit part de tout cela à mon cabinet en rougissant, ce qui fit disparaître ses taches de rousseur. Malgré toutes les horreurs dont il avait été témoin, ce garçon conserverait toujours une part d'innocence en lui.

Il s'était tourné vers la religion quelques années auparavant ; avec la consolation que lui apportaient sa famille et la clarté de ses valeurs, cela l'aidait à garder une attitude enjouée. Cependant, le cadre le plus solide et le soutien le plus inébranlable peuvent ne plus suffire quand on a frôlé la mort.

J'avais attendu un moment avant de lui suggérer de venir bavarder avec moi à mon cabinet. Prêt à entendre la justification d'un refus, j'avais été étonné de l'entendre me répondre « Pas de souci, doc », sans même me demander de lui préciser les raisons de ma demande.

Il se présenta en tenue de travail – costume bleu, chemise blanche, cravate ornée de motifs de basse Fender Precision – et de ses éternelles Doc Martens.

Sachant qu'il ne buvait pas de café, j'avais préparé une bouteille d'eau.

– Merci, doc, dit-il avant d'en boire quelques gorgées. Alors, quoi de neuf ?

– Tu le sais sans doute mieux que moi.

– Je suis toujours impressionné par le calme qui règne ici, dit-il en considérant mon bureau. Ça doit être agréable.

– Je confirme.

– Bon…

– Bon.

– Je peux peut-être commencer par vous raconter ce que j'ai trouvé chez Okash ? Je n'ai pas grand-chose d'autre à dire, d'ailleurs.

Tu n'es plus un enfant. Enfin si, peut-être en partie, étant donné ce que tu as subi.

– Entendu, je t'écoute, répondis-je.

Il finit la bouteille, et c'est alors qu'il commença à rougir.

– Ça ne sera pas précisé dans le dossier officiel, le lieutenant dit que les huiles ne veulent pas de ça, qu'ils ont suffisamment de choses à gérer pour ne pas en plus nourrir les charognards.

– Normal.

– Oui, je suppose… Voici ce que j'ai découvert dans l'ordinateur d'Okash.

Je l'écoutai me livrer son récit.

– Toujours le même thème, dis-je, quand il en eut terminé.

– Exactement, doc. Ce ne sont peut-être pas des preuves mais je pense que ces éléments ont un sens, psychologiquement. Dès lors qu'ils ont découvert quels étaient ses fantasmes, ils ont pu tendre leur piège. Le soir du gala.

– C'est logique, en effet, Sean.

– Vraiment ? Super. (Il se passa la main dans sa tignasse rousse.) J'adore quand une de mes idées est approuvée.

– Tu n'as pas besoin que je te le dise.

– Ah non ?

– Tu es un enquêteur talentueux, Sean.

– Vous croyez ?

– C'est certain.

– Mieux vaut ça que l'inverse…

Il détourna le regard. Ce jeune homme était tiraillé entre sa sincérité instinctive et son optimisme, véritables bénédictions, et le boulot qu'il avait choisi.

– Je me demande parfois si je suis destiné à faire ce job toute ma vie, doc. Et ensuite, je me dis « Qu'est-ce que je pourrais faire d'autre ? », et je ne trouve pas de réponse à cette question. Soyez franc avec moi, je souffre d'un trouble de stress post-traumatique ou pas ?

– As-tu des flash-back de ce qui s'est passé ?

– Non.

– Des crises de panique ?

– Non, mais il m'arrive de… de repenser à ce jour-là. Je ne revis pas la scène, c'est plutôt… ce souvenir qui remonte à la surface. Dans ces moments-là, je me sens mal, genre fiévreux, pendant quelques minutes, voire une heure, et ensuite ça va.

– L'épisode que tu as vécu n'est pas le genre de chose que l'on peut classer dans un recoin de son cerveau et oublier.

– C'est normal, alors ?

– C'est une réaction normale à la suite d'une situation extrême.

– C'est ce que me dit ma femme.

– Elle a raison.

– Elle me dit aussi qu'il faut que je consulte un psy jusqu'à ce que je me sente de nouveau pleinement moi-même. Le problème, c'est que je ne veux pas être catalogué comme souffrant d'une incapacité, que ma hiérarchie croie que je ne suis plus efficace. (Il se pencha en avant.) Je ne veux surtout pas être écarté de mon boulot, pas une seconde.

– Je peux te confier à un excellent collègue, à quelqu'un dont les horaires sont flexibles.

– Vous ne pouvez pas vous en charger ? s'étonna Binchy, l'air abattu.

– On travaille ensemble, Sean.

– Ouais… Becky a dit ça, aussi.

Il baissa les yeux un moment, puis se força à relever la tête :

– Sans oublier que vous m'avez sauvé la vie. (Des larmes apparurent dans ses yeux.) Je ne vous ai jamais vraiment remercié. Parfois… J'ai honte de le dire, doc, mais parfois, quand je vous regarde, ça me fait penser à ce qui s'est passé, et je ne me sens pas très bien.

– Il fallait s'y attendre.

– Mais je ne veux pas que nous… Je ne veux pas que ça change quoi que ce soit entre nous. Je sais très bien ce que le lieutenant pense de vous, vous ferez toujours partie des coriaces. Et c'est ça que je veux : être un flic coriace. Travailler avec vous et oublier ce qui m'est arrivé.

– Il n'y a aucune raison que cela ne se produise pas.

– Vous en êtes sûr ?

– À cent pour cent, Sean. Le mieux à faire, pour toi, est de prendre soin de toi et de cesser de t'inquiéter. Les choses ont souvent tendance à se régler d'elles-mêmes.

– Avec l'aide du Seigneur, ajouta-t-il avec un sourire penaud. C'est comme ça que je le vois, en tout cas.

Nous avons besoin de toute l'aide à notre portée.

– Puise dans toutes les ressources à ta disposition, et tout ira bien.

Il lâcha un interminable soupir :

– Ça va vous paraître bizarre, doc, mais j'ai envie de vous serrer la main.

– Pas de problème.

Nous nous levâmes en même temps. Avant même que nos doigts se touchent, il se jeta dans mes bras et me serra contre lui.

Puis il se dégagea :

– Pardon, doc.

– Tu n'as pas à t'excuser.

– Je vous dois la vie.

– Ta vie méritait d'être sauvée, Sean.

– Vraiment ? Non, je retire ça. Oui, tout à fait. Je ne serais pas contre une autre bouteille d'eau.

Le Dr Larry Daschoff m'appela un peu plus tard ce jour-là, pour me remercier d'avoir orienté un patient vers lui. Il ajouta qu'il appréciait déjà Sean et qu'il était optimiste quant à la suite.

Le lendemain matin, Robin et moi nous envolions à destination d'Hawaï.

RÉALISATION : NORD COMPO À VILLENEUVE-D'ASCQ
ACHEVÉ D'IMPRIMER SUR ROTO-PAGE
PAR L'IMPRIMERIE FLOCH À MAYENNE
DÉPÔT LÉGAL : JUIN 2024. N° 154945 (104931)
IMPRIMÉ EN FRANCE